Denmark Police's Mystery

懸案密碼

Denmark Police's Mystery

懸案密碼

BEST 嚴選

奇幻基地出版

懸案密碼7：自拍殺機

Selfies

猶希・阿德勒・歐爾森 著
廖素珊 譯

Jussi Adler-Olsen

BEST嚴選

緣起

在繁花似錦的奇幻文學花園裡，你或許還在門外徘徊，不知該如何抉擇進入的途徑；也或許你已經置身其中，卻因種類繁多，或曾經讀過不合口味的作品，而卻步、遲疑。

BEST嚴選，正如其名，我們期許能透過奇幻基地對奇幻文學的了解，以及對讀者的理解，站在出版者與讀者的雙重角度，為您精選好作家與好作品。

他們是名家，您不可不讀：幻想文學裡的巨擘，領域裡的耀眼新星。

它們最暢銷，您怎可錯過：銷售量驚人的大作，排行榜上的常勝軍。

這些是經典，您務必一讀：百聞不如一見的作品，極具代表的佳作。

奇幻嚴選，嚴選奇幻。請相信我們的眼光，跟隨我們的腳步，文學的盛宴、幻想世界的冒險，就要展開。

謹獻給我們在巴塞隆納的「美妙」家庭：

歐拉夫・史洛特—彼得森、安妮特・梅莉德、阿納・梅莉德・伯特森

以及邁可・科克噶德。

序幕

一九九五年十一月十八日星期六

她不知道自己默默踢著溼黏、枯萎的樹葉多久了，只知道赤裸的手臂現在變得冷冰冰。房子內傳來的狂吼，轉為淒厲的尖叫，那聲音如此尖銳憤怒，使她的胸膛瞬間劇烈疼痛了起來。她突然有種泫然欲泣的感覺，但她真的不想流眼淚。

妳這樣會長皺紋喔，那很醜，杜麗，她母親會這樣說，她對提醒她這種事特別在行。

杜麗看著自己一路走過草坪，在落葉上留下寬闊、黝黑的足跡，然後再度數起房子的窗戶和門。她當然清楚有多少扇，這只是她消磨時間的方式。側廂有兩扇門，地下室有十四扇大窗和四扇長方形窗戶。如果要數出有幾片玻璃，會是一百四十二片。

我可以數數到很大喔，她驕傲地想道，她是班上唯一有這本事的人。接著她聽到側廂地下室門上的鉸鏈發出「嘰嘎」聲。那很少是個好預兆。

「我才不要進去。」她對自己低語，同時看見女僕從地下室樓梯漫步而上，走向她。

她常蹲下來，躲在花園另一頭遙遠的灌木叢闃暗處；如果有必要，她可以躲上好幾個小時。但這次女僕的動作太快，一下就用力捉緊她的手腕。

「杜麗，妳穿著上好的鞋子在這裡踩來踏去，真是瘋了！等齊默曼太太看到鞋子有多髒，她會氣炸的。妳明明知道。」

現在她穿著襪子，站在沙發前，感覺很不自在、侷促不安，因爲那兩個女人就那樣直直瞪著她，彷彿她們不知道她站在客廳裡做什麼。

她外祖母的臉龐嚴厲緊繃，充滿不祥預兆；母親的臉則醜陋而毫無魅力，有雙布滿血絲的眼睛。她的臉上滿是皺紋，就像在警告杜麗她也會變成那樣。

「不要現在，杜麗寶貝，我們在講事情。」她母親說。

她環顧四周，問道：「爹地在哪？」

兩個女人看了彼此一眼。有那麼一瞬間，她母親簡直像是隻害怕的小動物，畏縮在角落裡。這不是她第一次如此。

「到餐廳去，杜麗。妳可以去那邊翻翻雜誌。」她的外祖母命令。

「爹地在哪裡？」她又問了一次。

「我們稍後再談這件事。他走了。」她的外祖母回答。

杜麗小心翼翼地倒退一步，觀察她外祖母的手勢。那手勢似乎在說：現在就滾！

她該留在花園裡的。

餐廳裡，沉重的飯桌上仍放著好幾盤走味的燉花椰菜，和吃到一半的豬肉餅。兩只水晶杯翻倒在桌上，紅酒沾染到桌布上的刀叉。餐廳看起來和平常很不一樣，而且也絕對不是杜麗現在想身處的地方。

她轉身面對走廊，一扇扇高大陰鬱的門往後延伸，把手皆已磨損。這棟大房子被分隔成好幾個區域，杜麗自認她熟悉每個角落。在三樓，外祖母的蜜粉和香水氣味如此濃烈，就算外出再回家，那氣味仍緊緊依附在衣服上。杜麗在那裡無事可做，光線自窗戶照耀而入、搖曳閃爍。

不過，她倒覺得二樓後面的側廂很自在。那裡窗簾緊掩，菸草的酸甜氣味濃郁，有著其他地方都看不到的沉重家具，至少在杜麗的世界裡是如此。她能蜷縮著身子，依偎在有柔軟襯墊的大扶手椅內，把腳丫塞在身體下方。沙發鋪著棕色燈心絨，靠背往後彎曲——那裡是她外祖父的地盤。

一小時前，也就是在她父親和外祖母開始爭吵前，他們五人都神情愉悅地圍坐在餐桌旁。杜麗想著她眞快樂，好像被毛毯輕柔地包覆般幸福。然後，父親說了一些很不對勁的話，她外祖母聽了後，立即抬高眉毛，外祖父倏地站了起來。

「你們得自己解決這件事。」他說完後拉平長褲，一溜煙就跑走了。所以他們才支使她到外面的花園去。

杜麗小心翼翼地推開書房的門。兩個棕色五斗櫃靠在一邊的牆壁，打開的盒子裡放著鞋子樣品。她外祖父的桌子則靠在另一面牆，堆滿繪有紅藍線條的紙張。這裡的菸草味更濃烈了，但外祖父並不在這昏暗的房間裡。一小道光束照耀在兩個書櫃及扶手椅上，菸草的煙霧簡直像有生命般，從那頭飄蕩過來。

杜麗向前察看光線從何而來。她覺得心臟怦怦地興奮跳動，因爲書櫃間的狹窄裂縫，顯露出一塊未知領域。

「所以他們走了？」她聽到外祖父從書櫃後方某處咕噥著說。

杜麗推開裂縫，進入一個她不曾見過的房間。在那，外祖父坐在長桌旁一張老舊皮革扶手椅上，彎著腰，聚精會神地看著某樣她看不到的東西。

「麗格莫，是妳嗎？」他以清晰的嗓音說道。她母親常抱怨他改不掉德國口音，但杜麗很喜歡外祖父的腔調。

房間的裝飾風格與房子的其他地方迥然不同。這裡的牆壁並非蕭條無物，而是掛著大大小小的照片。如果走近仔細看的話，就可以看出照片中的主角都是身處不同的背景、穿著制服的同一位男人。

儘管菸草的煙霧濃重，這房間似乎比書房輕盈。外祖父心滿意足地坐著，袖子捲起。她注意到他赤裸的前臂上盤繞著長長的青筋。他的動作冷靜而放鬆，雙手溫柔地翻閱照片，以專注的眼神細看，不放過任何細節。他坐在那，看起來如此滿足，杜麗不禁微笑。下一刻，他突然將辦公室椅子轉過來面對她，她才察覺到那常見的友善微笑早已扭曲，凝結在臉上，彷若他剛吞下了某種苦澀的東西。

「杜麗！」他邊說邊半站起身，將雙臂往前伸，好像想試圖掩藏他在細看的東西。

「抱歉，外祖父。我不知道我該去哪。」她環顧牆壁上的照片。「這些照片裡的男人像你。」

他長長地凝視她好一會兒，彷彿在考慮該說什麼，然後突然握住她的手，將她一把拉到膝蓋上坐著。

「其實妳不准進來這裡，因爲這裡是外祖父的祕密房間。但既然妳來了，妳可以留下來。」他朝牆壁點點頭。「喔，是的，杜麗，妳說得對，照片裡的人是我。那時是戰時，我是位德國陸軍的年輕士兵。」

杜麗點點頭。他穿起制服帥勁十足，黑色軍帽、黑色外套、黑色長褲。每樣東西都是黑色的，皮帶、靴子、槍套和手套，只有頭顱、頸項和珍珠白牙齒的微笑在全黑之中閃著幽森光芒。

「你以前是個士兵嗎，外祖父？」

「是的。我的手槍在那邊的櫃子上，妳可以自己去看看。帕拉貝魯姆〇八，又叫魯格手槍。我許多年來最要好的朋友。」

杜麗著迷地抬頭盯著櫃子。手槍是灰黑色的，棕色槍套放在一旁。那裡也有一把帶鞘的小刀，放在某樣她不認得的東西旁，那東西的外型像個壘球球棒，但底端有個黑色圓柱。

「槍眞的能用嗎？」她問道。

「是的，我用它開了好幾次槍，杜麗。」

「所以你是個貨眞價實的士兵？」

他綻放微笑。「是的，妳的外祖父是個非常勇敢和才華洋溢的士兵，第二次世界大戰期間做了很多事，妳該以他爲榮。」

「世界大戰？」

他點點頭。就杜麗所知，戰爭從來不是好事，不是能讓她微笑的事。

她稍微挺直腰桿，看向外祖父的肩膀後方，想偷瞧他剛才都在看什麼。

「不行，妳不可以看那些照片，小杜麗。」他說著，將手放在她頸後，把她的頭轉回來。「也許等妳長大後再說，這些照片不適合小孩觀看。」她聽話地點著頭，但又把身子探出幾公分，這次她沒被拉回去。

她看到一排黑白照片，裡面有位肩膀下垂的男人被拖到外祖父跟前。在接下來的照片裡，外祖父舉起槍，往男人的頸背射下去。她試探性地問：「你只是在玩，對不對，外祖父？」

他輕柔地將她的臉轉過來，盯著她的雙眼。「戰爭不是一場遊戲，杜麗。妳不殺敵人，就會被敵人殺掉，妳懂嗎？如果當時，妳外祖父沒爲自己的生命做那些事，那麼，妳和我今天就不會坐在這裡了，對不對？」

她緩緩點頭，身子挨近桌子。「這些人都想殺你嗎？」

她瞥瞥照片，不曉得那些畫面的意義。那些照片很可怕，裡面有人倒下來，男男女女被掛在繩子上。有個男人被用棍子從頭背處痛擊。所有照片裡都有她的外祖父。

「是的，他們都想殺我，他們邪惡且令人憎惡。但妳什麼都不用擔心，心肝寶貝，戰爭結束了，不會再打另一場戰爭。相信妳的外祖父，戰爭在那時就結束了。Alles ist vorbei（過去全都消逝了）。」他轉身面對照片微笑，彷彿他看照片時有種愉悅感。她想，可能是因爲他不用再害怕，或不用再對抗敵人、捍衛自己了吧。

「那很好，外祖父。」她回答。

他們幾乎同時聽到隔壁房間的腳步聲，正掙扎著要從椅子上起身時，杜麗的外祖母就站在書櫃間的門口處，怒瞪著他。

「這裡是怎麼回事？」她口氣粗暴地說，一把抓住杜麗，大發雷霆。「這裡沒什麼好給杜麗看的，費里澤，我們不是說過了嗎？」

「Alles in Ordnung, Liebling（沒問題的，親愛的）。杜麗才剛進來，現在就要出去了。對不對，小杜麗？」他以冰冷的眼神冷靜地暗示：妳不想把場面鬧得很難看的話，就不要吐露半個字。她明白，所以她點點頭。外祖母將她拖向書房，她乖乖跟去。離開房間時，她瞥見門口附近的牆壁上也有裝飾。門的一面掛著一個大紅旗幟，大大的白色圓圈裡幾乎被奇怪的十字架占滿空間；門的另一面是張她外祖父的彩色照片，頭抬得老高，右手臂高舉向大空。

我永遠不會忘記這一幕，她這輩子第一次這樣想著。

「不要管妳外祖母說了什麼，忘掉妳在外祖父那看到的東西。向我保證，杜麗，那些都只是胡說八道。」

杜麗的母親將杜麗的手臂套進外套袖子裡，在她前面彎下腰。

「我們現在要回家了，我們會把這一切忘了，對吧，甜心？」

「但媽咪，妳爲何在客廳裡大吼大叫？爹地是因爲那樣才離開的嗎？他在哪？他回家了嗎？」

她母親搖著頭，臉上表情嚴肅。「不，爹地和我現在處得不愉快，所以他在別的地方。」

「那他什麼時候會回來？」

「我不知道他會不會回來，杜麗，但妳不必爲此沮喪。我們不需要爹地，因爲妳的外祖父和外祖母會照顧我們，知道了嗎？」她微笑，輕撫杜麗的臉頰。她的呼吸聞起來有種強烈的氣味，有點像她外祖父有時倒在小杯子裡的那種清澈液體。

「聽我說，杜麗。妳漂亮出眾，比別人優秀，更比世界上任何小女孩都要聰明。所以沒有爹地，我們也能過得很好，妳不覺得嗎？」

她想試著點頭，但她的頭就是不聽話。

「我想我們現在該回家了，這樣我們才能打開電視，看看王子跟那位美麗中國女孩的婚禮（注），還有那些貴族女士穿的精緻禮服，好嗎，杜麗？」

「亞歷山德拉會變成王妃，對嗎？」

「是的，等他們結婚，她就會變成王妃。但在那之前，她只是個找到眞正王子的平凡女孩。」

注 指丹麥約阿希姆王子與香港華裔女孩文雅麗於一九九五年成婚的盛事。兩人於二〇〇一五年正式離婚。

妳有天也會找到妳的王子的，甜心。等妳長大，妳會有錢又有名，因爲妳甚至比亞歷山德拉更棒更漂亮，妳會擁有妳想要的一切。看看妳的金髮和美麗的五官，亞歷山德拉有這些嗎？」

杜麗微笑。「妳會一直陪在我身邊，對不對，媽咪？」她就愛自己像現在這樣，能讓她母親感動萬分。

「喔，是的，我的寶貝。我會爲妳赴湯蹈火。」

第一章

二〇一六年四月二十六日星期二

一如既往，她的臉龐刻畫著昨晚縱慾的痕跡。她的皮膚乾燥，雙眼下的黑眼圈比她上床前還要明顯。

丹尼絲對著鏡中倒影冷冷一笑。她整整花了一個小時化妝，嘗試做損害控管，但那從來不夠有效。

「妳看起來和聞起來都像個妓女。」再描一次眼線時，她模仿她外祖母的聲音說道。

這棟公寓的其他房間傳來了雜沓的聲響，那些噪音表示其他房客正醒轉過來，很快傍晚又將來臨。她對這些紛亂的雜音再熟悉不過：瓶子的「叮噹」聲，乞討香菸的「叩叩」敲門聲，去那間破敗失修、附有淋浴設備的廁所的來往「砰咚」聲。合約上注明那是間租戶專屬淋浴室。

居住在腓特列堡區這條陰暗街道的丹麥社會邊緣人，自成一個小社會。現在他們紛紛離開床舖，展開一晚的活動。無人懷抱著眞正的人生目的，全都茫茫然地過著日子。

轉幾圈後，她走向鏡子前面，就近仔細審視她的妝容。

「魔鏡，魔鏡，誰是世界上最美麗的女人？」她以指尖輕柔愛撫鏡中的倒影，縱聲大笑，笑容開懷燦爛。她抿嘴，嘴邊悄悄出現皺紋；手指慢慢滑上臀部，撩過雙峰和脖子，最後插進秀髮中。她從安哥拉毛上衣拔起幾根絨毛，再往幾處沒遮好的瑕疵點了幾下粉底，然後滿意地往後退。她精心修過和描繪的眉毛，加上顯眼的假睫毛，爲她的整體外表加分不少。化妝加上她迸射出的光芒，讓她看起來更爲美豔奪目，平添一股冷漠高傲的氣質。

換句話說，她已經準備好迎戰這個世界了。

「我是丹尼絲。」她縮緊喉嚨，練習說著。那是她所能發出最低沉的聲音。

「丹尼絲。」她低語呢喃，緩緩張開雙唇，下巴往下收，靠近胸前。她擺出這種姿態時風情萬種。有些人或許會將她的姿態詮釋爲服從乖巧，但其實恰好相反。在這個角度，女人吸引人的睫毛和瞳孔不是正好可以抓住周遭人的注意力嗎？

完全掌控全場。她點點頭，將面霜的蓋子一轉蓋上，把如兵工廠般的化妝品堆回浴室櫥櫃。她迅速環顧小房間一眼，察覺眼前還有好幾個小時的辛苦勞動：清理骯髒衣物、鋪床、清洗杯子、把垃圾拿出去和整理所有的酒瓶。

該死，她想。她抓起羽絨被抖動，拍拍枕頭讓它蓬鬆，然後說服自己，等她的某位猴急「乾爹」在費盡心思、成功進門之後，一定不會在乎這團亂的。

她坐在床沿，檢查手提包，察看所有基本物品是否都在，然後滿意地點頭。她已經準備好迎戰世界和其所有欲望。

一個不受歡迎的聲音讓她轉身面對門。「喀嚓、喀啦，喀嚓、喀啦」，外頭傳來蹣跚走路的可厭聲音。

媽，妳也來得太早了，她想著，外面樓梯和走廊之間的門「砰」地被推開。就快八點了，所以她現在跑來幹什麼？老早過了她的晚餐時間。

她數著秒數。從床上起身時，已經感到自己怒氣沖天。此時，門外傳來敲門聲。

「親愛的！」她聽見母親從另一邊大喊。「開門好嗎？」

丹尼絲深呼吸，默不出聲。如果她沒回聲，她母親一定會自己走開。

「丹尼絲，我知道妳在裡面。就開一下門好嗎？我有重要的事得告訴妳。」

丹尼絲嘆口氣。「我為什麼得開門？妳有拿晚餐過來嗎？」她大吼。

「今天不行，不行。喔，妳不下樓來吃飯嗎，丹尼絲？今天就好。妳外祖母在這！」

丹尼絲翻個白眼。所以她外祖母在樓下，光想到就讓她心跳加速、全身冒汗。

「外祖母可以來吻我的屁股，我痛恨那個賤女人。」

「喔，丹尼絲，妳不可以那樣說話。開門讓我進去一下好嗎？我得跟妳說說話。」

「現在不行。就像平常一樣把晚餐留在門前就好。」除了那個住在隔幾扇門、走廊盡頭的男人外，外頭突然一陣安靜——他皮膚鬆弛，已經開始在喝他這天的第一瓶啤酒，現在正沮喪地為他可憐卑微的存在啜泣。如果現在所有的房客都正豎起耳朵傾聽，她也絕對不會感到意外，但她何必在乎？他們可以像她一樣忽視她的母親。

丹尼絲不去聽她母親的苦苦哀求，反而專注傾聽從走廊底端傳來的那個窩囊廢的嗚咽。所有像他那樣住在單房公寓裡的離婚男子都如此可悲荒謬。他們的長相非常平庸，他們怎麼能相信未來是一片光明？他們沒洗過的衣服發出酸臭味，在可悲的孤獨中喝得爛醉如泥，以求忘卻一切。這些卑躬屈膝的白癡怎能忍受這般可悲的人生？

丹尼絲哼了一聲。他們有多常站在她的房門前，用閒聊的語氣和從超市買來的廉價紅酒試圖引誘她？他們的眼神背叛怯弱的聲音，透露出輕聲細語下的眞正意圖和渴望。彷彿她會放下身段、和住在這種單房公寓裡的男人扯上關係似的。

「她帶了要給我們的錢，丹尼絲。」她母親不放棄地懇求。

現在，她引起丹尼絲的注意力了。

「妳得和我下樓，因爲如果妳不這樣做，她這個月就什麼也不會給我們了。」

再次開口前，母親停頓了一下。「那樣的話，我們手頭就**真的**沒錢了，對不對，丹尼絲？」她嚴肅地說。

「妳能不能說大聲點，這樣就連隔壁棟大樓的人也能聽得到？」丹尼絲怒聲反駁。

「丹尼絲！」她母親現在的聲音開始顫抖了。「我警告妳，假如妳外祖母不給我們那筆錢，妳就得去社會局辦公室，因爲我這個月沒付妳的房租，還是妳以爲我付了？」

丹尼絲深吸口氣，走到鏡子前，塗上最後一次口紅。好吧，就花十分鐘去應付那個女人，然後她就要出門。她外祖母只會帶來狗屎和衝突，那個賤女人不給她一秒鐘的安寧，總是不斷地要求東、要求西。丹尼絲如果有什麼無法應付的事，那就是人們施加在她身上的眾多要求，那只會使她垂頭喪氣、精疲力竭。

人們的要求只會耗盡她的精神，因她達不到那些標準。

二樓母親的公寓內，一如往常瀰漫著一股罐頭假海龜湯的氣味。有時桌上會有剛過期的肉片，或裝在塑膠袋裡的香腸狀米布丁。當她母親試圖擺出豪華大餐時，桌上也不會眞的有肋眼牛排。桌布上盛著燭台的銀盤汙漬斑斑，燒得嗶剝作響的蠟燭，好像在強調這畫面有多寒酸。

在這燭光搖曳、虛僞矯作的氣氛中，禿鷹已經坐在桌子中間的主位，臉色陰沉地皺著眉頭，準備發動攻擊。丹尼絲幾乎被她的廉價香水和粉底的臭味熏昏。任何體面的商店絕不會販售那種廉價東西，自貶身價。

現在，外祖母輕啓她乾枯、鮮紅、處處斑駁的嘴唇。或許那隻禿鷹是要微笑，但丹尼絲沒那麼輕易上當。她嘗試數到十，但這次只數到三，那女人的言語暴力就開始了。

「終於！小公主總算有時間下樓打個招呼了。」

外祖母的眼光迅速閃過丹尼絲裸露的小腹，臉上出現陰鬱和不以爲然的表情。「臉上已經塗滿化妝品和我不知道是什麼的東西了。妳沒來也沒人會想念妳，因爲妳來只會是場大災難，不是嗎，杜麗？」

「不要那樣叫我好嗎？我已經改名快十年了。」

「既然妳這麼有禮貌地要求，那好吧，如果妳都這樣有禮貌就好了。所以妳認爲那名字比較適合妳，是嗎……丹尼絲？有點法國味兒，它幾乎讓人聯想到晚上打扮得花枝招展、賣弄風騷的女郎，所以，好吧，也許是比較適合。」她鄙夷地上下打量她。「我只能恭喜妳僞裝成功，沒人會懷疑妳已經準備好要出門去打獵了。」

丹尼絲注意到她母親輕觸外祖母的臂膀，試圖安撫她，好像那招**會**有效似的。說到安撫人，她的母親永遠不擅長。

「所以妳打算怎麼活，我能問嗎？」她的外祖母繼續說：「聽說妳去上一門新課程，還是其實是個實習？」她瞇起眼睛，譏諷地說：「這次妳想當美甲師了？我幾乎想不起來在妳的人生中有什麼好消息，妳得幫幫我。咦，不對，還是其實妳並沒有眞正從事過什麼工作？現在這個能算嗎？」

丹尼絲沒有回話，她閉緊嘴唇按捺著。

外祖母抬高眉毛。「喔，對了，我忘了，妳嬌弱到不能工作，不是嗎？」

她既然知道所有答案，何必費神問起？那老太婆爲何非得坐在那裡，躲在乾燥的灰髮後，戴著令人生厭的扭曲面具？那只讓人想對她吐口水。是什麼阻止她那樣做？

「丹尼絲決定去上怎麼當教練的課。」她母親鼓起勇氣插嘴。

眼前的改變顯而易見。她外祖母的嘴巴驚訝地大開，鼻上的皺紋消失；稍微停頓後，她的神情瞬間變了樣，縱聲大笑。那笑聲低沉而刺耳，似乎來自她腐敗的核心深處。丹尼絲聽到後，頸背的寒毛都豎了起來。

「喔，她**決定**的，是嗎？很有趣的想法，丹尼絲當別人的教練。我能問是什麼教練嗎？在這個紛紛擾擾的世界中，眞的有人願意讓某個除了化妝打扮外、什麼都不會的人來教導自己嗎？眞有這種事？那樣的話，整個世界一定會完全停擺。」

「媽——」丹尼絲的母親試著打斷她。

「給我安靜，布莉姬。讓我說完話。」她轉身面對丹尼絲，恨恨地說：「我就有話直說，丹尼絲，我沒見過任何和妳一樣懶惰、毫無才華、和現實脫節至此的女孩。我們是不是該同意妳根本一事無成？妳現在是不是該找個工作，來配合妳那平庸的資質？」外祖母等著答案，但只等到沉默，她搖搖頭。丹尼絲這下有把握接下來會上演什麼戲碼。

「我以前就說過，也警告過妳，丹尼絲。妳以爲躺著不動就能活嗎？那太令人震驚了。妳沒妳以爲的那麼美麗，親愛的，而且恐怕再過五年，妳就要人老珠黃了。」

丹尼絲從鼻孔倒抽口氣。再忍受兩分鐘，她就要出門了。

外祖母轉身面對她母親，以同樣冷淡、輕蔑的表情說：「妳也一樣，布莉姬。妳只想到妳自己，成天無所事事、渾渾噩噩度日。要是沒有妳爸和我，妳要怎麼辦？妳是如此頑固的自大狂，一逕兒浪費生命，要不是我們跟在後頭付清所有的帳，妳會有什麼下場？」

「媽，我**曾**工作過。」她的聲調眞可悲。好幾年前，她的抗辯便被充耳不聞。

現在，又輪到丹尼絲了，外祖母把注意力轉回她身上，猛搖著頭，嘴巴嘖嘖作響。

「至於妳！妳以爲自己有多厲害？妳連摺衣服的工作都搶不到。」

丹尼絲憤而轉身走入廚房，外祖母的惡毒言語一路跟著她陰魂不散。

如果能窺看她外祖母體內的構造，組成元素可能是同等分量的極度憎恨、復仇，和緬懷過去光輝歲月的無盡惆悵。她認爲以前的生活截然不同，那時的她雍容富貴。丹尼絲聽過無數次同樣的無聊話，每次都讓她憤怒不已，自尊深受傷害。外祖母總說她和她母親來自多麼高尙的家庭，不斷提及她外祖父在洛德雷開鞋店時日進斗金的黃金歲月。

全部都是胡扯！他們家的女人不全都待在家裡盡義務嗎？她們不全都是光靠丈夫養、對外表挑剔、負責照顧家庭的家庭主婦嗎？

沒錯！去她的。

「媽！妳不該對她太嚴厲，她——」

「丹尼絲二十七歲了，卻一事無成，遊手好閒。布莉姬，**一事無成**！」那個老巫婆嘶吼著。「我不在後，妳倆要怎麼過活？妳能回答我這個問題嗎？不要期待我會留下什麼大錢，想都別想，我有我自己的需求。」

一如以往，這句話她們也聽過幾百次了。她馬上會再轉而攻擊丹尼絲的母親，說她是個不爭氣的窩囊廢，然後繼續數落她，竟把所有的負面缺點都遺傳給她的外孫女。丹尼絲對此痛恨至極。她痛恨那尖銳的聲音、凶狠的攻擊和無理的要求，痛恨她母親這般軟弱，沒能力留住一個能照顧她們的男人；她也痛恨她的外祖母，因爲逼走男人正是她做過的好事。她爲什麼不去躺下來死掉算了？

「我要出門了。」丹尼絲走回餐廳時冷漠地說。

「喔，是喔，現在嗎？那樣的話，妳就不會得到這個。」她外祖母從手提包裡掏出一疊紙鈔，在她們面前舉高——全是一千克朗大鈔。

「過來坐下，丹尼絲。」她母親哀求。

「對，在妳出門去賣自己的肉體前，過來坐一會兒。」她外祖母又開始惡言相向。「在妳衝出去找男人灌妳酒前，坐下來嘗嘗妳母親做的可怕餐點。小心點，丹尼絲，妳要總是這副德行，永遠都找不到爲妳傾倒的正直男人！妳不過是一個戴著假髮、頭髮染得亂七八糟、裝了假胸部、戴假珠寶、皮膚粗糙的廉價女人。妳以爲他們不會馬上看穿妳嗎，親愛的？還是妳覺得一個高尚的男人，無法分辨女人的容貌是優雅還是廉價？妳可能不知道，只要妳張開那張血盆大口，他就會馬上發現妳是個無知的草包，吐不出什麼像樣的話。難道妳的存在只是浪費空間？」

「妳懂個鬼。」丹尼絲反唇相譏。*她那張嘴爲何不肯停下來？*

「啊！那妳來告訴我，在妳**出門**前，妳倒是要拿**人生**怎麼辦？妳不是非常優雅地說了嗎？告訴我，這樣我才會明白，因爲我實在很想知道，妳的確切計畫是什麼？變成有名的電影明星？妳在比現在更年輕、甜美時，也叨叨訴說過這樣的夢想。或者成爲舉世聞名的畫家？我只是好奇，告訴我，妳這次又要瘋什麼了？這次，妳拿了什麼說服妳的個案社工？也許妳——」

「**給我閉嘴！**」丹尼絲再也忍不住，傾身靠向桌前大吼。「閉嘴！妳這個惡毒的賤女人。妳自己也沒好到哪去，妳除了口出惡言外，還有什麼本事？」

如果這話奏效就好了。倘若她外祖母肯安靜地畏縮，那丹尼絲就能心平氣和地坐下來，就那麼一次細細品嘗那道可怕的棕色濃湯。可惜事與願違。

母親震驚萬分，指甲摳進椅子的座墊裡，但她外祖母可不會這麼輕易放過她。

「妳竟敢叫我閉嘴？妳那個蠢腦袋只能想到這種話嗎？妳以爲妳的謊話和低俗能嚇倒我嗎？嗯，我告訴妳，我想妳們得再等等我的金援了，直到妳給我一個明確且眞心誠意的道歉。」

丹尼絲粗暴地將椅子往後「砰」地推開，力道之大，餐具震得叮噹作響。她該讓她外祖母看到她們紅著臉瞪著她離開嗎？都已經忍受這麼多了，她們最後還要落個兩手空空嗎？她要讓外祖母稱心如意嗎？

「把錢給我媽，不然我就要從妳那裡拿過來！」她嘶聲說：「交給我，不然妳會後悔。」

「妳在威脅我嗎？我們最後要落得這種結局嗎？」她外祖母邊說邊站起來。

「妳們兩個停止好嗎？坐下來。」她母親哀求，但沒人坐下。

丹尼絲非常清楚這下局勢會怎麼發展。她外祖母不會給她片刻安寧。她去年夏天滿六十七歲，看樣子至少可以撐到九十歲。她眼前閃過未來的情景——永不止息的批評和爭吵。

丹尼絲緊閉雙眼。「聽好，外祖母。我不認爲妳和我們有什麼不同。妳嫁給一個大妳三十歲、長滿皺紋的噁心納粹分子，允許他撫摸妳，那有比較高尚嗎？」

她外祖母彷彿被摑了一記耳光，往後踉蹌倒退一步，就像被硫酸潑到一樣。

「難道不是這樣嗎？」丹尼絲尖銳狂叫，她母親開始淒聲哀嚎起來。外祖母默默離開去拿外套。

「我們要拿誰做榜樣？妳嗎？把錢給我們，該死！」她伸手去抓錢，但她外祖母連忙將錢塞到腋下。

緊接著，丹尼絲轉身。她「砰」地大力關上門，但仍可聽見門後亂糟糟的聲響。有那麼一會兒，她靠在走廊牆壁上，喘著氣呼吸，母親則在屋內哭喊，不斷哀求。過去的經驗告訴她：那只是徒勞無功。在丹尼絲恭敬地懇求原諒、張著乞求的眼睛、出現在那片毫無生氣的高級郊區前，她們不會拿到錢。但這次，她不打算等那麼久。

她不想再忍受了。

她倏地想起，她的迷你冰箱裡有一瓶義大利蘭布魯思科氣泡酒。這類單房公寓裡除了水槽、鏡子、床和合板衣櫃外，通常沒附任何設備。但她的生活裡不能沒有冰箱。畢竟，兩杯冰酒下肚後，她的「乾爹」最爲慷慨。

她從冷藏庫裡拿出酒來，注意到它有多重。就像她預料的一樣，氣泡酒已經完全冰鎮好了，但軟木塞仍舊完好無缺。那漂亮的瓶子，則隱藏了無數種有趣的用法。

第二章

二〇一六年五月十三日星期五

蘿思在紅燈前兩百公尺處，將機車煞住。

她突然不記得路。儘管這條路她已經走了許多年，但今天的馬路看起來就是不太一樣。她環顧四周。十分鐘前在巴勒魯普時，她就曾突然恍神，現在又發生了。她的感官和大腦之間暫時無法協調，記憶彷彿在耍花招。她當然知道不能騎機車過高架橋和上畢斯坪布恩路，所以她該在哪裡轉彎？朝波魯斯大道過去，沿途有條平行的路嗎？是在右邊嗎？

她沮喪地將腳尖抵在柏油路上，抿緊嘴唇。「妳是怎麼了，蘿思？」她大聲自問，一位路人搖搖頭後趕緊離開。

蘿思大感挫折，連咳兩次，覺得自己就快嘔吐了。她困惑地瞪著道路，那就像個混沌不堪的戰爭現場。數十台引擎低沉的「嗡嗡」聲、各式交通工具和混雜的紛亂色彩，使她冒出一身冷汗。

她闔上雙眼，試圖回憶起平常她蒙著眼也能做到的事。有那麼剎那，她考慮來個大迴轉騎回家，但那表示她得穿越馬路，那該怎麼做？話說回來，她還記得回家的路嗎？蘿思搖搖頭。她現在離警察總局比較近，離家較遠，所以她何必大迴轉繞回家？那沒道理。

蘿思已經處在這種困惑的狀態裡好幾天了。她感覺自己的身體突然縮小，小到負荷不了自身的體重；而那些聚集在她腦袋裡的各類思想，使她束手無策，紊亂的想法好似有幾個腦袋也裝不下。即使如此，蘿思並沒有崩潰，她感覺自己反而是靠著腦中各種奇怪的點子，來支撐她的理智。這樣下去，她可能會慢慢消耗殆盡。

蘿思用力咬著兩邊的腮幫子，直到出血爲止。也許之前格洛斯楚普的精神病院太早讓她出院了。她其中一個妹妹的確曾影射過她的病況，而她也絕對不會看錯阿薩德憂慮的神情。她眞能證明她妹妹是錯的嗎？也許她崩潰的根源**並非**來自憂鬱和人格障礙的可怕組合，她可能是眞的瘋了……

「**別再**胡思亂想，蘿思！」她不禁喊出聲來。一位路人再次側目而視，她滿臉歉意地望向他。醫院提過，倘若她覺得自己復發的話，可以打電話給精神科醫師，但現在這樣算是復發嗎？還是只是因爲她工作壓力太大、沒有充足睡眠？這其實只不過是單純的壓力而已？

蘿思直直往前看，立即辨識出貝拉霍伊公共游泳池的寬闊階梯，和背後的高樓大廈。她全身襲上輕柔的放鬆感——她沒有完全失去控制。蘿思嘆口氣，再次發動機車。

每件事似乎終於回歸正軌，但幾分鐘後，她忽地被低速檔的摩托車超過。

蘿思低頭瞧時速表，只有十九公里。顯然她甚至無法鎭定到將手一直按在油門上。

一切畢竟不在她的掌控之中。

我今天眞的得很小心，她想。不要讓別人知道，保持冷靜。

她用手抹乾前額，雙手顫抖，留心環顧周遭。最重要的是，她得確保自己不在這片交通混亂中昏倒，免得被轉彎的卡車碾成碎肉。她應該辦得到。

天氣晴朗的日子裡，警察總局光潔的牆面和頗具威嚴的雄偉建築看起來非常迷人。但今天，純潔的白色外觀掩上了一層灰濛濛的色調，列柱間的空隙顯得比往常黝黑，更爲懾人——簡直像能把蘿思整個人吞噬掉。

她沒有如平常般和值班員警打招呼。祕書麗絲在樓梯間給了她一個甜美的微笑，她也只是敷衍地牽動一下嘴角。今天是情緒低落的日子。

特殊懸案組所在的地下室很安靜，沒傳來阿薩德的薄荷茶臭味，卡爾那架過大的液晶電視沒流瀉著TV2喋喋不休的新聞播報，也沒有一臉迷惑的高登。

他們都還沒來，感謝上帝，她想著，步履蹣跚地走進她的辦公室。

蘿思癱坐在辦公桌前，用力按壓橫隔膜，在她心情低落時，這動作有時很有效，它能減輕失去控制的感覺，將拳頭按壓在腹腔上也十分有用。但現在這方法卻沒奏效。十三號星期五，她還能期待什麼？

蘿思站起身關上門。如果門關起來，其他人可能會以爲她還沒進來。

她終於得到平靜。

暫時如此。

第三章

二〇一六年五月二日星期一

當她走進社會福利辦公室的那刻起，蜜雪兒的脈搏便猛然加速。儘管那名稱聽起來很中性，但對蜜雪兒來說，那幾個字本身就有股壓迫感。在她看來，叫它「痛苦辦公室」、「乞丐機構」，或「羞辱中心」應該更為適合，但有誰會為公共部門取貼切的名字、誠實說出它們的目的？

多年來，蜜雪兒已在這個貶低自尊的系統中處處碰壁。最早是在馬薩斯街，再來遠至加默科德蘭路，現在又回到維斯特布洛路。不管她被送到哪兒，都得面對同樣的要求和悲慘的氣氛，沒有任何事物能消除這種屈辱感。他們儘管擺上更多光可鑑人的新櫃檯，上面還有大大的數字，但蜜雪兒才不在乎，她沒那麼好騙。他們也可以擺出電腦，這樣人們就能坐在那，為他們的工作代勞，前提是她得搞懂怎麼用電腦。

她並不特別喜歡來這中心的大多數人。人們會死瞪著她，彷彿她是他們中的一分子，彷彿她和他們襤褸、不體面的衣衫有任何瓜葛似的。他們甚至不知該怎麼好好打扮。她可曾沒努力打點好外表就邋遢地貿然出門嗎？她曾沒洗頭或沒想好當天搭配的首飾？不，她從未如此。不管發生什麼事，她都會打扮得宜。

如果派崔克今天沒押著她來，她會在入口轉身離去，儘管她很清楚她**必須**進門，因為她得取得度假許可，派崔克也提醒過她這點。

派崔克是位電工學徒，蜜雪兒最棒的戰利品。倘若有任何人懷疑她是哪種人，他們只消看他一眼，就知道她不同凡響。他帶給了她某種地位。很少人能像派崔克一樣，高大魁梧，肌肉雄渾，還有那些時髦、有品味的刺青。沒有男人的頭髮比他烏黑亮麗，當他穿上合身襯衫時，更是儀表出眾。從他的模樣，就知道他以自己的身材為傲，而那的確值得炫耀。

現在，她坐在派崔克旁，就在那個沒用的個案社工前。不管蜜雪兒換到哪個辦公室註冊，這位社工就是陰魂不散地跟著她，負責她的個案。蜜雪兒曾在等候室裡聽說她贏了一大筆錢，但如果真是如此，為何她不趕快從蜜雪兒的生命裡滾蛋？

她的叫作安妮─琳，只有像她那種人才會有這種可笑的名字。桌邊的典型金屬名牌上就寫著她的名字，「安妮─琳．史文生」。在這二十分鐘以來，蜜雪兒一直盯著那個名牌。而從五分鐘開始，她便心思神遊，根本沒在聽他們之間的對話，連一個字也沒聽清楚。

「妳同意剛才派崔克說的話嗎，蜜雪兒？」安妮─琳．史文森有時會這樣問她，蜜雪兒就像機器人般點頭回應。有理由反對嗎？她和派崔克幾乎同意所有的事。

「很好，蜜雪兒。所以妳肯接受被派至寶藍德森公司了？」

蜜雪兒皺起眉頭。那不是他們來此的原因，他們到這來是要讓這個女人了解，她就是無法承受工作壓力，所以她得暫停找工作，取得兩週的假期許可。他們不是已經解釋過上百次，社福系統給她的壓力過大嗎？社工不了解他們說的話嗎？不是每個人都像這個白癡社工一樣幸運。倘若蜜雪兒或這邊的誰贏了彩券，她會坐在這裡嗎？絕對不會。

「寶藍德森？呃，不，我沒有這樣想。」她回答。

蜜雪兒以懇求的眼神看向派崔克，但他正怒瞪著她。

「寶藍德森到底是什麼？」她問：「服飾店嗎？」

安妮－琳笑了起來，她那被酒漬染色的牙齒慘不忍睹。她沒聽過牙齒美白嗎？

「嗯，是的，以某種方式而言。他們的確處理衣服。」她回答。她的姿態是不是有點高高在上？

「寶藍德森是個名聲很好的公司，主要業務是爲大公司和公共機構清洗床單。」

蜜雪兒聽了不禁猛搖頭。她可沒和派崔克同意這類工作，他明明知道。

安妮－琳蹙緊她那兩道沒修過的眉毛。「蜜雪兒，似乎不了解事態的嚴重性，對吧？」

那女人將注意力轉回派崔克。「我想你們倆應該住在一起，派崔克，因此你應該知道，蜜雪兒已經非法領取租屋補助幾乎達六個月之久，我們把這稱作『詐欺』，這是很嚴重的罪行。你有想過這件事嗎？」

派崔克拉起袖子，新刺青的腫脹尚未消除，可能因爲這樣，他才那麼容易生氣。「一定是哪裡有誤會，我們沒同居，不能算是。蜜雪兒在凡洛塞有間公寓。」

這項資訊並未讓社工感到絲毫困惑。「我今早跟租給蜜雪兒一間房的霍斯霍姆市家庭談過。他們告知我，蜜雪兒這五個月以來都沒付房租，所以她應該是跟你住在一起，沒錯吧？我們會將這期間的租屋補助，從你的薪水中扣除。你必須知道，後續可能還會有法律程序，派崔克。我先假設你知道這些新規定。」

派崔克慢慢轉頭，凶惡地瞪了蜜雪兒一眼。他的神情中，有某種蜜雪兒不喜歡的東西。

「可是……」蜜雪兒皺著眉頭，儘管她知道這樣會讓她看起來很醜。「我們今天來這，只是爲了得到度假許可。我們看到兩週後有個非常便宜的假期，搶在最後一分鐘才訂到，派崔克可以挪出時間，所以……」

她將租屋處的通知呈交給社會福利辦公室，眞是大錯特錯，或者至少該說，她沒告訴派崔克這件事是個大錯。她也可以確定，這不會是她最後一次聽到有關那個房間的事。到現在爲止，派崔克都沒打過她，這是她還願意維持這段感情的原因之一。但此時此刻，局勢似乎有所改變。

「原來如此，但我不認爲妳能拿到許可，蜜雪兒。從派崔克的話和表情看來，我覺得妳可能忘記告訴他房間的事，對吧？」那個醜老太婆繼續嘮叨。

蜜雪兒點點頭，動作輕微到幾乎無法察覺。派崔克在窗戶前站起來，身子幾乎擋住所有的光線。「一定是哪裡弄錯了。」他眉頭深鎖，抗議著說：「我會開車去見見那個家庭，查查看他們爲何這樣說。」

他轉身面對蜜雪兒。接下來他對她說的話可不是建議，而是個命令，這點非常清楚。「留在這，蜜雪兒。妳的社工會提供妳一份工作，我認爲妳應該和她好好談談，好嗎？」

蜜雪兒抿緊嘴唇，他憤怒地在身後甩上門。他在這種情況下棄她而去眞是可惡。如果她知道那女人會像這樣偷偷調查她的居住狀況，她絕不會放棄那個房間。她現在**究竟**該怎麼辦？他們手頭拮据，不能失去那筆補助，**尤其是**他們現在可能得付罰金。要是派崔克能說服那個家庭回心轉意，也許她能再去租那個房間，他們不可能會有反對意見。只要房租低於她的補助，就會有剩，雖然一千八百克朗的房租對她而言是個天文數字。

她是眞的想過將那筆錢用在自己身上，所以她才會那樣做。她去做頭髮時，派崔克不是很滿意她的外表嗎？她穿性感新內衣時，他有抱怨嗎？

十分鐘後，蜜雪兒坐在等候室裡力求鎭定，反覆咀嚼剛剛發生的事。她的頭腦一片混亂。確定會啓動詐領補助的調查——辦公室裡的女人說得很清楚，他們得繳回一大筆錢。聽到那個數字後，她沒辦法再從容不迫，頓時坐立難安，根本無法應付眼前的難題。她覺得反胃想吐。安妮—琳的態度爲何非得像那樣？只因爲她不肯接受洗衣店的工作嗎？

死也不要！蜜雪兒用力搖頭，那工作著實令人沮喪。她才不要每天凌晨四點起床，搭電車一路到赫爾辛格，去處理沾染上別人糞便的床單。大部分的床單直接來自醫院，誰知道那些病人用床單擦過些什麼？那可能會傳染疾病，甚至可能致命，肝炎或伊波拉病毒或諸如此類的東西。光是想到這就讓她作嘔。

不，他們不能命令她做這種事。絕對不行。

「妳期待什麼，蜜雪兒？」那女人冷酷無情地問：「我們提供妳的工作，妳沒有一份應付得來；我們替妳註冊的課程，妳也沒有一個上完。妳知道，像妳這樣對社會毫無貢獻的女孩，其實很耗費社會成本嗎？最重要的是，現在妳還想用詐領的救濟金去度假？不能再這樣下去了，不是嗎，蜜雪兒？」

她爲什麼要是那種態度？蜜雪兒對她做過什麼？她不了解蜜雪兒這類人的想法嗎？她眞的很擅長照顧她和派崔克共享的公寓，總是確定它乾淨整齊。她替他倆洗衣服，有時甚至還做點料理，負責買東西的也是她，**那**不就是貢獻嗎？

「社會福利不會爲那種事付錢，蜜雪兒。」派崔克這樣說過，好像她什麼都不懂似的。但她母親和姊姊都一直是家庭主婦，爲什麼她就不行？

她低頭盯著時髦的紅麂皮新靴。她買下這雙鞋，就爲了在這場面談中看起來體面，結果有用嗎？蜜雪兒深吸口氣，剛發生了太多事，她無法馬上消化。她用擦得光鮮的指甲將長褲上的小汙漬刮掉，用手撫平上衣的袖子。她在驚慌失措時總會這麼做。那個惹人嫌的女人眞該死，安妮—琳．史文生，眞希望她被車子撞死，那樣最好不過。

蜜雪兒絕望、悲慘又孤獨地環顧四望。所有坐在這裡的人都去死吧！腳穿磨損的鞋子，帽兜拉下蓋住耳朵，看起來糟透了，還跑來這丟人現眼。社會上沒有足夠的錢讓蜜雪兒這種人領取救濟金，都是他們的錯。她是個好人，從未傷害過任何人、從未酗酒，或癡肥到得去住院，也沒打針嗑藥，到處去偷別人的財物。坐在這裡的人有誰敢這樣說嗎？她想到此，臉上不禁浮起一抹微笑。眞蠢，這些人有盡到他們該盡的義務嗎？他們之中甚至有人値得尊敬嗎？肯定沒有幾個。

她張望遠處的兩個女人，她們正排隊領取號碼牌，年紀似乎跟她差不多。她暗忖，和其他人比起來，她們可能是正派人士，至少她比較容易認同她們，因爲她們的衣服質料超級優質，妝容也非常吸引人。

那兩個女人拿了號碼牌後，四處看看，瞥見蜜雪兒坐的角落裡有兩張空位，便走過來坐下。三人交換矜持和心照不宣的眼神。

「妳也在等嗎？」其中一位問道。五分鐘後，她們三個熟稔地聊著天，就像老朋友一樣。眞有趣，她們的共通點還眞多。她們坐的那個角落，很快就變成品味批評中心。緊身牛仔褲來自佛鐵克斯商場或H＆M，上衣、耳環、項鍊、戒指、手鐲則來自TIGER雜貨，不然就是隱匿在小巷裡的精品小店。三個人全都接髮，小心翼翼做了造型，穿著高跟靴，但就像其中一人說的，偶爾她們也穿假皮雪靴。是的，品味如此之像眞是有趣。

讓蜜雪兒吃驚的是，她們還有一個共通點：都被麻煩的體系擺布，施加各式各樣的無理要求，而她們已經受夠了。上帝垂憐，彷彿這樣還不夠似的，她們的社工竟然是同一位：安妮─琳·史文生。

蜜雪兒仰頭大笑。有個女孩坐在她們正對面，臉上滿是皺紋，龐克髮型和過黑的煙燻眼妝──徹頭徹尾的醜陋。她盯著她們，眼神緊繃，令人不自在，好像在嫉妒她們。蜜雪兒嫣然一笑，因爲那女孩有理由如此，看她古怪的時尚和詭異的舉止就一目瞭然。她點著腳尖，好像在踩鼓的踏板，看起來就像吸了安非他命之類的毒品。她的怒瞪變得越來越強烈，也許她只是需要一根香菸，蜜雪兒很懂那種感覺。

「這裡沒有任何人想和妳們這三位假猩猩的掃興鬼有任何牽扯！」她突然發動猛烈攻擊，顯然是針對蜜雪兒和其他兩個女孩。「和妳們這種人相比，狗屎都可以變黃金。」

坐在蜜雪兒隔壁的女孩似乎大吃一驚，轉頭面對那個龐克。她說她的名字是潔絲敏，非常酷的人，只是現在突然畏縮起來，擺不出那股酷勁。但另一個叫丹尼絲的女孩，冷冰冰地回應了她。儘管潔絲敏嘗試阻止她，丹尼絲還是對龐克女孩豎起中指。

「在妳出身的地區，那裡的人可能沒學會怎麼辨別品味好壞吧！」丹尼絲發出斷聲。「俗話說物以類聚，納粹侵略的第一塊土地就是他們自己的。妳知道嗎，妳這白癡龐克？」

蜜雪兒搖搖頭，她的比喻還眞古怪。

氣氛在轉瞬間改變，可以聽到針掉落地面的聲音。龐克女孩握緊拳頭，在那一刻，她看起來能做出任何事。蜜雪兒可不喜歡她的反應。接著傳來叫號的聲音，龐克女孩放棄對峙，站起身，潔絲敏放鬆地吐口大氣。但她走去社工辦公室時，投給了她們一個眼神，那可不是什麼好預兆。

「她到底是誰啊？妳好像認識她。」丹尼絲問潔絲敏。

「我可以告訴妳，她不是那種妳可以對她比中指的人。她住在離我家幾條街外，來自冰島，名叫伯娜，非常病態。我的意思是，她腦袋完全壞掉了。」

第四章

二〇一六年五月十三日星期五

「對，是我幹的。我用熨斗拚命敲她的頭。她尖叫得好厲害，但我不在乎，只是一直打她。」

卡爾拿著香菸輕敲手背，默默舉到唇邊數次，最後又放下來。他的眼睛瞇成一條縫，看著對面這個男人在問都沒問的情況下，就遞過來的身分證。四十二歲，但他看起來起碼老上十五歲。

「你說你打她，她尖叫。但你多用力打她，摩根？你能示範給我看嗎？站起來示範一下。」

那纖瘦的男人忙不迭地站起來。「你要我假裝我拿著熨斗，然後打空氣？」

卡爾點點頭，按捺下一個呵欠。「就做出你那時打她的動作。」

那男人張開嘴，臉部肌肉緊繃，專心致志。暗黃色肌膚、襯衫鈕釦都扣錯了，長褲鬆垮垮掛在臀部上，模樣真是慘不忍睹。那男人抓著想像中的凶器舉高手臂，準備出擊。

他的手往下砸時，眼睛大睜，帶著病態的歡愉，彷彿他能看到對方的身體癱倒下來。他打了好一會兒哆嗦，好似穿著長褲達到高潮。

「我就是這麼打的。」他笑著說，如釋重負。

「謝謝你，摩根。」卡爾說：「那就是你怎麼殺害奧斯特安列波曼私立學校的代課老師的確切方式，對吧？然後她臉朝下往前趴倒？」

他點點頭，像個頑皮的小孩般後悔萬分地盯著卡爾。

「阿薩德，你能進來一下嗎？」卡爾對走廊叫著。

走廊旋即傳來氣喘吁吁的聲音。

「順便帶你的墨西哥咖啡過來！」卡爾吼道：「我想摩根．艾伯森有點渴了。」他瞥瞥那個男人，他的表情在友善和默不作聲的感激之間，自動切換著。

「但先查一下二〇〇四年的史蒂芬妮．古德森謀殺案，我們有什麼資料！」他再次大喊。

他對那男人點點頭，男人微笑斜睨著他，一臉自信滿滿，似乎暗示著，在這一刻，他們幾乎可以算是搭檔。兩個靈魂成功釐清了一件陳年謀殺案。就是這樣，大功一件。

「她躺在草地上時，你又繼續打她，是嗎，摩根？」

「是的。她不斷尖叫，但我又打了她三、四次，然後叫聲就停止了。我不太記得確切過程，畢竟那是十二年前的事了。」

「告訴我，摩根，你爲什麼要自首？而且爲什麼是現在？」

他的凝視襲上一份遲疑，嘴巴微張，顫抖著，露出下排歪歪扭扭的牙齒。這令卡爾不快地想起，牙醫已經打電話找他三次了，但每次都撲空。牙醫想提醒他做年度檢查。

從那傢伙橫隔膜抖動的方式，可以明顯看出他正拚命控制自己的情緒。如果他開始痛哭，卡爾也絕對不會驚訝。

「我就是無法再隱瞞這件事了，我的良心受到嚴厲譴責。」他的下巴顫抖著說。

卡爾邊點頭，邊將男人的身分證號碼輸入警察系統。「我懂，摩根。那樣的謀殺案會是可怕的心理負擔，對吧？」

他感激地點頭同意。

「我從這裡查到你住在奈斯維德市。我得說，那離哥本哈根有點遠，更別提案發現場奧斯特安列公園了。」

「我並不是一直住在奈斯維德。」他用幾乎是防禦性的口吻說道：「我以前住在哥本哈根。」

「但你爲何大老遠來此投案？你去地方派出所招認這樁可怕的謀殺案不是比較方便嗎？」

「因爲你們是處理懸案的人。雖然我在報紙上讀到你是前陣子的事，但這裡還是歸你管，對吧？」

卡爾皺起眉頭。「你看很多報紙嗎，摩根？」

他試圖看起來更嚴肅。「和新聞同步以及維護媒體自由不是我們的責任嗎？」他說。

「你謀殺的那個女人……你爲何犯下那個案子？你認識她嗎？我想像不出你和波曼私立學校會有任何關聯。」

他擦乾眼淚。「她走過我身邊時，我突然有那股衝動。」

「衝動？那常常發生嗎，摩根？因爲如果你還有殺其他人，現在是一吐爲快的時候。」

他眼睛眨都沒眨地搖著頭。卡爾低頭看著螢幕，有關這男人的資料還眞不少，所以不用懷疑他下一步會講出什麼來。

阿薩德進入房間，將一個薄薄的檔案夾放在他前面。阿薩德看起來不太高興。

「走廊上又有四個架子塌了，卡爾。我們得有更多空書櫃，不然會太重。」卡爾點點頭。這些該死的文件，他才不在乎把它們全燒光。

他打開檔案夾。在地下室的他們，沒收到多少關於史蒂芬妮·古德森案件的資料。所以，它應該還在接受凶殺組的調查吧。

他翻到最後一頁，讀最後幾行，點頭稱是。

「你忘了拿咖啡過來，阿薩德。」他說，仍舊盯著文件夾。

阿薩德點頭。「給他的？」

卡爾眨眨眼，打個暗號。「所以要特調的，他需要來一杯。」

阿薩德走出房間後，卡爾轉向那個男人。「我看到你以前曾來過警察總局招認了其他案件，摩根。」

摩根臉上滿是罪惡感，猛點著頭。

「而每次都因爲你對案件細節所知太少，所以被送回家，警察還鼓勵你去尋求心理協助，別再回來。」

「是的，沒錯。但這次**真的是**我幹的，你可以相信我。」

「你不能跑去凶殺組自首，因爲他們會直接送你回家，像以前一樣給你相同的建議，我說得對不對？」

有人能理解他，似乎讓他興奮莫名。「對，他們就會那麼做。」

「這期間你有去看心理醫生嗎，摩根？」

「是的，看了很多次。我住過德龍寧隆精神病院和諸如此類的。」

「諸如此類？」

「對，吃藥等等。」他看起來似乎引以爲傲。

「好。嗯，我可以告訴你，你會從我這得到和樓上凶殺組同樣的回答：你有病。摩根，如果你再下來這裡做假供詞，我們就得羈押你。我相信再去住一次精神病院會對你大有幫助，但決定權在你。」

摩根眉頭深鎖，任誰都看得出來，瘋狂的念頭正快速閃過他的腦海。偷偷得到些許事實而生的謊言，摻雜著眞正的懊悔，而現在又混合了絕望。但爲什麼要這麼做？卡爾永遠無法了解摩根這種人。

「別再說任何話，摩根。如果你以爲我們在地下室就不知情，那就大錯特錯。你說你如何攻擊那可憐的女人，但每個細節都完全錯誤，比如敲打頭的方向、敲擊的角度、攻擊後她如何倒下、總共打了幾次。你和這件謀殺毫無關係，現在該是你回去奈斯維德市的時候了，好嗎?!」

「嗨，這是阿薩德風格的墨西哥咖啡，這個小杯子很時髦吧。」阿薩德聲音宏亮，將杯子放在摩根前面。「要加糖嗎？」他問道。

摩根安靜地點頭，活像快高潮時被硬生生打斷的樣子。

「喝光再上路會特別有勁，但你得一口乾掉。」阿薩德微笑著說：「對身體非常好。」

摩根臉上閃過一抹懷疑。

「如果你不一口乾掉，我們會以僞證罪逮捕你，摩根，所以乾吧。」卡爾嚴厲地說。他倆都彎身靠向他，看著他不情不願地端起杯子到嘴邊。

「一口喝掉！」阿薩德語帶威脅。

喝咖啡時，摩根的喉結上下動了幾次。只是時間早晚的問題，可憐的男人。

「你在那杯咖啡裡放了多少辣椒啊，阿薩德？」當他們終於將桌上的嘔吐物清理乾淨時，卡爾不禁問。

阿薩德聳聳肩。「沒那麼多，但那是新鮮的卡羅萊納死神辣椒。」

「很辣嗎？」

「是的，卡爾。你看到他的模樣了。」

「他會小命不保嗎？」

「不太可能。」

卡爾綻放微笑。摩根・艾伯森絕對不會再拿這種瑣事來煩懸案組了。

「我該在報告裡寫下那男人的『自白』嗎，卡爾？」

卡爾邊翻閱文件，邊搖搖頭。「我看到這曾是馬庫斯・亞各布森負責的案件，可惜他一直沒辦法破案。」

阿薩德點點頭。「他們曾查出殺害那女人的凶器是什麼嗎？」

「就文件看來，沒有。上面只說是某種鈍器。這不是什麼新鮮事。」

卡爾闔上檔案夾。當凶殺組將這案件束之高閣時，就輪到他們來查清眞相了。稍安勿躁。等時候到了，他們再來處理此案吧。

第五章

二〇一六年五月二日星期一

安妮—琳·史文生不是那種最快樂的人，她也有充分的理由悶悶不樂。若論外表，她算中上。顱型漂亮，有吸引人的長相；年輕時身材火辣，男人都會轉頭看她，但她從沒學會善加利用這些優點。隨著歲月流逝，她也開始懷疑起自己的外表，是否眞是有用的武器。

安妮—琳，或說安奈莉——她喜歡這樣自稱——從來沒有眞正探索過人生，就像她父親以前說的。男人走過時，她似乎不懂得要如何施展自身魅力；買衣服時，她只聽自己想聽的，對鏡子告訴她的置之不理；選擇主修時，她目光短淺，沒有考慮過長期經濟利益。隨著時間過去，她如困獸般陷入無法想像的窘境，而她可沒料到自己會落得這樣的下場。

她有過一連串可悲的感情，最後，她成爲丹麥人口中，百分之三十七的獨居人士之一。過去幾年來，她養成暴飲暴食的習慣，常常吃錯誤的食物也導致她的身材變形，因此陷入永恆失望的狀態，並經常得承受無法忍受的疲憊感。但在這些錯誤的人生規畫中，最糟糕的莫過於她最後從事的工作。當她年輕的時候，理想主義說服她投身公共福利部門，這能幫助社會，也會帶給她成就感。千禧年後，一連串思慮不周的政治決定，使得公共福利部門管理無能，決策者又如一盤散沙。當時安奈莉怎麼知道，她的一個決定，會使自己陷入這樣的泥淖中，無法一展長才。她或她的同事，都沒有時間消化那些被迫接受的備忘錄、指令和分析辦法，最後落得在一個管理不當的社會安全系統裡工作。而這系統的執行管理，不但常常違逆法律，救濟金的分配體系在實際執行時還無法成功運作。她有許多同事爲壓力所苦，就像安奈莉。她休了兩個月的假，卻整天蓋著羽絨被，滿腦子陰鬱、沮喪，完全無法專心在什麼事上。最後返回工作崗位時，她的身心狀況竟比休假前更慘。

在這個政治經營不善的困境中，她不但要照顧一般個案，還得負責一群領救濟金的年輕人，她將他們視爲系統中的定時炸彈。他們大部分是年輕女人——從未學會任何謀生技能，未來也可能永遠不會。

返家後，安奈莉總是異常疲憊、憤怒。她的疲憊不是來自於一份有意義的工作，恰巧相反，今天糟糕透頂，一如以往。

她待會就得去哥本哈根大學醫院做例行乳房X光檢查。之後，她想買幾個蛋糕回家，將腳丫抬高，在毛毯下蜷縮一會兒後，八點再去每週的瑜伽教室和女同事碰面。老實說，安奈莉痛恨任何形式的運動，尤其是瑜伽。做完瑜伽後，她會全身痠痛，所以她究竟爲何要做瑜伽？說到這點，她甚至不喜歡她的同事，而且知道雙方都心知肚明。她們沒有冷落她的唯一理由，是因爲她們在工作上遭遇困難時，她總會伸出援手。那是安奈莉的另一面。

「妳身體的這個地方，最近有沒有覺得不舒服，安妮—琳？」醫生檢查X光片時問道。

安奈莉試圖擠出一抹微笑。她參加這個研究計畫已有十年之久，而她的回答幾乎一成不變。

「只有在妳要照X光、把我乳房壓扁的時候。」她淡淡地說。

醫生轉過身。原本面無表情的臉看起來憂心忡忡，安奈莉突然感覺背脊一股涼意。

「妳的右乳有個腫塊，安妮—琳。」

安奈莉屏住呼吸。這笑話可不好笑，她在一片混亂的腦袋中暗忖著。

接著醫生將臉轉回，面對螢幕。「看這裡。」她用筆勾勒出一大塊區域，接著敲敲電腦鍵盤，跳出新的片子。

「這是去年的X光片，那時那裡還什麼也沒有，安妮－琳。恐怕我們得將這個例行檢查升級爲緊急治療。」

她聽不懂。剎時間，「癌症」兩個字眼似乎漂浮過她的腦海，那該死的兩個字。

「妳怎麼遲到了？」

那四個女人以紆尊降貴的姿態對她微笑著，她早已習慣如此。

「妳究竟跑哪去了？我們剛得將身體彎曲成各種不可思議的姿勢。」

她們總習慣坐在咖啡館裡的某桌。安奈莉走到桌旁坐下，擠出一個微笑。「今天要做的事情太多，我累壞了。」

「吃塊蛋糕吧，會讓妳重拾笑容。」露絲說。她曾在社會福利辦公室工作二十年，最後決定投降。這六個月來，露絲改在一家計程車車行擔任辦公室助理。從許多方面來講，她都有點古怪，但她的能力的確比大多數人都來得強。

安奈莉猶豫片刻。她該對這群不相關的人傾吐祕密嗎？她該對她們解釋，她爲何沒有那個體力對著太陽伸展身軀，伴隨世界音樂的曲調痛快解放心靈？如果她說出實情，她能控制自己的情緒嗎？她絕對不要在大家都在看時大哭起來。

「老天，妳的氣色看起來不太好。有事不對勁嗎，安妮－琳？」最平易近人的克拉拉問。

她環顧所有同事，她們全都坐在那，臉上沒有妝容，叉子用力揮舞。她若用自身的殘酷現實毀掉這份可愛的和諧，對她又有什麼好處？她甚至不知道那個該死的腫塊是良性還是惡性。

「只不過是那些可怕的女孩。」她說。

「噢，又是她們！」一位同事點點頭，看起來一臉厭煩。安奈莉不是不知道，沒有人應該浪費精力在那個話題上，但不然她還能談什麼鬼？她家裡沒有丈夫能讓她抱怨、沒有能炫耀的小孩，沒有限量咖哩色新沙發的照片能拿來說嘴，還能跟她們嘟噥著有多貴。

「對，我知道那是我的問題，但她們還是讓人很不舒服，對吧？有眞正需要救助的人，也有一些只想不勞而獲、仰賴救濟金的人。她們只知道花心思打扮，靴子、化妝品、接髮樣樣不缺。妳在這些女孩身上找不到任何缺點，每樣東西都搭配完美：皮包、鞋子、衣服，所有東西都閃閃發光！」

這描述讓她們之中最年輕的人啞然失笑，但其他人只是聳聳肩膀。她們是那些女孩的截然相反。這些社會公僕平時一身灰黑，終於能放下頭髮時，只會在上面抹一點指甲花染劑，或套上有簡單小裝飾的黑色靴子。她們當然不在乎，何必在乎呢？這個社會裡沒有人會在乎。有必要採取行動時，她們只求蒙混過關。世事已經錯得如此離譜，還能要求什麼？

「別在意她們，安妮—琳。」露絲說。

別在意她們？現在說得倒是很輕鬆，畢竟她已經逃離這種鳥事了。

安奈莉的手慢慢挪向胸部，她突然覺得腫塊好像變得很大。她以前怎麼沒有注意到呢？希望那只是檢查的副作用。

說些什麼啊，什麼都好。妳只是需要換個思緒，她想著，脈搏加快。

「我弟弟的女兒，珍妮特，也是一模一樣。」克拉拉說，適時拯救她。「我跟妳們說，我常得聽我弟弟和弟妹炫耀她有多美、多棒、多有才華。」她露出挖苦的笑容。「什麼才華？就算她眞有任何才華，她也從來沒有一展長才。他們長年來炫耀她，只說她的好話，現在她變得跟妳描述的一樣，安妮—琳。」

她胸部的古怪感覺稍微減弱，取而代之的是一股詭異的溫暖感受，這引發她的無名憤怒。爲什麼癌症要找上她？爲什麼不是那些沒用的女孩長腫塊？

「所以，珍妮特現在靠救濟金度日，社會局也給了她一長串的工作和實習機會列表嗎？」安奈莉強迫自己發問。

克拉拉點頭。「她長年以來哀求要在髮廊裡工作，等她最後夙願以償時，卻只做了半天。」

幾位女同事抬起頭，顯然對克拉拉的話題很有興趣。

「老闆吩咐珍妮特要在午餐休息時間打掃，她抗議說那是不公平對待，但她回家時的藉口可不是那樣。」

「她的藉口是什麼？」一位同事問道。

「她說傾聽那些客人的問題，讓她變得**非常**沮喪，她就是沒辦法處理這種心情！」

安奈莉環顧四周，她們全皺起眉頭。這就是安奈莉的日常生活，她和就業輔導中心經常得爲像珍妮特這樣的女孩找工作，但一旦找到，她們又做不來！她爲什麼不聽她父親的建議，去讀經濟學？她原本可以跟國會裡的那些騙子和惡棍坐在一起，享受工作的額外津貼，而不是被這些社會功能不佳的女孩和女人壓得喘不過氣來。她們就像浴缸裡的骯髒洗澡水，安奈莉眞想把塞子拉起來！

她今天叫了四位打扮光鮮亮麗的女孩來面談，全部都長期失業。但她們態度倨傲，沒有任何如何改善自身情況的基本概念，只是無恥地要求廣大民眾從錢包裡掏錢，施捨她們。那眞的很令人惱火，但安奈莉一如既往，試圖引誘她們進入她的陷阱：倘若她們**不想**學習任何技能，又不能保住工作，她們就得自負後果。安奈莉可是有法律作靠山。

安奈莉的經驗告訴她，要不了多久，這四個貪婪的女孩就會帶著醫生證明回來，宣稱她們因各式各樣的理由**不適合**工作。她們編織的藉口毫無邏輯：憂鬱、膝蓋無力、從暖氣上摔下來腦震盪、大腸激躁症，還有一連串無法用肉眼觀察或簡單檢查就能推斷的各類毛病。她曾試圖說服部門經理，出面駁斥醫生的荒謬診斷，但出乎意料，這問題似乎過於敏感，經理不甘願冒大不諱，所以醫生就繼續肆無忌憚地開著毫無事實根據的請假條，好像醫生只擅長如此。

今天露面的一位女孩，沒有展延她的醫生證明，因爲她抵達醫生辦公室時已經太晚。當安奈莉問起原因，並強調準時赴約的重要性時，那蠢女人竟然告訴安奈莉，她在咖啡館和朋友聊得渾然忘我，忘了時間。這些女孩極度缺乏社會歷練，笨拙到甚至不知該在何時撒謊。

這答案理應讓安奈莉大感震驚，但她習慣了。等她老後住在療養院時，會來照顧她的也是像愛瑪麗或潔絲敏，或誰在乎她們叫什麼名字的這種女孩，而這才是最糟糕的。

老天爺，安奈莉的眼神空洞地看著前方。*等她老後住在療養院時*，那是她剛才的想法。但誰說得準，她眞能活那麼久嗎？醫生不是暗示這類乳癌得嚴陣以待嗎？即使他們最後切除腫瘤，癌症也很可能已經擴散了，他們還不能確定情況如何。

「妳怎麼不辭掉社工的工作？」露絲說，將她的思緒拉回。「妳有錢啊。」

這是個難以回答的尷尬問題。將近十年，安奈莉的社交圈總以爲她中了刮刮樂，贏了一大筆錢，她也沒阻止這種不實的錯誤謠言到處流傳。在流言四起的同時，她就像透過不正當的手段，取得了某種地位。這樣的光環，是她以其他手法都無法企及的。人們仍視她爲一隻無聊、陰沉、乖張的灰色小老鼠，事實上也是如此，只不過在現在，她變成一隻神祕兮兮的灰色老鼠。

他們會問，爲什麼她不把錢大筆大筆地灑在自己身上？她爲什麼還穿著廉價衣服到處晃？她爲什麼不買昂貴珠寶或去度個有異國情調的假期？他們不斷追問著「爲什麼、爲什麼、爲什麼」。

當年她在工作中玩刮刮樂，不禁歡呼出聲。五百克朗打破了她的贏錢紀錄。安柰莉的勝利呼喊，引得露絲急急忙忙從隔壁辦公室跑過來，探聽這場騷動。

「我贏了五百！妳能相信嗎？**五百！**」安奈莉歡呼。

露絲震驚得說不出話來，這可能是她第一次看到安奈莉微笑。

「你們聽說了嗎？安妮—琳贏了**五十萬！**」那女人倏地尖叫起來，而這個消息就像野火燎原般，延燒整個辦公室。之後，安奈莉爲大家買了蛋糕，私底下覺得讓大家抱著誤會也沒什麼大礙。那個誤會提升了她的地位，使她的能見度變得更高。後來，她卻漸漸無法擺脫這個謊言，同事又常看她工作勤奮而挖苦她，但這些又是後話了。安奈莉兩相權衡，發現人們認可的眼神，強過抱怨她小氣的責難。

此刻，露絲又問起她爲何不乾脆辭掉工作。她究竟能回答什麼？也許在這個謎團自行解開前，一切只是時間問題。也就是說，在她成爲死者之列時，答案自然會明朗。

「辭掉工作？誰會代替我？」她嚴肅地回答。「和珍妮特同年的女孩？那可眞好。」

「比我們的父母少受教育的第一代！」一位同事同意，她堅信鮑伯頭是現在流行的髮型。

「誰會雇用什麼都不會的人？」

「《天堂飯店》、《老大哥》和《倖存者》這類丹麥實境秀！」另一位同事開著玩笑，但要將這些看成笑話還眞有點困難。

安奈莉的琴湯尼雞尾酒混雜了負面思想，讓她無法酣然入睡，卻又不能完全保持清醒。如果她眞得離開這個世界，她非常確定，自己絕對不要孤孤單單地走。想到她在墳墓內腐敗時，蜜雪兒、潔絲敏、丹尼絲，或那個暴力龐克伯娜還在外頭開懷大笑、活蹦亂跳到處走動，就使她沮喪不已。最糟糕的是，在她盡可能幫助她們的同時，她也知道她們在背後嘲笑她。安奈莉今天才打給她最喜歡的一個個案，是位走路蹣跚的老先生，已經不適合工作長達六個月之久。走回辦公室時，她看見她們自在地坐在角落對她品頭論足，而其他個案竟跟著附和，縱聲大笑。安奈莉聽到她們說她是頭欲求不滿的悲慘母牛，能幫助像她這樣的獨居女人入眠的唯一事物是幾罐安眠藥。是的，在有人出聲警告她們，安奈莉已經走進等候室時，她們的確連忙住嘴，但臉上還是掛著那抹冷笑。每想到這段插曲，就讓她怒火中燒。

「我得消滅那些該死的寄生蟲。」她無精打采地拉長聲音說。

有天，她會走進維斯特布洛的小巷內，買支眞正的機關槍。像她們那樣的蠢貨坐著等待時，她會走出辦公室，對準她們畫了厚妝的眉心，將她們一個個槍決。

那念頭讓她大笑出聲。安奈莉腳步蹣跚地走到玻璃櫃，拿出一瓶波特酒。那四個女孩倒下來、在血泊中蠕動、抽搐的同時，她會列印出個案列表，開車去找下手目標，一一收拾其餘個案，直到哥本哈根不再有這種女孩肆虐爲止。

安奈莉虛弱一笑，灌下另一口酒。那絕對會替小小的丹麥王國省下一大筆錢，遠遠超過將她關在牢裡、度過剩餘人生的伙食費。尤其現在看起來，她的人生似乎會很短暫。

想到這個念頭，她放聲大笑。她可以肯定，那些瑜伽朋友們在報紙上讀到這則新聞時，一定會目瞪口呆。

那她在大牢裡時，她們之中會有人來探監嗎？……可能一個也沒有。

一瞬間，她腦中浮現探監室裡的空座椅，那不是個很吸引人的場景。也許她該聰明點，專心想出更謹慎的手法，來除掉那些女孩，而不是在光天化日下拿槍射死她們。

安奈莉拍鬆沙發上的坐墊，舒服地躺下，然後將玻璃杯放在胸口上。

第六章

二〇一六年五月十三日星期五

「蘿思！」卡爾打量著她恍惚的表情。這陣子以來，她疲態畢露，但她是眞疲憊，或只是在和他作對？

「對，妳可能不想聽這個，但我要求妳完成那個『哈伯薩特案件』的報告已經很久了，我快沒耐性了。我至少求了妳二十五次，所以我不想再提醒妳這件事，好嗎？明天離我們解決茱恩·哈伯薩特的死亡案件就滿兩年了。**兩年**，蘿思！該著手整理報告了！」

她聳聳肩，這代表她再度沉迷在自己的世界裡，埋頭過日。

「如果你覺得那案子那麼重要，你大可以自己寫報告，莫爾克先生。」她說。

卡爾低下頭。「妳很清楚，在懸案組裡，誰起頭的報告，就由誰負責完成，我到底要重複幾次？筆記全在妳那裡，當然就由妳負責把它寫出來，蘿思。」

「不寫的話你要怎樣，卡爾？開除我嗎？」

他們四目交接。「聽好，小姐！像這樣的報告才能確保懸案組的存在價值。還是我該開口問妳是不是想毀了懸案組，妳不覺得這很荒謬嗎？」

蘿思再度挑釁地聳聳肩，回道：「我們需要這報告做什麼？我不懂。謀殺犯已經認罪了，也死了。反正也沒人會讀那些報告。」

「是很有可能會這樣，蘿思，但它們都要被歸類登記。不幸的是，即使茱恩·哈伯薩特在死前對阿薩德和我坦承犯下亞伯特的謀殺案，它並沒有被確切建檔，不是嗎？她的口頭認罪還不夠，她沒有寫下供詞也是不爭的事實。她當然是謀殺犯，但我們沒有鐵證來支持那點，所以原則上，那個案子尚未結案。不管聽起來有多荒謬，這就是司法系統運作的方式。」

「對！嗯，那麼，也許我可以向上頭報告說，我們從來沒破那個案子。」

「該死，蘿思。在我對妳失去耐心前，把那個該死的報告給我寫好！我甚至不想再談那個案子。完成報告，這樣我們的內部統計數字才會好看。我們已經清理了地下室裡的所有相關資料，現在那案子就缺個報告。等妳交齊，我們就能將它拋諸腦後，繼續處理過去幾星期來正在偵辦的其他可怕案件。」

「拋諸腦後？**你**說的倒是很容易，但我怎麼辦？」

「閉嘴，蘿思！我要求明天一早就要在桌上看到那份報告，懂了沒？」他用力拍桌，力道之大，害得自己的手都發痛。他其實不需要這麼誇張。

她站在原地生了一會兒的悶氣，直瞪著他，之後一路怒罵著衝回她的辦公室。

正如所料，不到三十秒，阿薩德就站在他眼前，渴切的眼神活像大大的問號。

「我知道，我知道。」卡爾精疲力竭地說：「蘿思是一團亂，但永遠有新案子等著破案歸檔。她是那個老是拖我們進度的人。我們需要掌握舊案子的案情，又要不斷更新新案子的進度。那是我們工作中很重要的一部分，所以不要那樣看我。蘿思得盡她的職責。」

「是沒錯，但你那樣做還是不怎麼聰明，卡爾。我聞得出來，她不快樂。」

卡爾一臉困惑地看著他。「聞得出來？你是說『感覺得到』吧，阿薩德，聞得出來是另外一回事。」

「是，是，隨你怎麼說。但你要記得，哈伯薩特事件影響她很深。因為那案子害她精神崩潰，決定住進精神病院……她仍在醫生的觀察中，不然她怎麼會花那麼久寫個報告？」

卡爾嘆口氣。「我知道這點。克里斯欽．哈伯薩特和她父親之間的相似處，引發了她的某種情緒。」

「是啊，然後還有那個催眠，卡爾。也許在那之後，她太鮮明地想起她父親的所有事情。他就在她眼前慘遭橫禍啊。」

卡爾不禁點點頭。那場催眠對誰都沒好處，他們情願忘記的記憶浮現到表面上來。在那之後，卡爾有很長一段時間不是經常失眠，就是老作怪夢，阿薩德也好不到哪去。所以可以合理推論，那場讓蘿思父親喪命的可怕軋鋼廠意外，也在催眠中重新浮現，並從那時開始就糾纏著她，儘管她永遠不會承認。

「我想，那份報告會將她帶回一個黑暗的地方，卡爾。你覺得那是個好主意嗎？我不能替她寫嗎？」

卡爾看來非常憂愁。他可以想像後果，但只有阿薩德才看得懂他的報告在寫些什麼。

「阿薩德，你很好心，當然我們必須留意蘿思的狀態，但她必須能處理那個報告。我想我沒時間再進一步討論這件事。」

他瞄瞄掛鐘。大約二十分鐘後，目擊者證詞會在地方法院開始，所以他得上路了。那是他們手中一個案子的最後判決前的最後聽證會。誰又會寫那個聽證會的報告呢？當然是他，不然還有誰？除了抽菸和將腳擱在桌子上小睡以外，卡爾痛恨各種形式的例行公事。

他剛走到走廊，臉慘白如紙的蘿思就擋在他前面，明白告訴他，倘若他逼她和那個報告有半點瓜葛，她就要請病假回家。他不經大腦地說了些沒選擇過的字眼，還說別想用勒索這招對付他，說完後便氣沖沖地離開了。

他走上樓梯，最後聽到的是蘿思顫抖的尖叫聲，她會照他的話去做，但他得承受該死的後果。

第七章

二〇一六年五月十一日星期三

「妳的冰箱裡什麼東西也沒嗎，丹尼絲？」

他慵懶地將手腳攤在床墊上，身上毫無遮掩。他肌膚上的汗水閃閃發光，雙眼溼潤，仍舊氣喘吁吁。「我快餓死了，妳眞知道怎麼搾乾男人的精力，甜心。」

丹尼絲將和服在身上綁緊。羅夫是她的「乾爹」之一，他給她的感覺最接近人們口中的「親密關係」。男人在事後總是急忙奔出門，但這個男人沒有妻子在家裡等候，無論任何時候都不必回去工作。她是在土耳其阿拉尼亞的吃住全包假期裡認識他的，結果那變成她所有假期中最便宜的一個。

「得了，你知道我沒有，羅夫。你就先吃那袋子裡的東西撐一下肚子吧。」她走到鏡子那邊時，順手指指捏皺的紙袋。他抓她頸後時有留下痕跡嗎？別的「乾爹」可不會太高興。

「妳不能溜去妳媽那邊，看看她有什麼嗎？我會付一大筆錢給妳，寶貝。」他大笑起來。其實他的笑聲還滿好聽的。

她撫摸下巴的肌膚。有點泛紅，但不會引人注目。

「好吧，但下次不要期待會有客房服務。這裡不是旅館，你知道的。」

他懶散地輕敲床單，給她一個命令的眼神。稍加抗拒的姿態總會掀起他的情慾，等會給她的錢會反映這點。

樓下的空氣滯悶，聞起來味道不太好，所有的燈都亮著。街道一片闃暗，但這裡像白天一樣明亮。自從外祖母死後，她母親就維持著這個習慣。她的時間似乎就此凝結。

丹尼絲最先看到母親掛在沙發邊的手臂。她拿著一根熄滅的菸，旁邊的地毯上堆滿菸灰，然後才注意到她剩餘的可悲身軀，散發著腐朽的況味。她的嘴巴大張，滿布皺紋的臉沒有上妝，頭髮和身體底下的羊毛毯糾結在一起。突然來訪的她還能期待什麼？

廚房裡一片混亂。待洗的盤子、洗碗精空瓶、包裝紙和四處散落的剩菜，證實著她懶惰和缺乏紀律的平日光景。不僅如此，眼前所見還是一處超寫實煉獄。餿掉的食物潑濺在牆壁和所有目光所及的表面上，形成斑雜的色彩。顯然她母親煮飯煮到一半時，開始藉酒消愁。她酒醉時就是這副德行，就算天塌下來也不管，等她酒醒時，再來煩惱要不要清理這一切。

想當然，冰箱幾乎是空的。如果她想餵飽羅夫，就得拿餿優格和蛋給他吃，只有上帝才知道它們的保存期限。他付錢可不是爲了吃這些，但等他準備好再戰一回合時，誰知道他會想要吃什麼？

「是妳嗎，丹尼絲？」客廳傳來粗啞的低沉聲音。

她搖搖頭。她才不打算在晚上的這個時間，聽她母親滔滔不絕的醉話。

「妳不進來這裡嗎？我醒著。」

這不就是她害怕會發生的事嗎？她們無情地凝視彼此片刻。

「妳過去幾天跑哪去了？」她母親問道，嘴角黏著乾掉的口水。

丹尼絲把頭轉開。「到處走走。」

「法醫完成驗屍報告了，妳外祖母的遺體很快就會被送回來。妳要陪我去找殯儀館業者嗎？」

她聳聳肩。如果她想避開討論，那個動作在現在就足以成爲答案了。畢竟，在樓上還有個男人躺在床上等她。

第八章

二〇一六年五月十二日星期四

廚房餐桌上捏得皺成一團的報紙，彷彿在提醒他失去了什麼。短短四年內，他從一個快樂的已婚男人，擁有受人尊敬、具挑戰性的工作，墜落到這孤獨的深淵。他的社會地位垂直下降，而他的自我意識也在這四年來，變得缺乏、易碎。他無從預料到會有這樣的下場。他熬過摯友的一場可怕疾病，也親眼見證摯愛的妻子逐漸枯萎。有好幾個月，他緊握著她的手，聽著她痛苦地哀嚎；終於在他握著她的手時，劇痛最後一次刺穿她的身軀，然後允許她找到永恆的平靜。自那之後，他除了一天抽六十根菸外，幾乎什麼事也沒做，呆坐終日。公寓瀰漫著發霉的菸草味，他的手指幾乎和乾癟的皮革無異，肺部彷彿被刺穿般猛喘著氣。

他的大女兒曾警告他四次，如果他再不改善這樣的生活習慣，他很快就會下去墳墓陪她母親。這句話被香菸的煙霧所掩蓋，等著他聽從建議，改過自新。也許這就是他真正想要的——抽菸致死，解放他被折磨的靈魂；吃撐到他爆開，任由自己逐漸萎靡消逝。說到底，他還有其他的選擇嗎？

但某天，那份報紙就那樣憑空出現，光是頭版就讓他心煩意亂，他的好奇心瞬間驚醒。他將香菸放在菸灰缸，撿起堆在郵件孔下那堆報紙最上面的一份。他甚至還做了一件不可能的冒險，將報紙舉在眼前半公尺外，試圖在沒戴老花眼鏡的情況下讀報。

馬庫斯．亞各布森讀報時呼吸變得沉重。他人生中各種可怕事件發生之前的時光倏地閃過眼前。未經考慮的本能射穿他的大腦突觸，他沒有使用這塊區域已有數年之久。壓抑的抽象思考迅速交織在一塊，創造出他無法控制的嶄新可能和意象。

腦中的思緒紛至沓來，馬庫斯感到頭疼，這些想法究竟有什麼好處？在他退休前，他曾有力氣與時間跟隨自己的直覺追蹤辦案，但現在，他甚至不知道有誰肯聽他的話。在他無所事事的閒散生活中，有部分的他仍舊如刑事調查人員般思考、運作。他在警界服務了幾十年，曾創造許多成功佳績。那時，他身為精力充沛的凶殺組組長，手中的破案成功率超過那些看似永遠望塵莫及的前輩，所以在他回顧警察生涯時，他應該有很好的理由滿腹驕傲。但曾在凶殺組工作過的任何人都知道，處在安靜、陰暗的時間裡，縈繞心頭的不是已經宣告偵破的案子，而是那些未解的懸案。這些案件讓他在夜裡無法成眠，他彷彿能在每個角落看見殺人犯的身影。這些謀害無辜受害者的殺人犯，仍舊逍遙法外，在守法的公民間穿梭自如，這樣的陰森思想，讓馬庫斯毛骨悚然。

案子懸而未解，因而無法了結被害者家屬心頭的疑問。他的同情心引出非理性的羞愧，這樣的感受特別煎熬著他，覺得自己讓家屬失望，因而痛苦萬分。那些無法證實的間接證據，和失之交臂的線索對他只是種折磨，但煩惱這些對他又有什麼好處？

不經意間，他看到這篇頭版故事。一疊報紙堆在走廊地板上，他全都未曾讀過，任報紙散落，但它們在在提醒他，只要人類幹邪惡壞事的能力一天沒有得到約束，警察就無法休息片刻。他再次大略瀏覽那則新聞。他已經納悶該拿它怎麼辦長達十天，但一定得採取某些行動。他當然知道羅森．柏恩和警察總局的組員，一定會試圖將這個謀殺案和類似懸案連結起來，但他們會像他一樣走在正確的軌道上嗎？新舊案之間的巧合啃咬著他，這些巧合明顯到不可能只是巧合。

他又讀了報導一遍，將事實做個摘要。

謀殺案的被害者是六十七歲的麗格莫・齊默曼。有人發現她的屍體橫陳在哥本哈根的國王花園內，就在一家時髦的餐廳後方。毫無疑問，這是一樁謀殺案。沒人能用那種力量痛擊自己的後腦杓。

驗屍官證實被害者遭受了致命的一擊，凶器合理推斷為某種又寬又圓的物品。報紙描述被害者是一般退休女性，過著安靜、平凡的生活。手提包裡的一萬克朗不翼而飛。死著女兒確定地說，當她母親離開伯格街的公寓時，包包裡的確還有這筆錢，不久之後，她便遭到攻擊。因此，警方認為動機是錢，隨後的攻擊和謀害往往被稱為強盜殺人。仍不清楚凶器為何，但由於大雨和四月的冷冽天氣，可能沒有人目擊這場犯罪，大雨也可能沖刷掉痕跡。「橘子餐廳」的服務生認為，犯案時間一定發生在八點十五分開始的半小時之內，因為他那時又犯菸癮，離開餐廳去抽菸，結果意外發現了死者的遺體。

報導中沒有其他事實，但馬庫斯可以在腦海裡勾勒出屍體和犯罪現場。受害者頭部遭受重擊，往前摔，臉部埋入潮溼的爛泥裡，屍體也在地上留下印痕。那是攻擊腦後的一擊，出乎死者意料，因此完全沒有時間防禦。許多年來，他便一直在心中反覆思索著完全相同的犯罪手法。那時，被害者是波曼私立學校的代課老師，史蒂芬妮・古德森，她比這個被害者年輕一些；除此之外，最明顯的差異在於，犯人沒有在代課老師的屍體上撒尿。

馬庫斯靜坐一會兒，回想第一位被害者的發現地點和周遭情況。他很常思索這個案子，也常試圖說服自己，多想無益。在他看來，凶手又出擊了，而且還是在城市裡的相同區域，兩個犯罪現場之間只隔了六、七百公尺。他搖搖頭，飽受挫折，滿是悔恨。他們為什麼沒打電話給他？這樣他就能趁犯罪現場還沒遭到破壞前親自審視。

他呆呆地瞪著電話半晌。電話躺在餐桌邊緣，似乎正對著他尖叫：拿起話筒，做些什麼！

馬庫斯望向別處。這案子現在有十九天了，所以它可以再等等。他對自己點點頭，伸手去拿一包香菸。在他搞清楚自己究竟能做什麼前，還需要再抽兩根。

第九章

二〇一六年五月十二日星期四

「哇，這地方超棒。」蜜雪兒邊說邊在沙發上坐下，並把包包拉近。

丹尼絲打個呵欠，昨晚貪歡縱慾到太晚，仍覺得睏倦。她環顧四周，試圖透過蜜雪兒的眼光來審視此地。咖啡館只坐得半滿，上門的顧客中混雜著失業人士、學生和兩個放產假的女人，整體氣氛死氣沉沉，活像雨中的送葬行列。丹尼絲馬上可以想到比這個破舊咖啡館更舒適的地方，但這裡是潔絲敏挑的。

「我眞的得出來透透氣。」蜜雪兒繼續說著：「派崔克這陣子發瘋了，我不敢和他講話。我們原本也該一起去度假的，但現在那是不可能的事了。」

「妳爲何不乾脆把他趕出去？」丹尼絲問。

「我不能，那是他的公寓。沒錯，每樣東西其實都是他的。」蜜雪兒嘆口氣，對自己點點頭。她顯然清楚自己陷入了大麻煩。「我差點不能來會妳們，因爲我沒錢，而派崔克沒給我任何錢。」

丹尼絲彎腰俯向地板，將袋子裡的酒往旁邊推過去一點，好拿錢包。

「那個派崔克是個混球，忘記他吧，蜜雪兒。我可以給妳錢。」她說著，掏出她的錢包，打開時注意到她倆的表情。

「嗯，拿去吧。」她說，從一疊一千克朗鈔票中掏出一張，放在蜜雪兒面前。「下週派崔克應該會爲了留住妳而吻妳屁股。」

「嗯，謝謝，這……」蜜雪兒的手指撫著鈔票。「我不知道……我是說，我可能沒辦法還妳這筆錢。」

丹尼絲不在意地揮揮手。

「而且如果派崔克發現這件事……我不知道……」

「那錢包裡的錢還眞多。」潔絲敏瞠目結舌地說。她們顯然想問她怎麼有那麼多錢，因爲她和她們一樣都靠救濟金過活。

丹尼絲仔細審視潔絲敏的表情。直到現在，她們只碰面了三次，儘管她喜歡她們，但她還不清楚她們有多喜歡**她**。

她微笑。「就說我很擅長存錢吧。」

潔絲敏諷刺地大笑，她顯然聽過更棒的謊言。突然間，她本能地將注意力轉向門口，丹尼絲循著她的目光望過去。第一位女孩進門時，潔絲敏的表情變得憂慮。那名女子的眼睛斜睨著，下顎肌肉在柔軟的皮膚下緊繃著，眉頭也皺得很明顯。她掃視了門外的活動跡象，宛如直起身子、緊張兮兮的被獵動物。當其他女孩進門時，潔絲敏傾身靠向兩人。

「妳們記得我們第一次在社會福利辦公室認識時，挑釁我們的那個龐克嗎？」

她倆點點頭。

「那邊的那些女孩叫作愛麗卡、舒格和芬妮。她們出現，表示伯娜遲早也會來這，只是早晚問題。等著瞧吧。」

「我們幹麼不就去別的地方？」蜜雪兒緊張地問道。

丹尼絲聳聳肩。她一點也不在乎那個穿著黑衣的人渣，她可嚇不跑她。

「她們是個小幫派，叫作『黑女士』。」潔絲敏繼續解釋。「她們在這一帶很有名，可不是因爲什麼好事。」

「我才不怕。」丹尼絲邊說邊打量她們全身上下的可怕衣服和化妝。黑是很黑，但稱不上什麼女士。

幾分鐘後，她們不是咖啡館裡唯一注意到伯娜進門的人。伯娜以引人側目的誇張姿態，無精打采地坐進其餘幫派成員的桌旁。一位女子本來正在餵奶，見狀後慢慢將胸部塞回襯衫內，站起身，對朋友點點頭。她們在桌上放了幾張紙鈔，收拾東西，不吭一聲地離開了，途中一直避免和黑衣女子們有任何眼神接觸。那群女孩在座位上動來動去，看著周遭，當有人對上眼時，就狠狠瞪回去。

伯娜瞧見潔絲敏後，立即站起身，直盯著她們這群人。她的眼神很清楚地告訴她們，只要她在這，她們就禁止入內。丹尼絲快速喝完杯子裡的飲料，以同樣誇張的姿態站起身，潔絲敏一直猛扯她的袖子。穿著高跟鞋的丹尼絲比伯娜高，但這只激得伯娜將拳頭握得更緊。

「我們要走了。」潔絲敏悄悄低語，慢慢起身。「如果我們留下來，她們會殺了我們，走吧。」

也許幫派分子誤解了潔絲敏的反應，因爲剎那間，黑女士的成員全站了起來。丹尼絲發現，不安的氣息迅速延伸到酒吧後方。兩位女調酒師往後退到儲藏室前，男服務生則忙不迭地轉身背對顧客，將手機貼到耳邊。

「走吧，丹尼絲。」潔絲敏猛搖她的手臂，但丹尼絲甩開她。她們以爲自己可以支使她嗎？只因爲她又美又嫵媚，就以爲她很柔弱嗎？

「她們曾因重傷害罪被關過，丹尼絲。理平頭的那個芬妮拿刀刺過人。」潔絲敏竊竊私語。

丹尼絲綻放笑容。她的外祖父不是教過她怎麼對付敵人嗎？如果這裡有任何人認爲她會落荒而逃，她們就太不了解丹尼絲和她的背景。

「她們其中一個就住在離我三條街內，所以她們知道要上哪去找我。」潔絲敏又低聲說道：「所以我們還是走吧。」

丹尼絲轉身面對蜜雪兒，她看起來不像潔絲敏那麼害怕，而且和她一樣心意已決。

伯娜站在咖啡館中央，怒氣沖沖地瞪著她們，但丹尼絲毫不受影響。接著伯娜從口袋裡掏出一疊鑰匙，慢慢將鑰匙一個個插在指縫間，做出了嚇人的臨時指節套。這下，丹尼絲應該害怕了，但她冷淡地微笑著，腳丫跨出高跟鞋、舉起鞋子，將尖尖的鞋跟直指著敵手。

「伯娜，記得我們的協定！」酒吧後的男人吼叫，他用手機指著她，擺出威脅姿態。伯娜不情不願地轉身面對他，看到手機時猶豫片刻，接著眼睛眨也沒眨，默默將鑰匙收回口袋。

「在他們來之前，妳們有兩分鐘。」服務生警告。

其他幫派成員以期待的眼神望著老大，但伯娜沒做出反應，她只是轉身面對丹尼絲，眼神冷若寒冰。

「把高跟鞋穿回去，小娃娃。」她的冰島口音很重。「別擔心，我們會等妳，然後我會把那些鞋子塞進妳喉嚨深處，妳甚至不知道是什麼東西刺穿妳。至於妳，妳這個野蠻人。」她轉而面對潔絲敏。「我知道妳住在哪，小心點。」

「滾出這裡，伯娜，他們就要來了。」服務生堅持道。

她狠狠瞪著他，對他豎起大拇指，然後對幫派成員揮揮手便離開咖啡館，徒留敞開的大門。丹尼絲還來不及將高跟鞋穿回去，街上就傳來「砰」的重重轟隆聲，服務生走到門口去，往外一探究竟。三位穿著皮背心、戴著臂章的魁梧騎士，分別跨騎在三輛重型機車上，和服務生說著話。他們對彼此揮揮手，之後，重機騎士便消失在遠處。

服務生經過丹尼絲時，特地瞟了她一眼。那是張尊敬的表情，但不是很友善。當兩位咖啡館常客開始拍起手，他投給他們凌厲的一眼，他們便立刻停止動作。

丹尼絲對自己帶頭反抗很滿意，但當她看見潔絲敏的表情時，她察覺她們之間的權力拉扯可能已成爲事實。

「喔，抱歉，潔絲敏。」她試圖安撫她。「我就是忍不住，會對妳造成困擾嗎？」

潔絲敏皺著眉頭，臉色陰沉，當然很困擾。她深吸口氣，微微對丹尼絲一笑，顯然接受她的道歉。

「我們付錢離開吧？」丹尼絲建議。拿出皮包時，潔絲敏突然按住她的手。

「大家都同意我們是朋友吧？」潔絲敏問道。退到背後的蜜雪兒熱切地點頭表示同意。

「是的，當然。」丹尼絲回答。

「所以我們什麼事都要經過團隊同意，對吧？決定、行動，還有我們想做什麼。」

「我同意，好。」

「我們三個都有祕密，但不必永遠如此。大家也同意嗎？」

丹尼絲稍微猶豫。「好。」她最後回答。蜜雪兒的同意較無保留，畢竟她哪可能會有什麼祕密？

「那我先說一個我的祕密。我會付錢，好嗎？」等到她們兩個都點頭後，潔絲敏才繼續說下去。「我徹底破產了。」她大笑著說：「但那通常不會阻止我。」

她朝角落方向點個頭。「看見那個穿工作褲的磚匠了沒？自從我們進門後，他就一直盯著我們。」

「我也注意到了。」蜜雪兒說：「他怎麼會認爲我們對他和他的髒褲子感興趣？我們被那個傻女人威脅時，他可沒英雄救美。」

「妳有沒有注意到，他一直在用眼神脫我們的衣服？」

丹尼絲轉過頭。那傢伙脖子粗短，正從半空的啤酒瓶後方色迷迷地對著她們微笑，他的朋友們則傾身靠向桌子，雙臂抱胸。他顯然自認爲是那一夥人的頭兒。

潔絲敏直盯著那個男人，對他揮手。他有那麼個剎那看起來很困惑，但毫無疑問，他興趣濃厚。

「好好瞧瞧，把這招學起來。」潔絲敏低語，下巴朝那男人點了點，他走過來站在她們跟前，身上傳來廉價鬍後水的味道。

「嗨，」潔絲敏說：「你看起來好帥。所以你會替我們埋單囉。」

他看來吃了一驚，轉頭看他朋友。後者懶洋洋靠坐在椅子上，聚精會神等著看好戲。他的眼神再次與潔絲敏交會。「埋單？爲什麼我該付錢？」

「因爲你一直在打量我們。你在想像我們的私處是什麼模樣嗎？」

他倏地仰頭，在來得及抗議前，潔絲敏打斷他。「你可以看我的，但看完你得付帳。我有張我男朋友替我拍的照片。」

他笑容燦爛，顯然知道這場交易意味著什麼，即使他不完全確定會有什麼後果。

「妳只會給我看妳在網路上找的其他女人的私處。」他轉頭望向朋友們大笑。他的朋友們坐在聽力範圍之外，不是很了解發生了什麼事，儘管如此，他們還是報以笑聲。

「你到底要不要？」潔絲敏從皮包裡拿出手機。「你只要付帳就好，我們沒有錢。」

他站著考慮半晌，穿著工作靴的腳站定，身子微微搖擺。丹尼絲試圖維持嚴肅的表情，拚命忍住笑。潔絲敏非常酷，看那男人最後俯首帖耳的經過眞是精彩。

磚匠轉向酒吧。「服務生！這些女士的帳單多少錢？」他吼著。

服務生檢查收銀台。「一百四十二克朗。」他回答。

那傢伙轉身面對潔絲敏。「我通常不付錢看女人私處的，但我是位紳士，理應幫助處於困境中的女士。」他掏出厚厚的錢包，數了鈔票。

「不用找了。」他說，「啪」的一聲將紙鈔放在吧台上，八克朗的小費。眞慷慨，他一定還有兼差，丹尼絲盯著他的錢包心想。她有名建築工「乾爹」也這麼慷慨。

潔絲敏把手機伸過去，讓那男人仔細地瞧瞧。他點點頭，呼吸變得有點沉重，鼻孔稍微賁張。他輪流看著潔絲敏和手機螢幕。如果妳想要更進一步，我奉陪，他的表情訴說一切。丹尼絲印象深刻。

「倘若你想看我沒刮毛的地方，得再付兩百。」她建議。

那傢伙顯然還沉浸在自己的世界裡，脖子和耳朵都因充血而漲得通紅。他將兩百克朗放在桌上。「但妳得寄到我的電子信箱來。」他一個字母一個字母地念著，潔絲敏打著字。幾秒鐘後，他的手機發出聲響。他轉向他的朋友，瞥一眼表示再見，接著快步離開咖啡館。

「妳想他會直接跑回家去打手槍嗎？」蜜雪兒大笑著說。

這錢賺得太容易了。丹尼絲猛點著頭，大表欣賞。「這就是妳的祕密嗎？」她問。

潔絲敏搖搖頭。「老天，才不是。這只是一個把戲，之後再告訴妳我的祕密。」她將兩百克朗塞進後面口袋，收拾包包，建議她們走為上策，但有個傢伙從吧台旁的桌子邊倏地站起身，「啪」一聲也將兩百克朗紙鈔放在她們面前。

「我看見妳剛做的事了，我也要。」

潔絲敏微微一笑，從包包裡拿出手機。

丹尼絲從頭到腳掃了那個男人一眼，看來他會站在那有很多原因。儘管他不超過三十五歲，臉上已經失去光芒。手指上沒有暗示嚴肅情感關係的戒指；衣服昂貴，但穿著品味不高，沒熨過的西裝外套上灑滿頭皮屑。典型的上班族，但下班後，家裡沒人等他。丹尼絲憑直覺不喜歡他，飽受挫折的男人隨時可能會爆炸，而這正是後來發生的事。

他突然往前一衝，把她們都嚇了一跳。他伸手抓住潔絲敏的手腕，好整以暇地看著螢幕上的照片。丹尼絲正要插手，但潔絲敏搖搖頭。她會自己應付。

「我想看全身。」那傢伙說：「兩百克朗只看私處的幾根毛未免太貴。」

眞是自命不凡，丹尼絲想道，腦中的警鈴響起。

「得了吧，賤女人。正面全身裸照，否則我不放開妳。」

潔絲敏扭動全身，終於掙脫，將手機拉回。甚至連蜜雪兒都主動出手，一把從桌上攫走那兩百克朗，趕快收好。接下來，那傢伙開始狂吼，痛罵她們是妓女和小偷，說她們都該被教訓一頓。服務生就在這時候插手干預，他顯然可以扭轉店內局勢。他熟練地抓住那個男人，問他是不是該叫那幫人回來處理，還是他會自己安靜離開這家咖啡館。

那傢伙在氣沖沖衝出大門前，對她們的桌子吐了口水。服務生搖搖頭，從圍裙上取下抹布。

「妳們這些女人還眞是精力十足。」他邊說邊把口水擦掉。「但以我的品味來說，星期四下午就這樣鬧，有點太活潑了。」他說：「所以等那傢伙走到街尾時，如果妳們可以去找另一個打獵場所，我會很感激。」

這番話讓她們啞口無言。

五分鐘後，她們站在外面街上，彎著腰縱聲狂笑。丹尼絲正要說，她們可以從彼此學到很多時，被一股絕對不會聞錯的鬍後水味道打斷。那是剛被潔絲敏當眾羞辱的磚匠。她們轉向隔壁建築的入口，而他剛好走出來。那名磚匠衝上來，速度之快，表情恫嚇又堅決，立即扯下潔絲敏的皮包帶子。儘管潔絲敏試圖掙脫，他還是將手強插進皮包，掏出她的手機。

「給我密碼，不然我就把妳的手機砸爛。」他警告著，將手機高舉過頭，表示他是玩眞的。潔絲敏的表情擺明知道她打不贏這場戰爭，輕易賺來的錢也將馬上物歸原主，但她不能忍受失去手機。

「四七一一。」她開口，看著他打號碼，打開她的照片檔。磚匠前後滑了滑，找到他在找的檔案。他打開時，潔絲敏的手已經伸到後面口袋，準備掏出那些錢。

「我就知道！」他怒吼。「妳這賤女人，這不是妳！」他將手機舉到她臉前，讓她看那張提供快感的女人照片，顯然她有一系列這種照片。

潔絲敏聳聳肩。「我們沒錢付帳，而你似乎最像紳士。你不是這樣說你自己嗎？」潔絲敏狡猾地笑著，滿不在乎地承認。那抹微笑在磚匠撲向她時，頓時消逝。他猛然將她推倒在地，正舉起腳要踢她，卻突然在半路打住，安靜無聲地跪了下來。丹尼絲原本帶了一瓶酒來，要跟大家一起共享。他公牛似的粗壯頸後顯然無法承受酒瓶的一記重擊。

運河旁，加默大道上的鵝卵石路面在強烈的陽光下曬得暖呼呼，她們一字排開，坐在欄杆下，其他年輕人則三三兩兩坐著，腳靠在碼頭旁，運河水流從他們底下湍急流過。夏季太陽露臉，日光刺眼，潔絲敏的臉頰被曬得紅通通。

「乾杯。」丹尼絲邊說邊傳過紅酒。

「敬妳。」潔絲敏對著丹尼絲舉高酒瓶，再湊到嘴邊，灌下一大口酒。「也敬你。」她在將酒瓶傳給蜜雪兒前，對著酒瓶嘟噥著。

「他都已經躺在那了，妳不該那麼用力踢他，潔絲敏。」蜜雪兒輕聲說。「我不喜歡他的頭流血。妳爲什麼要那麼做？他都已經失去知覺了。」

「我媽沒教好。」她打趣說。

她們面面相覷半晌，蜜雪兒開始縱聲大笑。「我們來自拍！」她大叫著，掏出手機。

丹尼絲綻放微笑。「小心手機別掉到水裡去了。」她們彼此靠近。

「我們三個的照片好棒，妳不覺得嗎？」蜜雪兒將手機舉到半公尺外。「這裡所有人，就屬我們的腿最美。」她大笑著說。

丹尼絲點點頭。「妳在咖啡館的那招很不錯，潔絲敏。我想我們會是一個很棒的幫派。」

「也許我們能自稱爲『白女士』。」蜜雪兒也笑著說。才灌兩口酒她就已經有點微醺了。

丹尼絲微微一笑。「潔絲敏，妳原本要告訴我們一個祕密，要現在說嗎？」

「好，但聽了之後，可別批評我或說什麼狗屎屁話。我已經聽夠我家人的了，好嗎？」

她們小聲發誓，舉高手，又笑成一團。究竟能有多糟糕？

「我們遇到彼此時，那是我六年來第三次去社會局求助，但我其實一直在領救濟金。」

「妳是怎麼辦到的？」蜜雪兒是眞的有興趣知道。以她的情況而言，這並不令人意外。

「我讓自己懷孕而且生下寶寶。我已經懷孕四次了。」

丹尼絲的頭突然往前傾。「妳**什麼**？」

「對，妳沒聽錯。是會有一陣子看起來胖胖的——肚子、乳頭還有其他地方——但我總是能恢復身材。」她拍拍平坦的腹部。四個孩子的媽，卻沒有明顯痕跡。

「妳有找到對象嗎？」蜜雪兒天眞地問。

潔絲敏無聲地笑著，那顯然是重點。「四個都被收養。收養系統很簡單，想辦法找個傢伙懷孕，抱怨恥骨痛或其他狗屁病痛，社會局就會來拯救妳。當他們開始要妳找工作時，妳就再想辦法懷孕。一會兒之後，他們會自動帶走寶寶，然後妳再度懷孕，再次被拯救。離最近這次被收養已經有幾個月了，所以我又得開始跑社會局去面談。」她大笑。

蜜雪兒伸手去拿酒瓶。「我沒辦法**這樣**。」她說：「即使我可能不會和派崔克生，我是眞的希望可以生自己的小孩。」她灌了一口酒，轉頭面對潔絲敏。「所以妳不知道父親是誰？」

潔絲敏聳聳肩。「也許知道一個是誰吧，但這完全不重要。」

又一艘觀光船駛過去，捲起了漣漪。丹尼絲盯著閃爍的波光。潔絲敏和她以前認識的人都不一樣，她是個不同凡響的女人。

「那妳現在有懷孕嗎？」她問。

潔絲敏搖搖頭。「但一週內可能會懷孕，誰知道？」她試圖擠出一個微笑。顯然她情願想像其他可能。也許是該考慮新的生存策略的時候了？

「那那個女孩幫派怎麼辦？萬一她們在妳懷孕時攻擊妳呢？妳有沒有想過？」蜜雪兒問道。

她點點頭。「反正我都得搬家。」她抱歉似地聳聳肩。「是的，我還住在家裡。我沒提過嗎？」

她們沒有回答，反正她也不期待她們回答。

「我媽老是對我狂吼：『下次妳懷孕時，我要把妳趕出去！』」潔絲敏抿緊嘴唇。「所以我得搬出家裡，找個地方住。」

丹尼絲點個頭。她們三個都得面對居住的難題。

「如果妳的夢想不是生小孩，那妳的夢想是什麼，潔絲敏？」蜜雪兒問道。她顯然還陷在剛才那種多愁善感的情緒裡。潔絲敏一臉茫然，那類夢想顯然不是她平常會思考的事。

「就說個妳眞正想要做的事吧。」蜜雪兒建議，試圖幫助她回答出什麼來。

「好吧，那我要痛揍那個討人厭的社工安妮—琳．史文生，然後再也不要回去社會局。」

丹尼絲聞言狂笑，蜜雪兒不禁點頭。「是啊，完全自由。也許參加某種眞能贏錢的電視實境秀，在那之後，妳就可以隨心所欲。」

她們轉向丹尼絲，以鼓勵的眼神看她。

「噢，輪到我了？但妳們把所有的事都說完了：贏很多錢，永遠解決那個爛貨社工。」

她們沉默地看著彼此，彷彿在思考要如何解決所有難題。

第十章

二〇一六年五月十三日星期五

在法庭白白等待超過半小時後，用「挫折」這個詞來描述卡爾當下的心情還算是輕描淡寫。修建地鐵的結果，就是陷入可怕的交通黑暗期，哥本哈根現在活像個被轟炸區域，到處是建築工事和交通改道。話雖如此，儘管困難重重，如果他和目擊證人都能準時出現在法庭上，那麼那個該死的法官應該也有辦法趕上開庭才是。

考量所有因素，這個案子實在令人不快，現在又要延期審理了。雪上加霜的是，這甚至不是卡爾職權範圍內的案子。他在某一帶做例行調查時，聽到那女人從一棟房子內尖叫求救。

卡爾斜眼瞥瞥目露凶光的被告。三個月前，他拿著鏟子站在卡爾跟前，威脅卡爾如果不滾離他的家，就要把鏟子敲進他的腦袋瓜。當時，卡爾眞希望自己有記得戴配槍，人生總是會出現幾次這種時刻。所以他乖乖照辦，轉身離開。

當他二十分鐘後帶著支援警力回來、踢開大門衝入屋內時，那男人已經敲爛菲律賓女友的下巴了。他在女友倒下來後還踩了她好幾次，把所有肋骨都踩斷了。那絕對不是個漂亮場面。

卡爾再次想到，如果他有用心遵守從警察學校學來的基本訓練，並記得在外套底下的槍套插上槍就好了，他就能阻止那件慘劇發生。但是，不，那不會再發生了。在那個意外之後，他更加留心要戴上槍。而現在，這個醜陋的畜生正坐在那，一臉野蠻人的表情，對他冷笑著，彷彿他能逍遙法外，逃離任何懲罰，因爲法官是個不守時的笨蛋。的確，那傢伙的額頭上雖然沒寫著「白癡」兩字，但也相去不遠。卡爾敢賭，由於這次顯然不是他第一次犯案，那傢伙會爲自己的暴力行徑，吃上至少四年牢飯。人們只希望他在蹲大牢時被痛揍一頓，這樣他才能記住被殘忍痛毆是什麼感覺。

「你得上樓去找羅森．柏恩。」他回警察總局時，值班室的人告訴他。

卡爾眉頭深鎖。他是那種要被使來喚去的菜鳥嗎？他才剛白白浪費了一個半小時，那對今天來說還不夠嗎？

「羅森要我們在你過去時通知他，直接上樓梯左轉吧，卡爾。」他們在他背後大笑。

見鬼，他才不在乎羅森交代他們什麼咧。誰要上樓去？

高登站在地下室走廊，揮舞手臂。「我們遇到了困難。」他脫口而出，然後才注意到卡爾陰鬱的神情。「但，呃，也許先讓阿薩德解釋一下會比較好。」他迅速加上這一句。

卡爾停下腳步。「解釋什麼？」

高登轉開目光，瞪著天花板。「羅森提到一件有關我們部門的事，他說我們的破案數量不足。」

卡爾看來一臉驚訝。才十四天前，他估算過懸案組的破案率，過去兩年來是百分之六十五，比更早前高出許多。有鑑於他們的案子都是其他警察無法破的舊案，客觀來看，他們的破案率比預期還高上許多。那可是百分之六十五的成功率，百分之六十五的罪犯不再逍遙法外。羅森在說什麼啊？

「把這放到我桌上。」

他將法律文件塞到高登的臂彎裡，直接走向地下室通往樓上的無盡階梯。

他保證，他會教會羅森怎麼讀懂統計數字。

「是的，卡爾，不幸的是，數字完全正確。」羅森．柏恩的表情幾乎有點悲傷，但卡爾可不會被這種情緒給左右。自從他的高中女友告訴他，她被他最要好的朋友搞大肚子後，他就學會人生無法盡如人意。

如他所料，羅森的下句話就沒那麼有同理心了。「國會司法委員會分析了不同轄區的破案率，以便讓資源與地方警力強化兩方面得到更讓人滿意的分配調度，委員會還特地審查了專款專用的問題。那正是懸案組的問題所在，所以懸案組被削減預算。就算懸案組最後沒被解散，也得裁掉一位成員，你們還得重新搬回樓上這裡。那是他們的最後通牒，卡爾。我很抱歉，但是我無能爲力。」

卡爾疲憊地瞪著他。「我不曉得你在說什麼。我們的破案率是百分之六十五，剩下的未破懸案只是在等待案情突破。那些可是大家放棄的舊案，如果不是我們，它們會被留在檔案室裡腐爛，永不見天日。」

「嗯。你說百分之六十五，哪裡有注明？我在我的文件裡找不到。」他稍微翻閱整理得井然有序的桌面。「在這裡！」羅森將一張紙舉到空中，指指一個數字後，遞給卡爾。「那是懸案組交上來的文件。管理部門是根據這做結論。破案率：百分之十五。離百分之六十五可遠了，對吧，卡爾？因此結論是你們的效率欠佳，懸案組又燒掉社會過多納稅錢，所以把你們搬上來這裡可能會更有用處。」

「百分之**十五**！」卡爾震驚莫名。「他們瘋了。那些克莉斯汀堡的蠢材對我們的花費和工作內容又知道什麼？我們的破案報告可能上繳得比預計時間要晚一點，拖了幾份，但僅是如此而已。」

「拖了**幾份**？百分之五十的差距可不是只拖了**幾份**報告而已，卡爾。你像往常一樣誇大數字，但在這個情況下，誇大不實對你毫無助益。」

突然間，烈火和硫磺好像奔流過卡爾的神經系統。他是那個該爲此忍受責難的人嗎？

「首先，那個分析完全是胡說八道，再者，你就是那個在大部分配給懸案組的專款裡上下其手的人，可別忘了這點，羅森。所以，就算我們部門要關閉，也省不到司法委員會以爲我們花費掉的四分之一。這文件連拿來擦我屁股都不值。」他憤怒地揮舞那張紙。「你打哪來那些數字的，羅森？」

羅森的兩個手臂一揮。「你問**我**？卡爾，你是那個呈交報告的人。」

「那樣的話，是你該死地沒有把報告登記好。」

「嗯，你可以發現在這件事上大家的看法不一。要處理這不幸的局面，我建議你裁撤蘿思·克努森，我則把高登調回我組裡，你和阿薩德也搬上來這裡。然後我們再看看，你們倆是否能和我們的體制合作，並在遵守法律的情況下辦案。」

他微笑著，可能知道就這點上說來，卡爾絕對不會聽從命令。所以他葫蘆裡是在賣什麼藥？

「我再次向你表達歉意，卡爾，但警察總長已經對司法委員會報告，所以這決定不是操之在我。」

卡爾滿心狐疑地打量他的上司。這男人是否曾去國務院學習分派責任的課程？該死。羅森難道不知道，不要隨著那些無能、只能看到表象的窩囊廢起舞，找到幕後黑手才更爲重要？

「但聽著，卡爾，如果你如此不滿意，大可去向政客們抱怨。」他作總結。

卡爾火冒三丈，「砰」地甩上門，力道之大，整層樓都爲之震動。索倫森小姐的下巴被震得往下掉，她剛從桌上拿過來的文件也是。

「妳們兩個！」他對她和麗絲高吼，麗絲正在碎紙。「妳倆就是呈交錯誤統計數字、現在又在消滅我們部門的人嗎？」

她們困惑地搖搖頭。卡爾將羅森的備忘錄「砰」地放在她們前面。「這是妳們寫的嗎？」

麗絲將她那美麗的胸部靠向櫃檯。「是的，是我寫的。」她毫無悔意地說。

「但妳寫得不對，麗絲。」他火大地說。

她轉向她的桌子，彎下腰，拿出一份牛皮紙檔案夾。

卡爾試圖不讓不聽話的目光恣意遊走。她在四十六歲生下最後一個小孩後，體態顯然更爲豐滿，身材仍凹凸有致，但也許有人能幫她燃燒一下小腹上的贅肉。他的呼吸變得沉重，他晚上幻想時的第一人選總是她，結果她卻給他搞出這種飛機。

「不。」她邊說邊指著一排數字。「我也不明白，但你看，我寫的數字是對的。抱歉，卡爾，但你呈交上來的破案報告和我這裡注明的一樣多。」她指著最後一行的數字。卡爾可不認得那個數字。

「我還稍微修飾了一點呢，甜心。」然後她露出歪斜門牙的迷人笑容。現在再迷人也沒有屁用了。

卡爾聽到背後傳來腳步聲，轉過身去。警察總長一身帥勁西裝，正走向羅森的辦公室。

他對卡爾點點頭，但動作非常含蓄。這位被遴選出來的警察總局效率專家很少前來拜訪，這次來此，顯然是做好猛烈出擊的準備。

「蘿思在哪？」卡爾才踏上通往地下室的最後一個階梯，就迫不及待地鬼吼。他的吼叫聲在空蕩的走廊裡迴蕩，阿薩德那頭蓬亂的捲髮馬上從像掃帚間般狹小的辦公室探出來。

「她不在，卡爾。她離開了。」

「離開？什麼時候？」

「在你去法院後，至少兩個小時前，所以我想她今天不會回來上班了。至少今天不會。」

「你知道蘿思沒有把我們的破案報告呈交上去嗎？除了哈伯薩特案之外？那件顯然也沒有。」

「哪個案子？什麼時候？」

「我們樓上那位名人說在過去二十四個月內，蘿思只呈交了五分之一的報告給凶殺組。」

阿薩德看起來震驚不已，他顯然不知此事。

「該死，阿薩德，她腦袋糊塗了。」卡爾毅然決然地走到他的辦公桌旁，撥打蘿思的住家號碼，讓電話一直響到答錄機的聲音響起。那不是他聽過的錄音。蘿思的答錄機錄音一向活潑得不得了，但這次的聲音聽起來罕常地沙啞悲傷。

「這是蘿思．克努森。」錄音說：「倘若你需要找我，那你的運氣還眞背。請留言，但別指望我會聽，因爲我就是這副德行，愛不愛隨你。」隨後進入「嗶」聲。

「蘿思，得了，回我電話，我有很重要的事。」卡爾不管三七二十一，還是留言了。也許她正在電話線的另一端叫罵，甚至大笑，但他非得找到她才會罷休。因爲如果是蘿思以如此不同凡響的效率搞砸破案報告的話，那無論如何，懸案組都得裁撤一位組員。

「你呢，高登？你有找到蘿思的報告嗎？」

高登點頭，身子湊近卡爾的電腦。「我已經寄給你了，你自己看看。」他打開檔案，滑下螢幕，瀏覽頁面。

卡爾抿緊嘴唇。那是懸案組「調查中案件」的確切報告，每行都是，標示著案件號碼、性質、展開調查的日期和結案結果。綠欄代表偵破的案子，藍色是偵辦中的案子，紅色是放棄的案子。上面甚至還有報告完成和呈交給管理部門的日期。做得如此完善，看到檔案的人應該會得到非常正面的印象。除了哈伯薩特案之外，所有的案子都打了勾，一切程序都照規矩走。

「我不知道這是怎麼回事，卡爾，但我們的蘿思盡了她的本分。」高登說，像白馬王子般替她辯護。

「她是怎麼傳送報告的？」門口旁的聲音說。

高登轉向阿薩德，阿薩德手裡端著一杯加滿糖的茶。

「透過內部網路，以附件方式寄送。」

阿薩德點點頭。「到哪個地址？你有檢查過嗎，高登？」

高登伸展一下竹竿般瘦長的身軀，以沉重的步伐走回蘿思的辦公室，嘴裡嘟嘟嚷嚷。他顯然沒有檢查。突然間，鞋子聲讓卡爾豎起耳朵。在地下室這裡，通常不會聽到水泥地板上傳來的硬皮鞋底踩踏聲。那聲音帶來不祥的預兆，活像好萊塢為創造次級戰爭片裡的納粹軍官形象，所採納的音效，只有索倫森小姐能複製這種駭人效果。普通警方人員會穿橡膠底的鞋子，除非他們在警察總長的地盤內找到永久差事，而這聲音聽起來不會是他們其中任何一人。

「老天，這裡好臭。」索倫森小姐劈頭就說，她的上唇滿是汗珠。幾天前，局裡盛傳她更年期潮熱發作，得在桌子底下放一盆冷水，將腳丫泡進去才熬得過來。局裡總流傳著有關索倫森小姐的幽默故事，而那很少是不實的傳言。

「你上樓去我們那裡時，最好別把這股中東氣味帶過來。」她邊說邊將一份塑膠檔案夾擺在他面前。「這是你懸案組的統計數字細節。在過去六個月以來，我們沒有收到你們任何的報告，導致管理部門下結論說，你們在這段期間內沒有偵破任何重要案件。但現在，麗絲和我開始質疑這點，因爲我們會追蹤總局的一切動態，感謝上帝，我們有這個好習慣。我們知道懸案組的媒體公關形象很好，媒體有報導你們在那段期間偵辦的案子，所以我才會說，這其中有事講不通。」

她嘗試微笑，但她顯然不習慣這麼做，因爲嘴角的肌肉沒有牽動起來。

「看這個，卡爾。」高登衝進來說。他指著放在桌上的影印紙。「蘿思有把她的檔案寄給麗絲和卡塔琳娜。」他對著她點點頭。「剛開始只有麗絲，但自從麗絲放產假後，幾乎就只寄給卡塔琳娜．索倫森小姐（Catarina Sørensen）。」

索倫森小姐彎著大汗淋漓的身軀，俯身看著紙。「沒錯。」她邊說邊點頭。「地址沒錯，原則上是寄給我，問題是那個地址已經無效超過二十個月了。我在這期間離婚，重新採納我的閨名。名字縮寫不再是CS，而是CUS。」

卡爾將頭埋在手掌裡。爲何舊電郵沒有把信自動轉寄到新的地址？那是怠工、暗挖牆角，還是社會上的各種亂象現在也傳到警方這裡來了？

「CUS是什麼的縮寫？」高登問道。

「卡塔琳娜．烏德伯．索倫森（Catarina Underberg Sørensen）。」她感傷地說。

「妳不是改回閨名了，爲何還用索倫森？」

「因爲啊，小高登，烏德伯．索倫森**就是**我的閨名。」

「噢。所以妳嫁給了一位索倫森，結婚後的姓氏就不用改嗎？」

「是的，我丈夫也希望如此，他覺得那姓氏很優雅。」她發出幾聲嘖嘖聲。「或者只是因為他是個可悲的酒鬼，不想要有個綽號。」

高登看來一臉困惑，顯然不懂她最後一句話的意思。

「烏德伯是種德國苦啤酒，高登。」她充滿敵意地告知他，彷彿這個很少喝酒、會被鬍後水香霧熏醉的男人會對此有任何興趣似的。

卡爾剛完成一份會讓警察總長安守本分的報告，但這份報告也會創造出一世的仇敵。卡爾向後靠坐，環顧四周。這卑微的地下室走廊是他的基地，直到別人把他用棺材抬走為止。在此有他所需要的一切：菸灰缸、有所有電視台的液晶電視，和一張你能把腳擱在抽屜上的桌子。夫復何求？

卡爾想像著警察總長向司法委員會解釋時，那張進退維谷的尷尬表情，不禁爆出大笑。這時，電話響起。

「卡爾嗎？」一個沒精打采的聲音說道，卡爾覺得很耳熟，卻說不出來是誰。

「馬庫斯。我是馬庫斯．亞各布森。」在卡爾安靜得有點過頭時，那聲音說。

「馬庫斯！啊，該死！我幾乎認不出你的聲音。」卡爾脫口而出。

卡爾不由得綻放微笑。馬庫斯．亞各布森，他以前在凶殺組的舊老大，現在就在電話的另一頭！丹麥曾一度被這種認眞和頭腦清楚的人所領導，他簡直是這類人的翹楚、老百姓的楷模。

「是啊，我知道。我的聲音有點沙啞，但**是**我沒錯，卡爾。自從我們最後一次碰面後，我又開始抽菸了！」

他們上次說話是四年前了，所以卡爾覺得有點良心不安。卡爾知道馬庫斯近幾年諸事不順，卻不曉得那些苦難後來是如何結束。他眞的是疏於聯絡，他應該要知道的。五分鐘後，所有災難都得到詳盡闡述。馬庫斯已經變成鰥夫，差點被人生擊倒。

「我眞的很遺憾，馬庫斯。」卡爾說，試圖在腦袋裡搜尋安慰字眼，但他的大腦不習慣處理這種事。

「謝謝，卡爾，但我不是爲此打電話來的。我想現在我們需要彼此。我剛碰上一樁我認爲需要討論的案子。不是因爲我想要你爲小事費心——那些明星警察一定會人力反對——而是因爲它讓我聯想到一樁我長年來苦思無解的案子。也許這案子無意間也提醒我，警察總局裡還有人會留意這些被束之高閣的舊案，而讓我心懷感激吧。」

他們約好十五分鐘後在加默廣場咖啡館碰面。

馬庫斯早已坐在他習慣坐的老位子上。他整個人蒼老許多，表情更爲疲憊，但這些或許並不奇怪，他妻子過世的前幾年，他過得很不好；現在，他孓然一身。卡爾體會過這種孤獨的況味，以及慘被拋棄的感覺會對一個男人造成什麼影響。但這並不是說他們的經驗可以相提並論。

馬庫斯緊握他的手，彷彿他們曾是老朋友，而非踩在職涯階梯上不同階段的同事。馬庫斯問起卡爾，最近懸案組情況如何，也許是出於禮貌，也許只是想讓自己重新回味警察總局的熱鬧喧囂。那問題對卡爾而言如同火上加油，他不禁脫口發洩他的深沉挫折感。馬庫斯點點頭；沒有人比他更清楚，卡爾和羅森的星座相剋，他們兩人的個性如此天南地北，輕易就能引發爆炸性災難。

「但羅森事實上是個還不錯的傢伙，卡爾。我不相信他是那個數字的幕後黑手。即使舊郵件地址通常會把信轉寄給新地址，還是會有出錯的時候。幕後主腦有可能是警察總長嗎？」

卡爾覺得邏輯不通。警察總長能從其中得到什麼好處？

「凶殺組的前任組長哪懂什麼政治？但如果我是你，我會調查一下。」他對服務生點點頭，示意他再替他倒杯杜松子酒。他一口灌下，然後清清喉嚨。「你對麗格莫・齊默曼謀殺案知道些什麼？」

卡爾有樣學樣，一口灌下他的酒。那類杜松子酒會讓人的腸子打結。

「這種杜松子酒最合我岳母胃口。」卡爾拚命咳嗽，抹掉眼角的淚水。「我知道些什麼？實際上並不多。三樓在調查這個案子，所以那在我的職權範圍外。但那女人是在國王花園被殺，沒錯吧？三個星期前？」

「嗯，差不多。四月二十六日星期二，精確來說，將近晚上八點十五分。」

「就我所能記得的，她六十幾歲，那是殺人劫財。不是有幾千克朗從她皮包裡不翼而飛嗎？」

「根據女兒的供詞，對，一萬克朗。」馬庫斯點點頭。

「凶器還沒找到，但是個鈍器，那大概是我對此案的所有認知。我手上的案子已經讓我忙不完了，但我猜得出來你在想什麼。你打電話來時，我差點全身起雞皮疙瘩，馬庫斯，因爲幾小時前，我才剛和一位摩根・艾伯森說過話。你還記得他嗎？那傢伙招認過各種罪行。」

馬庫斯思考一下後，點了頭。總局裡沒有人——那是說，除了哈迪外——像他一樣能記得所有的事。

「艾伯森還承認犯下那位代課老師，史蒂芬妮・古德森的謀殺案。我確定他是在讀到有關麗格莫・齊默曼的攻擊後得到這點子的，因爲我可以想像，報紙會如何將這兩場攻擊湊在一起。我之後當然把那個白癡趕了出去。」

「報紙？不，沒有人眞的將這兩個案子連結在一起，就我所知，我們在史蒂芬妮的案子發生時，沒有洩漏太多細節。」

「好。那我們就說，兩個案子間的確是有幾個類似之處好了。但你應該知道，史蒂芬妮的案子並沒有轉交給我。我是有個很薄的檔案，但大部分的資料在樓上羅森那裡。」

「哈迪還跟你住在一起嗎？」

話題的轉變讓卡爾露出微笑。「是的，等到哪天他找到一位會被輪椅和口水鼻涕搞得慾火焚身的女人時，我才能擺脫他。」他馬上後悔開了這個玩笑——那不好笑。「不，不開玩笑了，哈迪還是和以前一樣。」他連忙繼續說道：「他還跟我住，狀況很好。他現在能到處移動。他還能用那兩隻有點知覺的手指頭做點事，眞是奇蹟。但你爲何問起他的事？」

「史蒂芬妮案發生時，哈迪跑來找我，提了些有關她和代課學校的事。哈迪以前顯然見過她。你可能不知道這件事？」

「嗯，不知道。他沒再在調查那個案子了，因爲在二〇〇四年他和我以及……」

「哈迪一向不吝於幫助同事。他是個不錯的男人，出那種事眞令人難過。」

卡爾微微一笑，歪著頭。「我想我懂，馬庫斯。你的目的很清楚。」

他報以微笑，站起身。「的確！能聊聊眞的很讓我開心，卡爾．莫爾克警官。非常開心。」

他邊說，邊將幾張寫滿筆記的紙條推向卡爾。「祝你五旬節快樂。」

第十一章

二〇一六年五月十一日星期三至五月二十日星期五

安奈莉周遭的人都不知道，安妮─琳．史文生早就不是他們想像中的那個人了。無論好壞，實際上她已經不存在好幾天了。

由於焦慮和過度憤怒，她的日常生活最近有所改變。這段時間，她一再重新評估她目前的生活和自我形象。當她決定對自己的未來和可能短命的生涯採取必要行動時，她便從一位認眞誠懇、懷抱社區關懷理想、遵守工作倫理的公民及雇員，變成一位具有雙重人格的狡猾人物，並迷失在最卑劣的本能中。

得到癌症的確認診斷後，她有幾天心情沉重、恐懼死亡，再度對那些欺騙社會、浪費自己和他人時間的該死年輕女性，產生一股消極的憤怒。她們嘲笑她的嘴臉不斷閃過她的腦海，安奈莉的心裡只能一直想著這句話：

爲何她們能活下來，而我卻不能？這句話像祈禱文般不斷刺激著她。

到醫院接受判決的路上，安奈莉幾乎帶著微笑，因爲她已經下了決定。

如果她要死，那她們也別想活。

漫長的諮詢在她腦海裡一片模糊，安奈莉無法專注在所有既虛幻又眞實的字眼上，「前哨淋巴結」、「掃瞄造影」、「X光」、「心電圖」和「化療」這些字眼飄浮而過，她只想聽最後的終極判決。

「妳的惡性腫瘤呈現雌性激素受體陰性反應，所以妳無法接受賀爾蒙治療。」醫生補充解釋她得的是第三期惡性腫瘤，是最危險的那種，但腫瘤還很小，好在及早發現，也許手術後一切就會轉好。

這麼長的句子，卻以「也許一切就會轉好」作爲結尾，前景不甚樂觀。也許！「也許」究竟是他媽的什麼意思？

手術那天一切進展快速。星期三早上八點她打電話請感冒病假。麻醉排在九點，手術幾小時後就會結束。她在近傍晚時回到家。到現在爲止，她都過著安靜祥和的日子，這些對她來說都是很激烈的改變，安奈莉不太能跟得上時間的腳步。

所有的結果要等到十三號星期五那天才能揭曉，那是手術後幾天。有這麼多日子，卻偏偏是這天，多不吉利。

「前哨淋巴結沒有癌細胞。」她心臟怦怦急跳時，醫生這樣告訴她。「那顯示妳有很大機會能過個健康長壽的人生，安妮—琳．史文生小姐。」醫生按捺不住地微笑。「我們做了乳房保留手術，如果妳小心遵從醫囑，便能很快復原，然後我們會再來審視妳未來的治療。」

「不，我很不舒服；我這次得的感冒很嚴重。我當然能進辦公室，但我很擔心會傳染給大家。我爲何不能等到下星期哪天好點後再回去上班？至少到那時候，我**應該**已經挺過最糟糕的時候了。」

部門經理的回答有點遲疑。讓其他人冒著被傳染的風險的確不是好主意，所以她該想辦法盡可能養好身子。他們期待她五旬節後回來上班。

安奈莉掛掉電話，開始微笑。她被死神注上標記，因此決定要報復那些對社會毫無價值可言的女孩，但現在她可能根本不會死了。她會接受放療，讓皮膚變得乾燥，只能期待精疲力竭的治療期，但那對她的復仇有何影響？爲何要有影響？她決定要報復像潔絲敏、卡蜜拉和蜜雪兒，或不管他媽叫什麼的這類女人。沒有任何事會影響我的復仇大計！

復仇就是復仇，而宿怨難以擺平。就她看來，她說什麼也會執行。

罔顧醫生的建議，那天晚上她喝光了大半瓶干邑白蘭地。那是以前聚會時，某位悲天憫人的靈魂留下來的酒。那也是她在家裡開過的唯一一次聚會。

蒙塵的瓶子裡發酵的葡萄讓她酩酊大醉，使得義憤塡膺的情緒又重新找上她。從這天開始，她不要再扮演受害者角色。她會去做治療，但不會向同事透露半點風聲，要是她早上因治療晚進辦公室，如果有人問起原因，她會搪塞說，因爲要處理深層的壓力，她得去看心理醫生。至少，每位部門經理應該都能體諒這種理由。

她再次縱聲大笑，在掛燈迸射的暈黃光線中，瞇眼瞧著高舉半空的酒瓶。不，不，從現在開始，她會自私地只想到自己和自己的需求。她不再是那個鮮少撒謊、循規蹈矩的好女孩。那個以爲自己在壓力下會崩潰的女人一去不回了，那個已經想好埋葬之地的女人也不復存在。從現在開始，她要過眞正的人生，不再忍受任何人的鳥氣。

酩酊大醉中，美麗的畫面在她眼前舞動。她看到她們站在她跟前——女孩和她們的白癡母親。那些母親忽視自己的後代，把女孩養育成沒用的人。她現在要讓那些母親震驚地崩潰。

「**她們毫無價值！**」她大吼，防風窗似乎都隨之震動起來。

她側躺在沙發上，痙攣般的狂笑讓她彎起身，直到手術傷口傳來悸痛時才停止。她吞下好幾粒止痛藥，用老舊的被子包住自己。

明天，她會冷靜沉著地想出一舉解決那些娼妓的方法，然後，她會拿到哥本哈根裡，那些最多餘、最沒價值的女孩的地址列表。

她面前有五十張從谷歌查來的列印資料，全是有關偷車的細節，如何以最簡單又安全的手法偷車。即使一個人已經讀過偷車賊須牢記在心的必要建議和技巧，這疊資料依然能提供大量令人興奮不已的資訊。許多細節顯然得多加注意。如果你記下這些基本技巧，你就有擁有偷車的基本常識，知道如何在沒有鑰匙的情況下，打開上鎖的車並啓動它。

記憶所及，她所犯過的唯一罪行，是沒有告訴超市收銀員多找給她零錢。幹，誰管他，她總是這樣想，畢竟像安奈莉這樣的公務員沒有多少錢可以花用。但偷車並拿來做爲殺人武器又完全是另外一回事，那想法讓她陶醉不已。

她是在看過媒體大肆報導的犯罪事件後，才反覆思索出這個點子。位在柏恩霍姆的殺人犯故意開車殘忍衝撞一名女子，撞擊力之大，被害人都被撞飛上樹了。她可以在腦海裡描繪那個場景。那樁謀殺案的偵辦時間長達二十年，警方很幸運才能破案，而那還是發生在柏恩霍姆那種人煙稀少的島上（注）。所以，倘若一個人在像哥本哈根這樣人口稠密的都市裡，犯下同樣的案子，只要那人採用正確的預防措施，誰會查得出來是她呢？

只要準備妥當和注意所有瑣碎細節，我就能全身而退，她想。而她很重視瑣碎細節，也準備充裕。重要的是，不能用會被追查到的車，這就是爲什麼偷車是必要的手段——而現在她對偷車知之甚詳。

不管是專業或業餘偷車賊，第一步是確定車子上沒有警報器。最簡單的檢查方式是在走過時用力推車子一下。如果警報器響起，就要略過下十輛車子，試試第十一輛。只有在挑到一輛破舊汽車，又測試過有無警報器後，才能展開第二步。

附近有監視器嗎？有沒有人站在窗口或在街道上？有沒有騎腳踏車、機車或開車的人經過，在她開始行動時就注意到她了？對年輕偷車慣犯而言，這是很合邏輯的思考程序，但對一位值得尊敬的壯年女子，可全都非常陌生。

得手後，需要徹底檢查車輛的整體狀態。安奈莉並不打算把車賣給洛茲的技工，或拆下安全氣囊和昂貴的導航系統，所以她對昂貴車款沒有興趣。她只需要性能過得去、值得信賴的舊車，能直接衝撞、輕易殺人即可。事後，她打算將車子留在離犯罪現場很遠的隨機地點。

這之中最重要的，就是挑中很容易偷竊的車。那種方向盤鎖可以扳開，或甚至用螺絲起子插進點火裝置就能啓動的老舊車款。當然不能挑有裝防盜器的車輛，但她可以用智慧型手機檢查這點。還有一些基本注意事項，比如檢查車胎是否扁平；檢查車內是否有任何東西會導致麻煩，比如像坐在孩童安全座椅內的小孩。再來是，能否輕易將車迅速開離停車場；反過來說，停車場裡有足夠空間讓車開走嗎？安奈莉需要車前車後至少有四十公分的空間，但那並不會很尋常。

安奈莉一一檢閱清單，露出微笑。她若在犯案當下被逮，要往哪逃？如果她失敗了，得編出什麼樣的故事？

安奈莉一再練習。「老天，這不是我的車？我還在納悶爲何鑰匙打不開。喔，不，老天，如果這不是我的車，那我把車停到**哪**去了？」大部分的人都會相信她是奉公守法、但腦袋糊塗的女人，誰不會呢？她不過是慌了手腳，也許有點老年癡呆罷了。

注 請參見《懸案密碼6：血色獻祭》。

安奈莉完全忘卻她在星期六感受到的疼痛，她只是呑下止痛藥，並將酒櫃清空。讀那麼多資料讓她暈陶陶的、興奮莫名。她有幾十年沒感覺到體內如此溫暖，如此蓄勢待發，如此生氣蓬勃了，所以這不可能是完全不對的事。

隔天她做了第一次嘗試。

她利用谷歌街景，在海萊烏挑了一座大型停車場，她推斷那裡的車不會像霍爾特或霍斯霍姆的時髦、防盜完備。

在電車上時，安奈莉就開始感覺到體內有股麻刺感。其他乘客突然變得黯淡而毫無意義。年輕人的大笑或擁吻不再像以前那般使她怒火中燒，而她幾乎要爲必須回家負擔家務的同齡女子感到難過。她拍拍包包，裡面裝有螺絲起子、充氣墊、小鐵橇、鎚子和工具行的昂貴細繩。

她幾乎覺得自己重獲新生。

安奈莉環顧四周，那是歐洲歌唱大賽結束後的安靜星期天下午。在郊區這裡，丹麥輸掉大賽一事應該沒影響到居民的情緒，氣氛如往常般安靜、單調乏味。

今天的目標並非眞正下手偷車，只要上車坐到車子裡就行了。她一點也不急，因爲安全第一。她安排好練習的步調。幾天後，她會採取下一步，試圖讓點火裝置短路，開車兜兜風。

她發現一輛不錯的Suzuki Alto，門下有鏽跡，看起來像已經被偷過了。她周遭有些人在活動；這時間大部分的正常人正吃著早餐放鬆，或正忙著準備五旬節午餐。

那輛灰色破車停在兩輛舊ＢＭＷ之間，其車款之舊，就算配上金屬輪框或吵雜的音響設備也無從改善。而那卻是很適合輕敲一下Suzuki的安靜地點。

車子在車輪上默默晃動——沒有警報器。眼前有三個選擇。簡單用細繩強行塞進副駕駛座的縫隙，套住門上的鎖並打開；較困難的選擇是將充氣墊塞進後車廂門，強行打開，然後鑽進裡面，踢倒副駕駛座；不然就是用最爲簡單的招數：打破窗戶。

安奈莉比較傾向打破窗戶。她從網路上學到，最好的方法是朝窗戶角落短促一擊。她先用鎚子平的那頭敲，結果沒用，再用尖的那頭敲。*不要太用力*，她提醒自己。她不能讓手鑿穿窗戶，割傷自己。在第三次嘗試後，她認爲窗戶材質太硬，不可能敲破。然後她嘗試拉拉門把，她早該這麼做：門一拉就開。

在幾小時內用不同手法入侵不同車輛後，安奈莉下了結論。客觀而言，她顯然不夠靈巧，因此破窗是最佳方式。那些運用細繩或充氣墊的繁瑣手法，都以無效收場。細繩不是斷裂，就是該套住門鎖的繩子總是糾結在一起；充氣墊更是在第一次嘗試時就被刺破。至少她能掌握破窗的進度。

破窗成功後，她要做的只有將碎玻璃從窗框拔出來，再將副駕駛座上的玻璃碎片掃到車地板上。在這種溫暖的五月天，沒有人會特別注意敞開的車窗。所以只要天氣一直如此溫暖即可。如果她想多次使用這輛車，並試圖隱藏它被竊的事實，強化透明塑膠板其實很容易弄到手。

她也得到另一個結論，她的工具鎚子，對偷車來說並非最佳利器。因此，下一步她該去弄到尖銳碳化工具，一如網路上的建議。最後就是點火裝置的問題。她將螺絲起子用力插進點火裝置，並試著轉動，但**這招**卻不太妙。

下次我該用比較小、比較尖銳的螺絲起子，技巧也有待改善，她想著。

她還有不少功課要做。

直到下星期五，安奈莉才開始覺得自己經驗豐富。整整一週，她除了白天的一些工作，剩餘的時間幾乎都在不同地區破車而入。現在，她已經能用不同方式成功啓動車子。

當一個人坐進一輛他沒付錢買的車，在街角全速過彎時，腎上腺素白然爲之激增，覺得一切皆操之在我。急速跳動的脈搏和變得靈敏的五感，使坐在方向盤後方的安妮—琳．史文生突然年輕幾歲，或者感覺起來是如此。她的視覺和聽覺變得更銳利，能夠迅速評估周遭的環境，皮膚也剎時變得溫暖而有彈性。安奈莉突然變得聰明狡猾，就像某個還沒發揮所有潛力的人，就像一位任何事上都幾乎可與男人匹敵的女人。

換句話說，安奈莉徹頭徹尾變成了另一個人。

她的餐桌上現在有一張列表，那些是她近年來在工作上有接觸的年輕女性。她們一無是處，卻將自己的需求擺在第一位。這些女性對周遭的一切予取予求，騙取旁人的同情與憐憫。安奈莉痛恨這張表上的每個人，事實上，「痛恨」兩字可能還不夠強烈。

要從她近幾年待過的社會福利辦公室調出資料，其實有點棘手，她必須有正當的理由才行，但安奈莉不顧規定，恣意妄爲。她滿意地發現，現在她手上有五十個名字可供選擇。

這個世界，終於可以擺脫這些女子了。

星期三，她列了一張優先清單。列表的最上頭是那些最讓她火大的女子，來自三個社會福利辦公室。多年來，她們敲詐、掠奪了整個體系的資源。這些女子各式各樣，所以她不會用相同的謀殺模式。

安奈莉點燃一根香菸，往後靠坐在廚房椅子上。如果警方逮到她，她會抬頭挺胸地面對懲罰。她沒有家庭牽絆，社會上沒人能阻止她；她的感情關係始終單調而膚淺。相反的，她會在監獄裡得到對多數人而言最重要的東西：安全、規律的三餐、例行公事和大量的閱讀時間——遠離悲慘的工作和壓力。而且，她可能還能跟某些囚犯相處得比外面的人更好、更推心置腹。所以，她何不放手一搏呢？

嗯，倘若那是一種選擇的話，老實說，那並不是最糟糕的。

她列印出哥本哈根不同住宅區的地圖，用鉛筆標注女孩們住的地方。別在自己的門墊上拉屎，她想。安奈莉將住在奧司特布洛、離她很近的女孩挑出來，再把她們放到紙堆下方。

稍作考慮後，她選擇了蜜雪兒．漢森作爲首位殺害目標。第一，那女孩天資駑鈍，應該較容易以智取勝；再者，她是個要求很多、惹人生氣的鼠輩。每次想到她，安奈莉就快暴跳如雷。她知道那女孩和男朋友派崔克．彼得森同居，而那棟建築隱身在西北區的小巷迷宮之間，因此應該是個人車稀少、可以安靜執行計畫的環境。想到此安奈莉就心安不少，看來在她採取下一步之前，似乎沒有任何阻礙。

她將香菸丟入袋子裡，往早晨的交通走去。現在，她要找輛車。狩獵開始。

第十二章

二〇一六年五月二十日星期五

當蜜雪兒滿二十七歲時，她突然覺得自己老了。二十六歲就算是個關卡，何況二十七歲！那差不多等於三十歲。許多明星在比她還年輕時，就在星途上有所突破。她還想到了艾美．懷恩豪斯、科特．柯本（注），和其他在她這個年紀就過世的名人，以及他們的成就，然後他們就這麼死了，英年早逝。

反觀蜜雪兒仍舊活蹦亂跳，除了和派崔克住在西北區的套房公寓外，她毫無成就。不可否認，她仍然愛著他，但人生就僅止於此嗎？人們不是總告訴她，她會做出一番大事業嗎？不過一眨眼，她滿二十七歲了，那些大事業都到哪裡去了？

從沒有人找她上電視，讓她痛苦萬分。她也不是特別想引人注意，但還是很難過。爲什麼沒有星探在街上發掘她，就像來自羅斯基勒的丹麥小姐娜塔雅．阿伯琳娜呢？或像凱特．摩斯、莎莉．賽隆、珍妮佛．羅倫絲、唐妮．布蕾斯頓、娜塔莉．波曼？她的確比大部分的女人都還要美麗，而且她母親也常說，她有一副好歌喉。

現在她二十七歲了，所以好事得很快發生。派崔克曾上過實境秀，她當初就是在看電視時愛上他的，雖然在第二集他就慘遭投票出局。在跟蹤他幾個禮拜後，蜜雪兒至少讓他們倆變成情侶，所以她不算一事無成。如果他能上電視，那她也夠格，因爲她非常美麗，又很女性化。每天早晨，她都花將近半小時刮腿毛、腋毛和恥毛，半小時整理頭髮，半小時化妝，然後慢慢挑選搭配的衣服。她的小腹不是仍舊平坦嗎？她隆乳後身材看起來不是很曼妙嗎？她的時尚品味和那些不知為何能上節目的臭婆娘比起來，不是更好嗎？

是的，好事得很快發生。倘若她不能成名，那她就必須變得富有，嫁給億萬富翁之類的。開花店、做美甲師或化妝師絕對不可能致富，在赫爾辛格當洗衣婦就更別作大頭夢了。派崔克、她的繼父和社工都逼著她找工作，他們難道不能理解這個道理嗎？她注定要幹一番大事業。幾個月前，她才因壓力請病假，因為他們都對她要求太多；而現在，那股熟悉的沮喪感又回來啃咬著她，都是因為和派崔克公寓有關的瘋狂麻煩、詐欺和所有的事。

難道這意味著，她的未來得侷限在這個小公寓裡嗎？她得每天清晨衝去工作，因缺乏睡眠而產生醜陋的皺紋嗎？她得每天聽派崔克的抱怨嗎？她承認他工作認眞，當他不在維多利亞夜店當保鏢後，就去做可領取現金的幾個小時夜班工作，而維多利亞夜店是他們第一次接吻的地方。但他為什麼就不能想出讓他們致富的好點子，這樣他們就能擁有豪華宅邸，裡面擺滿優雅家具、燙整好的桌布，然後生幾個漂亮的小孩？

好，她了解，當他陪她一起去社會局時，他是想設法幫助他們過得奢華點。他總是說，她得有點收入，但去賺那麼點小錢、改變她的生活對他們有何助益？她那份微薄的薪水永遠無法滿足派崔克的物質欲望：每週上健身房三次、時髦衣服、好幾雙牛仔靴，還有車子。好吧，他已經有輛車了——有著淺色座椅的愛快羅蜜歐。她也很感謝他非常願意帶她出去兜兜風，但現在，他想換更新更貴的車，毫無疑問，他會用她賺來的錢去買。那並不公平。

她低頭看著左手。她的大拇指根部刺了派崔克名字的小刺青，不仔細看的話，看不出來。派

注 Amy Winehouse，一九八三至二〇一一年，英國歌手。Kurt Cobain，一九六七至一九九四年，美國搖滾歌手。

崔克則在自己的二頭肌上刺了她的名字，當二頭肌伸展時，那刺青看起來超級酷。但就僅止如此而已嗎？

明年她就二十八了，如果那時還沒有大事發生，她就會離開派崔克，去找另一個會用更明顯的方式珍惜她的本錢的男人。

蜜雪兒看著派崔克躺在那，床單半掩著身軀，赤裸的下半身伸展著。現在她仔細思量著他們的關係，她唯一百嘗不厭的只有床笫之間的親密。

「嗨。」他邊說邊揉眼睛。「幾點了？」

「在你要離開前，還剩半個小時。」她回答。

「該死！」他打個呵欠。「妳今天要做什麼？去社會局和妳的個案社工道歉嗎？」

「不，我還有別的事要做。今天不行，派崔克。」

他用手肘撐起身子。「妳說**什麼**，別的事？該死，妳沒有別的更重要的事得做，妳這個蠢賤貨！」

她喘著氣，差點無法呼吸。蠢賤貨？她可不能讓任何人那樣對她說話。

「你別以為叫我蠢賤貨會沒事，我警告你。」

「那妳要怎麼辦，蜜雪兒？妳好像不了解這件事有多重要，所以妳一定是個蠢賤貨。妳的社工在大概三週前控告我們詐欺，妳甚至不想費神去打開桌上那兩份催繳單。為什麼妳現在會收到社會局的信？妳不打算看看他們寄給妳的該死電郵嗎？那可能很重要，妳有想過嗎？我敢賭那些信是罰款、傳票，或帳單之類的狗屎。」

「如果你那麼有興趣，你可以自己打開信看看啊。」

「上面的收信人是**妳**，所以妳為什麼不自己打開來看？我幹嘛要和這堆狗屎糾纏不清？該死，蜜雪兒，振作起來，不然我會把妳趕出去。別以為我不敢這麼做。」

她嚥下幾次口水，這一切讓她難以承受。她從梳妝檯站起身，正想對他狂吼，但心裡卻很清楚，如果她眞的這樣做，她將付出十倍的代價。蜜雪兒低頭瞪著地板。倘若她不鎭定下來，她會崩潰大哭，而那會毀了她的完美妝容。她蹣跚走進浴室，在身後甩上門。她不想讓派崔克看見他能讓她的心情如此低落。

鏡子清楚揭露出他對她的影響，她的前額上已經出現了一道皺紋。他不知道打肉毒桿菌消除皺紋有多貴嗎？白癡！蜜雪兒抓著洗手台邊緣。她現在很想吐，彷彿所有的可怕字眼都囤積在胃底，而她想要把它們給吐出來。

「別在裡面待太久！」他從床上叫道：「我馬上就要用。」

她咬咬下唇，感覺喉嚨發燙。「把妳趕出去！」他剛說：「把妳趕出去！」

她?!

她在毫無預警下瘋狂嘔吐，但她沒弄出聲音。她絕對不會讓他知道，他的惡言惡語影響她如此之大，她甚至難過到嘔吐。蜜雪兒以前也吐過幾次，但在她任憑胃液摧殘她的身體、吐到昨晚晚餐的殘渣都留在她的嘴角後，她默默下定決心：這會是最後一次。

派崔克終於離開後，她有條不紊地翻遍他所有的東西。她找到幾百克朗，外套口袋裡有些香菸，儘管他口口聲聲說自己已經戒煙，因為抽菸太貴，所以她也應該戒煙這些廢話。她也在他的里維牛仔褲的小口袋裡找到保險套。

他要保險套幹嘛？她有吃該死的避孕藥，還怕吃藥導致血栓而擔心得要死，那他到底要保險套做什麼？她撕開幾個保險套，將它們丟在床上。等他回家時，讓他自己去想通她為什麼不在那吧。

蜜雪兒環顧四周，納悶要拿走什麼。她絕不搬回家裡，即使只是短時間暫住，因爲史蒂芬在那——她母親交往了三年的白癡。他根本是個瘋子，她這位所謂的繼父不是曾要她在他的爛車行工作，一個月只領微薄的一萬四嗎？他眞的期待**她**會爲了區區一萬四，搞得全身是油，髒兮兮？而且還一副他是在幫她忙的嘴臉，對她施恩似的。

她呆坐一會兒，瞪著壁紙，試圖釐清這一切。她爲何總對這類事情這麼不擅長？她爲什麼不做對自己最有利的事？她眞的迫切需要一些支持和良好建議。然後她想到丹尼絲和潔絲敏，她們都很有自己的主見。在這種情況下，她們會怎麼做？

蜜雪兒走過街道，感覺煥然一新，神清氣爽。她打電話給女孩們，約好一小時後在城裡碰面。她準備要和盤托出，她們也許能夠幫她，也許其中一位甚至會有好主意，知道她該在哪找個舒適地方打地舖一陣子。

她燦然一笑，注意到有輛紅車正在街道稍遠處，從停車處開出來。司機也許和她沒太大不同，但也許沒活在像她這麼大的壓力底下。或許她是個嚴以律己的人。她點點頭。幾個月後，**她**可能會有自己的車子。離開公寓前，她查看了臉書，發現一則電視節目徵求演員的廣告，她絕對比貼上連結的那個人更適合那個角色。那是種全新的節目，蜜雪兒以前從未聽過：一些女孩們住在農場裡、得保護自己之類的情節。**那**才是適合她做的事，但她不會這樣告訴製作人。她會假裝什麼都不懂，甚至連馬鈴薯都不會煮之類的。一面裝傻，一面看起來驚爲天人，還要炫耀她的豐胸和俏臀。他們會毫不遲疑地錄取她。

她穿越街道。還有另一個實境秀在找參賽者，叫作《夢幻對象》還是——

她本能地轉頭張望，但已經太遲。一輛車突然駛來，成爲街道中央的紅色亮點。它對她猛衝過來，引擎放在低檔，轟隆作響。

坐在擋風玻璃後面的女人直直望著她，將方向盤向她這一轉。那張臉讓蜜雪兒驚慌地伸出雙手，擺出防禦姿態。

但她的手沒能阻止那輛車。

她的手臂傳來微弱的刺痛，蜜雪兒突然醒了過來。她試圖睜開雙眼，坐起身，但她的身體動也不動。*我剛是不是張著嘴巴躺著?*她想著。她無法辨識的氣味和聲音像厚重的毛毯般快讓她窒息。

「蜜雪兒，聽好。」她感覺到有人輕柔地拉一下她沒受傷的手臂。「妳出了車禍，但不嚴重。妳能張開眼睛嗎？」

她嘟噥了什麼。*這只是一場蠢夢*。但接著，有人拍拍她的臉頰。「醒來，蜜雪兒，有人想和妳談談。」

她深吸口氣，清醒過來。一張臉周遭映著亮晃晃的白光，低著頭直瞪著她。

「妳在哥本哈根大學醫院，蜜雪兒，妳沒事。妳很幸運。」

現在，她看出說話的人是一位護士，她像蜜雪兒以前一樣有雀斑。一個男人站在護士身後，點點頭，綻放友善的微笑。他往前走過來。「妳好，我的名字是布里本·哈貝克，我是貝拉霍伊派出所的警佐。我想問妳幾個問題，看看妳對車禍還能記得什麼。」

蜜雪兒皺起鼻子。房裡瀰漫著某種濃烈的味道，而且燈光也太亮了。

「我在哪？」她問：「我在醫院嗎？」

那男人點點頭。「妳碰上車禍，肇事逃逸，蜜雪兒。妳記得嗎？」

「我得和丹尼絲及潔絲敏碰面。我能走了嗎？」她再次試圖用手肘撐起身軀，但這舉動引發頭痛。「我得和她們談談。」

那位護士急切地看著她。「妳得躺在床上，蜜雪兒。妳的頭後有個很深的傷口，縫了好幾針。妳要會面的朋友正在等候室。她們有打妳的手機問妳怎麼還沒到。」她的表情嚴肅——但爲什麼？如果潔絲敏和丹尼絲就在外面等的話，那表示她沒事吧？

「妳已經在醫院躺了三個小時，我們得觀察妳有無腦震盪，因爲妳倒在人行道上時，頭用力撞了一下。當那一帶的人發現妳時，妳已經躺在地上失去知覺，還流了很多血。」

蜜雪兒搞不懂，但她還是點點頭。至少潔絲敏和丹尼絲在這裡，現在她可以告訴她們，她離開派崔克了。

「妳了解這件事的嚴重性嗎，蜜雪兒？」警察問道。

她點頭，盡可能回答他的問題。是的，她有看見那輛車，是輛紅色的車子，不大。她穿越馬路時，車子就那樣衝過來。當她察覺危險時，曾試圖用手擋車。所以手臂才會那麼痛嗎？

那位警察點點頭。「但妳的手臂奇蹟似地沒有斷掉。」他說：「妳一定是位很強壯的女孩。」

她喜歡他那樣說，他人不錯。但除此之外，她沒有什麼可以說的了。

「他們說妳得住院幾天，蜜雪兒。」潔絲敏環顧房間，她顯然感到不自在，但這地方的確聞起來很噁心。她和鄰床間只隔著一道簾幕，從那傳來一股難聞的味道。洗手台和鏡子那裡有個手推車，上面放著護士助理剛從她床上拿過去的便盆。總而言之，這不是個吸引人的地方。

「我們會每天來探望妳。」丹尼絲說。她似乎沒有很在意這地方或臭味。

「我們本來想帶花來，但後來還是覺得把那筆錢花在餐廳比較值得。」潔絲敏說道：「妳可以下床了嗎？」

蜜雪兒不知道，所以她只是聳聳肩。

「我離開派崔克了。」她淡淡地說。「麻煩妳們看一下，那邊那個是不是我包包好嗎？」她指指椅子上的那堆東西，她們點點頭。她們眞好。

「我不希望他過來這裡。妳們能跟醫院說嗎？」

她們又點點頭。

「我也許有地方給妳住，妳完全不用花錢。」丹尼絲說：「也夠妳住，潔絲敏。」

蜜雪兒感激地看著她。太棒了。

「反正一陣子無所謂。」她又說。

蜜雪兒抿緊嘴唇。那太棒了，但她一直相信，這兩個女孩會替她打點好一切。

「發生了什麼事？他們說妳被車撞了。妳跟警察說了什麼？」丹尼絲問。

她解釋了車子的事。

「不會是派崔克吧？」丹尼絲問道。

「不。」她大笑著說。那是什麼蠢問題？她不是才剛說，那是輛紅色圓滾滾的舊車？派崔克死也不會讓人看見他開這種車。

「派崔克開愛快羅蜜歐。他的車比較大，是黑色的。」

「司機精神有問題。」潔絲敏說。

然後就講到她非講不可的事情了。「但我想我認出了開車的女人是誰。」

她們陡然沉默，彷彿在期待她的解釋之外，還有完整的描述。

「妳告訴警察了嗎？」丹尼絲追問。

「沒有。」蜜雪兒把毛毯踢開，蓋著感覺好窒息。

她朝簾幕那邊點點頭。她要說的話和隔床的人無關。

「我本來要告訴警察的，」她小聲說：「但我想先問妳們，看妳們覺得我該怎麼做。」她將食指按在嘴唇上，提醒她們小聲點。

「妳是什麼意思？」丹尼絲低語。

「我想開車的人是安妮—琳．史文生。」

她得到她期待的反應：震驚、不可置信和一頭霧水。

「老天！妳確定嗎？」丹尼絲問。

她聳聳肩。「應該沒錯，不然至少是某個像她的人，穿同一件毛衣。」

丹尼絲和潔絲敏面面相覷。她們不相信她的話嗎？

「妳們認爲我該跟警察說嗎？」她問。

她們坐著，以空洞的眼神瞪了半晌。她們三人全都痛恨安妮—琳。這幾年來，那個臭女人把她們這幾個領救濟金的人整得非常難受。

蜜雪兒確定她們三人現在有志一同。**如果**開車的人真是安妮—琳，誰會相信像她們這種女孩說的證詞？贏了一大筆錢的社工爲什麼要做這種事？她幾乎可以看到警方的反應。

而且我還是個犯了詐欺罪的人，她苦澀地想。誣告不是很危險嗎？那不是會有嚴重後果嗎？是的，至少她有看電視節目，知道後果不堪設想。

「我星期一要和她面談。」潔絲敏片刻後說：「我會直截了當問她，是不是她做的。」

丹尼絲點頭同意。「好。就像我外祖母說的：開門見山。」

「但如果她否認——她會否認的——我們該怎麼辦？」潔絲敏問：「誰有任何建議？」

丹尼絲露出微笑，但一語不發。

第十三章

二〇一六年五月十三日星期五和五月十七日星期二

在阿勒勒市，烤肉大會已經如火如荼地展開。早先，只有鄰居的花園傳來燒烤的淡淡氣味，現在，整個停車場瀰漫著煙霧，散發著濃烈的焦香。

「你們好嗎，莫頓和哈迪？」卡爾大叫，將外套丟在走廊上。「你們也在烤肉嗎？」哈迪接近時，可以聽到電動輪椅微弱的「嗡嗡」聲。他全身穿著白色——和他陰鬱的表情形成強烈對比。

「有事不對勁嗎？」卡爾緊張地問。

「米卡來過了。」

「噢！你現在連星期五也接受他的治療嗎？我以爲……」

「米卡是來這裡送回莫頓的東西，他們分手了。我可以告訴你，莫頓現在正坐在客廳角落傷心欲絕，情緒混亂。他現在很需要朋友，所以我告訴他，他可以搬回地下室，好嗎？」

卡爾點點頭。「怎麼會這樣……」他將手按在哈迪的肩膀上。還好，至少莫頓和哈迪還擁有彼此。

那位被拋棄的戀人蜷曲著身體，瑟縮在沙發角落，看起來垂頭喪氣，彷彿剛被宣判死刑。莫頓臉色慘白，滿臉是淚，一副完全精疲力竭的模樣。

「嗨，老弟，我聽到的是怎麼回事？」卡爾問道。

他應該更婉轉、更小心地提出這個話題，因爲莫頓聽了後，直跳起身，向前擁住卡爾，從喉嚨深處發出哀慟欲絕的嚎哭，淚流滿面。

「沒事，沒事！」卡爾不知道該說什麼好。

「我連想到都無法忍受。」莫頓在卡爾耳邊啜泣。「我好難過！五旬節更是顯得行影孤單。我們本來打算一起去瑞士玩的。」

「告訴我發生了什麼事，莫頓。」他將莫頓拉開半公尺左右，直視著他淚眼婆娑的眼睛。

「米卡想念醫學。」他哭叫著，鼻涕從鼻子裡流出來。那聽起來沒有太令人意外，沒那麼戲劇化啊。

「他說他不再有時間經營嚴肅的感情，但我知道一定還有其他理由。」

卡爾嘆口氣。現在他們得再清一次地下室，好讓莫頓搬回老地方。他繼子的東西得清掉，那會耗費點時間。自從賈斯柏搬出去後已經幾年了？

「你想要的話，可以搬回地下室。」他嘗試改變話題。「賈斯柏在地下室還留了一些東西，但我會叫他……」

莫頓點頭道謝，像小男孩般用手背抹掉眼淚。卡爾終於發現他原本肥胖的身軀，現在看起來弱不禁風。卡爾現在才第一次注意到這點，他幾乎認不得他。

「你生病了嗎，莫頓？」他猶豫地問。

莫頓扭曲著臉。「是啊，我正因心碎而死。我還能上哪找到像米卡那麼完美的人？我找不到的，因爲他是我的夢想。他宛如天上下凡的天使，如此整齊清潔，如此英俊，在床上又勇於冒險。他如種馬般精力充沛，力大無比，又主宰一切。如果你知道他是如何……」

卡爾連忙舉起雙手制止他說下去。他不想聽他們的床笫細節。「謝謝，莫頓，你不用再解釋了，我想我知道了。」

儘管他不時歇斯底里、猛流眼淚，莫頓還是設法端出晚餐來，但他自己卻沒有任何胃口。晚餐後，哈迪熱切地瞧著卡爾，好像有滿肚子的話。那眼神卡爾非常熟悉，是幹練的調查人員的銳利目光。

「對，對，哈迪。你是對的。我**的確**有事想告訴你。」他說：「我和馬庫斯碰面了。」

哈迪點點頭，似乎一點也不驚訝。他們談過了嗎？

「我想我知道為什麼，卡爾。」他說：「我就在等它發生，但我期待你會是那個開始的人。」

「我摸不著頭緒，幫幫我。你在說什麼？」

哈迪拉動操縱桿，將輪椅從餐桌移開一點。「巧合，卡爾。國王花園二〇一六年的謀殺案和奧斯特安列二〇〇四年的攻擊案。我沒說錯吧？」

卡爾點頭。「沒錯，正中紅心。但如果你還有任何合乎邏輯的直覺，立刻先讓我知道，好嗎？」

哈迪說，他已經有這個直覺幾乎三個禮拜了。對他這個時間很多、日子難熬的男人來說，三週不算什麼，而且也沒人來打攪他神祕的辦案思緒。他前後反覆思考，將十二年前的史蒂芬妮·古德森和麗格莫·齊默曼幾乎三週前所遭受的攻擊細節列出，發現其中的巧合引人注意，意義重大。

「我們也有專注在兩件攻擊事件的差異上，但差異點不多。最引人注意的可能是有人在麗格莫身上撒尿，但史蒂芬妮卻沒有。湯瑪斯告訴我，那尿液來自男人。」

卡爾不禁又點點頭。他當然和警察總局的餐廳經理交換過意見。湯瑪斯・勞森是前鑑識人員，消息靈通。

「好，所以推論麗格莫的凶手是個男人？但史蒂芬妮的案子也是如此嗎？我對那個案子所知不多，但馬庫斯說，多年前大家對那個案子都有點三緘其口。」

「你是指謀殺了史蒂芬妮的人是個男人嗎？不，不能完全斷定。打在她頭上的那一記很嚴重，力道很大，但他們從未釐清凶器是什麼東西，也無法判定凶器有多重，或多有效率。所以當時無法對那致命一擊下任何特定結論，自然無法從那一擊判定凶手的性別。」

「哈迪，我從你的表情看得出來，**你**認為凶手是同一人。我說得沒錯吧？」

哈迪再次搖搖頭。「誰知道？但那些巧合意義重大。」

卡爾現在懂了。哈迪在得到解答前，是忘不掉那兩個案子的。

「但兩個案子間還有另一個差異。」他補充說。

「你想的是被害者的年紀嗎？她們一定差了大概三十五歲。」

「不。我還是在想那致命一擊。在史蒂芬妮的案子裡，她的腦後受重擊後，整個凹陷進腦袋裡，但麗格莫的那擊比較精確，看起來像仔細評估過，是腦後靠近頸椎處受到重擊，幾乎將脊髓打成兩半，但頭顱受損的程度沒那麼嚴重。」

他們對彼此點點頭。那可能有很多原因，不同的凶手、不同的體重和凶器表面，或單純只是凶手變得更熟練了。

「但是，哈迪，你和我一樣清楚，因為麗格莫的案子還在凶殺組手裡偵辦，所以我對那個案子沒有插手餘地。現在不是和羅森挑起事端的時候。」

他解釋了他與羅森目前的處境，以及特殊懸案組正面臨縮減編制。

說到此時，莫頓突然停下手中的擦洗動作，他幾乎都要把鍋子上的琺瑯刷下來了。「那你得把麗格莫的案子從羅森那偷過來，卡爾！」他從廚房裡大叫。「拿出男人的氣魄，一口氣把那兩個案子都破了。這就是**我的**建議。」

從他口中說出的話還眞是好建議啊。卡爾對著哈迪搖頭，哈迪只是淡淡微笑。他顯然同意莫頓的話。

除了莫頓偶爾崩潰大哭外，卡爾過了幾天無憂無慮的安詳日子，然後他又回到辦公室，和阿薩德討論是否該展開史蒂芬妮案的調查事宜，儘管它還沒歸地下室這邊管。哈迪和馬庫斯都熱切希望他偵辦此案，但卡爾仍舊有些疑慮。

「如果我們從麗格莫案的另一頭開始辦呢？」阿薩德問。

「嗯，那個特定案件仍在三樓的管轄範圍內。」卡爾說，但他感覺得出來自己越來越好奇。那的確比他們現在手上的案子更有趣。

「我們可以請湯瑪斯．勞森加入辦案，卡爾。他一直說餐廳有多無聊。」

卡爾點頭表示同意。*是啊，有何不可？*正當他如此想時，蘿思穿著一套他們從未看過的衣服，出現在他們眼前。她幾乎是蹦蹦跳跳地走下地下室樓梯，一身亮色運動鞋和緊身牛仔褲，自我介紹她是蘿思的妹妹「維琪．克努森」，一面撫平一頭短髮。從辦公室裡探頭出來的高登站在原地，目瞪口呆。「妳究竟在做什——」阿薩德扯扯他的手臂，硬生生打斷他的話。

「你跟我過來一下好嗎，高登？讓卡爾和維琪好好聊聊。我認爲你和我都需要好好來一杯咖啡。」阿薩德堅持道。高登正要抗議，但他突然高舉起瘦長的腿，一臉劇痛，阿薩德的尖靴剛用力地踢了一下他的小腿。他總算懂了。

卡爾對這荒謬的情景大嘆口氣，但還是將維琪邀請進辦公室。倘若他得習慣她的另一個僞裝，那他首先得對這個創意豐富的化身、或說蘿思本尊解釋，要不是她是警察總局的雇員，她別想以爲自己能就這樣從街上闖進來，還被總局的人嚴肅看待。

「我知道你想說什麼。」這位變身皇后先發制人。也許現在沒有像蘿思模仿她妹妹伊兒莎時那麼糟。

「我是蘿思的妹妹，四個女孩中的老二。」

卡爾只能點頭。蘿思、維琪、伊兒莎和莉瑟—瑪麗，他聽夠她們的事蹟了，而且根據蘿思所言，維琪是其中最自由奔放和活潑的那位。這下好玩了。

「如果你以爲我像伊兒莎一樣，是來這被你發霉的地下墓穴那些毫無意義的工作淹死的話，你就大錯特錯了。我只是來這裡告訴你，你得多尊重點我的姊姊蘿思。不要逗她，或分派她沮喪無聊的工作，或講明白點，不要給她會讓她想起不好回憶的工作，好嗎？因爲你們，她這個五旬節過得很糟糕。」

「我——」

「我可是給你機會，讓你代表懸案組爲帶給蘿思的壓力道歉喔，然後我會過去她那邊傳達你的歉意。爲了你好，我衷心希望你們這群痲木不仁的人發揮點良知，讓其中最有辦事效率的雇員蘿思，能在受虐的靈魂中找到一絲憐憫。」然後她倏地站起身，以強烈的眼神盯著卡爾，拳頭扠在臀部上，表情凶猛。愛看B級爛片的人會愛死這個場景。

「那我深沉地誠摯致歉！」卡爾毫不猶豫地說。

「剛發生了什麼事，卡爾？她離開了嗎？」阿薩德眉頭深鎖，憂心忡忡。

「是的。我擔心蘿思比上次更嚴重。」他嘆口氣。「我不知道剛來這裡的角色心裡在想什麼，但我的直覺是，目前蘿思堅決相信自己是維琪。我不知道該怎麼辦，阿薩德。也許她只是想嚇唬人而已。」

阿薩德深吸口氣，將一大疊列印紙「砰」地放在卡爾的桌上。那些是蘿思寫的報告。蘿思陷入這種困境，他顯然很憂慮，工作量也變得難以應付。他們兩人合作無間了七年，但最近壞事接踵發生，蘿思被送入精神病院，情緒起伏又大，人們永遠搞不清楚該怎麼和她應對。

「你認爲懸案組的末日到了嗎？」阿薩德皺著眉頭詢問。「因爲如果蘿思沒回來，我們可能就得照羅森的話去辦。那是說，倘若你不想處理這些的話。」他邊說邊指著那堆紙。

他的表情好像在挑戰卡爾。令人驚訝的是，他看起來並不像已經放棄的男人。

「他現在有客人。」麗絲徒勞無功地抗議道，但卡爾氣沖沖地衝過櫃檯，像瘋子般一頭衝進羅森的辦公室。當房門仍在絞鍊上吱嘎搖擺時，他「砰」地用力將阿薩德列印的報告，丟在羅森和他訪客之間的桌上，他才不管那位訪客是何方神聖。

「**現在**你他媽可以好好讀些你沒竄改的報告了，羅森。你沒那麼容易擊敗我的。」

凶殺組組長意外地冷靜，看著訪客說：「容我向您介紹，這位是我們最有創意的調查人員。」他鎮靜地說，手指著訪客，然後指向卡爾。「卡爾．莫爾克是特殊懸案組組長，那個組在地下室，專門調查懸案。」

羅森的訪客向卡爾點點頭。一個不討人喜歡的類型。紅鬍子，下垂的肚腩，戴著眼鏡，這些特徵似乎相伴此人多年。

「還有，卡爾，這位是歐拉夫·伯格—彼得森，《三號電視台》的製作人。我想你對他們優秀的節目一定很熟悉。」

那男人伸出汗涔涔的手。「很高興認識你。」他說：「是的，我們**確實**知道**你**是誰。」

卡爾才不在乎他知道什麼鬼，只是「唰」地轉身面對老闆。「好好看這疊資料，羅森，我很期待你對如此誤判情勢有什麼優秀解釋。」

羅森讚許地點點頭。「他是我們這群中最頑固、最精力充沛的人。」他對訪客說道，接著轉頭面對卡爾。「但如果你有不滿，我建議你直接去找警察總長。我相信，他會對資料的更新很開心。」

卡爾蹙著眉頭。羅森這招是哪招？接著他從桌上拿起那疊紙，如旋風般離開，沒費神把門關上。現在又是什麼情況？他虛弱地靠在拱廊牆壁上。幾位凶殺組同僚從他身邊經過，但卡爾都沒回應他們虛應故事的寒暄。對於卡爾極爲挑釁的攻擊，羅森爲何沒有採取更強硬的回應？訪客當前，他當然得克制自己，但仍舊事有蹊蹺。難道羅森與警察總長之間有什麼過節？卡爾是否在無意間已經變成羅森的傀儡——一個被選來反抗警察總長這個老闆的白癡領袖。只要操控得宜，將計就計，如此一來，羅森就不用親自打頭陣？他的眼神飄向警察總長辦公室。

他非得試試看不可。

「不，你現在不能去打攪他，莫爾克。警察總長正在和司法委員會開會。」兩位整潔宜人的警察總長祕書站在他面前，其中一位說：「但我能替你安排會面。五月二十六日下午一點十五分如何？」

她剛說二十六日?見鬼，我要讓她看看她能把那個九天後的約一下子提前到何時，他氣憤地想著，抓住門把一推，就走進辦公室。

一大群臉轉過來，從八公尺長的橡木桌上疑惑地看著他。指揮官坐在桌尾的皮椅上，挺直身軀，面無表情。警察總長則站在書櫃旁緊皺著眉頭。其他政客坐著，表情一如往常地高傲，看來沒被人認眞看待，他們很是惱怒。

「我很抱歉，但他衝過我身邊。」祕書在他身後拚命道歉，卡爾不爲所動。

「正好。」他環顧四周，以凶狠的口氣說道：「既然全部的相關人士都在，我想明白宣示，過去一年來，懸案組的破案率超過百分之六十五。」他「砰」地將蘿思的報告丟在桌上。「我不知道是誰在這樓上想出竄改我們破案率數字的點子，但如果現在在場的任何人膽敢提出懸案組應該解散、縮編或削減預算的看法，你該知道我們不會不戰而降。」

卡爾注意到警察總長困惑的表情，但指揮官——一位頗富權威、非常堅忍克己、眉毛濃粗的男人——站起來對全體人員說話。

「抱歉我得失陪一下，我要和卡爾．莫爾克警官討論一下這件事。」

卡爾一路開心地笑著走回地下室。眞是戲劇性十足、高潮迭起啊。顯然委員會裡位高權重的人士並**不**知道他提出的這件事，他誤打誤撞，意外讓此事攤在陽光下。他們差點解散一個調查非常有效率、破了許多懸案的小組，某人得爲此過錯負起責任。卡爾在心裡想像警察總長的臉，再度大笑。警察總長必須獨自承攬這個責任。在警察圈裡，人們稱這爲威望盡失，但卡爾叫它活該。

「我們有訪客，卡爾。」當他在走廊一遇上阿薩德，阿薩德馬上說。

「你不想問我結果如何嗎？」

「是的，我……所以結果怎樣？」

「嗯！告訴你，我想羅森在對警察總長搞鬼，因爲我很確定羅森非常清楚眞正的破案率，但仍舊允許錯誤訊息直接送進警察總長辦公室。警察總長也笨得上鉤，下指示給羅森，要他縮編懸案組，然後又通知那些政客這些改變。」

「好，抱歉，我得提出一個蠢問題，但羅森爲何要那樣做？」阿薩德問。

「我非常確定，羅森一向在警察總長面前捍衛懸案組。儘管經費龐大，但他仍會堅持懸案組的存在頗有必要。因爲我不認爲羅森曾告訴總長，他的凶殺組吃下我們半數以上的預算。但現在，警察總長知道他在給羅森明確指示時得非常小心。這是反警察總長的叛變，存心害他在政客前出糗。阿薩德，羅森清楚我的個性，有人挑釁我到某種程度時，我就會反擊，然後災難就會降臨，警察總長倒大楣。」

阿薩德皺緊眉頭。「羅森這樣利用我們很不好。」

「是不好，但我計畫要報復。」

「怎麼報復？你想觸怒他嗎？」

「你的意思是『惹惱』他吧，阿薩德。」卡爾微笑。「是的，諸如此類的。羅森爲一己之私抽掉我們的數據，你也同意吧？所以如果我在恰當時機，或我高興的時候，從凶殺組偷一些案子過來，私下調查，也是自然成理，不算是件壞事。」

阿薩德舉起手要和卡爾擊掌。他要加入這個遊戲。

「你說誰在等我？」卡爾問道。

「我可沒說是誰，卡爾。」

卡爾搖搖頭。等阿薩德能判別丹麥文的細微差異處後，情況就會好轉了。沒有人是完美的。他剛走到辦公室門口，腦中最恐怖的場景便在他面前揭開序幕。坐在卡爾辦公室椅子上的人，正是名聞遐邇的電視製作人，紅鬍子歐拉夫·伯格—彼得森本尊，看起來他好像有滿肚子的話要說。

「你轉錯彎了吧？」卡爾問：「廁所在走廊底。」

「哈哈。我沒有。羅森·柏恩對你讚譽有加，我們決定《三號電視台》要跟拍懸案組，並花幾天時間觀察你們的辦案工作。只有一個三人小組跟拍，絕對不會妨礙到你們。我、攝影師和錄音師。那不是很好玩嗎？」

卡爾怒瞪著他，正想好好罵他一頓時，突然改變想法。也許這是個扭轉懸案組惡劣局勢的機會，羅森會爲此感到深深懊悔。

「是的，聽起來很好玩。」他點點頭，眼睛盯著馬庫斯給他的紙條，紙條現在貼滿整張桌子，而他還沒有時間細讀。「事實上，我們現在正在調查的案子你可能會有興趣。一件可能對你的節目來說非常完美的謀殺案，我認爲它和一件懸案有所關聯。」

那顯然讓歐拉夫興致大增。

「我們開始辦案時，我會讓你知道。」

「我們眞的很擔心蘿思，卡爾。」

他倆站在那，形成警察總局裡最奇怪的二人組。矮胖、膚色黝黑的阿薩德，漆黑的鬍碴散發著強烈男性氣概；站在他身旁的高登則臉色慘白，比起阿薩德，他高得像枝竹竿，臉上長不出多少鬍子。卡爾覺得他大概還沒刮過鬍子吧。無論如何，兩張臉上的憂慮是相同的。真感人。

「我確定她會很感激你們的，兩位。」他說。

「我們想現在開車過去蘿思那邊，對吧，阿薩德？」高登說道。

阿薩德點點頭。「對，我們得去看看她情況如何，卡爾。也許她得再住院。」

「好了，你們兩位。」卡爾以撫慰人心的口氣說道：「別擔心，可能沒這麼糟，讓蘿思自己冷靜下來。她已經說了她想說的話，我確定她明天就會恢復老樣子。」

「是啊，也許，卡爾，但也許不會。」阿薩德說，看起來並不相信這套說法。卡爾知道他這樣反應其來有自。

「時間會證明一切。」他回答。

第十四章

二〇一六年五月十七日星期二

香水罐緊挨著彼此，在浴室櫃子上整齊地排成一排。蘿思做事一向有條有理，一罐是維琪的，一罐是伊兒莎的，一罐則是莉瑟─瑪麗的。三罐截然不同的精緻香氣，能凸顯個人風格，襯托某種程度的優雅，而優雅可和蘿思沾不上邊。每個罐子上都貼著一位妹妹的名字貼紙。當蘿思在手腕內側噴上某一罐香水時，轉瞬間，她就能將那位妹妹的個性和身分模仿得維妙維肖，任何細節都不會放過。

在蘿思的成長過程中，香水對她而言，意味著另一個女人的一切。孩提時代，她在手腕內側噴上古龍水或香奈兒五號時，就會化身爲祖母或母親。後來，她的妹妹都擁有屬於自己的香水，只有她自己的香水幾乎聞不出香味，因爲「赤裸時比較容易穿上衣服」，那是她臉色蒼白的丹麥老師，以其習慣的諷刺口吻說過的話。

今天稍早，就像以前做過許多次一樣，她噴上維琪的香水，帶著這身香氣，搭乘電車進城，準備好好數落卡爾一頓，並發洩她的情緒。在那之前，她去美髮師那裡將頭髮剪得極短，連維琪本人都會覺得這髮型太過大膽。她買了一件Malene Birger女襯衫和一件緊包住下體的牛仔褲，除了維琪以外，任何人都會覺得這樣穿著過於裸露、猥褻。當她抵達警察總局、穿著打扮及舉止與維琪並無二致時，她對困惑的值班員警亮出證件，大剌剌下樓走到卡爾跟前，花了值得再三回味的五分鐘，讓卡爾知道他對待她深愛的蘿思姊姊，有多麼嚴厲、不公平和缺乏敏感度。

蘿思以過去經驗判斷，僞裝會對人產生如酒精般的效果，兩者都會讓人勇氣倍增，而平常隱藏在檯面下的性格則會浮現出來。她很清楚卡爾沒那麼容易上當，儘管她曾有好幾天想讓他相信，她是她妹妹伊兒莎，不過，卡爾不相信也無所謂。若是經由別人或假扮的他人來傳達求救訊號，人們似乎比較願意傾聽。

之後她感覺非常快樂，長達一小時之久，因爲卡爾罪該萬死。但後來，她的情況急轉直下。她才剛從史坦洛瑟車站回到家，便如青天霹靂，陷入一片全然黑暗。她再度喪失記憶，不記得接下來的幾個小時內發生了什麼事。她在客廳裡忽然醒轉，尿在自己身上，昂貴的女襯衫幾乎從肩膀處拉扯下來，襯衫被撕破，一路裂開到肚臍處。

蘿思大爲驚懼。儘管以前她的黑暗面曾多次冒出來控制一切，但這次，她不只感到困惑不安，還多了點別的——她整個人沉浸在非理性的全然憂慮中。過去，這些失憶時刻很稀罕，也只停留在表面，但這次大不相同。那種感受像一種液體，擴散至她的大腦，殺害腦細胞，還讓她的五官長出薄膜。

「如果不是它想殺死我，就是我快發瘋了。」她喃喃低語。

「但仔細想想，過去這四天以來，妳幾乎沒怎麼睡，也沒喝什麼水，根本沒吃東西。妳還期待自己會有什麼反應？」她爭辯著。

她狼吞虎嚥，吃下冰箱裡的剩菜，灌下好幾公升的水，試圖使自己好過一些。但每當她想吞嚥時，便覺得內在的眞空將她吸入內心更深處。這讓她感覺到比生病時強烈十倍的嘔吐欲望。

闇夜來臨，她如殭屍般在各個房間內遊蕩，往蕭條的牆壁上吐口水。她看見房間深處藏著瞪視她的臉，那熱切的眼神無所不在，遍布木隔板、牆壁、浴室磁磚和廚房的櫥櫃門上。

如果妳想把惡魔阻擋在外，就在我們上面畫十字架！那些臉尖叫著。盡可能保護自己，以免墜入萬劫不復的深淵，但動作要快，妳沒多少時間了。

蘿思從抽屜裡搜刮出所有的簽字筆和鉛筆，把它們放在面前。她慢慢、小心地選了幾支黑色和紅色馬克筆，開始在牆壁上寫字，一時之間，這似乎能驅散她的可怕思緒，類似某種驅魔儀式。

在茫然發昏了幾個小時以後，她的手腕痠痛，脖子肌肉僵硬。她將馬克筆換到另一隻手上，繼續狂寫。整個晚上，她不准自己休息，即使在洗手間，她也沒停下來。這又不是她第一次尿在自己身上，所以就算她再次被尿弄溼，又有什麼好擔心呢？她被恐懼驅使著，害怕她如果不繼續寫，更嚴厲的現實便會淹沒她的存在。她不斷尋找空蕩的表面來寫出她的心聲，最後，房內只剩下鏡子、冰箱和天花板沒被寫滿字。到這時，蘿思的雙手已經無法控制地顫抖，眼睛拚命猛眨。她的嘔吐反射動作幾乎奪走呼吸，頭部則像鐘擺般左右不停晃動。

蘿思寫了一整晚，最終，曙光照亮公寓裡塗滿字句的牆壁和各種表面，那些是她無力抗拒的可怕訊息，她的身軀幾乎失控。她在紅色和黑色線條間，觀看自己在走廊鏡子裡的倒影，發現她如此熟識的蘿思，現在卻讓她聯想到精神病房裡那些扭曲的臉和迷失的靈魂。她終於了悟，如果她不積極處理眼前的狀況，她將會失去性命。

她打了電話，以顫抖的聲音向精神病院哀求立即協助，但他們卻建議她自行搭計程車前去就醫。他們試圖使口氣聽起來積極樂觀，也許希望這多少能感染到她，鼓勵她找到一些意志力。等她開始對著電話大聲尖叫時，院方才意識到問題的嚴重性，一輛救護車會前來載她過去。

第十五章

二〇一六年五月十八日星期三

卡爾發覺自己幾乎黏在液晶電視前，瞠目結舌。《三號電視台》這個犯罪紀錄節目的固定收視觀眾超過一百萬，成爲丹麥電視史上連續播放最久、最受歡迎的節目。其他同類型節目探討角度嚴肅，小心呈現警察工作，在可能的情況下，樂於及時對調查提供協助。但《三號電視台》完全以不同觀點拍攝，認爲犯罪行徑全都是肇因於弱勢社會的背景，並以這個基調來全力解釋犯罪行爲，爲其辯護。這也是爲什麼這個節目到了最後，往往變成在美化罪犯。

卡爾剛才觀賞的那集也不例外。節目在一開始，對希特勒的背景展開地毯式的研究。最後節目下了結論，認爲他在兒時受到冷落，如果他的童年能過得比較快樂，就能避免第二次世界大戰發生。說得好像沒有人聽過這種說法一樣。接著節目重心轉換到美國十五位連續殺人犯的行徑上，聲稱他們年輕時代皆不斷遭受不公平的懲罰，無一例外。節目中一再重申，警察的工作應該要著重在社會，幫助這些人度過孩提或青年時代的創傷，就能提早避免這類注定要犯罪的命運。

任何傻瓜都知道這點，但節目上的專業心理醫師和其他資訊顧問，顯然從分析暴力犯、謀殺犯、詐欺犯和其他人渣上賺進了大把鈔票。在他們的分析下，那些罪犯儼然成爲被害者，而辯才無礙的記者更運用他們立場可疑的才華，去訪問那些罪犯，要罪犯叨叨敘述他們曾被強迫接受的各種虐待。

卡爾猛搖頭。他們爲什麼從不要罪犯解釋他們加諸於被害者的可怕虐行？當嚴肅的課題變成娛樂，便是允許政客推卸責任，因爲丹麥最受歡迎的電視節目傳達了政客盡力粉飾的假象。

卡爾按下退出鍵，拿起電視公司給他的光碟，看了片刻便毫不猶豫地將它丟進垃圾桶。羅森究竟以爲他能對這個幼稚的節目做出什麼貢獻？現在，他跳上拍攝節目的順風車，此舉簡直愚蠢萬分。

他轉向阿薩德，他正站在身後。「我們能對那種垃圾說什麼，阿薩德？」

阿薩德搖搖頭。「這個，卡爾，你可以去問駱駝爲何有那麼大的腳ㄚ？」

卡爾扭曲著臉。這些該死的駱駝沒地方可去嗎？

「大腳ㄚ？」他深吸口氣。「爲了不要沉到沙裡，我猜。但駱駝的大腳ㄚ和那個電視節目究竟有什麼關係，阿薩德？」

「答案是由於駱駝有大腳ㄚ，牠們才能在毒蛇上跳西班牙凡丹戈舞，那是說，如果毒蛇笨到去靠近駱駝的話。」

「所以呢？」

「你和我就像駱駝一樣有大腳ㄚ，卡爾。難道你不知道嗎？」

卡爾低頭瞧阿薩德像鴨子般的小腳，又深吸口氣。「你想羅森是故意讓我們接下此項挑戰，好讓《三號電視台》的工作諸事不順嗎？」

阿薩德對他豎起傷痕累累的大拇指。

「我可不想扮演駱駝，讓羅森稱心如意。」卡森邊說，邊伸手去拿室內電話。不，如果有人要扮演駱駝，那就是羅森自己。他才剛將手放在電話上，電話就響了。

「怎樣？」他咆哮。地下室這裡就不能有片刻安詳嗎？

「喂，我是維琪．克努森。」一個低沉的聲音說：「我是蘿思的妹妹。」

卡爾臉色一變，這應該很有趣。他抓起另一支話筒，默默遞給阿薩德。

「嗯，哈囉，維琪。我是卡爾．莫爾克。」他以諷刺口吻說道：「蘿思今天過得怎樣？妳替我傳達了我的歉意了沒？」

電話的另一端陷入沉默。她現在應該知道，他早就看穿她的把戲了吧。

「我不懂，什麼歉意？」

阿薩德示意卡爾別那麼語帶諷刺。他的攻擊意圖眞的那麼明顯嗎？

「我打電話過來，是因爲蘿思的情況很糟糕。」她繼續說。

「如我所料。」卡爾把手蓋住話筒，小聲說道，但阿薩德沒在聽。

「蘿思又住進格洛斯楚普精神病院中心，是緊急住院，所以我打電話過來通知您，蘿思近日內不會回去工作。我會確保精神病院中心把她的請假條送過去。」

卡爾正要抗議事情鬧夠了，但下面幾句話令他住嘴。

「我們的幾個朋友看見她昨天在愛格達購物中心，她坐在馬塔斯藥妝店外的長凳上，整個人渾身顫抖。他們試著帶她回家，但她叫他們滾蛋。然後他們打電話給我，叫我最好過去一下。我和我妹妹莉瑟—瑪麗跑了整棟購物中心找她，但找到她的不是我們……聽別人說是一位泊車小弟找到她的。他發現她躺在一池尿液上，靠著一輛停車場最邊緣的車子昏睡，穿著幾乎被扯掉的女襯衫。也是他幫忙把她帶回家。

「然後今早我媽打電話過來說，精神病院中心和她聯絡，蘿思又住院了。我當然馬上打電話給中心，護理長告訴我，他們在她的口袋裡發現一張電車車票，有效地點是哥本哈根火車站。所以我們想，她一定是從史坦洛瑟車站一路走過去，也許在回家半路上去買雜物，她通常會在曼尼超市買。但泊車小弟發現她時，她身旁沒有東西，所以她可能沒去買。」

「聽到這些真遺憾，維琪。」他聽到自己說，阿薩德則一逕兒點頭。那真的很令人難過。「我們能幫上任何忙嗎？妳想我們可以去探望她嗎？」阿薩德又點點頭，但這次比較慢，尖銳的眼神滿是指責。

卡爾終於搞懂，這次是真的。他昨天真該允許高登和阿薩德開車過去蘿思的住處。

「探望？喔，可惜不行。醫生替她擬定了治療計畫，希望她不受干擾。」

「她沒被約束起來吧？」

「沒有，但他們說在這種情況下，她最好別離開精神病院。她準備好要接受治療了。」

「好。如果事態有變，請通知我們。」

另一端又是一陣沉默，彷彿她正鼓起勇氣想再說些什麼。但她要說的話，可能不是想緩和這個已然令人悲傷的消息所帶來的打擊。

「事實上，我打電話來不只是要告訴你這件事。」她最後終於說：「如果你能過來蘿思的公寓看看，我們姊妹會非常感激。我是從那裡打電話過來的。請記住，她往上搬了一層樓。」

「妳是指現在嗎？」

「是的，請你過來一趟，這對蘿思的情況會比較好。我們原本想來這替蘿思拿些衣服，完全沒料到會看到眼前的景象。我們姊妹談過，如果你或你們小組的人能過來看一下，也許可以幫助我們了解蘿思出了什麼事。」

蘿思那台亮紅色偉士牌機車停在檀香園停車場，就在一台腳踏車旁邊，位於幾株正在萌芽的大樹下。這裡氛圍祥和、一切正常。蘿思在這棟黃色建築裡住了十年，建築物被露天走道包圍，蘿思對此地從未表示過不滿。卡爾和阿薩德抵達蘿思的公寓，當根本不像蘿思前天假扮的維琪爲他們開門時，這片寧靜更是顯得難以理解。

「蘿思爲何往上搬了一樓？這層不是和舊的格局相似嗎？」卡爾四下張望問道。

「是沒錯，但從這她可以眺望教堂，從一樓看不到。不是因爲她信仰虔誠，她只是覺得這樣景觀比較好。」維琪帶他們進入客廳，開口說道：「你們覺得這是怎麼回事？」

卡爾不禁用力呑嚥口水，眼前這片無法描述的混亂眞是悲慘。現在他能了解爲何有時蘿思的香水那麼濃烈了，儘管它仍無法掩蓋沉悶的氣味。放眼望去，公寓看起來就像被洗劫一空。到處是包裝好的紙箱。搬家的箱子把抽屜裡的東西裝得半滿。茶几上堆著好幾疊骯髒的盤子，剩菜和外帶紙盒淹沒餐桌。書被從書櫃上扔下來，毛毯和羽絨被撕成碎片，沙發和椅子襯墊外露。沒有一個表面完好無缺。

這裡和卡爾及阿薩德幾年前看到的光景非常不同。

維琪指著牆壁。「那是最讓我們震驚的東西。」

卡爾聽見阿薩德在他身後嘟噥了幾個阿拉伯字。如果卡爾會說阿拉伯文，他可能也會那樣做，當下他實在找不到字眼來表達他的震驚。蘿思惡狠狠地在每個牆面上的每一吋空間，用大小不一的字體重複寫了同一個句子——

你不屬於這裡。

他這下能理解蘿思的妹妹爲何打電話給他了。

「妳有把這件事告訴精神科醫生嗎？」阿薩德問。

維琪點點頭。「我們將公寓的照片寄給他們。莉瑟—瑪麗現在正在臥室拍剩餘的照片。」

「那裡也和這裡一樣嗎？」

「到處都是。臥室、廚房，甚至連冰箱裡面也是。」

「妳知道這情況持續多久了嗎？」卡爾問。他就是無法把這片混亂和那個每天在懸案組頤指氣使、井然有序的人連接起來。

「我不知道。打從我媽從西班牙回來後，我們就沒來過公寓了。」

「我依稀記得蘿思提過那件事。是聖誕節的時候，對吧？所以已經是差不多五個月前了。」

維琪表情悲涼地點點頭。她和她妹妹沒能在蘿思需要時在此，顯然讓她很難過，但她們不是唯一有這種感覺的人。

「妳過來這裡一下！」莉瑟─瑪麗從臥室叫道。她的口氣聽起來很沮喪。

眼前也是間同樣被塗鴉占領的房間，莉瑟─瑪麗盤腿坐在床上嗚咽，照相機放在她跟前的被子上。她大腿上有個小紙箱，裝滿暗色書背的灰色筆記本。

「喔，維琪，太可怕了。」莉瑟─瑪麗驚呼。「妳看！蘿思寫個不停，連在爸死後也是。」

維琪坐在床邊，拿起一本筆記本，將它翻開。一瞬間，她的表情丕變，彷彿挨了一巴掌。

「這不可能是眞的。」她說，而她妹妹則掩面哭泣。

維琪再拿起幾本筆記本，轉向卡爾。「我們小時候，她總是這麼做，但我們以爲在爸死後她就會停止。這是她寫的第一本。」

她將一本筆記本遞給卡爾。封面用馬克筆寫著「一九九〇」。

卡爾翻開筆記本時，阿薩德從卡爾肩膀後瞧著。那若是平面設計，就會很有意思，但它不是，而內文讓人感到悲哀又震驚。他翻閱筆記本，裡面一直重複同樣一句話。每張頁面上，都寫滿十歲小孩的稚嫩字跡，全用大寫字母，密密麻麻擠在一起，字體大小不均。

「閉嘴閉嘴閉嘴」，一頁又一頁。

阿薩德彎下腰伸手去拿另一本筆記本，封面用黑字寫著「一九九五」。

他打開它，把筆記本伸過去，讓卡爾看到內容——一頁又一頁的「我聽不見你我聽不見你我聽不見你」。

卡爾和阿薩德面面相覷。

「蘿思和我們的父親處不來。」維琪說。

「那還只是輕描淡寫。」莉瑟─瑪麗說道。小妹顯然恢復鎮定，可以加入談話了。

「我知道。」維琪看起來疲憊不已。「我們的父親於一九九九年死於軋鋼廠的工作意外。在那之後，我們就沒看過蘿思拿著筆記本，結果它們卻在這。」

她將一本丟向卡爾，卡爾在半空中接住。

封面寫著「二〇一〇」，一如其他本，這本也被單一句子寫滿，但看得出來是成人的筆跡。

「別管我別管我別管我別管我。」

「我納悶這也許是她和妳們父親的溝通方式，不管他是不是活著。」阿薩德說道，其他人全點點頭。

「她精神錯亂了。」小妹叫著。

維琪比較沉穩，完全不像蘿思描述的那個狂野、詼諧的女孩。「爸霸凌她。」她平靜地說。

「我們不確定他做了什麼，也不知道什麼時候最嚴重，因爲她從來沒告訴過我們，但我們一直知道她爲此痛恨他，恨意強烈到我們無法想像。」

卡爾皺起眉頭。「妳說霸凌？妳是指虐待嗎？我的意思是性侵。」

她倆立即搖頭。她們的父親不會那樣，他只會吠叫，不會咬人，至少她們如此聲稱。

「我只是不懂，在爸死後，她爲何沒停止寫字。但所有的筆記本都在這裡，現在全部的牆壁上也寫滿了字。」維琪對著牆壁點點頭。牆上的字如此之密，幾乎沒有空白的表面。

「這說不通。」莉瑟—瑪麗擤擤鼻子。

「來這裡，卡爾！」阿薩德從走廊叫道。他站在鏡子前，盯著五斗櫃。五斗櫃不大，書卻堆得老高，如地圖般寬大平坦——儘管它們其實不是地圖書。

「我稍微翻了一下這堆書，卡爾，你不會相信的。」

他拿起最上面一本，中型大小的精裝本，叫作《哥本哈根警察總局》。卡爾很熟悉這本書，那是哥本哈根警察總局概論，除了令人不快地略掉地下室特殊懸案組外，裡面的描述鉅細靡遺。無庸置疑，由此可看出他們在總局裡的地位。

「你瞧！」阿薩德指著下一本書，大約四、五公分厚，布料封面，就像在底下堆疊的各色書籍。

他翻到第一頁。「看看標題。她叫它《雉雞殺手》。」阿薩德翻開書頁，指著一位年輕女人的照片。

「她爲所有牽涉到案中的人物創造了身分證。」他說，指著照片下面的字。「琦絲坦—瑪麗．拉森，又名琦蜜」。

卡爾再往下讀。

「摘要：住在與火車線平行的英格斯雷街上的一棟小磚造房子。流浪街頭十一年。幾年前產下死嬰。父親住在蒙地卡羅，母親卡桑德拉．拉森住在歐德魯區。沒有子嗣。」

他掃視那頁。這本書裡包含了蘿思經辦的第一個案子中，所有人的重要資料。他快速翻閱下面幾頁。沒遺漏任何人，附上照片、生平、他們人生中重要事件的新聞剪報。

「這堆東西裡有超過四十個案子，卡爾。所有蘿思在懸案組經辦的案子，她給它們取了代號。比如，《瓶中信》、《第六十四號病歷》和《尋人啓示》。這還只是其中幾個。」他從書堆底下抽出一本鏽紅色剪貼簿。

「我想你會對這本最有興趣，卡爾。」卡爾打開書。蘿思叫它《血色獻祭》（注）。

「哈伯薩特的案子，卡爾。你看看下一頁。」

卡爾翻到下一頁，看見一張他不認得的臉。

「看起來像哈伯薩特，但我想應該不是。」他說。

「不，看下面的文字，然後看下一頁。」照片下面寫道：阿納．克努森——一九五二年十二月十二日至一九九九年五月十八日。

「好。」卡爾邊說邊翻到下一頁，那裡有張克里斯欽．哈伯薩特的照片。

「前後對照一下，你就會看出來。」

他照辦了，阿薩德說得是眞的。前後比對後，相似度驚人。兩人的眼睛幾乎一模一樣，但阿納．克努森的眼神空洞。

「我想蘿思的父親是個很讓人不愉快的人。」卡爾說。

「她一定很瘋狂，才會把所有家具割得亂七八糟，東西也撕得慘不忍睹。」阿薩德說著，像往常般將腳擱在儀表板上。他們已經開了十分鐘的車，一路無語，但總得有人打破沉默。

「沒錯，比我們想像得還要瘋狂。」卡爾承認。

注 請參見《懸案密碼》系列第二、三、四、五、六集。

「現在我很納悶她爸對她做了什麼。」阿薩德繼續說道：「爲什麼只有她，其他女兒都不受影響？」

「我問過維琪，你可能沒聽到。如果他有意圖要霸凌其他妹妹，蘿思會阻止他。」

「怎麼阻止？他對她下手時，她爲何就不阻止？」

「這是個好問題，阿薩德。沒有姊妹能回答這個問題。」

「就像駱駝，沒人知道駱駝爲何做駱駝的事。」

「我不確定我懂那個比喻，阿薩德。」

「那是因爲你不夠尊重駱駝，卡爾。牠們可是將人們安全運過沙漠的傢伙，記住這點。」

尊重駱駝？他不禁搖搖頭。看來如果他不想和阿薩德吵架，他是需要尊重駱駝。

在剩下的車程裡，他們保持靜默，和內心的思緒及自責掙扎。到底爲什麼他們沒設法多了解蘿思的生活？卡爾嘆口氣。現在他手上有三個得專注的案子：十二年前被謀殺的女人、一件三週前的謀殺案，現在則是他們所知的蘿思性格之死。

他已經不知道哪件案子該擺在第一位了。

第十六章
二〇一六年五月二十日星期五至五月二十三日星期一

安奈莉脫下衣服，躺在床上。她頭暈目眩，身體仍因在西北區謀殺蜜雪兒的歡愉和腎上腺素飆升的兩相混合而顫抖不已。這對五十年來，過著中規中矩、從來沒傷害過任何人事物的好女孩而言，實在是個未知的強烈刺激。掌控他人生死的感覺怎麼能如此美好呢？那就像一場意料之外的狂野性愛所帶來的歡愉，就像一隻在身上游移的手，喚醒了內心深處原本被禁止的慾望一般。她曾一度在電影院中，未拒絕坐在她隔壁的男人。當時，那男人在未經同意下就將他的手放在她大腿上。她任憑他的手恣意探索，心靈則迷失在螢幕上的擁抱中，反正那些擁抱永遠也不屬於她。現在，她躺在床上自撫，憶起他的手插進她下體時，她如何在靜寂的狂喜中控制她的高潮，她難以忘懷他的手在自己身上彈奏時，所引起的激情反應。而現在，她的身軀正掙扎著接受自己殺了一個人的事實，那是如此地不可思議。

如同安奈莉所料，蜜雪兒．漢森是個能輕易鎖定的目標。她衝過街道，看也不看車子，還天眞地將手臂舉起來防衛自己，企圖擋住車，但爲時已晚。安奈莉原本預期自己會對這項計畫感到緊張，她預期她的胃會很不舒服，心跳加速，但到了猛踩油門的那刻，她卻變得異常鎭定，毫無上述反應。她只體驗了長達十秒鐘的腎上腺狂飆，然後一切就結束了。

安奈莉以爲撞擊的感受或許會有所不同，但撞擊到軀體的低沉「砰」響，根本比不上看著蜜雪兒往後拋飛、頭往下墜、撞上人行道時所帶來的快感。在撞擊前，她倆的眼神瞬間交會，那是她最大的饜足。那女孩在嚥下最後一口氣前，陡然了悟自己成了被殺害的目標，凶手是還她認識的某人。她或許終於了解自己死有餘辜，這令安奈莉興奮不已。

安奈莉很意外，她選的那台小標緻竟很適合作爲殺人武器，非常容易控制。因此她想，倘若她這週末還要追殺下一位被害者，她大可再開它一次。

蜜雪兒那張驚恐的臉仍清晰地烙印在她的腦海裡，讓安奈莉得以忘卻癌症、疼痛和憂慮，悠哉地將頭仰靠到枕頭上。事實上，這愚蠢的女孩能用她最後的眼神，帶給另一個人如此狂喜，實在是上天的恩賜，蠢女孩總算有點用處了。命運或許透過這象徵性的行徑，潛移默化中挑選了被害者和凶手，一個付出生命，一個奪取性命。

安奈莉醒來時，感覺自己獲得了充分的休息，精神飽滿。她的心思全在計畫上打轉。一天之內，她就會除掉另一個不值得活的人類，這是多美好的計畫啊。她當然知道從社會的角度來說，這樣做是不對的。自行執行法律、伸張正義是非法行徑，遑論謀殺。但當她想到，在耗費了幾千個小時在那些寄生蟲般的女孩身上之後，她們還兀自嘲笑她和體制時，難道不該有人出面付諸行動嗎？這麼做難道不是對每個人都好嗎？考量到目前丹麥道德衰敗，有史多事情比她小小的復仇更值得受到嚴厲批判。政客的舉止活像豬玀，以暫時的權宜之計和更適合極權主義的瘋狂意識型態，載著社會往前飛奔。幾場微不足道的謀殺和整個國家的暗殺行動相比，又算得了什麼？

她坐在小廚房裡，瞪著刺眼醜陋的櫥櫃門，並緩慢而穩定地在她內心的小世界裡探索，激起無可非議的憤怒之情，同時品嘗一股無所不能的力量。在這個小小、卑微的房間裡，她能暫時代表世界的執法力量，沒人有理由反對她。

她今天想藉由寵愛自己，來慶祝媒體報導蜜雪兒之死。安奈莉買了些平常不准自己買的東西，縱容自己吃些美食，然後計畫下一場復仇的細節。但當她打開電腦、檢視新聞、找到她在找的新聞標題時，感覺胸口好像突然被銳利的刀用力刺過般，陶醉的快感瞬間消散。

標題寫著：哥本哈根西北區肇逃，年輕女孩奇蹟逃過死劫。

安奈莉整個人僵住。她一次又一次地讀著標題，然後才能振作起來，點擊整篇報導的連結。報導沒提到被害者姓名——當然沒提——但毫無疑問，她就是蜜雪兒·漢森。

她沮喪萬分，搜尋「性命垂危」的文章，但沒找到半篇。她震驚異常，甚至不能呼吸。安奈莉的腦袋一片黑，往後摔倒在廚房地板上。

醒來時，她設法將自己從冰箱旁的角落推坐起來。她的腦海裡滿是不愉快的疑問。蜜雪兒眞的有看到她的臉嗎？擋風玻璃那麼髒，而且只有那麼一瞬間，她怎麼可能看清楚？即使蜜雪兒像她原本希望地有看到她，那又能證明什麼？跟她長得很像的中年婦女很常見，所以她大可矢口否認。她也可以說那是女孩想像出來的，或故意陷她入罪，因爲那女孩痛恨她。她不過是社會的人渣，試圖用這種瑣碎的方式展開報復，因爲安奈莉讓她的日子很難過。

安奈莉說服自己不可能有人看見她。街道寂寥無人，就算有目擊者剛好朝窗戶外張望，他們也不可能指認她。

她陷入沉思，伸手拿了一瓶紅酒，轉開瓶塞。萬一有人看到車牌號碼呢？她在倒酒時，手不禁顫抖。如果是那樣的話，警察應該已經開始找那輛車了。她仰頭灌下幾口酒，好好思索。她要如何查那輛車是否有報遭竊？如果有的話，她有把車停得離她威伯街的家夠遠嗎？

安奈莉再三衡量情況。好多事情出錯，感覺不對。最重要的是，蜜雪兒竟然還活著，而這會阻礙她整個計畫。

「不！」她在喝下第三杯後叫道。現在她終於覺得自己活過來了，終於感覺到生命的喜悅湧流過血管。即使冒著被逮的風險，她死也不要放棄那種感覺。因此，安奈莉沒有先沖澡，直接穿上衣服出門，毅然決然地走在溫暖的陽光下，朝她停放那輛紅色標緻的街道走去。等到街道一片空蕩，她移開遮住破碎邊窗的塑膠片，打開車門上車，將螺絲起子插進點火裝置。

安奈莉有個聰明且簡單的計畫。她需要查出是否有人通報肇事逃逸車輛的車牌號碼，還有什麼辦法比將車停在交通繁忙、警察無處不在的公共場所更好？她很快便會知道警察是否在找這輛車，那只是時間問題。

安奈莉從遠處監視著那輛停好的車輛。兩個小時內，至少有四輛巡邏警車慢慢駛過。什麼事也沒發生，於是她用零錢買了張停車券，離開那輛車。倘若車子明天仍停在格利芬菲街，她就能保留她的殺人武器。

桑塔．柏格以澳洲著名影星爲自己命名，安奈莉仍在適應這個名字。桑塔以前叫作「安雅．歐森」，後來改名爲「歐蘭．安竹」，最後才決定改用那個響叮噹的大名，而她永遠不可能活到那種境界。多年來，她是安奈莉的輔導對象，從一位惹人厭、自我吹捧、要求過分的十八歲女孩，逐漸變成平淡乏味、打扮光鮮亮麗、自大傲慢的二十八歲女子。

光想到桑塔，她就想吐，所以當她被調到另一間辦公室時，安奈莉很開心，這下終於可以把那位貪婪的潑婦留給別人去評判。儘管她不必在職場上再看到那位怪異的芭比扮相，她還是常在城裡碰到她。桑塔總是提著不同服飾店的購物袋，彷彿她活著的動力就是浪費大眾的納稅錢。因此，在每次不期而遇的幾個小時後，安奈莉總會憤怒不已。安奈莉會從寄生蟲女孩名單中挑出桑塔絕非巧合——桑塔．柏格必須死。

安奈莉耐心等待機會。在星期六夜晚的狂歡後，那種女孩很少會在星期天傍晚前出門，所以安奈莉靠坐在駕駛座椅背上，拿著保溫瓶，專心監視著那女孩會出現的門。如果她有同伴，安奈莉會等另一天再下手，若出現其他障礙也如法炮製。

星期天下午，法爾比這裡一片死寂，如同除夕夜林比區的餐館。偶爾會有人爲了配咖啡而出門買丹麥糕點，不然就是有抄近路往威格史列路而去的腳踏車騎士。除此之外，街道上毫無動靜，正如預期。

快五點時，她發現桑塔的公寓開始有動靜。窗簾打開，她依稀看到窗後有個人影。安奈莉將保溫瓶的蓋子轉好，戴上手套。不到十五分鐘後，大門打開，桑塔昂首走出，提著仿冒名牌包，穿著迷你裙、長筒皮靴和鮮紅色假毛皮斗篷。

她在街道一百公尺處的人行道上遇害。那個蠢貨顯然把耳機的聲音開得很大，因爲當她的身軀撞上建築牆壁時，她都來不及反應。

這次的被害者確實死透，但安奈莉倒車轉回路上、離開那個社區時，仍舊滿腹挫折。該死，那女孩應該在腦袋變成一片空白、腦漿濺在牆壁上時，注意到行刑者是誰，那樣她才會在死亡剎那，承認自己這輩子的錯誤和資源濫用——這才是安奈莉的行刑美學，同時也是讓安奈莉興奮的重點所在。所以，不，她並不滿足。這次仍沒有按照計畫確實進行。

她將車開進洗車間，留在車內，看著刷子試圖刷掉窗戶上的塑膠片。洗完車後，她抹掉滲透進車內的肥皀水，擦拭過所有她有可能觸碰到的表面。

她決定再用這輛車最後一次。她不僅得小心選擇被害者，確定不會留下可供警方辨識的犯案模式，也得謹慎判斷犯罪武器。就像上一次，她會將車停在格利芬菲街。至於那輛車是否曾被竊，或被用來犯案而遭到通緝則並無大礙；唯一的問題在於警方有無監視它。所以現在，她該做的就是在停車收費器裡投入足夠的零錢，每天都來更新停車票。如果警察在這期間都沒注意到這輛車，她就能再使用它犯案。

她將保溫瓶、幾根頭髮、餅乾屑和幾張用過的衛生紙放進塑膠袋內，「砰」地關上車門。離她下次任務的時間不遠，**到時候**她會確定被害者有回頭看她，即使她得按喇叭。

哥本哈根大學醫院的放療建築在主要入口之外，幾乎隱藏在一片混亂的活動房屋之後，那裡人潮洶湧。安奈莉遵循指示走到三十九號入口，然後走下幾道階梯，想著放射性的危險，以及六〇年代用來阻擋核武攻擊的防空洞。*冷靜下來，安奈莉，醫生會對妳進行最佳治療*，她對自己說道。她走進一間比預期要大很多的候診室，裡面有服務台、一個水族箱、沙發和液晶電視。陽光柔和地透過天窗灑入，照耀在數不清的綠色植物上。在這個星期一早晨，所有等著接受放療的病患聚集在此，儘管他們在此的理由實爲大不幸，整體氣氛仍舊安全舒適。每個人都爲相同理由來此，命運將他們繫在一起。大家身上都畫了小小的點，方便護士和放射治療師精準找出治療的確切位置。他們來此給生命一個機會，就像安奈莉一樣。在接下來的四到五週內，她每週都得來五次。

如果放療或化療都無法解決癌症，她會加快謀殺腳步。客觀而言，倘若她全力投入，應該可以殺害數十位這類女性。如果警察的調查逼近，那麼她就一天殺害數名女孩作爲解方，因爲後果很明顯。無論她殺害一位或數十位女性，下場都一樣。在這個國家，極刑是終生監禁。她看過國家不敢釋放出來的謀殺犯，舒適地住在精神病院裡。如果**那**是最糟糕的結果，她可以面對。

他們叫她去做放療時，安奈莉對自己微笑。一小時後，微笑仍掛在她臉上，而她已經坐在辦公椅子上給個案建議了。在幾個令人滿意的會談後——這很罕見——最後終於輪到潔絲敏．約根森。

妳完蛋了，安奈莉開心地想著。那個村姑坐下來，將頭轉向窗戶，對安奈莉主控全局的事實毫無興趣。要是她知道安奈莉對她的態度有何看法就好了。過去幾年來，潔絲敏．約根森以懷孕、相關傷害和產假等藉口遠離工作，沒有盡到任何該盡的義務。現在她被轉診給一位心理醫師，倘若她不肯接受更為積極的介入手段，她就得參加一場會談。在席間，他們會討論該如何處置她。無論如何，安奈莉不認為會走到這個地步。反正幾個月內，潔絲敏就會躺在墳墓裡，不管有沒有懷孕。

在接下來的幾分鐘內，安奈莉耐心解釋了她們未來的合作大綱，包括求職課程、預防措施和預算。一如預期，潔絲敏逕自望著窗外或外面的街道，沒有吭聲。令人火大，是的，但這只增強了安奈莉為公義搏鬥的決心。她將一張紙推過桌子，告知那蠢女孩她剛提到的更多議題細節。潔絲敏最後終於轉頭面對她。對於一位無論何時都要展示最漂亮一面的女孩而言，她的臉突然變得極度冰冷、毫無魅力。在那張塗著眼線、粉底和口紅的濃妝面具之下，這張漂亮的娃娃臉有安奈莉以前沒有注意到的東西。那是某種接近攻擊性的狡猾防禦表情，展現一種決心，超越平常只想要錢、拒絕辛苦工作的頑固態度。

「妳聽說了蜜雪兒．漢森會痊癒的事嗎？」那女孩突如其來地淡淡一問。她的表情沒有任何改變，只是惡狠狠地瞪著安奈莉，後者以幾乎無法察覺的頭部抽動，不情願地回應。幸虧她沒洩漏任何心中的驚嚇，但她心裡可是忐忑不安。她無法理解，又必須小心翼翼，自衛機制混合著混亂的思緒，這些紛亂的感受一下子湧過全身。

這該死的賤女人到底知道多少？

「妳是說蜜雪兒．漢森？」她猶疑地問：「蜜雪兒發生了什麼事？妳認識她嗎？」她問，彷彿她不知道，彷彿蜜雪兒不曾在等候室裡，跟另外兩個女孩一起在背後批評她。那可不是能輕易忘卻的事。

她們打量彼此，安奈莉滿臉疑問，潔絲敏則活像齜牙咧嘴的狗兒。她在等妳出擊，安奈莉，小心！她想著。

「妳沒回答我的問題，潔絲敏，我不確定我懂妳的意思。妳說蜜雪兒會『痊癒』是什麼意思？什麼會好？」

潔絲敏仍舊什麼都沒說，只是瞪著安奈莉，好像正期待她眼部的輕微抽動或脖子上脈搏的跳動會洩漏天機。安奈莉保持呼吸平穩，儘管她內心向著天堂尖叫。這種事應該不可能發生。她宛如困獸，唯一能做的事是提醒自己，沒有人能證明她的罪行。感謝老天，就她所知，沒人看見她與蜜雪兒和桑塔的肇事逃逸有任何關聯。

「那輛紅車和妳不是很相配嗎？」女孩冷冷地問。

安奈莉盡可能綻放最燦爛的微笑。「潔絲敏，妳確定妳沒事吧？把這張紙拿回家仔細研讀。」她又將那張紙往女孩那推了幾公分。「順道一提，我的車是藍黑色的，一輛小福特卡。妳知道那種車嗎？」

她示意潔絲敏可以離開了，同時在心裡決定不能再用那輛紅色標緻了。而監視這女孩的一舉一動、看她與誰會面可能是個好點子。

不管如何，經過這場面談，潔絲敏將立刻從名單往上移幾個位置。

第十七章

二〇一六年五月十九日星期四

「這是麗格莫．齊默曼的陳屍地點。」湯瑪斯．勞森指著草坪上幾乎看不見的畫線。

卡爾微笑。阿薩德這主意眞好，引誘警察總局的餐廳經理陪同他們前來國王花園。湯瑪斯已退休不幹鑑識人員很久了，但他的眼神依舊敏銳，什麼都逃不過他的法眼。

「我們知道她從公園哪個入口進來的嗎？」阿薩德問道：「是那邊那個嗎？」

卡爾望向鑄鐵欄杆，點點頭。從這可以通往公園角落最遠處的皇太子妃街。有鑑於那名女子是在滂沱大雨中離開她女兒位於伯格街社區底部的公寓，她最可能是從索佛街的入口進來，這樣她才能抄近路從哥瑟街的出口出去。

「我不是眞的很懂。」阿薩德繼續說：「她住在史坦洛瑟，習慣搭電車。她爲何往諾倫車站的方向走，而不是從國王廣場站或奧司特普車站搭電車，我們知道嗎？那樣比較說得通。」

湯瑪斯翻閱已經相當詳盡的警察報告。令人吃驚的是，他竟然能將它偷渡出凶殺組。

他搖搖頭。「不，我們不知道。」

「那她女兒怎麼說？也許她知道。」卡爾說。

「我們這裡有一份她告訴警方的證詞，並不多，所以我們的同僚也未深究這點。」湯瑪斯說。

這是相當基本的問題，該死，他們究竟爲什麼沒問？卡爾暗罵。

「誰主導這個調查？」卡爾問道。

「帕斯高。」

卡爾嘆口氣。難怪，還眞難找到比他更膚淺、更愛自我標榜的混球。

「是的，我知道你在想什麼。」湯瑪斯點點頭。「但他和你一樣領域性很強，卡爾。等他聽到你在調查他的案子，一定不會開心的。」

「那我們得將此事保密。」阿薩德建議。

湯瑪斯點頭，在線條旁跪下，檢視草坪。公園人員遵照警方的指示到鉅細靡遺的地步，沒有剪陳屍地點直徑三公尺內的草，這使得現場內的草要比外圍的草高一些。

「嗯。」湯瑪斯說著，舉起他在現場半公尺外發現的一片枯葉。

卡爾注意到阿薩德和湯瑪斯表情困惑。他循著他們的目光望去，慢慢掃視花圃和通往索佛街的鑄鐵欄杆。現在他也看到了，那眞是細微入裡的觀察——那片枯葉不是來自陳屍地點附近的草叢或樹木。

「這葉子可能已經在這裡超過三個禮拜了？」阿薩德問。

湯瑪斯聳聳肩。「有可能。犯罪現場離路徑有點距離，幾週來也沒什麼風。」然後他搖搖頭。「但也可能是案發後的任何時候，由某人的鞋底或狗兒帶入的。這究竟是什麼種類的葉子？你知道嗎，卡爾？」

他哪會知道？他又不是他媽的園丁或植物學家。

「我來走走看。」阿薩德說道。那有點輕描淡寫，因爲他開始跑步，看起來像法國鬥牛犬或剛尿在自己身上的人，緊張兮兮地衝向通往索佛街入口的路徑。

卡爾目瞪口呆。

「看得出來葉子被弄平過。所以可能是被踩在鞋底。」湯瑪斯說，鼻子貼在地上，臀部高高翹起。卡爾正要說他們可能無法從這個犯罪現場得到太多訊息，因爲所有線索早已消失了，更別提屍體。

「另外，我發現葉子表面上有些非常精緻的紋樣。鞋子沒有那麼細膩的紋樣，狗也沒有。」湯瑪斯繼續笑著說。他的幽默感總是很古怪。

「所以呢？」

湯瑪斯再次翻閱報告，指著屍體的一張照片。「所以可能是來自這個。」他說，敲敲屍體照片上的褲子。「窄羅紋燈心絨。在不隨流行買衣服的年長女士間非常流行。」他說。

卡爾拿過葉子，仔細觀察。湯瑪斯說得對。

「也許等我們的短跑選手衝過終點時，我們會知道更多。」他邊說邊指指阿薩德，他正全速跑向他們，像個大步跳躍的牛羚。

他上氣不接下氣，但神色驕傲。「這裡。」他說，將一片葉子舉到他們面前。「腳踏車停靠處後面的入口，左邊的灌木叢裡有很多這類葉子。」

湯姆斯的臉突然燦爛一笑，卡爾很久沒看到他那麼興奮了。

「該死，太棒了！」餐廳經理歡呼。「現在我們知道男性尿液的來源了。是的，我們突然間知道很多。」

阿薩德點點頭。「我也讀到她鞋子上有狗的糞便。」

「對，但糞便上沒有碎石。」湯瑪斯說。「所以很有可能是她在花園外踩到狗糞。」

卡爾完全聽不懂。什麼狗糞？

「所以你眞的認爲你剛描述了事件的過程？那眞的是個突破。」卡爾懷疑地說。

湯瑪斯大笑。「該死，是的。這讓我想再加入警方了。」

「所以你認爲麗格莫想從公園抄近路，但在公園外就開始在人行道上奔跑？你爲什麼這麼認爲？」

「她是個很有品味的女士，對吧？義大利手工製的時髦鞋子。她嫁給鞋店商人，非常識貨。我告訴你，那種特別款鞋子要價超過兩千克朗。」湯瑪斯說。

「首相官邸前的街道上都是這種鞋店。」阿薩德笑著說。

「所以你是在說，她不會自願讓鞋子沾上狗糞？」卡爾問道，對自己的推理能力沾沾自喜。但話說回來，誰又會特意去踩狗糞呢？

湯瑪斯對他豎起大拇指。阿薩德點點頭。「她在人行道上跑時沒有看方向。那晚又下著大雨，所以我同意湯瑪斯的推理。」

眼前的情景，活像在觀賞福爾摩斯和華生炫耀智力的老電影。

「她沒有留意腳步，結果她昂貴、時髦的鞋子踩到狗糞。不是因爲她在趕路，而是因爲她的生命正遭受威脅。這是你們倆的推理嗎？」

兩隻豎起的大拇指。

卡爾跟著他們走到灌木叢，觀察了一會兒。這不是個很理想的藏身地點。

「好，我們扼要重述一下。麗格莫會跑是因爲她覺得生命受到威脅。跑進國王花園——」

「正確來說，是羅森堡花園，卡爾。」阿薩德插嘴。

「該死，這兩個是同一個花園，阿薩德。」

阿薩德的深色眉毛挑起。

「然後她跑進『羅森堡花園』。」他糾正自己，看著阿薩德，現在他可不想爭吵。顯然那個名字讓阿薩德更自在。「然後她躲在灌木叢裡，那裡的地面覆蓋著我們在犯罪現場發現的同種葉子。可能有很多人曾在灌木叢那裡撒尿。」

「對，聞就聞得出來，卡爾。你從一段距離外就聞得到，但話說回來，那就在入口處，對膀胱快爆炸的人來說很方便。」湯瑪斯作結論。

「嗯。你說驗屍官在屍體的右臀和大腿發現尿液，現在你下結論說，那是因爲她躲在灌木叢裡。」卡爾對自己點點頭。「但爲何凶手沒在這裡攻擊她？因爲他們沒看到她，直接跑過去嗎？」

湯瑪斯綻放勝利的微笑。看來，他們終於看法一致。

「對，很有可能。」湯瑪斯說：「然後麗格莫在那裡坐了一會兒，直到覺得安全後，才繼續走到路徑上。但那只是個推論，我們不能確定。」

他對那點的看法是對的。

「然後你也認爲凶手那時候躲在餐廳旁，在麗格莫經過時，跳出來撲上她？」

那兩隻該死的大拇指又在空中豎起來。

卡爾開懷大笑，搖著頭。「你們居然把推論跟結論奠基在狗糞和枯葉上，也許你們兩個應該開始寫犯罪小說。」

「無論如何，這可能性很高，卡爾。」湯瑪斯以低調的志得意滿看著他，那很適合他的謙虛個性。「在我當鑑識人員的那些年裡，我學到神祕案件能突然被最瘋狂的理論破解。你懂我的意思嗎？」

卡爾點點頭。他比任何人都知道那點，但就是忍不住微笑。如果這個假設爲眞，一位叫帕斯高的警官會想踢死自己。

「啊，你們在這！」一個男性的聲音從草坪那頭叫著。「高登沒說錯。我們回到那女人的陳屍地點好嗎？」

那裡有三個人，攝影師、錄音師和《三號電視台》那位討人厭的歐拉夫．伯格—彼得森。他們在這裡做什麼？高登為何告訴攝影小組他們在哪？高登這下有大麻煩了。

他們站回犯罪現場後，歐拉夫對錄音師比比手勢，後者從袋子裡拿出某種工具。

「我們帶了一罐白色噴漆，這樣我們就能重畫屍體的位置輪廓。能請你畫嗎？或者該由我來？」

卡爾蹙緊眉頭。「如果你讓任何一滴漆掉到地上，我他媽就會把整罐漆噴在你臉上。你瘋了嗎？這是犯罪現場。」

歐拉夫顯然對處理頑固的人有多年經驗，他毫不遲疑地將手塞進口袋，拿出三根巧克力棒。

「血糖太低？」他說。

只有阿薩德接受巧克力棒。事實上，他把三根都拿去了。

對講機上有很多名字，齊默曼這個姓氏出現了兩次。他們要找的是一樓的布莉姬．F．齊默曼，但也有個丹尼絲．F．齊默曼住在六樓。卡爾從來沒聽過這個名字。

「你相信嗎？」卡爾邊說邊按下對講機。「那些電視台的傢伙完全搞不清楚狀況，他們以為我們盤問某人時，他們可以在場。」

「我猜是吧，但即使如此，卡爾，你在踢那個製作人的小腿前應該三思。我不確定他會覺得那是個意外。」湯瑪斯說道。

卡爾挖苦地對著阿薩德微笑。那不是種另類但非常有效的溝通方式嗎？阿薩德也曾用這方法讓高登閉嘴。他對卡爾報以微笑，聳聳肩。只要方法有效，那還有什麼問題？

他們又按了對講機好幾次，終於傳來女性拖長的音調。

「我們是警察。」湯瑪斯劈頭就說。那是很笨拙的自我介紹，但話說回來，溝通從來不是他的強項——他畢竟是位鑑識人員。

「哈囉，齊默曼太太。」卡爾以友善的聲調說道。「如果妳肯給我們五分鐘，我們會很感激。」

門上傳來「劈啪、嗡嗡」聲，卡爾心照不宣地和湯瑪斯交換個眼神，推開大門。他的眼神說：我負責說話。她敞開大門，穿著和服外袍，開口大開，露出底下蒼白的肌膚和皺巴巴的內褲。從她呼吸的酒氣，可以明顯判別出她是如何度過白天。

「是的，抱歉我們沒在來之前通知妳，齊默曼太太，我向妳致歉，但我們碰巧在附近。」卡爾說。

她瞪著三個男人，身體輕微搖晃，尤其盯著阿薩德不放。

「有幸見到妳。」阿薩德邊說邊伸出手，眼神晶亮。他對女人很有一套，特別是在她們喝醉的時候。

「抱歉，家裡很亂，我最近有太多事得處理。」她說著，試圖在沙發上清理出個空位。幾個無法辨識的東西被掃到地上，然後他們坐下。

卡爾首先致上哀悼之意，以那種可怕的方式失去母親，一定很難熬。她試圖正常回應，嘗試點頭，掙扎著保持雙眼睜開，這樣她才能進行對話。

卡爾環顧房間，至少看到了二十五瓶空酒瓶，地上、櫥櫃裡和書架上還散布著無數瓶子。她確實沒有節哀自制。

「布莉姬．齊默曼，我們想問妳，妳是否知道，妳母親為何選擇穿越國王花……」卡爾看著阿薩德。「……我是說，**羅森堡花園**，而不是走到國王廣場或北邊的奧司特普地鐵站搭車？妳知道嗎？」

她歪著頭。「她認為公園很漂亮。」

「所以她總是走那邊？」

那女人微笑，露出沾到口紅的門牙。「是的。」她說，拚命點頭，直到鎮定下來，才又繼續說：「她在耐特超市購物。」

「在諾倫車站？」

「是的，沒錯，她總是如此！」

他們花了十五分鐘才肯對自己承認，如果他們想問更複雜的問題，這不是最佳時機。卡爾對其他兩人比比手勢，他們該走了，但此時阿薩德突然插嘴。

「妳母親為何帶著這麼多錢到處跑？妳說她身上有一萬克朗，但妳是怎麼知道的，布莉姬？」阿薩德和她握手，她稍微畏縮，但他沒有放手。

「嗯，她給我看那筆錢。我母親很愛現金，她總愛吹噓自己很有錢。」

幹得好，阿薩德，卡爾以眼神說。「她也會對陌生人吹噓嗎？」然後他問。

布莉姬低下頭，頭在胸前點了幾次。她是在沉默地笑嗎？

「我母親總是對每個人吹噓，哈哈。」她公開展露笑顏。「她不該那麼做的。」

一語中的，卡爾想道。

「妳母親也把錢放在家裡嗎？」阿薩德問。

她搖搖頭。「沒放那麼多，我母親可不笨。你可以說她有很多缺點，但她可不笨。」

卡爾轉向湯瑪斯。「你知道她母親的家有沒有被搜查過嗎？」卡爾低聲問。

湯瑪斯點頭。「他們沒發現對案情有助益的線索。」

「帕斯高帶領的？」

湯瑪斯又點點頭。除了柏格．巴克外，卡爾最不尊敬的人就是帕斯高。

卡爾轉向那個女人。「妳不會剛好有妳母親公寓的備用鑰匙吧，妳有嗎，布莉姬？」

她吹了幾次氣，彷彿他給她惹了很多麻煩。他們得在她睡著前趕快將事情辦完。接著，她突然抬起頭，以令人吃驚的清晰口吻回答說，她有，因爲她母親總是弄丟鑰匙。她有一次一口氣打了十套，還有四套放在抽屜裡。她給了他們一套，但在給之前，她堅持要先看他們的證件。她仔細審視卡爾的證件後，卡爾偷偷從身後將它傳給湯瑪斯，她再次審視了相同證件，似乎很滿意，然後忘記要看阿薩德的。

「還有最後一件事，布莉姬。」三人站在門口時，卡爾說：「丹尼絲．齊默曼是妳的親戚嗎？」

她陰鬱地點著頭。

「女兒？」阿薩德追問。

她姿勢古怪地轉向他。

「她不在家。」她說：「自從喪禮後，我就沒和她說過話了。」

回到警察總局後，卡爾「砰」地坐到椅子上，呆瞪著桌上的文件。其中兩疊是目前的案子，它們可以等，所以他將它們推到一旁；然後有個蘿思要他看的案子，他將它丟到角落。其餘的紙張只是筆記、各種影印紙和其他人覺得他會有興趣的雜物。它們大部分的結局是在垃圾桶裡，但他不能丟掉馬庫斯的紙條。顯然這件案子不斷困擾著他，但卡爾認爲，等機會自動浮現時，他會看到其中的關聯性。退休警察就是這副鍥而不捨的德行，卡爾以前就看過。不過，他想牽扯其中嗎？他難道不會像以前其他人一樣，走進死胡同裡嗎？那樣不是會讓馬庫斯大失所望嗎？讓那男人覺得毫無破案的希望，便是卡爾最大的恐懼。

他伸手去拿一份彩色影印紙，有人在紙張底部以黑色大寫字母寫著：「史蒂芬妮．古德森」。

他特別注意到照片中的那雙眼睛。有點往上斜，綠色眼眸，毫無疑問很銳利、迷人。爲何有人能忍心殺害這樣的女孩？因爲那雙眼睛不只迷人，還誘惑人嗎？

那可能就是問題所在。

第十八章

二〇一六年五月二十三日星期一

電車上一片死寂，因爲幾乎所有乘客都在用智慧型手機和iPad上網。有些人一頭埋進網路世界裡，專心致志；其他人的大拇指則在螢幕上焦躁地滑動，沮喪地希望和外界取得某種形式的聯繫。

潔絲敏看手機時，首要要務並非要聯絡人。她在Google行事曆上數著她上次經期來後的天數，每件事都顯示她就快排卵了，因此她得趕快下決定。她該怎麼辦？如果她又懷孕，毫無疑問，她會被趕出家門，但那眞的有關係嗎？如果眞是如此，社會局一定會介入。

那點子讓她的臉上浮起笑容。如此一來，安妮—琳．史文生大可以把她的勸誡、計畫、限制或任何她想得到的手段拿去黏在她那個肥胖的屁股上。管她的，一旦她懷孕，抱怨起背痛，就能重獲自由，回到家裡。他們可不能逼她墮胎。

潔絲敏上次的懷孕幾乎沒帶來任何麻煩，儘管她告訴醫生相當不同的故事，她沒有害喜。他們過來領走寶寶時，她也沒有感到懊悔，所以那輕而易舉。話雖如此，這次若再故技重施，就似乎太短視近利。因爲當她交出下個寶寶、重新被拋回福利制度時，她會突然變成三十歲。三十！即使她沒抱著任何被白馬王子拯救的期待，她珍惜萬分的本錢——也是她最安全的籌碼——眼看就會突然暴跌，不再能召喚奇蹟。而那本錢就是年輕。

誰會要一個生過五個小孩的三十歲老女人，而且還不知道對象是誰，就把他們全部送去領養？對，目前而言，還能說是四個寶寶，她嚴肅地想道。

她抬頭瞄瞄別的乘客。她如今走到這步田地，難道還稀罕這裡有任何人能成爲自己的丈夫嗎？在座有誰會願意要她？那個坐在角落的傢伙可能願意，他看起來已經三十五歲了，笨拙地在座位上扭動，彷彿塗了太多凡士林。但她爲何要在像他這種人身上浪費青春和人生？那毫無意義。

潔絲敏搖搖頭。她打開約會程式，那能給她最快的結果。「維多利亞米蘭」約會網站是有穩定關係的人們偷情的基地——潔絲敏並不眞的在目標對象裡——但她何必在意？如果她能跟一個還過得去的男人安排一場草率的性交，只要他能了解個人衛生的重要性，不會爲她惹來任何麻煩，又有何不可？而且日後，如果她還可以藉由懷孕的大肚子勒索他一點錢，那這個網站正適合她。這網站還有個緊急按鈕，以防使用者的伴侶突然過來從肩膀後往螢幕上看。對潔絲敏而言再完美不過，因爲直到現在，她都住在狹小的公寓裡，唯一能上網的空間是餐桌。有時她母親會過來偷偷窺探，她就得用到緊急按鈕。砰！沒人能看到她的約會對象。

她登入那僞裝得極爲優秀的帳號，尋找可能目標。倘若她能自己挑選，她會找個長相平凡的男人。寶寶長相平庸，有助於她更輕易放棄寶寶。何況，就她的經驗判斷，平凡男子比起帥氣男人，床上技巧更佳。這想法讓她不禁微笑起來。那些書呆子男人眞的很願意花力氣取悅女人。

「結果她怎麼說？」蜜雪兒不耐煩地拉著潔絲敏的袖子問道。儘管她的後腦杓有擦傷和包紮，看起來還比穿上自己的衣服盛裝打扮時好看。

「等等。」丹尼絲說，指指剛在角落探頭進來的值班護士。

「祝妳早日康復，蜜雪兒，好好照顧自己。」護士邊說邊遞給她一瓶藥。「如果妳的頭還會痛，一天吃兩次，每次兩粒。但如果你覺得還有哪裡不對勁的話，麻煩再來看醫生，好嗎？」蜜雪兒點點頭，護士稍微正式地和她握手告別。

「別吊我胃口了。說吧，潔絲敏。」護士走後，蜜雪兒說。

潔絲敏點點頭，疑惑地看著和鄰床之間的簾幕。

「躺在那的臭鼬？不，她今早出院了。」蜜雪兒皺起鼻子，將注意力轉回潔絲敏。「妳讓安妮—琳招了嗎？妳對她說了什麼？」

「在她滿嘴的社工垃圾話說到一半時，我突然告訴她，妳會康復，還問她是否偏好開紅色車子。」

「**老天**，眞的假的！」蜜雪兒的手掩住嘴巴。

潔絲敏得意地點點頭。「對，我說了。她當然有反應——我們也會有動作——但她顯然不害怕。」

「妳不認爲我看到的人是她？」

潔絲敏聳聳肩。「嗯，我不認爲。」

蜜雪兒聽到這時，似乎暫時陷入不安，但還是點了頭。她收拾衣物，和其他人走進接待區。這裡將病房隔成四個單位，有服務台、等候室和電梯。從全景窗戶眺望出去，可以一覽將近整個北哥本哈根。陽光灑入，如仲夏般明亮，幾乎每個坐在等候室的人都面對著城市天際線的景觀。

「老天，派崔克在那。」蜜雪兒擔心地低語，指著沙發那邊，一位全身肌肉的猛男坐在那，袖子捲起，看起來像個健美先生。潔絲敏的眼神飄移到他身上。他一定是剛到，因爲她和丹尼絲坐在那時沒看到他。丹尼絲馬上做出反應，站到蜜雪兒跟前，但爲時已晚。他顯然有種動物本能，已經偵測到獵物，在看到她們的同一秒內站起身。跨過六步後，他就站在她們旁邊，死瞪著蜜雪兒，彷彿他會讓她繼續留在三十二號病房，或不管幾號病房。

「妳到底以爲妳在做什麼，蜜雪兒？爲什麼我不能探望妳？」

蜜雪兒緊抓著丹尼絲的手臂，躲在後面。她顯然很怕他，潔絲敏輕易就能了解爲什麼。

「這兩個臭女人是誰？」他憤怒地問。

「丹尼絲和潔絲敏，那不關你的事。」她小聲說。

「蜜雪兒想告訴你，她已經搬出去了。」丹尼絲代替她回答。「她不想再跟你住。」

他蹙緊眉頭，對這個回答很不滿意。「去妳的，賤女人。直到蜜雪兒把她欠我的錢還清之前，妳不准管我們的事。」他邊說，邊將丹尼絲從蜜雪兒身邊推開，一路抵到牆壁上。因爲這場騷動，等候室裡有幾個人不安地在座位上挪動身子，服務台的一位護士抬起頭，也許因爲這樣，派崔克把手臂放下來。

「她欠你什麼錢？她跟你睡，還把你伺候得無微不至？」丹尼絲問著，眼睛都沒眨一下。

「你以爲和像蜜雪兒這種女孩上床是免費的嗎？」

蜜雪兒現在一臉憂懼，潔絲敏也感受到了。丹尼絲若能小聲點可能是比較聰明的做法。

「你看起來應該大到懂得基本原則，笨蛋，但也許你在女人方面經驗不足。」她繼續說。

派崔克微微一笑。他顯然夠聰明，知道自己不能在這些目擊證人前遭受挑釁，爆怒起來。他轉向蜜雪兒。

「我一點兒也不在乎妳做什麼。但如果妳要搬出去，妳就得付二、三、四、五月的房租，總共六千塊。蜜雪兒，妳同意過的，妳懂我的意思嗎？一旦妳付清，要他媽的滾去哪隨妳，但付清之前想都別想。」

蜜雪兒沒有吭聲，但她放在潔絲敏手臂上的手在發抖。她的表情彷彿在說，你以為我有那麼一大筆錢嗎？然後丹尼絲再次站到他們之間。那位魁梧男子和她對瞪了半晌。倘若她們不是在醫院，下場可能極為不妙。丹尼絲一點也不害怕，連推他胸膛兩次。「你可以現在就拿到一半，然後這件事就作罷。」她說。「或者你可以滾蛋，那樣的話你什麼也拿不到。」

她將手伸進皮包，掏出三張一千克朗的鈔票。

「別太期待喔。」丹尼絲將鑰匙插進鎖裡時說：「我外祖母只是個蠢笨的老賤貨，家具也很醜，整個地方都是廉價香水味。」

潔絲敏點點頭。在她們來的路上，丹尼絲已經說了不下十次，好像她現在會在乎公寓看起來或聞起來如何。只要在她找到住處前，有張床可以睡覺，她就心滿意足了。她看得出來蜜雪兒也抱持同樣想法。

「喔，天啊，到處都有妳的照片，丹尼絲。那是妳母親嗎？」蜜雪兒興奮地驚呼。她指著一張曲線玲瓏的美麗女子的黑白照片，照片從其他地方被剪出來，放在以公園為背景的彩色照片上。

丹尼絲點點頭。「對，但那是好久以前的事了。她現在看起來不是那樣。」

「為什麼照片要被剪出來？」

「因為我父親就站在她身旁，我外祖母對把他從我們生命中抹消這件事上不遺餘力。」

「噢。」蜜雪兒似乎對問了這個問題真心感到難過。「但他現在在哪？妳有和他見面嗎？」

「他是個美國人，以前是軍人。我外祖母受不了他，我媽也沒有挺他，所以他回到美國，又去從軍了。」

「那爲何妳跟母親姓，而不是他的姓氏？他們沒有結婚嗎？」

丹尼絲哼了一聲。「妳覺得呢？他們當然結婚了，我的確有我父親的姓氏。丹尼絲．法蘭克．齊默曼。」

「那好怪——那是個男生的名字，也是個姓氏嗎？我搞不懂。你們有通信嗎？」蜜雪兒繼續追問。

丹尼絲挖苦地咧嘴而笑。「在二〇〇二年聖誕節前，他被阿富汗的路邊炸彈炸得粉身碎骨，要通信有點困難吧？眞的是很棒的聖誕節禮物，對吧？」

這回答沒澆熄蜜雪兒的好奇心。

「他死了？這樣說來，在某種程度上，那是妳外祖母的錯。」潔絲敏說。

丹尼絲控訴般地指著她的一張褪色照片。「確實。」

潔絲敏環顧客廳。對喜歡橡木桌和平滑棕色皮革的人來說，這些家具看起來還不錯，但她個人偏好斯堪地那維亞現代風格。這不是說她負擔得起那樣的家具，但至少她有品味。公寓有足夠的臥室讓她們一人住一間，她滿意地想著，還有餐廳和大客廳。全景觀窗戶外是個寬闊、有屋頂的露台和草坪，草坪後是另一座相似的公寓。這裡的居住品質比她習慣的要好太多。

她走過走廊去審視臥室——公寓裡最重要的房間是臥室。不是很大，但空間足夠。女人留下來的老垃圾如洗衣機、烘乾機和幾個五斗櫃都可以清掉，所以不會有問題。鏡子很大，洗手台那邊的整個凹室牆壁都是鏡子，所以她們甚至不需要排隊使用。

「妳的外祖母身體不方便嗎，丹尼絲？」她們全坐回客廳時潔絲敏問道。

「爲什麼那樣問？」

「牆壁上有可以抓握的把手，馬桶上也有扶手可以上下移動。她走路有困難嗎？」

「她？不，她一有機會就會發動攻擊。我猜那是以前的屋主留下來的。」

「那妳的外祖父呢？他也沒有用到那些？」

「她搬過來這裡時，他已經去世了。那是很久以前的事，他年紀比她大很多。」

「好吧，但那些都無所謂。」蜜雪兒說。她是在說那些把手還是那老頭？她腦袋在想什麼有時看不太出來。

「誰付公寓的錢？」潔絲敏問道。

丹尼絲點燃一根香菸，對著空中吞雲吐霧。「貸款早就付清了。其他費用都直接從她的帳戶裡扣。遺囑法院看管那筆錢，那筆錢可不少呢。我外祖父是個鞋商，有某些品牌的專賣權，但我外祖母在他死時一下子就把大部分的專賣權賣掉。等他們評估完她的房地產後，我應該能繼承一半，然後我們就能找其他地方住。我才不想住在這裡。我**痛恨**這個地方。」

「那食物之類的怎麼辦？」潔絲敏問道：「蜜雪兒沒在賺錢，如果我不接受社會局提議的工作，就會失去救濟金。」她咬著臉頰，從桌上拿走一根香菸。「我這禮拜會排卵，還在考慮要不要讓自己懷孕。」

潔絲敏掏出手機放在桌上，打開她的約會帳戶，指著一張照片。「我今晚和他有個約會。實際上，是在他家。他妻子去烏漆抹黑的于特蘭參加同學會，所以我們可以獨處。」

「他？」蜜雪兒目瞪口呆，潔絲敏只能同意，因為他實在不帥。但那男人的妻子懷孕了，那代表他的精子沒問題。

「我眞的不認爲妳該這麼做。」就那麼一次，蜜雪兒看起來很成熟。「要不要一年後看看？」

丹尼絲也是一臉不贊同的表情。

潔絲敏看著香菸的煙霧，但在那裡是永遠找不到答案的。「一年後看看？妳是什麼意思？」她問。

丹尼絲將香菸按熄在桌子中央的花瓶裡，花瓶裡有枯萎的鬱金香。「好，潔絲敏，如果妳堅持用身體來生小孩，爲何不藉此大賺一筆？妳爲了救濟金而懷孕實在很可悲，妳大可去找一對無法受孕的夫妻。妳那麼漂亮，可以輕易以代理孕母的方法賺十五萬克朗。妳沒考慮過這件事嗎？」

潔絲敏點點頭。

「嗯，那就對了！那不是個比較棒的解決方法嗎？」

「不，對我來說不是。我不想知道關於小孩的任何事。對我而言，我交給人家的只是一塊肉，好嗎？」

潔絲敏感受得到蜜雪兒的驚懼，但她又懂什麼鬼？她懂看到小孩眼神的感覺嗎？潔絲敏試過一次，她**絕對**不會再這麼做。

「好，我懂妳的意思。」丹尼絲說：「那妳就該學我，找幾個乾爹。妳可以自行挑選，外面多的是人選。他們也許年紀比較大，但非常慷慨。如果妳每個月只跟每個人睡一次，好好伺候他們的話，五千塊是手到擒來。一週一或兩個，就賺得到這個數字。不然妳以爲我的錢從哪裡來？而且我明白告訴妳，妳二十八歲也沒有關係，妳還可以賺好幾年。」

蜜雪兒把玩著蕾絲衣領，似乎對這場對話很不自在。「那是賣淫，丹尼絲。」她說：「而妳做的事更糟糕，潔絲敏。」

「好吧，但我不曉得妳怎麼稱呼妳和派崔克的情況。」丹尼絲說：「我們在醫院看到的確切來說稱不上愛，但好吧，蜜雪兒，如果妳有更好的點子能賺那麼多錢，通知我一聲。我什麼都願意嘗試。」

「什麼都願意?」潔絲敏反問。

「只要說得出來，我就敢做。只要我不被惡幹，我可不是在說雙關語。」

潔絲敏縱聲大笑，拿出香菸。該是考驗她的時候了。「甚至連謀殺都敢?」

蜜雪兒幾乎弄掉手中的杯子，但丹尼絲只是坐在那咧嘴而笑。「謀殺!妳是什麼意思?」

潔絲敏思考片刻。「殺害某人，家裡藏了很多錢的某人。」

「哈哈，妳很有創意，潔絲敏。我們該從誰開始?某位時尚女王?或藝術商人?」丹尼絲漫不經心地問。

她也許只是心血來潮開個玩笑。潔絲敏想不出來該對什麼人下手。「我不知道那種人是不是把錢藏在家裡，但我們可以從安妮—琳開始。」

「老天!當然啦。」蜜雪兒興奮地脫口而出。「我聽說她中過好幾百萬的樂透，所以她家裡一定擺了一些錢。但我們需要殺她嗎?妳只是在開玩笑吧?」

「妳說安妮—琳有錢?她看起來不像。」丹尼絲露出酒窩。「那實在是個很有創意的建議，潔絲敏。如果我們殺了她，那是一舉兩得。最重要的是，在我們拿到錢之餘，還能順便解決她。很有趣的想法，哈哈，但不怎麼實際。」

「也許我們該勒索她。那樣比較妥當，以免她把錢放在銀行。」蜜雪兒提議。「如果妳跟潔絲敏對她說，妳們會出庭作證，看到她試圖撞死我，妳們不認爲她會馬上吐錢出來嗎?」

潔絲敏和丹尼絲迅速交換眼神，她們臉上盡是佩服。蜜雪兒終於令人刮目相看。

第十九章

二〇一六年五月二十日星期五

卡爾站在簡報室瞪著布告欄半晌。看起來阿薩德、高登和湯瑪斯忙翻了，因爲布告欄上滿是資訊。上面的資料有些他從未看過。麗格莫的腦後杓被敲凹、躺在地上的照片；洛德雷一家鞋店前，一對驕傲的夫婦和幾位雇員的照片；幾本哈維多瑞醫院的病歷，有關麗格莫的幾次入院紀錄：手術摘除子宮、頭上輕微裂傷縫合和重新接回的脫臼肩膀。還有那個女人從柏格街一路到陳屍地點的行蹤地圖、幾張阿薩德用智慧型手機拍的國王花園灌木叢的照片、與三樓的調查不斷相互矛盾的事實陳列，以及麗格莫的驗屍報告。最後是費里澤的死亡證明，還有其他卡爾認爲不怎麼重要、不屬於此地的事物。

總體說來，他們正開始賦予麗格莫此案更多血肉。但問題是，他們眼前沒有嫌疑犯，此案事實上不隸屬於他們，也不會變成他們的。如果他們繼續追查，他就得獨自扛起被指責的責任。最重要的是，他想將馬庫斯納入他們的調查行列，但這樣做不是很冒險嗎？那位退休凶殺組組長不是告訴過他要遵守指揮系統？他到底有沒有搞懂卡爾正試圖介入三樓同僚的案子？

「你要跟羅森報告我們的發現嗎，卡爾？」湯瑪斯關心地問。

阿薩德和卡爾面面相覷。卡爾對阿薩德點點頭，指示他可以回答。這會暫時替他解圍。

「他們手上現在一定有其他案子，那夠他們忙的了。」阿薩德回答。

阿薩德肯爲懸案組講話是很好，但他在說什麼？什麼其他案子？

「你今天還沒看報紙嗎？」阿薩德說，對卡爾正要說出口的問題來個先發制人。「把報紙拿過來，高登。」一雙削瘦的手將報紙放在桌上。這位瘦巴巴的傢伙越來越像竹竿了，他都不吃東西嗎？

卡爾瀏覽頭版。肇事逃逸被害者之間有何關聯？頭版頭條寫道。標題下面是在過去幾天內牽扯到意外的兩位女性的照片。卡爾讀著報導。蜜雪兒・漢森，待業中，二十七歲，在五月二十日一場肇事逃逸中受重傷；桑塔・柏格，待業中，二十八歲，在五月二十二日的肇事逃逸中身故。

「報紙說兩位被害者之間有所關聯。」高登激切地說：「你更仔細看的話，就不會對他們的推論感到吃驚。」

卡爾疑惑地看著照片。是的，她們在同一年出生，都是漂亮女孩，但那又怎樣？現今丹麥肇事逃逸事件多不勝數，開車的人膽子小到不敢承擔責任。通常那是因爲他們酒駕或嗑藥。替他們開脫眞是該死。

「看看她們的耳環，卡爾，幾乎一模一樣，襯衫也都是H&M，款式一樣，只是顏色不一樣。」高登繼續說道。

「是啊，她們穿著類似，長相也相仿。」阿薩德補充說。他的比喻可能有點失準，但他說得對，甚至連妝容都很類似。卡爾看出這點。

「臉上的腮紅、口紅和眉毛，剪得很漂亮的髮型和挑染。」阿薩德又說：「如果我跟她們兩個同時在一起，我得花上五分鐘才分得出誰是誰。」

湯瑪斯點點頭。「的確有類似點，但……」湯瑪斯和卡爾的看法再度一致：這類巧合十分常見。

卡爾厚臉皮地咧嘴而笑。「好吧，阿薩德。所以，你認爲我們在三樓的同僚正在看報紙，並將這兩件意外連結起來嗎？」

「我知道他們正在這麼做。」高登說：「我在樓上問麗絲一件事，她告訴我他們已經派遣一個小組調查這個案子。一位腳踏車騎士看到一輛車在蜜雪兒．漢森被撞的地方衝下街道；有人在另一個女孩被撞死的街道上，看到有輛很像的車引擎沒關，停了超過一個小時。羅森派出幾個小組去查問當地居民一整天，我想裡面也有帕斯高的小組。」

「哈利路亞。」阿薩德應道。

卡爾再次看著報紙頭版。「該死，我不能相信他們竟然把這案子當成第一優先！但不管他們今天到處跑做了什麼，我強烈懷疑那只會讓凶殺組走進死胡同。制服警察會經辦這個案子，直到謀殺證據出現。」他轉向湯瑪斯。「湯瑪斯，如果**你**不跟帕斯高或他調查麗格莫案的小組洩漏的話，那我想我們可以偷偷辦這個案子。」

湯瑪斯出去時拍拍卡爾的肩膀。「那麼祝你先馳得點，卡爾。」

「當然，誰能阻止我？」

他轉向阿薩德和高登。這案子有幾點需要釐清。他們假設麗格莫在慘遭殺害前覺得有人跟蹤她，因此曾試圖躲藏。他們也假設她會被盯上，可能是因爲她習慣在公共場所亮出鈔票。問題仍舊出在他們如何得知她的移動路線。她從女兒的公寓出門，最後到犯罪現場，這中途曾跑到其他地方，打開皮包不愼錢財露白，給不該看到的人看到嗎？或者，凶手遇上被害者和動手搶劫這兩件事只是巧合？但如果凶手只是隨機犯案，她爲什麼要逃跑？凶手先前在街道遠處曾經試圖攻擊她嗎？那有可能嗎？在那個熱鬧喧囂的密集住宅區？

儘管現在辦案範圍縮小，卻已經出現許多沒有答案的疑問，因此阿薩德和高登將會很忙碌，他們得走訪數十棟建築、商店和咖啡館。

「告訴他你還做了什麼，高登。」阿薩德咧嘴而笑。

卡爾轉身面對那個小鬼。他**現在**是做了什麼好事，連他自己也不敢提起？

高登深吸口氣。「我知道我們沒取得共識，卡爾，但我坐計程車去了史坦洛瑟。」

卡爾皺起眉頭。「史坦洛瑟！不是用公費吧，我猜。」

他沒有吭聲，所以他用了公費。

「蘿思的小妹讓我借走蘿思所有的日誌。」他說：「她在公寓和我碰面。」

「原來如此。莉瑟—瑪麗跪下來主動哀求你過去拿走日誌嗎？她為何不自己帶日誌過來，如果這件事對她來說那麼重要的話？」

「不是那樣。」他是在假裝尷尬嗎？這男人真惹人生氣。「那實際上是我的點子。」

卡爾感覺自己血壓飆升，但在他爆發前，阿薩德適時插嘴。

「聽著，卡爾。高登已經整理了所有資料。」他將蘿思的日誌以及一張信紙大小的紙放在桌上。

卡爾看著那張紙，上面依照年代順序，寫下日誌中最嚇人的代表句子。內容如下：

一九九〇　閉嘴

一九九一　恨你

一九九二　該死地恨你

一九九三　該死地恨你——我害怕

一九九四　害怕

一九九五　我聽不見你

一九九六 救我——賤女人
一九九七 獨自在地獄
一九九八 死
一九九九 死——救我
二〇〇〇 黑色地獄
二〇〇一 黑暗
二〇〇二 只有灰色——不想思考
二〇〇三 不想思考——我不存在
二〇〇四 白光
二〇〇五 黃光
二〇〇六 我很好
二〇〇七 耳聾
二〇〇八 笑聲停止？
二〇〇九 滾蛋，狗屎！
二〇一〇 別管我
二〇一一 我很好，ＯＫ？
二〇一二 看看我現在的模樣，混蛋！
二〇一三 我自由了
二〇一四 我自由了——沒在發生——離開
二〇一五 我在溺水

二〇一六　我現在溺水了

「這些是蘿思在日誌中寫的句子。」高登指指封面──一九九〇至二〇一六，全在這裡。「我們已經知道，每本日誌都不斷重複寫著一句話，所以我將那些句子整理在這張列表上。整體而言，每本日誌有九十六頁，都寫滿這些句子，只有幾本蘿思沒有完全寫滿。」

高登打開日誌堆上最上面一本，那本注明「一九九〇」，她不斷寫道：「閉嘴閉嘴……」

「她每天都在第一個字下方畫線作爲開始。」他說：「你可以看出來，一頁上有四條線，大概是四天。」

他隨意指著一頁。頁面上就如同他說的；一條線分開日期，每天都有相同數字的句子。即便只有十歲，蘿思做事就很有條理了。

「我數過線條。實際上有三百六十五條線，因爲她也在一年的最後一天的最後一段第一個字下面畫線。」

「跳年呢？」阿薩德問。

「那叫『閏年』。」卡爾糾正他，他看來一臉困惑。

「閏年！那說不通。」他忿忿地說。

「反正，那是個好問題，阿薩德。」高登說：「她也想到了。在一九九〇年以來的七個閏年，她插入額外一天。她甚至在閏日那天寫的字上畫圈。」

「她當然會這麼做，不愧是我們的蘿思。」卡爾嘀咕。

高登點點頭，他似乎頗以蘿思爲傲，但話說回來，他也是她最大的粉絲和仰慕者，他對她簡直五體投地，一往情深，傾慕不已。

「爲什麼是七個？不是只有六個……閏年嗎？」

「今天是五月二十日，阿薩德，二月已經過了。二〇一六年是個閏年。」

阿薩德瞪著卡爾，好像他被控訴愚蠢。「我是在想二〇〇〇年，卡爾。能被一百除開的年分不是閏年；我還知道這點。」

「是沒錯，阿薩德，但如果那個年分能被四百除盡，那它就是個閏年。你不記得二〇〇〇年那時的熱烈討論嗎？那個爭論重複重複再重複。」

「好吧。」阿薩德點點頭，表情若有所思，而不是受傷。「也許那是因爲我在那時還不在丹麥。」

「在你以前的國家，人們不會想閏年的事嗎？」

「不眞的會去想。」阿薩德說。

「那時你在哪？」卡爾問。

阿薩德將盯著卡爾的目光移開。「噢，你知道，到處走。」

卡爾等待著，但看樣子他這次顯然只問得出這麼多。

「反正，我列了她每年寫下的代表句子。」高登打岔。「列表顯示出她在那段期間的感受。」

卡爾再次瀏覽頁面。「她二〇〇〇年似乎過得很不好，可憐的女孩。」然後他指著二〇〇二。「我看得出來有些年有兩個階段，二〇一四年有三個階段。爲什麼會這樣？你想出原因了嗎，高登？」

「是也不是。我不完全知道她的心境爲何改變，但可以數日子、算出句子確切改變的時間，這樣我們就能假設在那些日子裡，她的人生一定發生了意義重大的事。」

卡爾進一步審視那張列表。有五年有兩種句子，只有一年有三種。

「我們知道在二〇一四年爲何發生改變，對吧，卡爾？」阿薩德說：「她在催眠後選擇使用新句子，對不對？」

卡爾點點頭，看起來有點吃驚。「是的，沒錯。那是唯一有幾天空白的一年。她開始時寫道：『沒在發生沒在發生。』接著有三天空檔，她僅以破折號標示，然後那年之後的句子是：『離開離開離開。』」

「非常奇特。」阿薩德觀察道。「新年開始時發生了什麼事？她每次都寫下新句子嗎？」

高登的表情爲之一變，實在難以看出這對他的眞正影響。一方面，他表情嚴肅得像個救災人員，在緊急關頭來解救陷入危險的某人；另一方面，又像個剛成功釣上第一個女友的男孩般興高采烈。

「那是個很棒的問題，阿薩德。在這二十七年中，她有二十三年都在新年那天開始新的句子，有四年例外。」

阿薩德和卡爾瞪著年分，尤其是一九九八和一九九九。死！那讓他們覺得很不自在。這個心靈備受煎熬、每天重複寫著「死死死死」寫了一年半的人，眞的是他們的蘿思嗎？

「這幾乎算有病。」卡爾不由得說：「一位年輕女性怎麼能夜夜坐著寫下這些可怕的字眼，然後再來個急轉彎，不斷求救？她腦袋瓜裡是怎麼回事？」

「眞的很嚇人。」阿薩德輕聲說。

「你也有找出句子在一九九九年改變的日期嗎，高登？」卡爾問道。

「五月十八日。」高登馬上回答。他看起來得意洋洋，也的確應該如此。

「天啊，不。」卡爾嘆口氣。

高登一臉困惑。「那天有什麼特別的事發生嗎？」他問道。

卡爾點點頭，指著藏在兩個活頁封面之間的黃色薄檔案夾。檔案夾後面有白色索引，索引上寫著〈規章〉，那是確保懸案組裡，不會有人來碰這個黃色檔案夾的妙招。高登伸手去拿黃色檔案夾，將它遞給卡爾。

「這是你要的解釋。」他邊說，邊將一張簡報從裡面取出，放在桌子上。

他指指上面的日期：一九九九年五月十九日；手指往下滑，停在一則小新聞上：四十七歲男子死於軋鋼廠意外。

卡爾的手指往下滑，點在被害者的姓名上。

「你瞧，那男人叫作阿納．克努森。」他說：「他是蘿思的父親。」

半晌，他們無話可說，默默消化他們剛讀到的東西，眼睛在新聞報導與列表之間游移。

「我想我們可以同意，蘿思的日誌是她近二十七年的心情起伏紀錄。」卡爾說著，將高登的列表釘在布告欄上。

「蘿思回來後，那最好不要掛在那。」高登說。

阿薩德點點頭。「當然不會，她永遠不會原諒我們——或她的妹妹。」

卡爾同意，但現在那張列表得掛在那。

「我們從她妹妹維琪和莉瑟—瑪麗那知道，蘿思的父親總是跟在她後面斥責她，所以蘿思晚上獨自在房間時，會在這些日誌裡尋找逃脫之道。」他說：「顯而易見，這對她而言是種心理治療，但有跡象顯示，長期來說，這對她沒有幫助。」

「他會揍她嗎？」高登握緊拳頭，但看起來不怎麼凶狠。

「不，據她妹妹們說不會，他也沒有性侵她。」阿薩德回答。

「所以那個混蛋只靠一張嘴？」高登的臉漲得紫紅。其實這樣還滿適合他的。

「是的，又是根據她妹妹的證詞。」卡爾回答。「他無情地欺凌她。我們不知道是用何種手段，所以我們得查出來，但我們可以下結論，二十六年來這種一致性的騷擾沒有一天不影響到她，在她心裡留下很深的傷口。」

「我就是無法相信，這是我們認識的蘿思。」阿薩德說：「你能嗎？」

卡爾嘆口大氣，是很難。

他們站在高登的列表前，仔細研究，就像研究其他案件一樣。卡爾小心檢視每一行字，眼光才移到下一行。至少有二十分鐘沒人說一句話，大家都根據眼前所見在心裡記下筆記。想到蘿思以自創的孤獨療法治療自己，卡爾的心臟像被千刀萬剮——她長年來都像這樣默默尖叫求救。他再次嘆口氣。想到這位他們自以爲認識的女人，這麼多年來都處在巨大陰影籠罩的陰鬱心情下，而她除了在日誌中寫這些殘忍苛刻的句子作爲發洩外，別無他法。眞讓人難以想像。

噢，蘿思，卡爾想道。儘管她的內心混亂，但當他陷入沮喪時，她仍有精力幫助和支持他。最重要的是，她每天都有嶄新的活力，全心全意投入他們在懸案組經辦的艱困案件。只要她回家後還有這個安全機制，她就能和心裡所有的負面情緒取得平衡。聰明絕頂的蘿思，對每個人而言，惹人厭、妙不可言、折磨人的蘿思。現在她又住院了，她的安全體制對她而言最終還是不夠。

「聽好。」卡爾說，另外兩人抬起頭看他。

「毫無疑問，她與她父親的關係決定了她的用字遣詞。我們是否同意，當一個句子在年中改變時，那一定和某個特殊事件有關；而隨著歲月流逝，當出現轉變，句子只是變得更糟糕？」

兩人都點點頭。

「但我們可以據此推論，後來也有正面發展。二〇〇〇年的一場夢魘在時光流逝後，慢慢變得容易面對，最後以『我很好』作爲結束。所以如果我們想了解蘿思發生了什麼事，那我們的任務就是揭發那些啓動好或壞句子的事件。她父親於一九九九年過世時的發展最顯著：從某個糾結的心情到幾乎完全相反的情緒。」

「你覺得呢？她寫這些句子時，是在和自己還是她父親對話？」高登問道。

「對，這就是重點所在，我們得向熟知她過去的人尋求協助才能釐清這點。」

「那我們得再和她的妹妹談談。也許她們知道在句子突然改變的那幾年發生了什麼事。」

卡爾點點頭。

高登恢復自然的淡黃臉色，顯然他在一臉病容時看起來氣色最好。卡爾以前從未想到這點。

「倘若我們去找心理學家來詮釋蘿思的心境改變呢？那我們就有人能將分析結果轉交給她在格洛斯楚普的精神科醫生。」高登建議。

「好點子。那我們得和夢娜談談，對吧卡爾？」就這麼一次，阿薩德在談到夢娜時，沒有一臉賊笑。

卡爾十指相扣，雙手撐住下巴。儘管他和夢娜在同一棟大樓裡工作，他已經好幾年沒眞正和她好好談話了。他的確想跟她談談，但夢娜的態度冷淡脆弱又疏遠，和她說話好像是很冒險的舉動。他當然問過麗絲，夢娜是否身體違和，但麗絲說她一直安然無恙。

卡爾不想蹙眉，但還是忍不住。「好，高登。既然你和蘿思的妹妹關係良好，現在就由你負責打電話給她們。也許有幾個會有時間來開會。阿薩德，由你來組織那個會議。可能的話，就在明天，好嗎？和夢娜聯絡，跟她報告所有相關情況。」

阿薩德又浮起那抹賊笑。「那你要做什麼，卡爾？你是要回家放空，還是寧願去拜訪三樓，看看你能在麗格莫這個案子上探聽出什麼線索來嗎？」阿薩德那張淘氣的臉讓他看了直想打下去。

他既然已經知道答案，何必還開口問他？

第二十章

二〇一六年五月二十四日星期二

她們在浴室鏡子前站了良久。潔絲敏和丹尼絲站在前面，蜜雪兒在兩人身後，她們評論、碰觸著彼此的頭髮，像老朋友般聊著天。她們看起來迷人至極，如果蜜雪兒沒和她們一起住，她絕對會模仿她們。潔絲敏以柔和的腮紅強調她高高的顴骨，丹尼絲則以酷酷的方式推高胸部，還有其他各式各樣的小技巧讓她們與她有所不同。

「我的男人昨天給我四千。」丹尼絲說：「妳的呢，潔絲敏？」

潔絲敏聳聳肩。「剛開始他不肯給我任何錢，還生起氣來，說這不是那種約會網站，但反正他後來丟給我兩千，因爲他慾火焚身。不過，我給他保險套時，他討了一千塊回去，那個白癡，我沒有選擇餘地，因爲他看起來是認眞的。」

蜜雪兒的頭探進她們之間。「但妳不是要試著懷孕？」

潔絲敏對著鏡子抬起眉毛。「不是跟他，他太醜了。這不是說我在乎，但我想當場搾出他更多錢來。」

蜜雪兒看著她的臉。她能做出這兩人做的事嗎？現在她這副模樣，還有任何人想要她嗎？兩隻熊貓眼、後腦杓一個綁帶、右眼布滿血絲。

「妳們想這會消失嗎？」她邊說邊指她的眼睛。「我聽說如果血絲痊癒得不夠快，會把眼白變成棕色。」

丹尼絲轉過身，眼線筆在空中一旋。

「妳究竟是打哪聽來的啊？妳也相信仙女嗎？」

蜜雪兒覺得自己好像露出白癡的一面，心頭一陣不快。**她們**現在要來輕視她了嗎？她不是和她們一樣好嗎？她們眞的喜歡她嗎？倘若她不是非常幸運的話，她現在會躺在棺材裡，而不是站在這。她們甚至沒想到這點嗎？她們沒有想到她一無所有、和她們不一樣嗎？她沒辦法像**她們**一樣和陌生人上床，這也讓她顯得很笨嗎？

在某種程度上，蜜雪兒知道自己沒父母說的那麼聰明。或許她父母也沒自己以爲的那麼聰明。她從小在圖納一棟小巧樸素的輕質混凝土小屋裡長大，教養不差，父母保護她免受現實侵擾。她的成長期間猶如活在童話世界裡，腦中只有自己的面容、頭髮和搭配成套的衣服。與此同時，同一條街上的許多女孩卻開始漸漸地踏出那片童話世界，發展謀生技巧。

她的自信首度受到嚴重打擊、難堪到幾乎心碎，是在她非常嚴肅地宣稱「伊波拉」是義大利的一座城市的時候。當天晚上，她的過去變成黯淡的黑與白，就像她在電影裡看過的場景般。因爲一些錯誤，使她的智力被嚴苛而惡劣地批評。從那次開始，光是嘲笑的眼神，就足以讓她深覺羞愧。糟糕的是，她常習慣用不存在的自創字眼來表達自己。當群體裡只有她出糗時，她學會用笑聲假裝她在開玩笑，化解張牙舞爪的嚴厲批評。無論如何，在碰到這類事情後，現實讓她深受傷害。時光荏苒，她漸漸學會只談論她懂的事，不然就在不認識的人群裡閉上嘴巴，然後暗自迷失在她的幻想世界裡。

在那個世界，有位白馬王子會騎著駿馬、披著閃耀的盔甲飛奔而來，而她則富有、受到寵愛、得到無微不至的照顧。她很清楚她長相搶眼，心腸不錯，而這是所有白馬王子都在尋找的特質，她從羅曼史小說裡學到這點。她剛和丹尼絲、潔絲敏吃早餐時，還驕傲地引述某些書裡的話。當時她倆正講述著賣身的各種方式！所以她決定讓她們看看不同的人生路徑。

丹尼絲從優格中抬頭。「白馬王子？妳眞的相信有這種人存在嗎？」她說：「因爲我不相信——再也不相信了。」

「爲何不？這世上有很多好男人。」蜜雪兒說。

「我們就快三十歲了，蜜雪兒。大勢已去，好嗎？」

蜜雪兒搖搖頭。不，一點也不好，那簡直難以想像。

她挺直身軀。「妳們想玩眞心話嗎？」蜜雪兒說。她嘗試改變話題，帶著微笑，將一盤三明治推到一旁。

「妳是指眞心話大冒險嗎？」潔絲敏問道。

「不是，不要大冒險那個部分，那要跟男人一起玩才好玩。只玩眞心話那部分。」她笑了起來。「我可以開始嗎？答案最糟糕的人負責洗碗盤。」

「最糟糕的答案？由誰決定？」丹尼絲問。

「一聽就會知道。要玩嗎？」

兩人點點頭。

「好，潔絲敏，拋開把寶寶給別人這件事不說，妳在人生裡做過最糟糕的事是什麼？」她注意到潔絲敏的表情，了悟她其實不必說前面那部分。她不過只是想確保她們不必再碰那個話題。

「我不回答這個問題。」她說。

她們已經奪走遊戲的主導權了，這使蜜雪兒開始猶豫，和她們同居是否是個好主意。但她有其他的選擇嗎？

「別這樣。」丹尼絲說：「老實說吧，潔絲敏。」

潔絲敏的指尖彷彿擊鼓般在桌上敲著。她深吸口氣。「我和我媽的男朋友上床，他是第一個讓我懷孕的男人。」她厚顏無恥地微笑起來，仰仰頭。

「老天。」蜜雪兒說，看著丹尼絲揚起的眉毛。「她有發現嗎？」

潔絲敏綻放微笑，露出酒窩。

「那場戀愛就那樣結束了，對吧？」丹尼絲大笑著說。

潔絲敏再次點點頭。「當然！對我們兩人來說都是。」

蜜雪兒很開心，真的能透過這遊戲認識彼此。

「那妳呢，丹尼絲？妳做過最糟糕的事是什麼？」

丹尼絲審視她亮紅色的指甲，她顯然得好好想想。

「對我還是其他人？」她問，歪著頭。

「由妳決定，沒有規定這個。」

「很多事喔，我想。如果不會被捉到，我就從乾爹那裡偷東西。比如昨天，我就偷了這傢伙的太太的照片。有時候，如果我想甩掉他們，我就會勒索他們，他們付錢後就能把照片拿回去，從此消失不見。」

「那聽起來不像妳做過最壞的事。」潔絲敏冷淡地說。

丹尼絲的臉上露出殘暴的笑容。「如果妳說出妳做過的最壞的事，蜜雪兒，我能馬上說出更糟糕的事。」

蜜雪兒咬著下唇。她不知道該怎麼說出來。

「很……尷尬……」

「得了，輪到妳了。」潔絲敏惱火地說，將髒盤子推向她。

「不然妳現在就可以開始洗盤子了。」

「好吧，好吧。給我幾秒鐘。」她用手掩住下巴。「如果我能做色情模特兒，我覺得我眞的可以和攝影師上床。那樣對雙方都好。」

「這算什麼狗屎，蜜雪兒？開始洗盤子吧。」潔絲敏嚴厲地瞪著她。「妳讓**我們**說出眞幹過的鳥事，自己卻編出一些狗屎。妳以爲我們在那種情況下會怎麼做？妳以爲我幹昨天那傢伙、跟他要錢，這樣很好玩嗎？」

「至少那比再懷孕好吧，不是嗎？」丹尼絲說。

潔絲敏點點頭。「夠了，蜜雪兒，別這麼不上道。告訴我們，妳做了什麼很尷尬的事。」

蜜雪兒把臉撇開。「我喜歡看《天堂飯店》。」

「鬼扯，妳這個假正經，妳可以——」

「我常幻想著上那節目。」

潔絲敏準備起身。「**妳**給我去洗碗。」

「如果派崔克不在家，我就邊看節目邊自慰，脫掉所有衣服，邊看邊愛撫我自己。那眞讓人慾火焚身。」

潔絲敏又坐下來。「好吧，夠瘋！妳總算做過一件壞事了，妳這個小蕩婦。」她微笑。

蜜雪兒又回到遊戲上。

「我知道那是因爲我厭煩了派崔克。說來我現在眞的很討厭他。妳們兩個狂歡整晚的時候，我一直在想要如何報復他。是要告訴他老闆，他會偷纜線和插座賺點外快？還是去割他愛死的那輛車的輪胎？或是把車子整輛刮花？還是讓他在工作的俱樂部那裡大出洋相？他最不能忍受這件事，他——」

「嗯。」潔絲敏打斷她，眞沒禮貌。「我們會從妳這聽到眞心話嗎，丹尼絲？」

丹尼絲點點頭，考慮著答案。「我做過的最糟糕的事？大概是我整天都在撒謊吧。沒有人能信任我，妳們兩個也是。」

蜜雪兒皺起眉頭。這麼說眞可怕。

「但現在我要告訴妳們一件眞的很壞的事。」

「快說！」潔絲敏的表情顯然很亢奮，蜜雪兒則否。丹尼絲剛剛才說她對任何事、任何人都撒謊，那麼還要聽她說的話做什麼？

「我想我們該幫助蜜雪兒。」

蜜雪兒再次蹙緊眉頭。她在開玩笑嗎？還是她現在變成笑柄了？

「好，我們會做。但那和遊戲有什麼關係？」潔絲敏問。

「如果蜜雪兒同意我的計畫，洗碗盤的人就是妳，潔絲敏。」丹尼絲的臉轉向蜜雪兒。「按照現在的情況來看，妳對這裡沒有任何貢獻，不是嗎，蜜雪兒？我只是在講錢的事，懂嗎？所以妳現在要告訴我們，怎麼去弄一些錢來，妳隨便講個方式，我們會照辦。」

蜜雪兒整個人困惑起來。「妳想要我說什麼？我不知道我們要怎麼去弄錢來，不然我早就自己弄來了。妳知道派崔克把我趕——」

「任何事都可以，蜜雪兒。妳建議我們該去搶安妮—琳．史文生。所以我們該去做這件事嗎？」

「不，那只是個——」

「我們要去派崔克的公寓，偷走所有值錢的東西嗎？」

蜜雪兒倒抽口氣。「該死，不行，他會知道是我。」

「那麼我們該做什麼，蜜雪兒？我悉聽尊便——即使那是很壞的事。」

潔絲敏狂笑，丹尼絲顯然是認眞的。蜜雪兒一點也不喜歡眼前的發展。什麼叫作悉聽尊便？

「妳以前提到派崔克從他老闆那裡偷東西，也許妳可以勒索他。」潔絲敏建議。

「不！」她猛搖著頭。「我不敢。那樣做的話，他會殺了我。」

「派崔克一定是個令人愉快的好男人啊。他當保鏢的那個俱樂部叫什麼名字，蜜雪兒？他值班的時間是哪時候？」潔絲敏追問。

蜜雪兒更猛烈地搖頭。「他星期三和星期五在那，但又怎樣？他不會給我任何錢，如果妳們想的是這個的話。我們不能對他做任何事，因爲那裡有監視器。」

「我問妳是哪個俱樂部。」

「那不眞的是個俱樂部，比較像是個夜店。」

「哪個夜店，蜜雪兒？」

「辛哈芬街的『維多利亞』。」

潔絲敏往後靠坐，點燃另一根香菸。「維多利亞？好。我去過那裡很多次，去釣凱子。那眞的是個好點子，因爲夜店星期一到星期四也有開。事實上，除了幾個俱樂部和同性戀酒吧外，那夜店是唯一的好地點。他們讓妳花錢買酒，但只要妳買杯殭屍調酒，就可以坐在那喝一整晚——除非有凱子挑中妳，付那晚剩餘的錢。派崔克在那做了多久？我不記得有看過他。」

蜜雪兒努力回想，她對時間的記性不好。

「算了，沒關係。」丹尼絲說，將那問題擱在一旁。「告訴我們所有妳知道的事。入口是什麼樣子，妳怎麼進入辦公室。他們開店和關門的時間，比如星期三的。那裡有很多客人嗎？他們是什麼樣子？告訴我們所有能在網路上找得到和找不到的細節。之後，妳可以告訴我們妳曾注意到的事，潔絲敏。」

「爲什麼需要知道這些？妳要我們去搶夜店嗎？」蜜雪兒露出一抹微笑。這只是個玩笑，是吧？但丹尼絲和潔絲敏只是靜靜坐著，沉默到令人不自在。

第二十一章
二〇一六年五月二十四日星期二

卡爾和哈迪被莫頓的歇斯底里搞得精疲力竭。當一位體重過重四十公斤、平常無憂無慮的傢伙失戀時，你該告訴他什麼？尤其他還因爲想贏回情人芳心，而爲此已經消瘦不少的時候。雪上加霜的是，他念念不忘的情人還是愛去建身、肌肉賁張、睪酮旺盛、博學廣覽、傑出迷人的類型。就像俗諺說的，條條道路通羅馬，但對一個過度敏感的男人來說，心碎的路上滿布著痛苦錐心的壼洞。不管哈迪和卡爾想出什麼妙招，試圖讓莫頓從自怨自艾的受傷自尊上分心，都像在他狂烈的嫉妒和無法治癒的悲慘上，添火加油。所以，當莫頓又一晚因極度悲痛、每隔十分鐘就大聲啜泣之後，哈迪終於崩潰了。這也是人之常情。

「我要出門去晃一下。」他在曙光乍現時拋下這句話。「告訴莫頓，我要去替輪椅電池充電，晚餐前才會回來。」

卡爾點點頭。睿智的男人。

卡爾在展開這一天時也深覺疲累。當他走著螺旋梯、來到警察總局三樓時，還賊頭賊腦地瞧，看看是否可以爲麗格莫那個案子蒐集更多新資訊。當需要調查的新案子落入凶殺組手裡時，他可以感受到組內散發的興奮氛圍，儘管那不合常理，但那就像嗅到和感覺到新雪要飄落前的空氣氣味一樣。優秀的同僚更爲抬頭挺胸，眼神變得更爲警醒戒備。在這個案子上，儘管他們手中能繼續追查下去的證據很少，但凶殺組仍集體感覺到，可能有個潛在瘋子不知躲在哪裡，逍遙法外，企圖以肇事逃逸的攻擊方式大開殺戒。每條走廊似乎都嗡嗡作響，展現出決心和想要有所作爲的破案欲望。如果他們的直覺正確，專注幹練的辦案技巧可以拯救生命。

「該死，你知道是什麼攪起這場騷動的嗎？」碧特．韓森在走廊經過卡爾時，卡爾不禁問道。她最近升職爲警官，是少數幾位卡爾尊敬的同事之一。

「那是個好問題，但你可不能小瞧泰耶．蒲羅的直覺。他在兩個部門間設立了合作小組，共同找尋兩件肇逃之間的相似點。而他們已經查到一些結果了。」

「比方像什麼？」

「我們認爲，兩次攻擊的車子極有可能是同一輛：紅色標緻一〇六車款——車型比較四方的那款。第二次攻擊確定是駕駛蓄意而爲。兩個案子也都沒有煞車痕。根據第一次意外發生地點周遭居民的說詞，車子的外觀與在人行道稍遠處停了一段時間的車子雷同。被害者的長相和打扮類似，年紀相仿，兩人都靠救濟金度日。」

「好，但無可否認的是，在現在的丹麥這種女孩多如繁星，商店賣的衣服也大同小異。妳找得到衣櫃裡沒有H&M衣服的家庭嗎？」

她點點頭表示贊同。「無論如何，現在他們在留意那樣的紅車。如果巡邏警車看到紅色舊款標緻，特別是上面有肇事逃逸撞痕的話，都得立即通報。」

「這麼說，現在凶殺組裡有十個人在等消息下來？」

碧特用手肘推推他的側腹。「你還是一樣喜歡挖苦人啊，卡爾．莫爾克。好在這個國家裡還有人不會見風轉舵。」

那是讚美嗎？他對她綻放笑容，直直朝櫃檯走去，後方索倫森小姐性情乖戾的臉清晰可見。她爲什麼坐著，而且是坐在那裡？

「除了帕斯高外，我還可以跟誰討論麗格莫的案子？」他一臉裝無辜地問。

她特意用力推開幾張紙到一旁。「這裡可不是不肯聽從指揮系統的國家公務員的服務台，還是你覺得是，卡爾．莫爾克？」

「葛特在帕斯高的小組裡嗎？」

她稍微揚起頭，瀏海黏在前額，眉毛緊皺，露出下排牙齒。惱火不足以描述她現在所處的心境，卡爾猜想著。

「你到底想要什麼，卡爾？你要我明白說出來、攤在燈光下、刻在大理石上，或用大字焊接才懂嗎？**聽從指揮系統**，好嗎？」

這場爆發讓卡爾察覺真正在發生的事，索倫森小姐又熱潮發作了。她會坐著，一定是因為得在桌子後面把腳丫浸泡在冰水裡的關係。她同時還像沒被綁縛的火龍、布羅肯峰的女巫，或一群受到驚嚇而奔逃的野蠻動物，正嗅著血味狂奔。她還是一帖精純的毒藥。

卡爾識時務地倒退離開。從現在開始，直到這個更年期地獄結束前，他都會安靜地找出捷徑，繞過這股狂怒。

「嗨，亞努斯！」警察總局媒體發言人踏著沉重的步伐，走出辦公室。卡爾一邊大喊，一邊注意到他令人刮目相看的打扮。亞努斯和凶殺組組長彙整意見的時候顯然到了。等會他們應該會交換意見，討論該如何處理媒體對肇逃被害者的說詞。

「你能快速告訴我麗格莫案的調查進展嗎，亞努斯？我們地下室那裡也察覺事有蹊蹺，所以也許——」

「去和帕斯高談，那個案子歸他管。」他向索倫森小姐揮揮手，她一臉疲態地回應，可能想表達某種形式的尊敬。卡爾再次擺出謙恭的姿態。麗絲昂首闊步走出羅森的辦公室，優雅地為亞努斯拉住門。

「妳知道任何有關麗格莫那個案子的進展嗎，麗絲？」他問道。

她咯咯輕笑。「誰告訴你我剛做了會議紀錄？帕斯高剛和羅森在一起。」她的眼神飄向索倫森小姐，後者正輕蔑地揮揮手。

「麗絲，聽著。我們有個舊案子可能和那個案子有關聯，而妳知道我和帕斯高對彼此的看法。」

她點點頭。「我跟你說，卡爾，調查正朝向幾個不同的方向發展。帕斯高知道幾年前有個攻擊事件和麗格莫・齊默曼的案子很像，因此他們聯絡上馬庫斯・亞各布森。馬庫斯告訴他們，你和他討論過兩樁謀殺案的案情，帕斯高對此很生氣。所以如果我是你，我會在他隨時出來前，趕快走爲上策，少管閒事。」

好吧，他得挺身迎戰。該死，他們將馬庫斯扯進案件眞是令人惱火，好在他沒讓馬庫斯知道他們在國王花園的發現。從現在起，他得深藏不露，免得他們從他這偷走線索。

帕斯高開門時，看起來像要準備噴火的樣子。當他猛然看見卡爾站在那、雙臂抱胸時，立刻露出他那惡名昭彰、缺乏魅力的一面。

「**你**！別碰我的案子，你這傻瓜，你最好相信我會讓你生不如死。羅森知道的話，肯定會痛罵你一頓，你這屁股肥大的傢伙！」

「我的屁股再怎麼大，也比不上你的自大吧，小帕？」卡爾說。

他不只眼睛冒火，嘴巴、鼻子和眼睛似乎都扭曲成一團。卡爾沒去聽帕斯高在下一分鐘對他狂吼的話，但那咒罵聲大到連羅森都去開他的門。

「我會處理的，帕斯高。」羅森冷靜地說，揮手示意卡爾進辦公室。

媒體發言人已經站在桌旁，他對卡爾點點頭。卡爾坐下，準備接受一番嚴厲的訓斥。

「亞努斯告知我，我們的聯合計畫有些問題，卡爾。」羅森開始說。

卡爾一臉困惑。「聯合計畫」？**現在**這又是什麼？

「卡爾，你得了解，歐拉夫．伯格—彼得森是對我報告。公關部門和警察總長本人選擇你去協助《三號電視台》這個拍攝計畫，因爲我們都希望節目能展現不同的觀點，而非平常大家都同情罪犯的角度。」

卡爾又嘆口氣。

「你大可以嘆氣，卡爾，但從明天開始，你得好好配合電視人員，好嗎？」

他還能怎麼回答？現在事情都搞砸了。

「等等，那些電視人員想要在我查案時跟拍，所以我們拒絕了。」

媒體發言人點點頭。「我們當然要堅守底線，但你不該只是說『不』，你需要提供他們另一個有建設性的選擇，對吧，莫爾克？」

「我聽不懂。」

「對他們說：『不，這個你不能跟拍，但明天我們能做這個那個。』讓他們有點東西可以拍，你懂吧？」

卡爾再度嘆氣。

「我們知道你插手到帕斯高的案子裡，卡爾。」羅森說：「要不然你爲什麼會被人看見和湯瑪斯．勞森一起站在國王花園的麗格莫犯罪現場？告訴我，你發現了什麼，卡爾？」

卡爾望向窗外，這辦公室最棒的就是景觀。

「快說，卡爾！」

「好吧，好吧。」他又嘆氣。「我們找到鑑識人員爲何會在被害者身上發現尿液的解釋，我們也認爲凶手曾經跟蹤被害者。」

「我不是告訴過你嗎，亞努斯？」羅森說道，他們對彼此點頭微笑。

他們到底在打什麼鬼主意？他們眞的想要破這個案子嗎？

「我們十分鐘後得去找夢娜，卡爾。」卡爾回辦公室時，阿薩德說。「怎麼樣？你在樓上運氣好嗎？」

「是啊，我們被暗中選來插手麗格莫的案子，因爲我們是唯一能讓《三號電視台》走上正軌的人。《三號電視台》本來就要求跟拍那個案子，但總局不想要帕斯高出現在鏡頭前面，因爲等他拍完後，大家都會痛恨警察。」

阿薩德的下巴掉了下來。

「他們也認爲這幾年來，你已經取得種族金童的地位，相信該是炫耀我們的多重性的時候了。」

「你是指『多元化』吧，卡爾？」

現在輪到卡爾的下巴受到地心引力的牽引。多元化？丹麥文是這樣說的嗎？

「嗯，那麼，我們應該遵照上級指示，卡爾。我的魅力會幫助我們度過難關。」阿薩德大笑半晌後，才仔細審視卡爾的表情。「你確定你沒事嗎？」

「老天，我很好，阿薩德。我只是不想要那些白癡在未來兩週內跟拍我們。」

「我不是說這個，我現在是在講夢娜和我們的會面。」

「我們什麼？」

「我想你沒在聽我說話。夢娜在等我們，蘿思的妹妹伊兒莎跟她在辦公室，另外兩個妹妹要工作。」

第二十二章

二〇一六年五月二十四日星期二

維斯特布洛廣場上，雜貨攤外的報紙堆非常顯眼。不只早報和晚報有提到肇事逃逸事件，連《丹麥八卦》都大肆報導，將女性被害者的故事拿來作爲頭條。它們表明焦點，沒留下任何想像空間，純粹誇大渲染。它們都用了蜜雪兒．漢森和桑塔．柏格的兩張相同照片，但手法卻非常容易引起誤導。報導呈現出兩位年輕、健康的女性遭受神祕攻擊的類似事件，引起強烈的公憤。

她們的名字下面又寫著「待業中」。安奈莉冷哼一聲，這是最偏離眞相的報導了。事實就是她們盜領人民的納稅錢，是兩個根本不值得關懷的混球。一想到自己竟然幫助她們取得不配擁有的名聲，安奈莉就火冒三丈。那兩個女孩私底下一向認爲自己應該成爲名人。

報紙爲什麼不能有話直說？它們爲何不寫那兩個女孩是最糟糕的水蛭、乞丐、吸血鬼？寄生蟲就應該被踐踏在腳下，然後被忘得一乾二淨。在大肆報導這些被害者有多迷人、多受歡迎前，記者爲何不對報導人物做些研究，搞清她們代表社會的哪個面向？她們才沒有受歡迎，起碼對她而言不是，所以她們是受誰歡迎來著？

做完放療回來後，她就只是呆坐在桌前，將同一件事反覆思索了一遍又一遍。萬一潔絲敏或蜜雪兒看到報攤或該死的報紙頭版，決定去和警方談談呢？她試圖想像兩位調查人員突然出現、來找她盤問的情景。但她和潔絲敏昨天的對峙，不就證明她足以應付施壓？她認爲船過水無痕，如果警方對她施加壓力，她會說她對此事一無所知；而如果警方說那些攻擊事件其實是預謀殺人的話，她會像任何人一樣震驚。然後她會記得說，這件事對她來說特別難以接受，因爲她認識那兩個女孩。儘管她最後一次看到桑塔是幾年前的事，但桑塔是個好女孩，不該死得這麼淒慘。

想到這點，安奈莉狂笑起來，趕緊用手掩住嘴，免得走廊上的人聽到。也許會有人問什麼事那麼好笑——畢竟在這個部門裡沒有多少值得歡笑的事。

安奈莉思量著她的下一步，試圖忘卻警方可能會突然逼近她，和她的罪行所帶來的可怕不安。

她原本考慮要在今晚殺害下一位被害者，她早就想好該輪到誰。對象不是個漂亮女孩，有鑑於報紙不斷描述兩個女孩的漂亮外表，這會是聰明的一步。她的新被害者很頑固，穩定地在這幾年內，從一位自視過高、需索無度的女孩，變成一個令人生厭、恃寵而驕的癡肥女子。不但禮數差勁，其服裝品味也糟糕到連前蘇聯女孩都會敬謝不敏。

她叫自己「羅貝塔」，試圖隱藏她的眞名：貝莎。她是安奈莉厭惡的許多女孩之一。在她做個案社工期間，羅貝塔像吸血鬼般從體系吸走錢財，且比任何人都還要多。這幾年來，她向體系乞討金錢來買無數雙靴子，因爲她小腿過胖，靴子穿一下就會裂開。她有種忽視警告的天賦，以健忘來裝聾作啞。任何讓她回返工作的計畫最後都變成無法工作的絕佳藉口。她毫無悔意地接受懲戒和削減的救濟金，當她能找到願意對她伸出援手的人，便心安理得地濫用別人的同情心到處借錢。結果，她欠下超過一百五十萬克朗的天文債務，安奈莉不得不申請將這個個案轉讓給別的社工。那是四年前的事，所以如果那個債務數字在這期間已經變成雙倍，她也不會驚訝。

在網路上快速搜尋後，安奈莉找到她。她依然住在亞瑪格橋街旁一條小巷子內的小公寓裡，附近有許多夜店。安奈莉確定，她可以在其中一家夜店裡找到她。她一定會攤在凳子上，吐出的香菸煙霧像牆壁般，橫亙在她的啤酒杯和隔壁的男人之間，她可能還會誘拐那個男人替她付帳。

安奈莉曾一度去拜訪貝莎．林德，但吃了閉門羹，沒人在家。在跑過所有當地夜店後，她終於在「北極咖啡館」找到她。她們在那為違反協議而有過短暫爭吵。從那之後，安奈莉就不再全力協助她。

貝莎．林德不是道德典範，也不是行為楷模。她不太可能會像其他比較迷人的被害者一樣，得到頭版報導的禮遇。無論如何，由於報紙大肆渲染，大家都提高了警覺心，這才是現在的難題。她必須重新評估她的計畫，貝莎暫時得等等。

下班後，她迅速下了決定，騎腳踏車到潔絲敏住的南港。

她站在紅色建築外停佇半小時之久，打量它和觀察周遭環境。她以肇事逃逸殺害潔絲敏時，一定不能在此作案。一部分是因為伯洛邁斯特．克利斯汀森街太過繁忙，即使是街尾的行人徒步區也熱鬧喧嚷；另一部分則是因為另一端的法塔超市總是有人去購物，人來人往，不然也會有人在廣場歇息、徘徊。所以安奈莉得遵守原訂計畫，留意那個女孩的行蹤，稍後再隨機應變。不出多少時間，潔絲敏的惡習就會露出弱點，讓她有在何處進行肇事逃逸計畫的靈感。

她抬頭望向四樓，潔絲敏一直將住處登記在此。根據紀錄，另一個住在那裡的人是她母親，凱倫—路易絲．約根森。她一定是位很能忍氣吞聲的女人，潔絲敏懷孕那麼多次，她八成很苦惱。但養大這個小惡魔的人不就是凱倫—路易絲．約根森嗎？她不是應該為了女兒長大後的德行負責嗎？所以沒有理由也為她感到難過。但萬一潔絲敏已經不住在這裡了呢？萬一她像許多人一樣，用父母的住址，但其實是跟某個不想失去政府住房津貼的傢伙住呢？也許安奈莉會走運，發現潔絲敏已經搬去一個更爲偏僻的地方。

她在智慧型手機上搜尋她母親的電話號碼，按下撥號鍵。片刻後，有人接起電話。

「我想找潔絲敏。」她用僞裝過的聲音說道。

「現在嗎？妳是誰？」她的聲音聽起來非常矯揉造作。對這個社區而言，這種聲音有點古怪。

「喔，我是她朋友，亨莉特。」

「亨莉特？我從沒聽潔絲敏提過，但妳白打電話了，亨莉特，潔絲敏沒住這裡了。」

安奈莉點點頭。她的直覺是對的。

「眞的？眞可惜。那我要打去哪才能聯絡上她？」

「妳是今天打來找潔絲敏的第二個女孩，但至少妳的丹麥文說得很正確。妳爲什麼問這個？妳想找潔絲敏幹嘛？」

這是個很直接的問題。她幹嘛要管？潔絲敏是成年女人了。她可以看見潔絲敏的母親往前走，拿著手機站到窗戶旁。這時還穿著浴袍，眞是好楷模。

「我和潔絲敏借了些錢買聖誕禮物，現在我終於有錢可以還她了。」

「那聽起來很怪，潔絲敏從來沒有什麼錢。多少？」

「妳說什麼？」

「妳欠她多少？」

「兩千兩百。」她扯謊。

電話另一頭安靜半晌。「妳說兩千兩百？」她終於回答。「聽著，亨莉特，潔絲敏欠我很多錢，所以妳可以把錢給我。」

安奈莉震驚不已。她真是不要臉的賤女人。

「好，我可以這麼做。但我得先打電話給潔絲敏，告訴她這件事。」

她聽起來頗爲失望。「那隨妳吧，再見。」

不，不，不，妳不能掛電話，我還沒查到任何線索！安奈莉在內心尖叫。「我住在凡洛塞，」她脫口而出。「離那會很近嗎？如果是的話，我就可以親自告訴她。」

「我不曉得近不近。她剛搬去史坦洛瑟，就像我跟另一個打電話來的人說的一樣，我不曉得確切地址。我想潔絲敏還是會讓信件寄到這裡，所以我有時會看到她，那樣的話，我就可以告訴她，妳把錢給了我。」

「史坦洛瑟？其實我好像有聽說過這件事。在利特托路，對吧？」她其實不曉得史坦洛瑟有沒有那條路，但不入虎穴，焉得虎子。

「不，不是。她當然沒直接告訴我。她爲什麼要告訴我呢？畢竟我只是她母親。但我有聽到她在手機上跟別人說過，好像跟「檀香」還是哪裡有關，我只有聽到這個字眼。記得把錢給我，好吧？別給她。」

安奈莉在網路上搜尋「檀香」和「史坦洛瑟」，只找到檀香園的屋主協會，而她現在就站在這裡。極目四望後，她了解到這是個很大的區域。兩個長長的街區，大概有一百棟公寓。既然潔絲敏沒登記住在此地，她到底要怎麼找到潔絲敏住哪一棟——除非她恰好看到她在人行道上跳舞？以沉重的步伐連續走上幾小時直到凌晨不是個好點子，她是不是該直接打給那個臭女人，編出某種藉口，或謊稱便宜電視套裝節目的優惠方案之類的？問題是她八成不會上鉤，而且還可能播下懷疑的種子。

她絕望地望著第一個街區的公寓。根據協會的規定，每個電鈴上都有名字，但實在太多了。然後，她想到她可以在網路上查住戶名單，但突然想到潔絲敏很可能沒到網路上更改這類細節。她當然可以挨家挨戶去查信箱，但話說回來，潔絲敏將名字放在信箱上的機率也很小。

安奈莉嘆口氣。她手上還是有一絲機會，而那比什麼都沒有要好。她從第一棟公寓的「入口A」開始，逐一檢查掛在一樓走廊上銀色信箱旁的名字。那些名字又臭又長，顯然這裡的協會不會讓隨便捏造的名字放在信箱上。就在快要放棄時，她在入口B突然瞥見一個名字，心臟漏跳了一拍。**一石二鳥**——信箱上寫著「麗格莫·齊默曼」。

那個姓氏雖不是約根森，卻是安奈莉死亡名單上的前幾名姓氏之一。

第二十三章

二〇一六年五月二十四日星期二

即使在她的辦公室外，他也不可能弄錯那個香水味。逝去的性感歲月直衝卡爾的鼻孔，讓他的心智整個警覺起來。他為什麼沒穿件帥氣點的襯衫呢？他為什麼沒和吳頓借香草味的體香膏來抹抹腋下呢？他為什麼……

「嗨，卡爾。嗨，阿薩德。」那曾一度讓他膝蓋發軟的聲音傳來。

房間裡沒有桌子，但有四張扶手椅。她坐著對他微笑，紅唇豔麗，彷彿他們昨天才見過彼此。他對她和伊兒莎點點頭——他突然虛弱到只能做出這個細微的動作——然後坐下。喉嚨剎時一陣哽咽，害他說不出話來。

夢娜一如既往，但感覺卻不同了。她的身材依然纖細，能燃起男人的慾望，但現在，他以嶄新的眼光細看她的臉，卻發現了極其細微的差異。她的紅唇變得較薄，上唇上方的小細紋較深，臉上皮膚較為鬆弛，但仍誘惑著人伸手去愛撫。

他的夢娜變得比較老了，他的夢娜幾年來沒有他也過得很好。時間對她做了什麼？她朝他綻放一個短促卻強烈的微笑，他緊緊攀住那瞬間，差點喘不過氣來。他覺得那微笑撞進他的體內，身體幾乎疼痛起來。她有注意到他的反應嗎？他真希望沒有。

她轉向坐在她隔壁的蘿思的妹妹。

「伊兒莎和我研究了高登的列表，以及蘿思何時改變她日誌中句子的時間表，或者我們該將其稱之爲「禱文日誌」。從我聽到的資訊判斷，伊兒莎有許多線索可以補充。妳要不要先說說看，伊兒莎？我會在旁幫助妳，並在必要時加上我自己的評論。」

紅髮女郎聽了後點點頭。她像是從提姆．波頓（注）的電影裡走出來的人，似乎眞的因眼前的情況而有點心煩意亂。她的眼神似乎在說，如果我開始哭，請見諒。接著她深吸口氣，開始說。

「你們已經知道不少內幕了，但我不確定你們知道些什麼，所以我會大概說明一下細節。說來很怪，但這是我第一次認眞去思考蘿思寫這些句子的背後意涵。高登注意到的事情，現在想想其實都很合理。」

她將那張句子列表放在他們前面。卡爾早就快背下它們了。

「我爸在我七歲時開始虐待蘿思。那時維琪八歲，莉瑟─瑪麗五歲，蘿思九歲。我不知道爲什麼，但一九八九年好像曾發生過一件事，讓他想把她單獨挑出來。從一九九〇到一九九三年，虐待情況越來越嚴重。當蘿思開始在一九九三年寫日誌時，她寫她『害怕』，那時她開始在房間裡獨處。事實上，有段時間她還會鎖上門，只對我或我姊維琪開門。我們會帶食物給她，因爲她總得吃點東西。我們得不斷敲門，拚命向她保證爸爸沒站在外面，她才會開門。她只在上學或上廁所時才會離開房間，而她也只在大家都睡著時才會去上廁所。」

「妳能給幾個例子，告訴我們妳父親怎麼施加心理虐待在蘿思身上嗎？」夢娜說。

「嗯，他有好多種手段。在他眼中，蘿思做的事永遠不對，他一有機會就貶低她，說她醜，壓垮她的自信，還說這世上沒有人會要她，如果她沒出生還比較好。我們其他人對那類語言暴力充耳

注 Timothy Walter Burton，美國電影導演、製片人。經典作品有《怪奇孤兒院》、《剪刀手愛德華》、《聖誕夜驚魂》等。

不聞，因爲我們無法忍受聽到那些話，所以恐怕很多反應現在都被壓抑住。我們討論過此事，我是說莉瑟—瑪麗、維琪和我，我們就是不記得大多數的事，那眞的是……」她吞了幾次口水，壓抑想哭的衝動，但她的眼神卻洩漏出悲傷，她發現姊妹們竟然如此疏於注意蘿思的悲慘過往。

「繼續說吧，伊兒莎。」夢娜鼓勵。

「好。我們發現一九九五年蘿思開始防禦起來。當她寫『我聽不見你』時，你們能體會她的心境嗎？」她以疑問的目光看著大家。

「所以，妳認爲這些句子是她和妳父親的某種內在對話，而在他死後，仍舊持續著？」卡爾問。

伊兒莎點點頭。「是的，毫無疑問。在九五年，蘿思從膽小害怕的蘿思，突然變成敢站起來捍衛自己的蘿思，我對此印象深刻，那是因爲在前一學期，有一位新女孩轉進她的班上。我還記得她的名字叫作『卡洛琳』，一個很酷的女孩，愛聽像『2Pac』、『Shaggy』和『8Ball』這類饒舌、嘻哈歌手，那時我們女生大都瘋像『接招』和『男孩特區』這類男子樂團。她來自維斯特布洛，拒絕融入班上，蘿思深受她影響。我們的姊姊突然開始穿上最會惹惱爸爸的衣服，他要咒罵她時，她會掩住耳朵。」

卡爾以前見過這種案例。「但他都沒有打她？」

「沒有，他精明多了。他會禁止我媽打掃蘿思的房間，或停止給蘿思零用錢來懲罰她，或是給我們好臉色以凸顯他的偏心。」

「妳們其他三姊妹覺得那樣沒有大礙嗎？」卡爾問。

她聳聳肩，稍微迴避了那個尖銳問題。「那時我們以爲蘿思不在乎，她以自己的方式處理得很好。」

「妳們的母親呢？」阿薩德問道。

伊兒莎抿緊嘴唇，安靜坐了半分鐘才鎮定下來。她的目光在房間梭巡，避免直視他們的眼睛，半晌才又開始說話。

「我們的母親總是站在爸那邊。我的意思是，雖然不是堂而皇之，但她從不會反駁他，或是公開站在蘿思那邊。有次她終於為蘿思挺身而出，他卻反過來虐待她，那就是她反抗的懲罰。你可以在一九九六年的日誌看到這點。媽最後放棄，也像爸一樣開始虐待蘿思。現在再回過頭來看，她只是亦步亦趨地跟著他而已。」

「這就是為什麼在那年的日誌裡，蘿思向妳母親求救的原因。她有得到幫助嗎？」

「我們的母親後來搬出去，蘿思便孤立無援。她從那時開始就痛恨母親。」

「妳母親搬出去後，她開始寫『賤女人』。」

伊兒莎點頭確認，然後低頭看地板。

夢娜插嘴。「我們看得出來從那之後，蘿思變得更糟。雖然她的高中成績很好，虐待行徑卻是每況愈下。到最後，她不敢做她父親命令以外的事。她高中畢業後，被要求得付家裡的食宿費時，她安分地接受了她父親服務的軋鋼廠工作。半年後，她父親死於廠內一件悲劇意外，而他被鋼板壓死時，蘿思就站在他旁邊。她在那之後寫了『救我』。」

「妳認為她為何那樣寫，伊兒莎？」卡爾問道。

伊兒莎轉身面對卡爾，看起來疲憊不堪。也許她和她姊妹的被動角色，讓她心裡非常過意不去。她顯然無法回答。

夢娜再次出手相救。「伊兒莎和我解釋過，她和她姊妹並不確定，因為蘿思在那時搬走了。但可以確定的是，蘿思相當震驚，還受到憂鬱症的折磨。悲哀的是，她沒有尋求治療，所以她的憂鬱症加劇。抑鬱和罪惡感讓她做出怪異的行徑。她開始去夜店隨意挑男人，和任何人上床，有一連串的一夜情。和這些男人在一起時，她會扮演不同的個性。她不想再做自己了。」

「有過自殺念頭嗎？」卡爾問。

「也許剛開始沒有，對吧，伊兒莎？」

她搖搖頭。「不。她打扮成我們來逃避自己。她假裝她是我們，也許因爲爸爸沒有霸凌我們，而我們的確有相當正常的家庭生活，這都多虧蘿思，因爲她總是介入，並捍衛我們。」她小聲地說：「在千禧年時最糟糕。除夕時我們四姊妹好不容易有機會聚在一起。我們都帶著伴侶，但蘿思只有單獨一人，顯然人很不舒服。在我們唱完〈驪歌〉後，蘿思宣布她受夠一切了，今年會是她的最後一年。幾週後，在莉瑟─瑪麗的慶生會上，我們看見她在把玩剪刀，好像想割腕。」

伊兒莎嘆氣。「當時那只是口頭說說，不像去年。她被送進諾凡精神病院時幾乎割斷兩邊的動脈。」她擦乾眼淚，恢復鎭定。「無論如何，我們在那時說服她看心理醫師。事實上，那要歸功於我們小妹莉瑟─瑪麗，蘿思和她最親近。」

「好。我想，那時的心理醫師不知能否幫助我們理解這一切？」卡爾說：「妳還記得他的名字嗎，伊兒莎？」

「女孩們試圖找他談過，但他說他得遵守醫病保密協定，所以無可奉告，卡爾。伊兒莎告訴我他是誰。我認識他，班尼托．狄翁曾經很能幹，教過我們認知──」

「妳說『曾經』，他還活著嗎？」

夢娜搖搖頭。「就算他還活著，也超過一百歲了。」

該死！卡爾深吸口氣，掃視蘿思的句子列表。「我看得出來，在接下來幾年內，她慢慢回復較爲正常的心態——從『黑色地獄』到『黑暗』，然後到『灰色』。後來她要求自己『別再思考』，別存在，寫下了『我不存在』。但二〇〇四年發生了什麼事？她的腔調突然一變，寫著『白光』？妳知道嗎，伊兒莎？」

「不知道，但我想高登解開謎團了。她進入警察學校，成績很好，非常快樂，直到她沒通過學校的路考。」

那時她還沒完全正常，卡爾忖度。他不是聽說過她在學校裡放蕩不羈，成爲頭痛人物嗎？印象中她成爲了容易釣上床的傳奇人物？

「但她被退學，回到『地獄』時，並沒有復發。她似乎更穩定了，對吧？」他問道。

「她在市警局找到不錯的文書工作，你不記得了嗎？」阿薩德突然插話，打斷他的思緒。卡爾完全忘記他也在場。

「那時，她對妳父親變得『耳聾』。我看得出來。」卡爾指著二〇〇七年。「我想，我們能研究出她的其他句子，但也許高登已經想出個中原因了。」

夢娜點點頭。「她在二〇〇八年進入懸案組後變得更強悍，現在她幾乎在嘲笑她父親。『笑聲停止』？二〇〇九年變得更明顯，『滾蛋，狗屎！』」

「我不知道妳是否記得，但在隔年，她突然打扮成伊兒莎來上班，成功騙了我們幾天。事實上，她非常擅長於模仿別人，我們完全被騙倒。那是在逗我們，還是妳會將它視爲復發，夢娜？」這是多年來，他第一次直呼她的名字。那名字從他口中說出來，聽起來怪異而陌生，幾乎讓人感覺害怕，甚至有點過於親密。這究竟是怎麼回事？

「你難道不記得你們倆吵了一架，卡爾？」阿薩德問道：「她的反應好像你在霸凌她。」

「我哪有，我有嗎？」

夢娜搖頭。「我們可能永遠不會知道。但從外表看來，無論如何，和你一起工作對她有非常正面的影響。」她接著說：「然後是那個案子，高登和我們解釋過了，某位在柏恩霍姆舉槍自盡的克里斯欽．哈伯薩特，和女孩們的父親很像，蘿思幾乎崩潰。長期來說，這能帶來有利的效果，但後來，你們去拜訪催眠大師，那是個致命決定，使她壓抑的感情一下子浮到表面，導致她從來到懸案組工作以來，第一次需要心理治療。我說得沒錯吧？」

卡爾緊抿嘴唇。這聽起來很刺耳，好像在指責他。「是的，但我以爲那只是她歇斯底里，或蘿思尋常的情緒變化，很快就會過去。我們這幾年來一起熬過很多事情，所以我們怎麼知道那會這麼嚴重？」

「她寫道：『我在溺水』。那事件對她的打擊可能比你以爲得更嚴重，卡爾。那不能怪你。」

「是不能，但她什麼都沒說。」

他將身體往前傾，試圖回憶起細節。他想起的是眞正的過去嗎？她眞的什麼都沒說過嗎？

「以後見之明，我認爲阿薩德一直以來比較有警覺心。」卡爾轉身面對阿薩德。「你怎麼想，阿薩德？」

捲髮男稍微猶豫，用右手撫摸毛茸茸的左手臂。顯然他正盡可能謹愼地回答。

「你將哈伯薩特的案子派給她時，我的確試圖阻止過你，記得嗎？但我不知道所有內情，要不然我會堅持到底。」

卡爾只能點頭。她在家裡的牆壁上寫下那些訊息。「你不屬於這裡。」她的父親又回到她的人生中。他的暴虐效應還沒有結束，彷彿永無止境。

「現在該怎麼辦，夢娜？」他沮喪地問。

她歪著頭，幾乎散發出一股溫柔。「我會給蘿思的精神科醫師寫個報告，告訴他我們知道的東西，而你去發揮你的所長，卡爾。找到那位激起蘿思反叛之心的女孩，找出她父親心理騷擾的本質爲何。也許這位朋友知道是什麼啓動了這一切。最後，你和阿薩德得竭盡全力挖掘，當時在那個軋鋼廠，究竟發生了什麼事。」

第二十四章

二〇一六年五月二十五日星期三

「妳怎麼會在這裡？妳不是說妳要請假？」她的部門經理問道，口氣裡帶著一絲明顯的懷疑。

安奈莉茫然、面無表情地看著她。經理是辯才無礙的人。她上次完成一件讓她的小組點頭認可的工作是什麼時候的事了？絕對不是她在目前這個職位上的時候。事實上，當那個女人和其餘市政府騙子去某個異國情調的地方上管理課程時，她的手下做事還比較順手些，至少他們能處理一些重要的工作。這些年來，安奈莉遇過幾位像她這樣的主管，但她是其中最糟糕的。毫無領袖魅力，完全跟不上規範他們的文件公函和法規。簡言之，她是他們部門中最可以被取代的人，然而他們卻無法不理睬她。

「我在家做點工作好維持進度，但我需要來辦公室查幾個事項。」安奈莉說，想著幾位可能的潛在被害者的個案檔案。

「在家工作？是的，妳最近的確常常不在，我們可以將它稱作『不定期缺席』，我一時間也想不出更好的說法，安妮—琳。」

經理瞇起眼睛，她的睫毛掩蓋住了瞳孔。*這種時候妳最好繃緊神經。*不到五個月前，這個女人去瑞士布魯默拉參加極爲昂貴的效率課程，學習穩定的雇員政策如何有助於得到老闆的歡心，還有想威嚇下屬時，該送出什麼樣的訊號。自從她去上了那個課程後，已有四位同事被降級到毫無價值的爛工作了，看樣子隨時都有可能輪到安奈莉。

「嗯，如果妳覺得妳無法正常來上一週的班，那到這種地步似乎得要有醫生假條才說得過去，安妮—琳。」她擠出一抹微笑，這顯然是從課程上學來的招數。「如果妳需要討論，隨時可以來找我談，但我猜，妳已經知道這點了？」她很清楚這項提議對她而言沒有風險。

「謝謝妳，但我感冒時一直在家工作，我不認爲我有落後任何進度。」

那句話抹掉了經理臉上的微笑。「不，安妮—琳，個案和妳約時間見面時，需要知道妳會在這才行。」

她點點頭。「所以我用電話執行了一些訪談。」

「是嗎？相信妳會給我一份這些訪談的書面報告吧？」她邊說邊調整安奈莉桌上的名牌。看樣子她不會這麼輕易擺脫她的主管。

安奈莉眺望窗外，看著太陽的尖銳光芒掙扎著想穿越骯髒的玻璃、射進這微不足道的世界。隔壁辦公室發生的爭吵和荒謬的蠢事，都不再引發她任何的興趣，她的同事就像阻擋燦爛陽光的陰影。她在進行十五分鐘的例行放療時，心裡就是抱著這種想法。她當然碰過幾位好個案，他們眞的需要幫助，而且和她戮力合作以改善自身狀況，即使常常徒勞無功。目前這類個案很少，而隨著時間流逝，她桌上大部分的個案似乎越來越不相干，因爲在她的癌症診斷和新計畫之後，安奈莉對權宜之計不再有興趣。

過去幾天以來，她不情不願地逼自己放慢速度，因爲計畫和準備下幾樁謀殺需要時間。昨晚光是試圖找輛合適的車就花了五個小時，但現在這件事已經安排妥當了。她在措斯楚普找到了一輛破爛的本田，完美符合她的需要。

那輛暗色的車低調不顯眼，有暗色窗戶，是個理想的殺人凶器。事實上，今早她曾坐進那輛本田裡，在檀香園隔壁的普雷斯特加路上的停車場待了一個小時。完全沒有人注意到她，可以靜靜地觀察社區的來往動靜。

在這片祥和的寂靜中，她得到結論：就算有人目擊到她衝撞被害者，也不會有什麼嚴重後果。她只打算用那輛車一次，所以如果有人抄下車牌號碼又有什麼關係？她知道如何迅速逃離現場，而她會將車子停到奧斯特科某處，那離現場足足有五公里遠。

總而言之，她對將要犯下的案子，感到興奮而陶醉，覺得自己已經準備妥當。她絕對會在時機來臨時迅速出擊，一舉解決掉丹尼絲或潔絲敏。自然會有一些難題。萬一她倆一起出現，甚至手挽著手時，她該怎麼辦？像她們這種被寵壞的小孩很可能會有這類行徑。如果是那樣的話，衝擊力道會對車子前身造成嚴重損害，還可能會有一、兩具屍體被撞飛到引擎蓋上，或撞破擋風玻璃。她不是沒聽說過這種事。

她展露微笑，覺得自己甚至已爲這些可能性準備好了。有圍巾包住頭和脖子、墨鏡保護眼睛，玻璃碎片不是問題。是的，她認爲她已考慮到各種可能性，儘管她曾讀過有車子衝撞野生動物，結果動物直接飛撞進擋風玻璃，害駕駛殘廢的案例，但眼下情況稍有不同。鹿會變得慌張、做出跳躍的本能動作，但她不認爲丹尼絲或潔絲敏能展現這般靈活身手，特別是當她要從後方追撞她們。

她現在就可以想像那個刺激的畫面。

那晚下班後，她回到建築對面的停車場，這樣她才能抬頭將公寓和人行道的動靜一覽無遺。

賤女人要回來或離開完全沒有差別，反正她都會去衝撞她們。她的邪惡讓她不禁大笑，想著此刻沒有比坐在一輛贓車內、收音機小聲播放、眼睛盯著那墮落的二樓更有意義的事了。在那上面，有安奈莉殷殷期盼殺害的兩位女孩。

人行道上傳來幾次活動的聲響。如果其中一位女孩出現，安奈莉會啓動引擎，慢慢開車。那種低沉的轟隆聲聽起來如此美妙有力，那是承諾刺激的聲響，只有在密林上方飛翔的戰鬥直升機的聲音，才能與其媲美。這道死亡的嗡嗡聲曾經是越戰的脈搏，詩意十足、頗有節奏，而且帶來慰藉——曾在前線作戰的勝利方大可如此宣稱。她閉上眼睛片刻，想起那些知名場景，因此沒有注意到一台UPS送貨車駛來，停到她正前方，擋住她的出路。更糟糕的是，那部車還遮住了公寓和大門前的人行道，完全擋住她監視女孩的視線。當送貨員經過公寓、走上人行道時，一個人影從他身後的門出現。安奈莉沒法看出那是丹尼絲或潔絲敏，但那身顯眼的服裝，讓她相信一定是她們其中之一。

該死，那輛送貨卡車偏偏擋住她的出路。安奈莉滿心挫折，傾身靠向方向盤，彷彿這樣能讓送貨員快點折返。他最後終於現身，爬上卡車，花幾分鐘整理文件，最後才發動引擎開走。安奈莉放棄往女孩走去的方向駛去。艾格達購物中心只有幾分鐘遠，所以她可能已經消失在商店的迷宮中。

她決定將車開到路邊，這樣她才不會犯同樣的錯誤。然後她搔搔被放療曬傷的皮膚，耐心等待。

剛開始，她看到一個人影提著購物袋接近，與此同時，一位老婦人牽著狗橫越停車場。彷彿老天要作弄她般，那隻狗就停在安奈莉的車旁大小便。

該死的雜種狗，她想道。老婦人摸索著找塑膠袋，年輕女性走近。

「滾離這裡，就把狗屎留在那，別清了。」她忿忿地說，靠坐在座椅上。女孩提的袋子在腿邊晃動不已，好像沒裝滿。她穿著高得可笑的高跟鞋和一看就知道是假皮草的豹紋夾克，整體風格古怪低俗。連去買個東西，都要打扮得花枝招展，那女孩將臉轉向安奈莉的方向時，她暗忖。

安奈莉倒抽口氣——那是蜜雪兒。她頓時僵在位子上。老天！所以蜜雪兒也住在這。她終於慢慢理解這件事情隱含的可能性。如果這三個女孩住在同一間公寓裡，要解決她們就變得容易多了。蜜雪兒告訴過其他人什麼？她還懷疑她嗎？果眞如此的話，後果會如何？

只要她們向警察當局透露一個字，她就會變成嫌疑犯。她當然會否定這個指控，點出女孩們說謊成性，對她抱有敵意。但若警方懷疑到她頭上，那會帶來什麼不利之處？她那愛管閒事的經理會表示她最近行為不變。警方很容易就會發現，這些年來，她與被撞的女孩都保持聯繫。她那些一起工作的「朋友」會確認她上上週瑜伽缺課，更會迫不及待地吐露她痛恨那類個案。鑑識專家可能會檢查她的電腦，不管過去她有沒有刪除搜尋紀錄，警方可能還是有辦法追蹤出來。儘管她曾盡力清理那輛標緻，警方可能還是能在車上找到她的DNA痕跡。

這些女孩眞的會給她惹來很多麻煩。

安奈莉關閉引擎，仔細考慮眼前情況。蜜雪兒顯然離開了她男友，所以可能有些私人問題；而如果蜜雪兒或其他女孩出事，警方可能會懷疑嫌疑犯是他。那會是蜜雪兒離開派崔克的原因嗎？她懷疑她那白癡男友試圖殺害她？安奈莉仍舊有可能成爲嫌疑犯嗎？

有那麼剎那，她想像三個女孩一起上街，這樣她就能一次將此問題徹底解決。她所需要的就是猛踩一次油門和堅定的決心。當然，她偷來的車太輕，無法一舉殺死她們三個，所以她會前後碾過她們幾次，直到確定她們斷氣爲止。安奈莉想到此，先是微笑，然後開始縱聲大笑。想像這三個女孩被壓扁在馬路上實在是大快人心。她的笑聲越來越高昂，直到她的身軀開始顫抖。她從後照鏡看見自己齜牙咧嘴，眼裡閃現歇斯底里的光芒。那立刻讓她開心不起來。

她低頭看著自己，注意到她的身體似乎有了自己的意志。她的雙手在大腿上敲打，膝蓋像活塞般互相撞擊，腳丫如鼓棒般在車子地墊上點擊。身體看起來完全瘋了，但並不會讓人不舒服。毋寧說，那感覺舒暢歡快，彷彿她吃下了某種春藥。癌症難道轉移到腦部了嗎？我快要發瘋了嗎？她思忖，然後又開始狂笑。如此荒謬可笑，但又棒得不得了。像她這種別人不屑注意的老個案社工，突然擁有能夠支配的力量，如此不可否認的強勁力量。

安奈莉抬頭看著車頂。她身體裡的歡快感吶喊著要付諸行動。如果她沒機會對那公寓裡的三個該死女孩下手的話，她可以輕易找到替代對象。安奈莉感覺她的直覺是正確的。事實上，她不記得自己何時曾感覺如此美妙。她看看錶，很晚了，但如果現在開走，她可以讓貝塔·林德成爲下一位受害者。

一輛計程車在她的車子前方幾公尺處停下，一道闇影出現。與此同時，人行道旁的門打開，三個女人現身。她們上了計程車後，安奈莉更加確定。即使其中兩位因濃妝和染黑的頭髮變得幾乎無法辨識，但毫無疑問，她們是丹尼絲、潔絲敏和蜜雪兒，爲夜晚到城裡狂歡而盛裝打扮。

計程車開走，安奈莉啓動本田，跟蹤在後。

第二十五章

二〇一六年五月二十五日星期三

「媽，妳喝醉時別打電話給我，到底要我講幾次？我從電話這邊都聞得到妳身上的酒氣。」

「妳爲什麼要這樣說話，丹尼絲？妳明知道我很難過。」她再次抽抽鼻子，強調她的話。

「妳眞是噁心透頂。妳打來想做什麼？」

「妳在哪？我有好幾天沒妳的消息。警察來過，他們想和妳談談，但我不知道妳在哪。」

「警察？什麼事？」丹尼絲屏住呼吸，往後靠坐。

「他們只是想和妳談談妳外祖母的事。」

「我不想和任何人談外祖母的事，懂嗎？我和她的死無關，妳最好也讓他們這樣想。妳告訴了他們什麼？」

「都沒談妳的事。妳在哪，丹尼絲？我可以過去看妳。」

「不，妳不行。我和一個男人搬去……史拉格瑟。那不關妳的事。」

「但——」

丹尼絲掛掉電話，抬頭看蜜雪兒，她正從房間裡躡手躡腳走出來。她的眼睛看起來好小，臉部輪廓的線條也不清晰。等她變老時，注定人老珠黃，看起來不如當年。她會因暴飲暴食而肌膚鬆弛，就算能勉強能塞進衣服裡，款式對她來說還是太年輕，不搭調，而且會緊得像在裹母牛。眞是丟臉。

「嗨，丹尼絲。」蜜雪兒看起來正試圖擠出笑容，但在昨晚的討論之後，她們想建立眞正的親密感還得再加把勁。丹尼絲覺得和潔絲敏比較合拍。潔絲敏了解眼前的情況，也清楚如果她們不快點爲自己創造新生活，就一切都玩完了。對她們這些小女孩而言，船已出航，而她們現實的劣勢已經影響到她們的人生。她們做了糟糕的選擇、缺乏教育、才能也沒有被開發，但蜜雪兒這類可悲的人永遠無法了解這點。

「妳選的這首『酷玩樂團』的歌好酷喔，丹尼絲。」當丹尼絲的手機又響起她母親的來電鈴聲時，蜜雪兒說。

丹尼絲搖搖頭，馬上拒接電話，返回手機設定，封鎖那個號碼。搞定一件事，全案終結。

「妳給我閉嘴，蜜雪兒。我很清楚偷竊、普通搶劫和持槍搶劫之間的不同。但只要妳照我們的話去做，就不會出錯。所以閉上妳的嘴，不要再說那些廢話。」

蜜雪兒的眼妝看起來是髒兮兮的暗灰色，那顏色塗在她的眼皮、睫毛，甚至眼睛下方。眞要說的話，她活像默片裡罹患肺結核的電影明星。如果她今晚打算這樣出門，一定會引起注意。

「妳已經告訴我們，妳對那地方所知的一切。經理辦公室長什麼樣子、他們在哪存放進場費和整晚的飲料費，還有怎麼去辦公室。我們會很小心，蜜雪兒，不必擔心。我們會等到沒人，而且動作會很快。對，那不過是偷竊，如此而已。」

「但萬一有人過來呢？到時妳們會怎麼做？」

「我們當然會威脅他們。」

「但那樣就會變成搶劫。」她指指 iPad。「看！維基百科說搶劫可以判到六年牢。**六年**！我們會突然變成三十幾歲，大好人生毀於一旦。」

「妳不該相信妳在維基百科上讀到的一切，蜜雪兒。」潔絲敏從她手裡搶走 iPad，瀏覽網頁。「我們沒有前科，所以不會那麼糟。」

「是沒錯，但妳往下看。」蜜雪兒幾乎在發抖，這對今晚來說不是個好兆頭。潔絲敏看著丹尼絲。「我看過妳將那個磚匠一把敲昏到地上的蠻勁，如果妳再使出那招，我一點也不會驚訝。那會改變一切，丹尼絲。我們會被判十年。」

丹尼絲抓住蜜雪兒的手臂。「放輕鬆，蜜雪兒，什麼事都還沒發生。妳是怎麼想到這些點子的？沒有任何事發生！妳只要在我們動手時和派崔克聊天，讓他分心就好，懂嗎？」

蜜雪兒將臉轉開。「妳是在告訴我，如果出錯，妳倆會負起一切責任嗎？」

「當然，不然還會怎樣？」丹尼絲盯著潔絲敏，她只要點頭就好。

潔絲敏點點頭。

「好，那我們達成協議。現在我們得在這公寓裡挖寶。」

「挖寶？」蜜雪兒一頭霧水。

「我的外祖父有支手槍，我確定我的外祖母有把它留下，只是我不知道它放在哪。我想槍一定是在這公寓某處。」

其實丹尼絲並沒有那麼熟悉她外祖母的公寓。在她和她母親被邀請前去的寥寥數次裡，客廳裡總是擠滿外祖母的朋友。她們一逕兒聊著天，緊盯著旁人的一舉一動，母女倆根本沒機會到處窺探，但現在衣櫃沒人看守。丹尼絲趁此大好機會翻看，找到好幾堆的老土套裝和過時的開襟毛衣。

「把那些垃圾全丟到地板上，我們等會再用袋子裝起來。」她說。「如果他們願意接收的話，我們可以把衣服賣到奧司特布洛的二手衣店。」但她的口氣充滿懷疑。

「我覺得翻別人的舊衣服很噁心。那些衣服聞起來像樟腦丸，我聽說它對皮膚不是很健康。」蜜雪兒說。

不像蜜雪兒，潔絲敏似乎翻找得很開心。鞋盒、帽子、內衣、衛生紙盒、破掉的尼龍絲襪和各種尺寸的吊襪帶被丟出衣櫃。潔絲敏的目標只有寶物，其他東西都是垃圾。她們察看床下，檢查縫紉箱，拉出抽屜，搬動家具。檢查過所有房間後，她們坐下來環顧四周。這原本是一位年邁女士的家，現在卻成了與現實脫節久遠的女士無恥地堆積過去物品的地方。

「爲什麼老人都愛囤積這麼多毫無價值的垃圾？」潔絲敏不解地說。

丹尼絲很是惱怒。她外祖母眞的丟光了外祖父的東西嗎？那些戰時的照片、手槍、動章和軍隊徽章？如果她眞丟了，在她們當場被人贓俱獲時，能拿什麼作威脅？前景看起來很黯淡。她原本期待至少會有一盒珠寶、股票債券，或外祖母與年邁的丈夫坐著噴射客機到處旅行時，用塑膠袋裝的現金。但她們找到的都是垃圾，潔絲敏形容得一點也沒錯。

「只有一個地方還沒找。」蜜雪兒說著，指著陽台，看起來像丟放盆栽的垃圾場，而那些盆栽還裹著包裝。花園的家具孤零零地等著主人，享受著她永遠無法再享受的溫暖天氣。幾年前，陽台上安裝了玻璃門，外祖母打算偶爾打開一下讓房間透氣。現在玻璃門骯髒到看不清外頭。

「我去看看。」潔絲敏說。

丹尼絲看著她，越來越欣賞她。和蜜雪兒相較，潔絲敏輕盈纖細。如果有任何人比得上丹尼絲的決心，非潔絲敏莫屬。

片刻後，潔絲敏走到外面陽台上。「叮叮咚咚」的聲響不時伴隨著女性的嬌呼，顯示她正在努力翻找。

「我覺得我們現在在做的事不對。」蜜雪兒幽幽地說。

那就滾回派崔克的家，丹尼絲忿忿地想。如果她肯閉嘴就好了。丹尼絲雖然得承認若不是蜜雪兒，她們三人也不會聚在一起，但現在蜜雪兒已經顯得既多餘又格格不入。一旦她們搶劫完那家該死的夜店，她和潔絲敏就得討論蜜雪兒的角色。

她們聽到陽台傳來嘆息聲，看見潔絲敏從地板上起身，頭髮糾結，臉頰上都是糊掉的口紅。

「過來這裡幫我。」她說。

所有寶物都藏在一個沉重的長方形老式保溫箱裡。它的外殼被太陽曬得灰白，上面堆滿八〇年代的女性雜誌。

她們跪在箱子旁，看潔絲敏找到什麼。丹尼絲從未見過那個箱子，但憑直覺知道裡面裝了什麼。

「這東西眞的很老舊。」潔絲敏邊說，邊從箱子裡拿出成堆的《新民族》《前鋒》《訊號》和《黑色軍團》。「這些不是納粹當年的宣傳品嗎？爲什麼有人想保存這種東西？」

「因爲我的外祖父是個納粹分子。」丹尼絲回答。她十歲時不小心對老師脫口說出這個祕密後，那位老師違反所有教育法規，賞了她兩個耳光。自此之後，她就沒再對家族以外的人提過此事。詭異的是，這點對現在的她而言已經失去意義。往事塵埃落定，而現在這項傳承落到她手裡。

「那妳的外祖母呢？」蜜雪兒問道。

「她啊？我猜她是——」

「噁噁噁，這是什麼？」潔絲敏說道，幾張照片掉到地上，蜜雪兒嚇得跳了起來。

「老天，好可怕。我不要看照片。」蜜雪兒呻吟。

「那是我的外祖父。」丹尼絲說，指著一張照片。裡面一位年輕女子站在凳子上，而她的外祖父正將一個套索套在她脖子上。「大好人，不是嗎？」

「我不喜歡，丹尼絲。我不喜歡知道這種人曾住過這裡。」

「現在是**我們**住在這裡，蜜雪兒。振作一點。」

「我不知道我能不能撐過今晚，太可怕了。我們**真的**得做這件事嗎？」

丹尼絲憤怒地瞪著她。「不然妳還有什麼好建議？難道妳指望我和潔絲敏養妳嗎？妳以爲我們喜歡爲了餵飽妳做這種事嗎？妳會爲我們張開大腿嗎，蜜雪兒？」

蜜雪兒搖搖頭。她當然不會，這個自命清高的小賤人。

「有個旗子。」潔絲敏說。「該死，丹尼絲。那是納粹旗幟。」

「什麼？」蜜雪兒問道。

「裡面包了一樣很重的東西。」

丹尼絲點點頭。「我看看。」

她小心翼翼地在客廳地板上打開旗幟。一個有木柄的手榴彈、空彈匣、整盒彈藥和一把用布料包著的油膩手槍。

「瞧。」潔絲敏說。她舉起一塊硬紙板，上面有她們剛發現的手槍圖解，寫著「魯格〇八」。

丹尼絲仔細看著圖解，裡面有剖面圖和使用指示。她在面前放著空彈匣，數數裡面的子彈孔，可以裝七顆。她掂掂彈匣的重量，將它推進槍托，傳來一聲令人滿意的「喀答」聲。突然間，她感覺到那武器的重量剛剛好。

「這就是他在裡面用的那把手槍。」她邊說邊指指照片。裡面，她的外祖父用槍抵著囚犯的頭背執行槍決。

「噁，眞噁心。」蜜雪兒說。「妳該不會是想帶著那去吧？」

「裡面又沒有子彈，蜜雪兒。只是拿來嚇嚇人。」

「妳瞧！」潔絲敏說，指著手槍左邊上方的一個裝置。「圖解上面說那是個『扳機』，所以如果我們想嚇唬誰，丹尼絲，我們得扣上它，發出聲音。」

丹尼絲找到保險裝置，上下輕彈。往下滑時，可以看到刻在金屬上的「安全」兩字。操作如此簡單，非常酷。她再次掂量它的重量，感覺很對——彷彿她正站在世界頂端，能決定一切。

「那是把眞槍，丹尼絲。」蜜雪兒陰鬱地說。「如果妳拿手槍威脅某人，罪行會很重，所以我們不會帶槍去，對吧？」

但她們還是會帶去。

計程車裡，蜜雪兒一路靜默不語，緊緊將手提包抓在胸前。他們在維多利亞夜店所在的廢棄工廠建築前幾百公尺處下車後，她終於展露她的憂慮。

「我覺得很不對勁。我不懂我們在做什麼。爲什麼我們不在爲時已晚前抽身回家呢？」

潔絲敏和丹尼絲都沒有回答。她們已經討論過這件事了，所以她現在是在猶豫什麼？丹尼絲看著潔絲敏。口紅、假睫毛、大大的黑色眉毛、染過的頭髮、厚重的眼線和粉底，在在都使人無法認出妝容下的人。那是以最少的資源創造出來的有效僞裝。

「該死，妳看起來很酷，潔絲敏。我怎樣？」丹尼絲抬頭將臉轉向路燈。

「完美至極，美豔絕倫，像八〇年代的電影明星。」

她們縱聲大笑，蜜雪兒指指丹尼絲的手提包。

「妳眞的確定那把手槍沒有上膛？因爲如果它有子彈，事情又出錯的話，我們會在牢裡多蹲四年。四年！」

「它當然沒上膛。妳也看到啦，彈匣是空的。」丹尼絲厲聲回答，拉直脖子旁的圍巾，觀察辛哈芬街的交通狀況。如果這條街一直這麼繁忙，幾分鐘內一切就會結束，然後她們會再次跳上計程車。

「我知道我告訴過妳們，派崔克和其他保鏢通常不會找女孩碴，但我不喜歡這件事。我真的不喜歡這件事……」蜜雪兒在接下來的五十公尺內，一直重複這句話。如果她被自己的舌頭哽死就好了，這個膽小鬼！她們轉過街角，跟著群眾走到入口。許多人情緒很亢奮，發出大笑。進場前喝的酒看來產生作用了。

「我想我們是這裡最老的人。」潔絲敏嘆氣。

丹尼絲點頭同意。在閃爍的路燈下，許多人看起來不過剛滿可以喝酒的年齡。她們逐一從派崔克身邊經過。

「派崔克要是只忙著檢查證件，事態就對我們有利。」丹尼絲說。她轉向蜜雪兒。「我希望妳說的是對的，他認不出我們去過醫院。」

「妳們要是看得見自己現在的模樣就好了，很不容易認。但萬一我說得不對，我們就打道回府，好嗎？」

潔絲敏嘆口氣。「我們仔細討論和練習過上百次了，蜜雪兒。我們當然會，我們又不笨。」

「好，抱歉。派崔克其實近視很深，但他不肯承認，我從未看過他戴眼鏡。如果妳們像我們討論過的那樣拉高圍巾，露出乳溝，他可能不會注意到其他的東西。」她乍然回想她剛才說的話。「那個混蛋。」她恨恨地補充。

潔絲敏看看手錶。「才十二點，蜜雪兒。妳想保險櫃裡這時會有錢嗎？」

她點點頭。「今天是星期三，大部分的人明天一大早就得起床，所以夜店在十一點開門。」她指指監視器。幾秒鐘後她們的身影就會出現在螢幕上。

入口處，派崔克已經忙得不可開交。他看起來頗具威脅性，宛如一座活動堡壘，可以擋走不入格的賓客，這就是他被僱用的目的。他的袖子捲到二頭肌處，赤裸的前臂上刺青清晰可見，告訴眾人若想自找麻煩，會遇上什麼樣的慘況。遑論那些黑色手套和黑色靴子，思慮正常的人絕對不會去招惹他，自找苦頭。

這個表情完全冷漠、活像機器人的保鏢，放客人一個個入場，對幾位男士搜身，拒絕讓人帶著塑膠袋入內，偶爾要求要看某些人的證件。他揮手讓那些他認識的熟人進場，一句廢話都不多說。他明確讓眾人知道，眼前是誰在主宰一切。

「等等！」蜜雪兒抓住丹尼絲的臂膀。「我想我們會有些幫手。」她低語，指著對街一群臉色堅毅的男子。他們看起來像是移民。也許其中有個人年紀大到可以進夜店，但其他人顯然還太稚嫩。在丹尼絲的經驗中，早熟長出的鬍子鮮少能掩蓋未成年的事實，想必對派崔克而言亦如此。他本能地向前一步，從口袋裡掏出對講機和同事對話，顯然已經瞧見問題。

「就趁這時候。」蜜雪兒低語。「跟在我後面。」

「嗨，派崔克。」她口齒清晰地大聲說，彷彿已經克服她最大的恐懼。派崔克的臉上陡然蒙上一層困惑。同時處理兩個完全不同的問題，顯然超越他的能力範圍。潔絲敏和丹尼絲直接走過他身邊。

幾步後，她們就進入夜店，蜜雪兒則在外面負責讓派崔克分心。

房間灰暗粗糙，實在看不出來它原先的使用目的。現在，這裡只像個骯髒的倉庫，有著光禿禿的混凝土牆壁。曾經安裝門的地方變成出入口。欄杆拆除，以柵欄取代。裝置、配件和任何有價值的物品都被移除。這個可悲的地方會在一年內被拆除，丹尼絲忖度。對所有的小型私人企業而言，一個時代將在北港結束。地價租賃變得太過昂貴，因爲此區鄰近碼頭，港區又有令人心曠神怡的微風吹拂。

她們付了入場費，擠過跳舞的人群，試圖穿越舞池。許多男人往她們的方向看，但今晚她們懷抱著不同的目的。DJ已經開始瘋狂，在雷射光影的照射下，人群舞動，混凝土地板彷彿隨之燃燒。轟隆作響的音樂掩蓋任何有意義的對話，因此丹尼絲緊跟在潔絲敏身後，推擠過人群。

潔絲敏曾說過，幾年前，她曾在辦公室內和代理經理鬼混，他非常開心地接受她的性邀請。後來她聽說他因吸食冰毒和古柯鹼過量而過世，所以她沒有因他懷孕算是件好事，她原本計畫如此。她想，那可能會傷害到胚胎。畸形孩童一般來說較難擺脫，誰會願意冒這種險？

她們抵達舞池另一頭的冰冷走廊，照亮此處的日光燈很少，且有三公尺高。她們立刻被攔下來。體型像派崔克的警衛擋住她們的去路，質問她們在這裡做什麼，但她們早料到他會這麼做。

「嗨，老兄！好在我們找到你。」丹尼絲指著對講機。「你沒聽到派崔克在外頭需要幫助嗎？有群移民男子在惹麻煩。」

他看起來一臉狐疑，但丹尼絲臉上的嚴肅表情讓他伸手下去摸對講機。

「快去啊，大塊頭！」潔絲敏吼道：「你眞的以爲他現在有時間用電話聊天嗎？」

他那過於龐大的身軀開始移動離開。

潔絲敏朝走廊盡頭的一道金屬階梯點點頭。「現在辦公室裡至少有一個人在監看監視器，所以我們一定被看見了。」潔絲敏說。她的下巴往天花板抬抬。「別往上看，那裡有監視器。我上次來這時曾和它揮手。」

丹尼絲抓住鐵欄杆，學著潔絲敏將圍巾拉上來遮住臉的下半部。

她們打開通往辦公室的門時，巨大音效迎面而來。一對男女在遠方的牆壁旁忙著撫摸彼此。女人的手慢慢游過男人全身，挑逗意味十足，毫無羞恥心。

丹尼絲迅速環顧四周，以貓般的靈巧走到那對男女前。旁邊牆壁上的成排監視器螢幕有如閃爍的壁紙，其中一個清楚顯示入口的情況已經得到控制。在螢幕中央，蜜雪兒站著，一臉羞愧，就在前男友身旁。他則分身乏術，一邊注意她，一邊對川流不息的賓客發出專業威嚇。儘管有些小爭吵，蜜雪兒仍舊稱職地扮演她的角色。感謝上帝。

現在，監視器螢幕顯示先前她們碰到的那名警衛已經抵達入口。他對著派崔克鬼吼，派崔克困惑地搖搖頭，指著站在附近的另一名警衛。那傢伙看起來一臉受挫，他會馬上返回走廊上的工作崗位，是時候阻止他的老闆受到打攪了。

「**打開保險櫃！**」丹尼絲突然對那位沉浸在情慾中的男子大叫。男人正在和女人熱吻，他們嚇一大跳，女人不小心咬到他的舌頭。他倏地轉身，勃然大怒，嘴角流下鮮血。

「妳們他媽的是誰？」他嘶嘶出聲，口齒不清，徒勞地想撲過去扯掉遮掩丹尼絲下半張臉的圍巾。

「你聽到我說的話了嗎?!」她質問。「現在就打開！」

站在他身後的女孩歇斯底里地大笑，但當丹尼絲將一把黑色手槍指著男人的臉、扳開保險裝置時，她立即噤聲不語。

「打開保險櫃，我的助手會拿走錢。我們走前會把你綁起來，照我們的話去做，你們就能活命。」她說完話後，在完美的偽裝底下展露笑顏。

五分鐘後，她們又站在走廊上，圍巾扯到脖子旁，袋子裡裝了很多鈔票。這一切都是值得的。警衛回到指定崗位上，一定已察覺哪裡不對勁，但丹尼絲保持冷靜。

「你的老闆要我轉告你，你幹得好。你剛幫派崔克解決問題了嗎？」

他滿臉困惑，但仍舊點頭。

她們回到入口時，派崔克和蜜雪兒已經停止爭吵了。丹尼絲和潔絲敏對看一眼，彼此都很清楚。蜜雪兒可以收拾殘局。

「你說得對，派崔克。」蜜雪兒討好地說著，潔絲敏和丹尼絲溜過她身後，走向外面馬路。「我明天會過去把剩下來的錢給你，好嗎，親愛的？」她安撫著他。

她們三個商量好在維多利亞和隔壁建築物的巷子裡會合。丹尼絲和潔絲敏走進巷子內十公尺處等待。街燈陰鬱、昏濛，還有一股濃厚的尿騷味。

丹尼絲鬆口大氣，將頭往後靠在混凝土牆壁上，牆壁因音樂節奏而震動著。「那真是他媽的瘋狂透頂！」她喘著氣，血液流竄全身，腎上腺素飆升。她成功吊上第一個「乾爹」，或和古怪的男子上床時，都沒能給她這種刺激感。

她將手撫在胸口。「妳的心跳也很快嗎，潔絲敏？」她問。

她的朋友帶著狂喜，咧嘴而笑。「媽的，對！他撲過來、想扯掉妳的圍巾時，我想我尿褲子了。」

「老天，對，那時很容易出錯，但卻**沒有**，潔絲敏。」她大笑著說：「我扳開手槍的保險裝置時，妳看見他的表情了沒？幹，他一臉蠢相。現在他們躺在那，整張臉全是膠帶，手腳也被綁住，拚命在想剛才是什麼東西敲到他們。」她撫住腹部。整個行動只花了五分鐘。

她們不可能做得更棒了。

「妳想我們搶到多少，潔絲敏？」她問。

「不知道，我把保險櫃清空了。好幾千吧，我想。要檢查一下嗎？」

她伸手向下探入袋子內，掏出一把皺巴巴的鈔票。大部分是兩百克朗的紙鈔，但也有五百和一千的鈔票。

潔絲敏縱聲大笑。「幹！我想有超過十萬。瞧！」

丹尼絲突然噓聲阻止她。路口方向，有個尖銳的黑色剪影出現在街燈前。有人看見她們，但那個人比蜜雪兒還纖細瘦小。

「妳們這些賤人他媽的在搞什麼花樣？」一個帶著濃厚口音的聲音叫道，女人慢慢走近她們。

丹尼絲以前看過她，是伯娜。潔絲敏猛然倒抽口氣，丹尼絲可以了解原因，因爲潔絲敏來不及冷靜下來。她沒有趕緊將錢收回袋子內，反而呆站在那，活脫脫像個當場被逮到的罪犯。

伯娜的眼神直盯著鈔票。「那不是妳們的錢，對吧？」她威嚇地說，又往前走一步。「現在就把錢遞過來。現在！」她說，以手筆畫，她是認真的。

她以爲我是笨蛋嗎？丹尼絲想道，將一隻手放在耳朵後面，想激怒伯娜。「抱歉，音樂聲太吵，我聽不見妳的話。妳說什麼，小流氓？」

「那個賤女人耳聾了嗎，潔絲敏？」那小流氓說：「還是妳覺得她想激怒我？」她轉向丹尼絲。「該死，妳們兩個上那種煙燻妝，都比我還像我。妳們是想確定沒人會知道妳們是誰吧？」她譏諷地綻放笑容。「但，現在我知道了，所以，如果妳們不想惹任何麻煩，就把那袋東西遞給我。」她指指丹尼絲。「聽好，賤女人，如果妳再跟我鬼扯淡，妳會後悔的。把錢給我。」

丹尼絲猛搖著頭，這發展絕對不在計畫之中。「我不知道妳以爲妳知道什麼，但別傻了，伯娜。那不是妳的名字嗎？」丹尼絲將手探入口袋。「我告訴過妳要離我們遠點，不是嗎？」

伯娜臉上的微笑瞬間消逝。「好吧，如果妳堅持要這樣玩，妳死定了。」她轉身面向潔絲敏。「得了，潔絲敏，妳知道我的。告訴那個傻屄她最好給我放尊重點。」然後她冷靜地從口袋裡慢慢抽出一把彈簧刀，彈開刀子。「不然她會後悔萬分。告訴她，潔絲敏。」

她沒有等待回答，就忽地往前踏一步，直接朝丹尼絲的腹部揮舞刀子。那把雙刃刀很尖銳，丹尼絲立即了悟，如果伯娜實現她的威脅，自己又不反抗的話，那把刀將會插得很深。

「妳究竟在這裡幹嘛，伯娜？妳根本不是上夜店的類型吧？」丹尼絲冷冷地問，目光緊盯著刀子。

「妳是什麼意思，八婆？這是我們的地盤，我們統治這裡。潔絲敏很清楚這點，對吧，小仙女？」

丹尼絲往路口看過去。伯娜在等她幫派的支援嗎？該死，看來沒有。這小流氓只有自己一個人，去死吧。丹尼絲才不打算忍受她的威脅。她們嚴格執行計畫，好不容易將錢搶到手，現在才不要拱手讓人，讓個搞不清楚性別的醜八怪毀了一切。

「我很抱歉，但今天妳似乎諸事不順啊，伯娜。」她邊說邊慢斯條理地掏出手槍。「如果妳想拯救妳那悲慘的人生，我可以現在就給妳一千克朗，但條件是妳得滾蛋。倘若妳跟任何人透露一個字，我會找到妳，懂了嗎？」

伯娜急忙倒退到牆壁前，打量丹尼絲手上拿的是什麼東西。接著她微笑，抬起頭，好似她認爲不管那是什麼，都不可能造成眞正威脅。

「嘿，怎麼回事？」巷口傳來一個嚇壞的聲音。是天眞無邪的蜜雪兒，手提包掛在肩膀上，和這一切很不搭軋。

「太好了！她也有一份嗎？妳他媽讓我很吃驚。」小流氓縱聲大笑。無預警下，她狂喊著撲向丹尼絲，將刀子直指著她。

「我會開槍喔。」丹尼絲試圖警告她，但伯娜沒有停下腳步。丹尼絲本能地扣下扳機，彷彿那樣做會有任何幫助。「砰」的一聲，槍聲在混凝牆壁間迴蕩，硝煙瀰漫，冰島女孩的胸口出現一克朗硬幣大小的洞口。槍聲隨即被夜店的吵雜聲掩蓋，伯娜倒了下來。丹尼絲呆站著，手舉著槍，連連倒退。她不了解，彈匣裡有子彈嗎？她爲什麼沒有檢查？她實在該看清楚圖解，搞懂槍是怎麼運作的才對。

潔絲敏和丹尼絲目瞪口呆地站著，低頭看著動也不動的軀體，鮮血緩緩流到乾燥的瀝青上。

「這他媽究竟是怎麼回事？妳說槍沒有上膛，丹尼絲！」蜜雪兒因極度恐懼而啜泣起來，步履蹣跚走向她們。

「我們得趕快離開！」潔絲敏大叫。

丹尼絲試圖甩掉震驚。這很糟糕，眞的很糟糕。牆壁上的洞，她鞋子上的鮮血，她手上在冒煙的槍。伯娜的血從腋下汩汩湧出，但仍然在呼吸。

「子彈穿過她的身子。」丹尼絲結結巴巴地說。

「來吧！妳沒看到她還在呼吸嗎？我們得把她拖到人行道上，不然她會流血致死。」蜜雪兒哀求。

丹尼絲將手槍放回袋子，腦袋一片空白，彎腰抓住伯娜的一隻腳丫，潔絲敏抓住另一隻。然後她們將她拖到巷口，街燈剛好照到她的雙腿。

她們隱身至辛哈芬街時，沒有回頭張望。

上計程車前，蜜雪兒說的最後一句話是，整件事太可怕了。她腹部的噁心感讓她想吐，眼前天旋地轉，她甚至覺得自己瞥見了安妮—琳。

第二十六章

二〇一六年五月二十五日星期三

這幾乎已經是家常便飯了，卡爾想道。

他身體下的床單扯離床墊，凌亂不堪，枕頭掉在地上，床頭櫃上的東西全被掃下。他已經有很長一段時間都睡得很不安穩了，而昨晚則是夢娜的錯。

她就是不肯從他的腦海裡消失。尤其是在警察總局的會議後，她外表的明顯改變令他心煩不已。她脖子和嘴角旁那柔軟、鬆弛的肌膚，她的臀部變得更為渾圓，她手背上明顯的青筋……這些全都喚醒他的慾望，害他晚上難以成眠。這大概是她第十次害他崩潰。儘管他反覆嘗試，他就是無法將她的倩影驅離腦海。他曾和酒吧、咖啡館、會議、訓練課程中認識的女人搞過曇花一現的一夜情，甚至曾試圖維持數月之久的嚴肅關係，但一思及夢娜，這些經驗剎時全都變得毫無意義。

他反覆思索她到底對他有何想法。他決定他得徹底搞清楚。

「我在地下室找到更多賈斯柏的東西，我可以把它們搬到閣樓去嗎？」莫頓在餵哈迪早餐時問。

卡爾點頭同意，但在內心狂搖著頭。罔顧他的懇求，他的繼子仍留了一堆狗屎在地下室。那傢伙在幾個月前已滿二十五歲，早已從高中畢業，就快完成商業學位。他媽的，他眞想知道要等孩子到幾歲，他才能**真正**期待他們搬出家門。

「你有發現麗格莫案和史蒂芬妮之間有任何關聯嗎，卡爾？」哈迪吸吮著說。

「我們還在調查。」他回答。「但蘿思的情況現在占據我們不少時間精力。我們的感情似乎變得很親密，但你往往在災難降臨時才會有所了悟。」

「那倒是事實。我只是認爲，你得搶在帕斯高之前破那些案子，這很重要。」

卡爾露出笑容。「只要帕斯高還在浪費時間找在屍體上尿尿的男人，我們就可以放輕鬆。」

「如果你問我的話，你必須開始取得一些進展了，卡爾。馬庫斯昨天打電話來問你的進度。你得了解，他在兩個隊伍上都下了注。現在對他而言，唯一重要的事是解決史蒂芬妮的案子。」

「那就是問題所在，哈迪。他是不是有點過於**急切**了？我找不到其他解釋。」

哈迪思索了半晌，喃喃自語。他在不確定時通常有這習慣，正反兩方的安靜辯論。「你知道嗎？我認爲你該打電話給麗格莫的女兒。」哈迪說：「你提到，麗格莫在遇害前提領了一萬克朗。我想，布莉姬應該能夠更清楚地交代，被害者提領這麼多錢是要幹什麼。今早趁其不備殺過去。就我從馬庫斯那邊所了解的，她這些時日以來，可沒有好好節哀，每晚還是灌了很多酒。」

「馬庫斯打哪知道這件事的？」

哈迪微笑。「馬戲團的老馬偶爾也需要被刺激一下才能好好發揮。」

他現在是在說他自己嗎？他拿這句話比喻其他事眞的很奇怪。卡爾拍拍他的肩膀。雖然癱瘓的男人無法感覺得到，但他仍這樣做。

「噢！好痛。」哈迪出乎意外地喊道。卡爾僵在原地，哈迪看起來也很震驚。

不可能。除了兩隻手指頭外，哈迪自脖子以下癱瘓幾乎已經七年了。他怎麼——

「開玩笑而已，卡爾。」哈迪開懷大笑著說。

卡爾吞嚥口水兩次。

「是啊，抱歉，老兄。我就是忍不住。」

卡爾嘆口氣。「別再那樣做，哈迪。你差點把我嚇死。」

「人生的樂趣就只剩這些了。」哈迪臉色黯淡地說。卡爾望向莫頓，他正從地下室扛著賈斯柏的東西掙扎著走上樓梯。那句話的確是眞理，現在房子裡能引發笑容的事物並不多。卡爾深吸口氣，有那麼剎那他很開心。如果哈迪眞能感覺得到的話，那不是很棒嗎……

他拿出手機。想在這麼早的時候找到清醒的布莉姬，可能太過樂觀，但至少他可以完成哈迪的建議。出乎意料，電話那頭很快便有人接聽，儘管剛開始的背景聲音只是酒瓶碰撞的叮噹聲。

「喂——哈囉。」另一端傳來拖長的語調。

卡爾自我介紹。

「喂——哈囉。」她又說。「有人在嗎？」

「我想那個白癡把話筒拿顚倒了。」他沮喪地對哈迪說。

「嘿，你說誰是白癡？你是誰？」她脾氣暴躁地回答。

卡爾冷靜地掛掉電話。

「哈哈，不是吧？那樣說可不聰明。」哈迪大笑著說。看見他開懷大笑眞好。「讓我試試看。」

他繼續說道：「你來打電話，轉換成擴音，然後幫我拿住話筒。」

那女人吐出一長串過時的髒話和已經不用的片語。哈迪點點頭。

「噢，我相信您搞錯了，齊默曼太太。我不知道您以爲我是誰，但我是遺產法庭的部門主管瓦德曼．烏倫多。我們正在處理您過世的母親麗格莫．齊默曼的遺囑，因此有幾個問題想請教您。您能幫我幾個忙嗎？」

另一頭的沉默顯示那女人有多困惑。雖然宿醉，她仍努力想表現得如往常般鎮定。

「當然，我會……試試看。」她假裝清醒地說。

「謝謝您。我們知道您母親在悲劇發生前不久提領了一萬克朗。據您所言，她在那場致命攻擊前不久才帶著錢去找過您。您知道她爲何要帶那麼多現金嗎，布莉姬・齊默曼？我們總是很慎重，確保沒有忽略任何索賠項目，我們也不希望有關您母親的遺產產生任何疑點，日後還得加以處理。就您所知，您母親有負債嗎？也許她想在那天付錢給某個人？或者，她想買個特別的東西，結果沒買成？」

這次的沉默非常久。她睡著了嗎？或她只是在模糊不清的腦袋裡搜尋答案？

「我相信她是想買東西。」她最後回答。「也許是件她一直想買的皮草大衣。」

那聽起來無法讓人信服。誰會在那麼晚的時候去買皮草大衣？

「我們知道她常用Visa卡，所以我們覺得，她把這麼大一筆錢帶在身上很奇怪。但也許她只是喜歡身上有現金。是這樣嗎？」

「對。」她迅速回答。

「但一萬克朗？那很多耶。」

「我恐怕沒辦法再幫你了。」她以顫抖的聲音說。她開始哭了嗎？

她掛掉電話。他們面面相覷。

「幹得好，哈迪。」

「就像俗話說的，醉鬼吐不出眞話來。她在撒謊，但我想你知道吧？」

卡爾點點頭。「用現金買皮草大衣？我得誇她一句，她女兒眞是創意十足。」卡爾綻放微笑。

他在剛剛那兩分鐘是幸福的，看著哈迪做著他以前擅長的事，讓他很懷念舊日時光。

「你說你是烏倫多。你打哪想到這個名字的？」

「我知道有個傢伙買了棟度假屋，以前的屋主是烏倫多。但你也覺得你需要仔細調查麗格莫和布莉姬最近的銀行動態吧？提存款間可能有關聯。」

卡爾點點頭。「對，她也許是為她女兒帶那筆錢。但她為何在離開女兒的公寓時，錢仍在身上？你能告訴我你的推理嗎？」

「告訴我，警方是付你薪水還是我，卡爾？我只是提醒你。」

他們都將臉轉向莫頓，他正站在通往一樓的樓梯上喘著氣，幾乎被他抱著的黑色塑膠袋壓得不見人影。「我在下面找到一些米卡的舊運動衣。我能把那些也放到閣樓去嗎，卡爾？」莫頓問道，臉因上下梯子而漲得通紅。

「可以，如果你找得到地方塞的話。」

「那裡有足夠的空間。除了賈斯柏的東西和好幾個薇嘉的拼圖遊戲之類的箱子外，就只有一對雪橇和一只鎖住的公事包。你知道公事包裡面有什麼東西嗎，卡爾？」

他眉頭深鎖。「那可能也是薇嘉的東西。我哪天會檢查看看。沒人想在不知情的情況下，被人在閣樓藏一具被支解的屍體，不是嗎？」他看見莫頓的反應時大笑。他的想像力才沒那麼變態咧。

「你今天想做什麼，阿薩德？和高登在國王花園附近一帶跋涉，調查麗格莫．齊默曼可能錢財露白的地點？或是試圖去查訪一位軋鋼廠的現役或前員工，他可能知道蘿思的父親的死亡意外細節？」

阿薩德看他的眼神彷彿他是個笨蛋。「你以爲我不知道你在耍哪招嗎，卡爾？我看起來像個剛失去小駱駝的母駱駝嗎？」

「嗯，我不確定我……」

「母駱駝陷入哀傷時無法產奶，牠只肯躺平在地上，沒有任何東西能讓牠再起身，除非牠的屁股被痛揍。」

「嗯……」

「當然是第二個選項，卡爾。」

現在他完全摸不著頭緒。

「我會去找軋鋼廠的人，好嗎？你可以放棄我跟高登一起查訪的點子。昨天我們見過夢娜後，高登已經去查訪那一帶了。他沒有向你報告嗎？」

卡爾頓時無言以對。

「對，沒錯。」高登稍後在簡報室裡證實這點。「我查訪了每個雜貨攤、酒吧、餐廳，甚至熱狗攤。從康根大道到皇太子妃街，從哥瑟街到菲特利街間都走遍了。我給他們看麗格莫的照片，幾個人毫不猶豫地認出她來，但都說有一陣子沒見到她了。所以她爲何在那一帶做出錢財露白之舉，我是毫無頭緒。」

卡爾震驚無比。這傢伙一定是衝來衝去，才能在那麼短的時間內查訪所有地方。他那雙長得不正常的腿終於有個優勢了。

「我也嘗試找出蘿思的同學。」他繼續說道：「我打電話給蘿思的學校，祕書確認一九九四年有位女學生轉到蘿思的班級。她的名字是卡洛琳，就像伊兒莎在夢娜的辦公室告訴我們的。學校已經沒有紀錄了，但一位年紀很大的老師記得蘿思和卡洛琳，他甚至記得卡洛琳的姓氏是史塔薩格。」

卡爾對他豎起大拇指。

「對，但我還沒找到那名字的任何資料，我會找到的，卡爾。我們得爲了蘿思做這件事，對吧？」

一小時後，阿薩德站在卡爾的辦公室門口。

「我找到一位軋鋼廠前員工，他的名字是列奧・安得森，是退休員工歷史協會成員。他說，他會找到蘿思父親慘劇發生當時，在W15部門工作的人。」

卡爾從文書工作中抬起頭。

「自那之後發生了很多事，卡爾。軋鋼廠在二〇〇二年由俄羅斯人接手，公司拆成好幾個小公司，原本有幾千名工人，後來只剩三百名員工。他說有人在軋鋼廠上投資了幾十億，因此今日的工廠看起來非常不同。」

「考慮到意外發生在十七年前，那並不令人意外，阿薩德。但你提到的那個部門呢？那裡是否仍舊維持原狀，這樣我們才能檢視意外現場？」

阿薩德聳聳肩，他顯然沒問。他眞的不是在最佳狀態。

「列奧・安得森說他會檢查那點。他仍記得意外的細節，儘管他沒和牽扯到意外的人共事過。我記得他說他負責的是高壓電，那部門是在其他地方。工廠很大。」

「那我們得祈禱他會找到知悉詳情的人。」

卡爾將文件推到阿薩德面前。「這裡有兩張銀行明細表，別問我怎麼拿到的。」

他在兩張明細表上靠近月底的幾個數字上畫圈。「看這裡、那裡和那裡。」卡爾敲敲幾個圓圈。「這些是麗格莫從一月一日以後的提款。如你所見，每個月月底都會提領一大筆錢。然後看這裡。」

他指著另一份明細表上的幾個數字。

「這是女兒的明細表。古怪的是，一筆較小的款項在月初就存進她的帳戶，所以布莉姬可能在將錢存進帳戶前，就拿到她母親的錢，她還設定銀行直接付款，支付她和丹尼絲的房租、水電費等等。至少從錢的數目可如此推測。」

阿薩德的眼睛閃閃發光。「得分。」他輕聲說道。

卡爾點點頭。「沒錯。而這告訴我們什麼？我懷疑麗格莫長期以來都在養她的女兒和孫女。」

「顯然她這個月沒有給錢，因爲她在四月二十六日遭到殺害。」阿薩德的眼神此時和他從跪毯上站起來時一樣沉靜。他數著手指，羅列事實。

「第一，據布莉姬說，她母親在四月二十六日來找她時身懷鉅款。

「第二，那筆錢沒有存到布莉姬的帳戶裡，因此五月有很多帳單沒付。

「第三，我們可以合理推論，女兒在麗格莫被殺害那天沒拿到錢。

「第四，那天發生了某件事，所以麗格莫決定不像往常一樣，給女兒這筆錢。

「第五，我們不知道爲什麼！」

「完全同意，阿薩德。還有第六，考量到我們對麗格莫和布莉姬之間的關係好壞一無所知，這項發現對我們有所幫助嗎？當然，我們得當面質問布莉姬這些事證，但我也認爲你需要更深入追查她母親的背景。**誰**是麗格莫・齊默曼？她養女兒是因爲她期待回報嗎？她在四月二十六日沒給錢，是否是因爲她沒得到她想要的東西？那是一種勒索嗎？或只是單純改變程序？」

「你的意思是？」

「爲何以那種方式給人現金？我想可能如此一來，拿錢的那方就不用付稅金。但萬一麗格莫臨陣退縮呢？她是否突然察覺**我們**剛想到的那個金錢關聯，也能被當局輕易查出？萬一她不敢再冒險了呢？或許她認爲她不該當那個替她女兒和外孫女付詐領救濟金罰款的人。」

「當局有可能會察覺嗎？」

「如果數目夠大的話。但，不，我認爲不太可能。但**她**或許認爲數字太大。還有一個可能性：麗格莫也許決定從那之後，要直接匯款到女兒的帳戶。她可能知道女兒酗酒，不想冒險讓女兒把錢用在錯誤的地方。」

「但布莉姬難道不能在那之後，再把錢提出來花到酒上面？」阿薩德問。

他當然是對的，這個簡單的估算之外還有許多變數。

「無論如何，看得出來，母親有足夠的錢養女兒和外孫女。」阿薩德指指超過六百萬的餘額。

卡爾點點頭。光那筆錢就有至她於死地的充足動機。

「我們該懷疑布莉姬嗎，卡爾？」

「我不知道，阿薩德。去調查這三位齊默曼女人的背景。找出越多細節越好，還有，給我軋鋼廠那傢伙的電話號碼，我會去拜訪他。」

「他的名字是列奧．M．安得森，他以前是工會代表和工廠某部門主管，卡爾，所以對他客氣點。」

那是什麼鬼暗示？他一向對人都很和藹可親啊。

儘管早已退休，工會前代表列奧．M．安得森的聲音仍舊很年輕，用的字彙甚至更為年輕，因此在電話中很難判定他的年紀。

「等我找到某個更熟悉現場環境的人，我們就在工廠碰面吧，卡爾．莫爾克。我們這些老員工人數多到都可以組成軍團了。反正如果我找到人，我們會帶你快速瀏覽工廠，察看那傢伙的死亡地點。」

「嗯，謝謝您！所以意外現場還在嗎？我以為工廠已經經歷了許多改變。」

他大笑。「是啊，W15以各種想像得到的方式拓展，這點你說得沒錯。現在鋼材直接來自俄羅斯，我們不用再自己鑄鋼，所以不需要那麼多空間了。但阿納．克努森發生意外的現場並沒有改變多少。」

「所以你們現在從俄羅斯運來成品？」

「不算是。我們從俄羅斯進口鋼胚，再將它們軋延成薄板。」

「原來如此，所以現在工廠只做這件事？」

「是啊，但我不會說『只做』，那工作沒那麼簡單。他們從俄羅斯那運來鋼胚，把鋼胚加熱到大約攝氏一千兩百度，再軋延成不同尺寸的訂製薄板。」

卡爾還有很多問題，但有人在後面大叫：「列奧，咖啡好了！」列奧說了再見。

他完美地演繹一位退休者的日子如何瞬間劇變。

第二十七章

二〇一六年五月二十六日星期四

蜜雪兒坐在沙發邊緣，雙手掩面。好可怕，她幾乎哭了一整晚。她們一到家，她便盡全力讓她們了解事態的嚴重性。她們犯下武裝搶劫罪，還開槍射了一個女孩。收音機已經播報了這起事件。但她們嘲笑她，用溫熱的香檳大肆慶祝，還說她可以帶著欠派崔克的幾千克朗回去找他。如果他告訴她夜店的事，她能靜靜聽他說話並裝傻的話，沒有人會懷疑她。

至於伯娜，她完全不該擔心她，她罪有應得。但蜜雪兒冷靜不下來，原因不單單於此。僅僅六天前，她才差點因肇逃被撞身亡，儘管她渾身痠痛，傷痕累累，她仍能行動自如，簡直是個奇蹟。但另外兩個人有考量到這點嗎？不，她們沒有。現在，她們在公寓裡同居了三天，結果發生了什麼事？蜜雪兒只是跟在她們後面收拾爛攤子，而她是個住過醫院、不時還會頭痛的人耶，這樣對嗎？她可不認爲。

衣服散落整間公寓。化妝品的蓋子到處亂丟。鏡子上有牙膏，洗手台裡有頭髮，浴室磁磚上寫著被塗抹掉的「乾爹」的電話號碼。她們不沖馬桶，不煮飯，將那個苦差事留給蜜雪兒，而她之後還得洗碗盤。總而言之，她們完全不像她所以爲的那兩個女孩。她想著，原來她在就業輔導中心碰到的酷女孩，在家裡不過是兩條懶蟲。

有天深夜，丹尼絲甚至將一位「乾爹」帶回家，儘管她們曾協議不這麼做，而他倆發出的聲音讓蜜雪兒無法成眠。這些種種讓她頭痛更劇。事實上，她完全無法處理這類壓力。然後是昨天！儘管她們口口聲聲保證過，還是以非常糟糕的結局收場。雪上加霜的是，她們似乎根本不在乎。那把手槍被丟回陽台的箱子裡。她們難道沒考慮到如果伯娜死了，那把槍就是凶器嗎？如果潔絲敏能在箱子裡找到那把槍，警方也絕對找得到。蜜雪兒想到這就快受不了了。

她抬頭看電視螢幕，一想到後果，整個人止不住發抖。已經十點多了，但那兩個廢物仍在房間裡呼呼大睡。TV2的新聞沒播報搶劫和女孩遭到槍擊的新聞，也沒有伯娜是生是死的新聞，他們不是通常會播報這類資訊嗎？

潔絲敏和丹尼絲昨晚把錢灑到空中，掉得到處都是。她們在酩酊大醉中，讓錢像雨般紛紛落在她們身上。有錢當然是好事，但她要如何向派崔克解釋，她爲何能突然付清欠他的債務？現在是月底，她在這種時候通常口袋空空。以他對她的認識，他不會察覺事情有異嗎？是的，他絕對會。她想到他、想到他們認識多久，就忍不住大哭。她爲何離開他？他只不過想要她接下洗衣店的那份工作，她爲何不肯聽他的話呢？

現在有位穿著灰色皮製大衣的電視記者，站在維多利亞夜店前，手裡拿著麥克風。他的嘴唇在動，攝影機交錯拍攝他和夜店。蜜雪兒將聲音轉大。

「兩位女性用圍巾圍住臉，搶走超過十六萬五千克朗，目前仍舊逍遙法外。好幾台監視器拍下她們的身影，儘管她們似乎熟知現場，臉也經過僞裝，警方還是掌握了她們的年齡和身高等資訊。由於兩位女性動作迅速，打扮時髦，專家認爲她倆是身手矯健的二十幾歲丹麥人，一位約一百七十公分高，另一位則稍微高些。根據夜店經理和警衛所言，兩人都是藍色眼睛。」

蜜雪兒屏住呼吸，看著新聞頻道從各個角度播放潔絲敏和丹尼絲的影像。好在監視器沒照到她們的臉，記者也指出這點，而她們身上穿的衣服很常見，這讓她稍感安心。

「警方現在根據一位保鏢的目擊證詞，得到更爲詳細的描述。那位保鏢是唯一看見她倆眞面目的證人。」記者轉向攝影機。「警方相信嫌疑犯逃往辛哈芬街的方向，目前正詢問計程車公司，並調閱電車車站以及那一帶的監視器畫面，進一步追蹤她們的行蹤。」

他轉回身子面向第一台攝影機。「警方還不確定這樁搶劫案和夜店後巷內的槍擊案是否有所關聯，但根據被那兩位女性挾持的夜店經理的證詞，犯案凶器是把魯格手槍——二次大戰期間的代表性九毫米手槍——符合後巷槍擊案的凶器口徑。」

螢幕上是那類手槍的照片，蜜雪兒一眼就認出那和箱子裡的手槍一模一樣。

「遭槍擊的年輕女性受害者是警方頭痛人物。他們指認她為二十二歲的伯娜．西格達多提，曾因暴力和妨礙安寧等多項罪名數度遭到逮捕。警方因此不排除她參與搶劫的可能性，甚至可能是幕後主使。警方目前正在盤問兩位女性，她們是伯娜．西格達多提的幫派分子，曾和她一起在哥本哈根西南區犯下暴力攻擊女性的案件，而搶劫案就是發生在此地。」

蜜雪兒猛搖著頭。好多人在找她們，如果她母親和繼父知道她也涉案，他們會說什麼？那讓她的背脊竄過一股涼意。如果她認識的人知道她涉案，他們會有什麼反應？

「根據哥本哈根大學醫院的醫生所述，伯娜．西格達多提仍舊情況危急，警方因此無法偵訊她。然而，如果她的情況無法好轉，也許得等好幾天後才能進行偵訊。」蜜雪兒瞪著螢幕。倘若伯娜死了，那是謀殺；如果她沒死，伯娜知道她們是誰，至少她能指認潔絲敏，然後遊戲就結束了。如果警方找到潔絲敏，對她大力施壓的話，蜜雪兒相信她無法保守祕密。

無論如何，事態不可能變得更糟糕了。

蜜雪兒看看手錶。記者快速將新聞收尾，因為十一點就快到了，要進廣告。「基於嫌疑犯對維多利亞夜店的熟悉程度，警方推斷搶犯為內鬼。就此而言，夜店的幾位員工被帶入警局接受偵訊。此案若有更多訊息，本台會進行後續報導。」

蜜雪兒往後癱在沙發上。老天，萬一他們把派崔克帶進警局裡盤問呢？她抿緊嘴唇。她得離開這裡，回派崔克那邊。

她收拾行李，納悶她能帶走多少錢，因爲她們在那方面還未達成共識。如果她拿走任何錢，另外兩人可能都會變得不可理喻。

最後，她決定拿走茶几上的那綑兩萬克朗。那和十六萬五千比起來微不足道。但如果她能把這筆錢好好藏起來，只給派崔克一點點，似乎也無傷大雅。

她敲敲丹尼絲的房門，即使沒人回應，她還是走進房間。

丹尼絲半醒半睡地躺在床上，全身衣服完整，嘴巴大張，整個枕頭上都是殘妝。她看起來像位廉價妓女。她雙腿間夾著另一個枕頭，錢灑在她周遭和地板上。眼前這一幕令蜜雪兒大感震驚。

「我要離開了，丹尼絲。」她說：「我不會回來了，好嗎？」

「隨妳。」丹尼絲嘟囔著，甚至沒費神張開眼睛。

蜜雪兒下樓走到街上，試圖從這一團該死的混亂中釐清一切，稍微做點正面思考。

首先，最該慶幸的是，派崔克可以作證，她**沒**參與搶劫，而且沒人知道她和兩位女孩住在一起。另一個有利優勢，是丹尼絲曾確保不讓計程車能追蹤到此。她們從南港搭計程車到市府廣場，再從那走路到奧斯特公園，然後將圍巾和外套丟在一位睡在長椅上的流浪女人跟前。她們從那轉搭巴士到奧司特普車站，然後換輛計程車抵達史坦洛瑟。在往史坦洛瑟的路上，潔絲敏和丹尼絲一副沒任何事出錯的模樣，嘰嘰喳喳地聊著天，討論她們在當地一家餐館吃到的美味大餐。最後她們在史坦洛瑟車站的另一邊下車，接著從那走路回家。

無論如何，蜜雪兒認爲，不會有人懷疑一位肇事逃逸的受害者會牽扯進一樁搶劫案。當然還有潔絲敏和丹尼絲兩個變數。如果伯娜醒來，或倘若警方查出她們之間的關聯，她們兩人會三緘其口嗎？還是一開始就招認？假使她們招認，會不會把她拖下水，雖然她們承諾過不會這樣做？

蜜雪兒惶惶不安，她幾乎快到車站了。她該轉頭走回去同意她們的計畫嗎？她停下腳步，考量著她的選項。她們自己說過，她該回派崔克身邊，釐清一切，所以她不是就該這麼做嗎？但如果警方**真的**將他帶去偵訊呢？那他現在不會在家。她得在進行下一步前搞清楚才行。

她從包包裡掏出手機。如果他接電話，那會是個好徵兆，這樣她就能告訴他，她要把錢還他，因此她上門時，他便不會太訝異。蜜雪兒燦然一笑，他可能會很開心。他也許會等她，並試圖說服她留下來。昨晚，他們兩人之間不是有一絲希望閃過嗎？她確定曾有這麼一刻。

然後她聽到「轟隆」一聲，她立即轉過頭，赫然看到一輛黑色車子朝著她高速衝過來。

她最後看見的，是方向盤後方那張熟悉的臉。

第二十八章

二〇一六年五月二十六日星期四

蘿思瞪著牆壁。

她凝神盯著淡黃色牆面，文風不動地坐著，身旁形成眞空狀態，吸走她所有的意識。在這種狀態中，她既非醒著，也沒有睡著。她的呼吸幾乎難以察覺，五官進入冬眠狀態。她不過是個活死人。但後來，她被走廊的聲響驚醒，一連串思緒如骨牌效應般癱倒在她腦海，雖然全都沒有意義，她卻毫無招架之力。門打開或關上的巨響侵襲著她，另一名病患的嗚咽，或讓耳膜振動的蹬蹬腳步聲，都令蘿思喘著氣掙扎，想奮力呼吸，並開始啜泣。

醫生開了鎭定劑和幫助入睡的藥給她，她吃了後，陷入無夢的沉睡中。但現在，在最輕微的干擾下，這些反應立即回返。

在蘿思入院前，她經歷過好幾星期無法成眠的夜晚。一連串黑暗時刻的無情累積，使她只能以各種方式來折磨自己，以壓抑那份無眠的痛苦。蘿思很清楚爲何她得這樣做。因爲如果她放下戒心，即使只是一秒鐘，她都會被拋入她父親死時淒厲尖叫的嘴巴，和眨著眼、驚嚇不已的眼神所形成的意象滾滾急流中。而在那些時刻，最後她總無可避免地對著天花板嚎叫，要他別來騷擾她，並用力抓搔著她的皮膚，僅求能有幾秒鐘的安寧，而那些永恆折磨她的奔騰思緒也能稍稍麻木片刻。

「你不屬於這裡。」一會兒後她開始喃喃自語。在幾小時的掙扎後，她的聲音終於突破重圍，發出微弱的呼喊。她開始思考，而非埋頭在牆面上振筆疾書。

像往常一樣，蘿思知道她在哪，但對時間的感知很混亂。人們告訴她，她已經入院九天了，但她感覺也有可能是五個星期。而她自上次住院就非常熟識的醫生頑固地向她保證，她對時間的感知並不重要。無論多微不足道，只要她的治療取得進步，就沒有需要擔心的事物。但蘿思知道他們在撒謊。這次他們會盡全力忽視她的整體性，強迫她接受更為激烈的治療，如此一來，他們才能完全控制她。

蘿思在他們的言語中感受到他們的疏離，她在眼淚中尋求庇護，但護士似乎很難維持平靜的撲克臉。他們不像上次般流露憐憫和同情，而是不經意地流露出惱怒的情緒，就像專業人士在遇到事情不如計畫般順利時那樣。

在她的療程中，他們強調蘿思是自願住院，因此她對孤寂感、遭到霸凌、被母親背叛和失去童年的細節不必吐露太多，免得她自己感覺不自在。顯然她不允許他們接觸她內心最黑暗的地帶，因為那地域只屬於她。在那個地方，關於她父親之死的眞相被埋葬，她在那齣悲劇裡所扮演的角色、引發的羞愧和震驚不該被翻攪出來。

不，蘿思保持距離。那是她的專長。要是他們能找到一種讓她的仇恨、良心不安和憂愁都消失的藥就好了，她會心滿意足。

他們在公共空間接走她，當時她正嚎啕大哭。她以為他們會帶她去病房，免得她使其他病患不安，但他們反而帶她去辦公室見主任醫師。

辦公室裡，還有一位助理醫師幫忙診療，她一點都不喜歡他，護士長也在場，以及一位負責開藥的年輕醫師。他們全都滿臉嚴肅，蘿思知道她得面對電療法提議的那天降臨了，但她不打算讓任何人胡搞她的大腦。她的人生經歷不該僅是被電擊逼出她的身體。不管她體內還殘存什麼火花或創造性思考，都不該被電擊到變得遲鈍。如果他們沒辦法找到讓她內心平靜下來的藥物，她根本不想待在那。她已經犯下錯誤，做了讓自己羞愧的事，那是個他們無法抹滅的事實。

她只能學著與它共存，如此而已。

主任醫師以那種「你能學會」的沉穩表情看著她。操控有許多形式，但即使他們盡力而為，努力掩飾，他們都無法騙過一位整天處理撒謊和邪惡事物的調查人員。

「蘿思，」他輕聲說：「我今天請妳來這，是因為我們得到某些了資訊，而那會影響我們對妳的了解，以及我們如何能改善它。」他伸出手，拿著一包衛生紙，但她沒有接過來。

蘿思皺緊眉頭，用手背抹抹眼睛，轉身面對牆壁，專心地瞪著牆面，同時試圖冷靜下來。她沒料到這招。他說資訊？但除非身為病人的她主動提出，根本不會要討論相關資訊，她確定這點。她站起身，想著現在是返回她病房的好時機，可以回去瞪著牆面。她稍後再想想下一步該怎麼做。

「坐下來，好好聽我要說的話，蘿思。我知道那讓人感覺相當可怕，但大家都為妳最大的福祉著想。妳知道那點，對吧？妳的妹妹主動給我們有關妳的日誌的資訊，而妳在警察總局的同僚對那進行了分析。他們弄出了一個時間表，可以說是依據妳十歲以後不斷改變的禱文所製作的。」

蘿思又坐下來。她恍然失神，自覺猶如困獸。她的眼眶湧起淚水，下巴縮緊。她緩緩轉向他，儘管他的態度歡迎友善，她還是能輕易看穿他。他太讓她失望，這該死的傢伙。他沒有通知她這個發展，也疏於告訴她，他手上有該先徵詢她同意後才能使用的新資訊。她覺得遭到折磨已有數日之久，而現在他要拖著她進入真正的酷刑室。

「我要將一張紙放在妳面前，蘿思，那是妳打從孩提時代開始，每年在日誌裡寫的句子列表。請妳看看，然後告訴我妳的感覺。」

蘿思沒在聽，她只是在想，她應該在還有機會時燒毀那些日誌，並在瘋狂掌控她之前自殺才對。因爲眼下的狀況，無疑是太大的威脅。她的座位旁邊是個有玻璃門的櫃子，只有上帝才知道醫生在那裡存放了什麼，但她沒辦法直視它。兩天前她曾轉頭望向櫃子，結果看見她在玻璃上的倒影，那倒影如此不眞實，嚇壞了她。她在玻璃門上看到的，眞的是她的模樣嗎？那不只反映她的臉，還有奔騰過她腦海的混亂思緒。倒影裡的那雙眼睛就是她熟悉、在她臉上的那雙嗎？就是那雙眼睛，一直將感知到的印象傳遞至她的大腦嗎？這些難如登天的問題快把她逼瘋了。存在本身不可能理解的事實使她頭昏腦脹，彷彿嗑了藥。

「妳懂嗎，蘿思？」主任醫師對她比著手勢，蘿思將頭轉向他的方向。他是如此靠近，感覺幾乎像他將額頭貼了過來，房間突然變得很小。只是因爲這裡有太多人了，她想。房間和以前一樣，眞的。

「聽我說，蘿思。妳寫的這些句子，清楚顯示妳試圖透過和妳父親的內心對話，來保護自己免於承受他的心理虐待。我們粗略知道妳在何時會轉換句子，還有爲什麼，但我們不清楚妳的內心世界。我認爲妳一直在尋找能幫助妳逃離周遭黑暗的答案，而這正是我們現在需要徹底面對的事物，如此一來，妳才能從自己的強迫思考中釋放自己，得到自由。妳願意和我們合作嗎，蘿思？」

他說和他合作，彷彿我們是同事。蘿思的雙臂癱軟，因此她只是將眼神瞥過那張紙，便往上飄向天花板。她可以清楚感覺到房內的另外四人，正滿臉期待地盯著她。也許他們正等著這張該死的紙引發她崩潰；他們或許以爲那些句子會引出她眞正的想法，問題的答案會在他們周遭的空氣中猛然打轉，然後降落。好像這招會讓她不禁吐出連藥物、奉承諂媚、勸誡、警告和請求都無法得到的資訊；彷彿這張紙是能使人吐實的麻醉藥，以純粹的東莨菪鹼（注）製造而成。

注 是一種莨菪烷生物鹼藥物，可作爲治療暈車的耳後貼劑等止暈藥物。

她的眼神和主任醫師交會。

「你愛我嗎？」她以誇張的清晰咬字問他。

不只主任醫師，所有人都露出困惑的神情。

「你愛我嗎，史文．西斯德？你能說你愛我嗎？」

他搜尋著合適的字眼，結結巴巴地說他當然愛她，就像愛任何信任他、將內心最深沉的思緒託付給他的人，就像那些需要幫助和——

「請你不要和我來該死的醫生話術那一套！」她轉身面對其他人。「你們怎麼說？你們有更好的答案嗎？」

護士領頭說：「不，蘿思，妳不該在我們身上期待那種感情。『愛』這個字眼太籠統、太親密，妳懂嗎？」

蘿思點點頭，站起來，走到那女人跟前擁抱她。護士當然誤解她的意思，安慰地拍拍蘿思的肩膀，但這不是蘿思的意圖。她擁抱她，如此一來，動作的對比才會更爲鮮明——她轉向那三位醫師，直接對他們的臉嘶聲咆哮、吐口水。

「叛徒，你們都是叛徒！這世上永遠不會再有**任何東西**能逼我回到這個地方。你們這些薪水優渥、健康、高高在上的庸醫，不但不愛我，還抱著祕密想法，而那些想法還甚至比我自己的思想更危險，對我造成更大的危害。我絕對不會再回到這個地方。」

主任醫師試圖擺出一副放任小孩鬧情緒的模樣，但在她走向他、打他一耳光後，他立刻中止了原本的態度。另外兩位醫師則坐著往後退縮。

當她走過走廊上醫務祕書的桌子時，那女人只來得及告訴她，有位「阿薩德」正在電話線上，想和她說話。蘿思倏地轉身。

「噢，是嗎，現在?!」她尖叫。「妳可以叫他下地獄去，並確定他告訴其他人別來煩我。」

這雖然讓人難過，但那些背叛她和窺探她隱私的人不再屬於她的世界了。

五十分鐘後，蘿思正走向格洛斯楚普醫院前的計程車站。因爲體內的藥物殘留，她仍然覺得昏昏沉沉。藥物似乎使每件事情都以慢動作發生，並影響她的距離感。如果她嘔吐，她可能會往前摔，無法再站起來，因此她用空出來的那隻手勒緊脖子。詭異的是，這似乎有幫助。

情況很糟。從理性的角度來看，她可能永遠無法再正常運作，所以她搞砸了所有的事，或者至少可以這麼說。爲何她不把一切都給了結呢？這些年來省下的安眠藥已足夠拿來自殺。只要一杯水和幾次吞嚥，所有這些可怕的思緒就會伴隨她進墳墓。

她給計程車司機五百克朗的天價小費，讓她暫時覺得歡天喜地。走樓梯回公寓時，她想到一位在巴塞隆納教堂廣場看到的可憐乞丐。他的雙腿瘸了，變形得很厲害。反正她就要離開這個世界，將她所有的世俗物品分配給像他一樣不幸的人，不是個好點子嗎？她能給的東西並不多，但如果她想避免安眠藥毀壞內臟，割腕不是更妥當些嗎？她可以留下遺書說她想捐出所有器官，在流血致死時打電話叫救護車。倘若她不想冒險讓救護車及時抵達拯救她，那她得等在意識喪失前多久才該叫救護車？這會是一個問題。

她用鑰匙打開公寓門，對所有這些可能性和義務深感困惑，迎面而來的是塡滿她自己筆跡的牆壁——你不屬於這裡。我不屬於這裡。

那些字眼如大錘般，用力擊中她。誰在和誰說話？是她在詛咒她的父親，還是他在詛咒她？蘿思任由旅行袋掉落在地，舉起一隻手護住胸口。體內有股壓力逼迫她的舌頭抵住上顎，阻塞喉嚨。窒息的感覺如此強烈，她的心臟像氣鑽般拚命震動，不停供給她身體氧氣。雙眼大睜，她環顧公寓，察覺到她是如何被人從背後捅了一刀。她的燭台上放了蠟燭蓋。桌上有乾淨的桌布。記錄懸案組案件的剪貼簿方方正正地堆在鏡子下的五斗櫃上。椅子突然被扶直。音響、地板和地毯上那些黏膩的糖漬，被抹得一乾二淨。

她緊握拳頭，喘不過氣來。沒人有權利擅自闖入別人的家，大剌剌地決定什麼才是正常，或決定住在那的人該如何言行舉止。她骯髒的未洗衣物、碗盤、地板上的垃圾、紙屑和全然的無助感只屬於她自己，沒有人該來擾亂。

在這個被清理乾淨和遭到侵犯的家裡，她到底該如何運作？蘿思從站立之處節節倒退，一路退到走廊上。她靠著欄杆，淚流滿面。

雙腿開始麻痺時，她走過去鄰居的門那邊。蘿思住在此地的這些年間，她們之間形成了某種牽絆，不是友誼，比較像是母女關係。那不同於蘿思過去的任何經歷，她們的交集帶來某種安全和信任感。即使她已有一陣子沒和鄰居接觸，但她現在的感覺讓她確定，按電鈴是正確之舉。

她不知道在鄰居門外等了多久，一直無人應門。突然，她察覺另一位鄰居正朝她直走過來。

「妳想找齊默曼嗎，蘿思？」

她點點頭。

「我不知道妳最近跑哪裡去了，但很遺憾的是，麗格莫過世了。」她猶豫片刻後說道。「她慘遭殺害，蘿思，恰好整整三週前。妳不知道嗎？妳不是在警局工作？」

蘿思抬頭瞪向天際，瞪向永恆的未知世界。她暫時從世界上消失，當她返回後，世界彷彿整個從她這裡消逝。

「是的，很可怕。」那女人說：「真的很可怕。然後今天早上有個年輕女孩被肇事逃逸車輛撞死在街角，但也許妳也不知道這件事？」

第二十九章

二〇一六年五月二十六日星期四

卡爾正好在地下室的小辦公室裡碰到阿薩德，他正捲起跪毯，低頭看著垃圾。

「你看起來很悲傷，阿薩德。身體沒事吧？」他問。

「什麼『沒事』，卡爾？你爲什麼這樣問？」他搖搖頭。「我打電話給醫院問蘿思的情況，結果我聽到她在後面尖叫，大喊我該下地獄、我們不該煩她。」

「聽到？」

「是的，她顯然知道我在電話的另一頭。我只是想問我們何時可以去探望她。我打電話時，她一定剛好經過。」

卡爾拍拍他助手的肩膀。他不過是一片好心，不該聽到那些。

「嗯，我想我們得尊重她，阿薩德。如果接觸蘿思反而讓她的病情變糟的話，那我們就是在幫倒忙。」

阿薩德垂著頭，看得出來他覺得很糟糕。事實證明，他很喜歡蘿思，但卡爾得試著提振他的精神，他這樣對大家都沒幫助。

「阿薩德有告訴你，蘿思對他大叫了什麼嗎？」

高登的臉說明一切，所以他聽說了。

「她會有這種反應全都怪我。」他輕聲說：「我不該看她的日誌、侵犯她的隱私。」

「她會想通的，高登。我們以前也和蘿思有過類似的爭議。」

「我懷疑。」

卡爾也如此懷疑，但他說：「得了，高登，你只是做了你該做的事。不像我，我該在去她公寓探查、和把你的筆記轉給精神科醫師前問她一聲的。我實在太不專業。」

「如果你先問過她，她會說『不』！」

卡爾指著他。「沒錯，你沒你看起來的那麼笨，這表示你還有點腦子。」

高登用細長的手指撫平筆記。他的手指那麼長，想必能輕易用單手抓住一顆籃球。自從蘿思住院後，他好不容易在這幾年增加的一點體重，幾乎在一夕之間消失。原本眼下的健康粉紅臥蠶，現在變成了黑眼圈，長滿雀斑的肌膚蒼白如鮮奶油。沒人會聲稱高登那副悲慘的模樣符合美學，這簡直是慘不忍睹。

「就我們所知，」高登繼續說，試圖控制情緒：「麗格莫的丈夫在洛德雷有家鞋店，並擁有丹麥一家品牌的專賣權。他在二〇〇四年過世時留下一大筆錢，麗格莫賣掉公司、房子、車子和所有東西，搬進一間公寓。在那之後，她搬來搬去，但都登記在她女兒的住處，這點很奇怪。我想她只是沒有更新她的資料。」

卡爾盯著高登。「你爲何在調查麗格莫？你不是該去找蘿思的朋友卡洛琳嗎？麗格莫不是阿薩德的工作嗎？」

「我們稍微交換了一下，卡爾。現在蘿思不在團隊裡，我們得合作。阿薩德在調查費里澤・齊默曼的背景，我們已請人口登記處調查卡洛琳這女人的資料，今天稍晚應該會有答案。」

「阿薩德爲何調查她丈夫？他和這該死的案子一點關係也沒有。」

「這正是阿薩德要調查的原因，他覺得事情有點蹊蹺。費里澤在史蒂芬妮於奧斯特安列被發現遭到謀殺的隔天死去。」

「他**什麼**？」

「沒錯，卡爾，這就是阿薩德發現這條線索時的反應。看看這裡。」他細長的手指頭又伸過來。「史蒂芬妮在二〇〇四年六月七日被發現慘遭謀殺，費里澤則於二〇〇四年六月八日死於溺斃。」

「溺斃？」

「對，在丹胡斯湖，從輪椅上摔出，整個人趴倒進湖裡，享年八十六歲。自從他六個月前中風後，就開始使用輪椅。就我們所知，他上半身功能正常，但自己沒有力氣操作輪椅。」

「那他是怎麼跑去那的？」

「他的妻子每晚都陪他出門散步。那晚她跑回家去替他拿毛衣，回來時發現輪椅在淺灘裡，而她丈夫摔在數公尺外。」

「究竟要怎樣才能溺斃在丹胡斯湖的淺灘？那地方在那個時節人潮洶湧。」

「警方報告沒提到那方面的任何細節，但考量到她跑回家拿毛衣，那晚必定很冷。所以，也許對出門散步的人來說，天氣太冷了。」

「好好去查這點。」

「呃，好，但我已經查過了。二〇〇四年夏天眞的很冷，又常下雨。事實上，直到八月開始後，才算眞正進入夏季，一個令人沮喪的紀錄。」

卡爾試圖回憶起那個夏季。那是在薇嘉離開他的一年前。他們本來應該去義大利翁布里亞露營度假，但臨時有個案子，卡爾得留在國內，所以他改在科格訂了間夏季別墅，薇嘉對此很是不滿。他對那個毫不浪漫的夏季記憶猶新，如果那個夏季曾經很浪漫的話，薇嘉可能不會離開他。

「卡爾，你有在聽嗎？」高登說。

他抬頭看著高登慘白的臉。

「她妻子說她將他留在湖岸上，她以前常這樣做。她無法排除她丈夫鬆開煞車的可能性，因此警方無法排除自殺。畢竟，他已經八十六歲，無法再經營事業。在那種情況下，會對人生厭煩並非無法想像的事。」

卡爾點點頭，但這和一切有何關聯？他們似乎突然偏離所有線索。

電話響起，讓他得以中斷對話。

「莫爾克，」電話那頭傳來頗富權威的語氣，他揮手示意高登離開。「你是警察嗎？」

「我的確是。請問您哪位？」

「如果我告訴你我是誰，你也許不會想和我說話。」

卡爾的身子往前傾。那聲音低沉、粗暴陰鬱，聽起來很像對方在話筒上放了什麼東西。

「那要看你要告訴我什麼。」卡爾伸手去拿筆記本。「說說看吧。」

「我聽到你和列奧．安得森討論阿納．克努森在工廠的意外，我只想說那件事毫無可疑之處。儘管我們都討厭阿納那個混蛋，在他被壓扁時也都竊自暗笑，但這並不會改變那是樁意外的事實。」

「難道我讓你認為警方有作他想嗎？」卡爾回答，現在他疑心大起。「聽好，我們會調查那個案子，主要是想幫助我們的同僚，她受此事件嚴重影響。」

「你是在講蘿思．克努森，對吧？」

「在我不知道你是誰，或你爲何打電話來的情況下，我不能告訴你。」

「蘿思是個可愛甜美的女孩，眞的。她是大家喜愛的蘿思，除了她父親外，那個混蛋傢伙。」

「現在，等一下——」

「她當然非常震驚。她親眼看見事發經過，調查再多次也無法改變那點，相信我。我想說的只有這些。」說完他便掛斷電話。

該死。這男人爲何試圖說服他那是個意外？卡爾的經驗告訴他，在事實剛好相反時，人們才會這麼做。他剛是跟藏有隱情的男人說話嗎？他害怕蘿思會有所牽連嗎？或他涉案的程度比他自己願意承認的還要深？

該死。蘿思現在要是在他身邊就好了，沒人比她更了解警察總局內部電話系統的神祕之處。他只好打給行政單位的麗絲。「我知道這通常是蘿思的工作，但妳能查出剛是誰打電話給我嗎，麗絲？」

她似乎飽受壓力，但三分鐘後她便回了電。「那電話登記在我的偶像之一的名下，卡爾。」

「啊，所以他的名字是卡爾．莫爾克。眞是巧合。」

她銀鈴般的笑聲讓卡爾心中小鹿亂撞。女人笑起來時最性感了。

「不，他的名字是班尼．安得森，和阿巴合唱團的歌手同名。他現在有點發福了，但以前他還在演唱時，老天，可眞迷死人。當他和安妮—佛瑞分手時，只要給我一句話，我就會馬上衝到他身邊。」

她將那男人的電話號碼和地址給卡爾，而卡爾則一直試圖忘掉麗絲在他腦中激起的畫面。

「我們要去兜風了，阿薩德！」他對著走廊吼道。

「你還記得『紐倫堡審判』嗎，卡爾？」

他點點頭，要記起那二次大戰的黑白畫面並不難。戈林、里賓特洛普、羅森堡、法蘭克、施特萊徹（注1）和其他等著受絞刑的混球成排坐著，戴著耳機傾聽對他們殘暴戰爭罪行的指控。每年聖誕節，他都會到他姑姑阿貝蓉位於布羅斯特的家中，翻閱歷史課本，觀賞那些擺弄得很可怕的屍體照片，他總是看得心驚膽戰。儘管那本歷史課本的主題很駭人，每每回想到聖誕節，他卻總是滿懷著對逝去童年的快樂回憶。

「戰後全球也有許多較小型的戰爭審判，但我想你應該知道吧？」

卡爾看著導航系統，往前直走幾公里。

「是的，哪裡有戰爭罪行，就會有審判。巴爾幹半島、日本、波蘭、法國和丹麥。但你怎麼會提到這個話題，阿薩德？」

「因爲費里澤・齊默曼是波蘭想處決的人之一。」

卡爾吃驚地抬起眉頭，瞥了阿薩德一眼。「麗格莫的丈夫？」

「正是。」

「他做了什麼？」

「他們無法證明任何事，因爲他顯然是負責替暴行毀屍滅跡的人。沒有倖存者，乾淨俐落。」

「他們無法證明**什麼**，阿薩德？」

「他們無法證明費里澤其實是親衛隊突襲大隊領袖（注2）伯哈德・克勞瑟，他直接涉及處決法國的同盟國被俘士兵，後來則是波蘭和羅馬尼亞的平民。我讀到的資料顯示，他們有照片和目擊證詞等可信證據可起訴他。」他將腳從儀表板上抬開，翻找車子地板上的公事包。

「我不懂，目擊證詞？你剛不是說他毀屍滅跡，沒有倖存者能指控他涉案嗎？」

「沒錯，主要目擊者是兩位骷髏旗隊（注3）軍官，但費里澤的辯護律師成功說服法官，他們的證詞不可靠，因爲他們想將自己的戰爭罪行推給其他人，因此那案子被撤銷告訴。而兩名證人則在一九四六年因其罪行被絞死。」

「那些直指費里澤涉案的照片後來怎樣了？」

「我看過幾張照片，但我現在不想破壞你的心情，卡爾。那些處決方式極爲殘酷，但辯護律師設法證明有些遭到移花接木，裡面的男人不是齊默曼，所以他無罪獲釋。」

「就這樣？」

「沒錯。後來發現一張死亡證明，上面說親衛隊突襲大隊領袖伯哈德．克勞瑟在一九五三年二月二十七日死於白喉，地點是烏拉山脈的史佛德拉斯克戰俘營。」

「於此同時，費里澤則化身爲鞋子零售商？」

「對，他從基爾的小商店白手起家，然後和南于特蘭的幾家商店合作，事業蒸蒸日上，後來在哥本哈根西部的洛德雷創立公司。」

「這些資料來自哪裡，阿薩德？你沒有那麼多時間調查啊。」

注1 Göring，納粹德國軍事領袖，曾被希特勒指定爲接班人。Ribbentrop，納粹德國外交部長。Rosenberg，納粹黨內思想領袖。Hans Frank，納粹德國領導人之一。Julius Streicher，納粹德國反猶太刊物發言人。全在審判後獲處死刑。

注2 Sturmbannführer，納粹德國軍事組織「親衛隊」的一個階級，相當於少校。

注3 Totenkopf，二戰期間管理納粹集中營的黨衛隊。

「我認識某個在奧地利的西蒙．維森塔爾中心工作的人，他人脈很廣。」

「但他們的資料不是只有針對猶太人的迫害？」

「對，伯哈德．克勞瑟的許多受害者是猶太人。他們保留了整個案件的紀錄。中心的人相信費里澤．齊默曼有罪，也確定他的身分。」

「他在丹麥生活、工作的期間，仍然被通緝嗎？」

「文件裡沒特別指出這點，但我朋友認爲『某人』，」阿薩德的手指在空中做出引號。「曾兩度闖空門進入費里澤的別墅，搜尋他的犯案證據。但他們什麼也沒找到，因此案件被束之高閣。」

「在洛德雷闖空門？」

「別低估以色列人。你可能還記得他們在阿根廷綁架阿道夫．艾希曼（注），並把他帶回以色列審判吧？」

卡爾點點頭。前方有個紅燈，等會右轉。

「這些資料對我們而言有何用處，阿薩德？」他說，將車排檔置於空檔。

「他們寄給我許多照片，其中有這張，卡爾。你看了就會明白。」

他遞給卡爾一張照片，卡爾仔細察看。這張照片罕見地清晰，顯示一個穿黑衣的軍官背影。他的兩隻手都握著短木棍，棍頭是鈍的，手臂高舉過肩，準備敲碎一個可憐蟲的後腦杓，他就站在軍官前面。那男人右邊地上躺著三具屍體，後腦杓都被敲得凹陷。被害者左邊則站著另外兩個手腳被綁的男人，等待他們的命運降臨。

「幹。」卡爾低語。他吞嚥口水數次，將照片推到一旁。人們曾有一段時間認爲這類邪惡行徑不會再重演，但照片卻提醒他，今日這世界大部分的地區仍持續發生類似的殘酷現實。這類行徑怎能一而再、再而三地被允許發生呢？

「你在想什麼，阿薩德？」

「還需要我多做解釋嗎？史蒂芬妮和麗格莫就是以這類手法被殺害。那是巧合嗎？我可不這麼認爲。」他指指交通號誌。「綠燈了，卡爾。」

卡爾抬頭看。突然間，這類丹麥外省小鎮似乎離現實很遠。

「但史蒂芬妮在二〇〇四年慘遭謀殺，那時費里澤已經八十六歲，身體虛弱，得坐輪椅，所以他不可能是凶手。」他大聲說出心裡的思緒。「他更不可能殺害他妻子，因爲她在他死後十多年才過世。」

「我只是說，我認爲兩個案子間有某種關聯，也許馬庫斯是對的。」

卡爾點點頭。在如此倉促的時間內，能蒐集到這麼多資訊，實在令人刮目相看，而且想想，阿薩德說了那麼多案情，卻沒有如往常般犯下語言錯誤。他突然變得能操流利的丹麥語了，眞是教人驚奇。

他看看阿薩德，他正若有所思地瞪著他們駛過的房子，滿臉睿智。

你究竟是何方神聖，阿薩德？他邊想邊右轉。

那通打到懸案組的匿名電話號碼，是登記在軋鋼廠附近較爲樸實的社區內。卡爾匆匆瞥了社區一眼，從屋況到周遭的凌亂程度，足可引發他心中的階級偏見。

注 Adolf Eichmann，一九〇六年至一九六二年，納粹德國高官，被猶太人稱作納粹劊子手。

「你想他是回收廢鐵的嗎？」阿薩德問道。卡爾不禁點頭，這些廢棄的割草機、腳踏車、車子殘骸和其他生鏽的車輛，也許能引發某些男人內心深處的囤積和保護本能？

開門的傢伙和這片毫無希望的壞品味垃圾非常協調。他身上的那套運動服也該洗一洗了吧。頭髮淩亂油膩，噁心至極。保持距離絕對比較健康。

「你是誰？」那男人吐出的惡臭足以殺死人。卡爾不禁倒退一步，給那男人當面甩上門的機會，那是說，如果他想這麼做的話。

「我是那個你打電話的人。」卡爾看看手錶。「就在整整五十二分鐘前。」

「打電話？我不曉得你在說什麼。」

「你的名字是班尼．安得森，這位阿薩德正在用語音辨識系統錄下你的聲音。給他看錄音器，阿薩德。」他用手肘推推阿薩德，捲髮的腦袋非常靈光，立即掩飾他的困惑，從口袋裡掏出智慧型手機。

「等一下，它在處理資料。」那隻臭鼬顯然帶著狐疑的表情盯著手機，但阿薩德臨機應變。

「是，結果吻合。他就是我們在警察總局錄到的那個傢伙。」阿薩德的眼睛盯著空空的手機螢幕。「你被當場抓到了，班尼。」他逕自看著螢幕說道，按了幾個按鈕，假裝退出程式，再將手機放回口袋。

「嗯，班尼，」卡爾的口氣帶著少見的權威感。「我們已經確認就是你在一小時前打匿名電話給警察總局一位調查人員。我們過來確認你打那通電話背後，是否有任何犯罪動機。我們能進去聊一下嗎？還是你比較想要現在就跟我們去哥本哈根警察總局？」

他沒有機會回答，阿薩德已經用全身力氣推開門。

卡爾走進那棟極度滯悶的房子時，喘了好幾次氣，但當他習慣了屋內的惡臭後，便對班尼．安得森出重手。兩分鐘內，卡爾便讓班尼清楚了解眼前的態勢。那些惡意的企圖、曖昧不清的動機、暗示和祕密指控全回過頭來緊咬班尼不放。直到班尼了解事情的嚴重性後，卡爾才改變攻擊軌道。

「你說你喜歡蘿思？但那和她父親之死有何關係？你能解釋嗎？」

那男人伸出骯髒不堪的手指，在滿滿的菸灰缸裡摸索香菸，撿起煙屁股點燃。

「我能問，像你這樣的警官有在軋鋼廠工作過嗎？」

「當然沒有。」

「我想也是，所以你不可能了解那裡的情況。我們每天都面對極大的反差：巨大的工廠建築，而易受傷害的小人物在裡面工作，試圖操作功能強大的機器；與高溫搏鬥，有時溫度高到你得走去外面，吹吹從峽灣吹來的風，讓身體冷卻下來；你知道這份工作很危險，能在幾秒鐘裡奪你性命，手指上越來越硬的繭和你小孩沉睡時的柔軟臉頰相比，是那麼極端。你沒在那工作，就不可能了解其殘酷野蠻程度。當然，我們之中有人會變得像軋延的鋼胚一樣堅硬，而有的人卻變得心軟如奶油，這無可避免。」

卡爾對這番流暢自如的獨白很是吃驚。這傢伙年輕時念過修辭學嗎？

「我覺得你不該低估每個人的工作，安得森。警察的工作有時也相當殘暴野蠻，因此，我當然了解你在說什麼。」

「是的，或是駐紮的士兵，或是急救人員，或救火隊。」阿薩德插嘴。

「也許吧，但還是有所不同，因爲在你的行業裡，你可以爲可能發生的事作萬全準備，但在像這樣的工廠裡，不是每個人都如此。我就不認爲蘿思有心理準備。在那種工作環境下，有蘿思參與，對我們而言簡直是上天的恩典，但這又是種對比，你們懂嗎？像蘿思這樣年輕脆弱的女孩，來這麼殘暴的工廠工作。這裡的每件事都很野蠻——鋼板、軋鋼機、高溫。男人因工作而變得鐵石心腸，反差變得太大，難以忍受；而蘿思太年輕，對工廠而言過於稚嫩，我的意思只有這些。」

「你在工廠的工作是什麼，班尼？」卡爾問。

「有時我坐在控制室裡的老舊控制桌前操作軋鋼機。有時候，我負責檢查工作站。」

「那聽起來是很大的責任。」

「所有員工的工作都有一定的責任要擔。那樣的工作場所若有人搞砸，會相當危險。」

「蘿思的父親就搞砸了嗎？」

「你得問其他人這件事，我沒親眼目睹。」

「但確切發生的經過是什麼？」

「問別人，我說過我沒親眼目睹了。」

「我們是不是該直接帶他去警察總局，卡爾？」阿薩德問。

卡爾配合地點點頭。「我知道你和其他人收到列奧的通知，說我們在調查此案，我們想更清楚那件意外的詳情。只是我不了解，你爲何對此案有濃厚的興趣？爲何要匿名打電話？爲何又如此不願合作？所以，現在我對你的建議是，班尼．安得森，你最好在你這個香得不得了的房子裡開始和我們合作，要不就套上外套跟我們走，對你甜美的家說再見二十四小時。你喜歡哪種方式？」

請不要選擇後者，卡爾暗自禱告著，想著這傢伙一定會毀了他的車子後座。

「難道你要逮捕我？罪名是啥？」

「我們會研究出一個罪名來的。若有人打像你這樣的匿名電話，絕對是爲了掩飾什麼。你在電話上暗示，蘿思涉及她父親的意外事件，但你的確切意思是什麼？」他對班尼施加壓力，強迫他回答。

「我才沒有。」

「我們的看法不太一樣喔。」阿薩德毫不畏懼地傾身彎過油膩的茶几。「你該了解，蘿思是廣受喜愛的一位同僚，我們不想傷害她。所以現在，我要從六開始倒數，如果在我數到零時，你還不老實招供的話，我就會去拿那根躺在臭醬裡不知多久的雞骨頭過來，把它塞進你的喉嚨。六、五、四……」

「哈哈，荒謬至極。你以爲你可以那樣威脅我嗎，你這……」

他顯然要吐出某個種族歧視字眼，那聲響就掛在他舌尖上。阿薩德倒數完畢，起身去攫取那根雞骨頭。

「嘿！」班尼在阿薩德拿起一根凹凸不平的雞翅膀時大喊。「你給我住手。你們得去問別人眞正的事發經過，因爲就如同我說的，我不知道。我只能說，阿納．克努森就站在舊區的起重機正下方，一塊磁鐵在舉起十噸重的鋼胚時突然失去吸力。」

「我以爲他是被捲進機器裡。」

「不，報紙上是這麼寫的嗎？不管他們打哪來的資訊，但其實是磁鐵失靈。」

「所以鋼胚掉到他身上？」卡爾追問，阿薩德放下雞骨頭，回到破爛的座位坐下。

「對，完全把他從這裡壓扁。」

他比了比胸骨下方的一點。

「他當場死亡？」

「從他尖叫的方式看來，不是的。但沒花太久時間，整個下半身都被壓扁了。」

「原來如此，那聽起來很慘。蘿思在那區做了什麼她從來沒告訴我們的事？有次她妹妹告訴我，她是夏季臨時雇員。」

班尼大笑。「夏季臨時雇員？不，她才不是，她是分類作業員的實習生。」

卡爾和阿薩德都搖著頭。分類作業員？

「在鋼胚送到軋鋼機之前，那人會決定哪塊鋼胚要進加熱爐加熱。」

「鋼胚在軋延後會製成鋼板。」卡爾對阿薩德解釋著，他想起列奧的話。「而你在這過程的角色是，班尼？」

「鋼胚從加熱爐另一頭燒得紅熱出爐後，有時是我負責接手軋鋼。」

「而在這特定的一天，那是你負責的工作嗎？」

班尼點點頭。

「但你沒親眼目睹意外？」

「嗯，我不可能看到，不是嗎？我在火爐的另外一頭。」

卡爾試圖想像那個場景，但以失敗告終。他不禁嘆口氣。

看來躲也躲不掉。列奧．安得森必須帶他們去參觀軋鋼廠。

第三十章

二〇一六年五月二十六日星期四

蘿思絲毫沒有浪費時間。她在腦海一片混亂中摔破杯子，百般挫折下從架子上掃下紀念品，憤怒中翻倒家具，幾分鐘內就將客廳破壞殆盡。原本應該感覺通體舒暢，她卻仍舊滯鬱寡歡。她的眼前，只浮現麗格莫·齊默曼的臉龐。

當蘿思極度孤獨寂寞時，麗格莫不是常常來陪伴她嗎？當蘿思一整個星期工作到精疲力竭、只有拉開窗簾的力氣時，麗格莫不是常常幫她買菜過來嗎？而現在，在蘿思最需要她的時候，她卻不在了。為什麼？

他們說她慘遭殺害，但她是如何被殺害的？凶手又是誰？她撿起地上的筆電，打開開關，發現即使螢幕被摔破，還是能上網。她心裡有某種不合情理、如釋重負的感受。她坐下來輸入密碼，進入警方內部網頁。

網站上沒有多少她鄰居的資料，但她設法找到她已死亡的相關資料，以及她的陳屍地點和死亡方式。

「頭骨和後腦杓遭受嚴重重擊。」警方報告不痛不癢地說。這些事發生時，她跑哪裡去了？她在自己的公寓裡，完全沉浸在自己的問題中長達兩個星期，卻絲毫未察覺隔壁安靜得不尋常？

「妳變成什麼樣子的人了啊，蘿思？」她問自己，但沒有哭泣。她甚至哭不出來。

當後面口袋裡的手機響起，她已經又回到半小時前的心境，受夠自己的存在，與人生脫節。

幾分鐘內，手機狂響五次，她終於掏出手機，察看螢幕。她的母親從西班牙打電話過來。她現在就是最不想和母親討論她目前的處境。醫院一定和她聯絡過，所以要不了多久，她就會聯絡蘿思的妹妹們。

蘿思看看手錶。她還有多少時間？再過二十或二十五分鐘，她的妹妹們就會出現，質問她爲何離開醫院。

「我不能讓這種事發生！」她大叫，考慮是否將手機丟向牆壁，摔個粉碎。

她深吸口氣，納悶該寫些什麼，然後她按下「訊息」，開始寫簡訊：

親愛的母親：我現在在前往馬爾默的火車上。手機訊號太差，所以我改用簡訊跟妳聯絡。別擔心我，我很好。我今天自己出院，因爲住在瑞典布萊金厄省的一位好朋友提議讓我住進他們可愛的屋子一陣子，那會對我大有幫助。回來時會再和妳聯絡　蘿思。

按個按鈕，簡訊立即送出。她將手機放在面前，知道她母親這下不會再深究而感到安心。她打開一個抽屜，拿出幾張紙和一支筆。然後她走進浴室，打開櫃子，察看裡面的東西。抗憂鬱藥、普除痛錠、半瓶安眠藥、阿斯匹林、咳定平錠、她用來剪頭髮和腋毛的剪刀、拋棄式刮刀、用過的吉列刮鬍刀、她母親的幾片樂可舒瀉劑，以及她吃了將近二十年的甘草口味咳嗽喉糖。如果她以正確劑量小心調配這些藥，將足以致命。她將小塑膠籃裡的棉球和衛生棉條倒入垃圾桶，整理個人藥箱，丟掉無害的藥錠，將剩下的藥裝滿塑膠籃。

她在洗手台旁呆站了五分鐘，思索各種死亡方式以及人生的不可預測性。每件她無法面對的事情，都被壓縮成一團虛無，轉過頭來成爲她的心頭大患。每件事在現在都變得毫無意義。

最後，她抓起吉列刮鬍刀。在她父親死後，她從遺物中特地拿走這個，原本打算拿來刮恥毛，以示對他的不敬，但這又是另一件她從來沒辦法做到的事。她抽下骯髒的刀片，盯著它半晌。上面的肥皂泡沫裡摻雜了些她父親的鬍碴，她心底湧起一股強烈的噁心感，幾乎要昏厥過去。她眞的要讓她致命的傷口，沾上她父親該死的殘渣嗎？她要用她的鮮血淨化那混蛋的刮鬍刀嗎？

蘿思很想吐，強迫自己在廚房的洗手台清洗刀片，卻不小心割到手，然後將手指浸泡在鮮血和洗碗的刷毛裡。

「時候到了。」她虛弱地說。看著閃亮的刀片，她流下眼淚。現在，她只消在紙上寫下幾行字，她的妹妹們便會相信她是自殺，而她們可以拿取她的遺物。

我要如何走過生命的盡頭？她想道。

以前蘿思爲人生悲傷時，眼淚曾是種慰藉，但現在，當人生的盡頭就矗立眼前時，眼淚只強調了她的無力、悔恨和恥辱感。現在，眼淚只是流過她整個身體的沮喪之河。

她小心翼翼地將刀片放在餐桌上，旁邊有紙、筆和裝有不同藥物的籃子。她打開電視櫃，轉開所有酒瓶的蓋子。架子上的花瓶從未使用過，原因很簡單，從沒有人送花給她。現在，她順手將它拿來當調酒瓶，將所有的剩酒倒入其中，調出一種混濁、刺鼻的棕色雞尾酒。

她大口呑下花瓶裡的酒時，目光從塑膠籃游移到電腦螢幕，矛盾的是，她的思緒竟然暫時清晰起來。她微笑地看著有如戰爭結束後的混亂客廳，至少她妹妹們不用煩惱該丟掉什麼，又該留下什麼。

她拿來第一張紙，寫道：

親愛的妹妹們：

我的詛咒沒有盡頭，所以請別爲我的死難過。現在我身處一個心靈寧靜、不受打攪的地方。我的思緒一直渴望著這裡。這是件好事。盡全力過妳們的人生，想到我時，請充滿愛意和友誼。我珍愛和尊重妳們全體，而即使在逾矩的這一刻，我對妳們的愛意依然不減。請原諒我的一本正經，但我畢竟不是每天允許自己對妳們說這些話。我對所有我做過的壞事感到抱歉。請儘管接受我所有的世俗財物，自行分配。永別了。

我愛妳們　蘿思

她將遺書寫上日期，反覆讀上幾遍，最後將紙放在面前。眞是可悲透頂的信，她心想，將紙揉成一團，丟到地上。

蘿思將花瓶口舉到嘴邊，大口吞下幾口酒，但那似乎讓她的感知變得更爲尖銳。「注定如此。」她嘆口氣，將皺成一團的紙撫平，然後她將第二張紙拿過來，這次用大字寫道：

二〇一六年五月二十六日星期四　史坦洛瑟

茲在此聲明我將捐贈器官和遺體作爲研究之用。

致上最高的問候　蘿思・克努森

在寫健保卡號碼和簽名時，蘿思的雙手不斷顫抖。她將遺書放在餐桌上的明顯處，接著拿起手機，打急救電話。當那一頭的電話響起，她審視左手腕的動脈，思量著她該割到手臂多高處。

她的脈搏強勁，所以可能割哪都沒問題。終於連上接線生，她盡可能做好充分準備，讓口氣堅決。她正要告訴接線生她的情況——她很快就會死亡——所以他們若想使用她的器官，就得盡快趕來。她又想到，最後應該提醒他們帶冷凍袋來。之後她便會掛斷電話，乾淨俐落地在兩個手腕上深深割下……

接線生不斷問她是誰，和她從哪打來的，但好巧不巧，就在這一刻，蘿思聽到麗格莫的公寓牆壁傳來砰然巨響。她突然喘不過氣來。*怎麼回事？為什麼偏偏是現在？*

「抱歉，我誤會了。」她結結巴巴地嘟噥著，掛斷電話。她的心跳如此之快，頭部開始脹痛。她的冷靜和決心突然受到干擾，使她非常震驚，但作為調查人員的本能反應挺身而出。隔壁出了什麼事？還是她已經醉到神智不清，產生幻覺了嗎？

她將外套蓋在藥和兩份遺書上，走到玄關。從這裡，預期之外的聲音清晰可聞。那是笑聲還是尖叫聲？蘿思眉頭緊蹙。在她與麗格莫作為鄰居的這些年間，她只聽過一次隔壁傳來另一個人的聲音，那是有點激動的聲音，聲調略爲高昂，僅此而已。就蘿思所知，除了她之外，這大樓裡從來沒有人費神和麗格莫接觸過。她們一起去超市時，蘿思注意到人們如何試圖避免和她接觸。

但在公寓裡的如果不是麗格莫，又是誰呢？

蘿思打開玄關櫃子的抽屜，取出麗格莫的鑰匙。麗格莫曾有幾次將自己鎖在屋外，得向女兒求助，但六個月前，她交給蘿思備用鑰匙，以避免這種窘境。

蘿思搖搖擺擺走出前門，沒在身後關上，躡手躡腳走到麗格莫的公寓前。她靜靜站在外頭傾聽半晌。她可以聽到裡面的聲音，從聽到的說話方式推斷，是兩個女孩。

在恍惚中，她敲了幾次門。讓她吃驚的是，沒有人來開門，於是她將鑰匙插進鎖孔裡轉了一下。

第三十一章

二〇一六年五月二十六日星期四

高登看起來很疲累，但話說回來，卡爾派給他的噁心工作可能不適合他的良好教養和生長背景。

「你拿到所有西蒙・維森塔爾中心所能挖掘到的資料了嗎？」卡爾問道。

「對，似乎是如此。遵照你的要求，我給湯瑪斯看過幾張費里澤如何用棍子敲打後腦杓、處決囚犯的照片。湯瑪斯確認，那手法可能和殺害史蒂芬妮和麗格莫的手法類似。」

「好，到目前爲止你都做得很好，謝謝。」

「史蒂芬妮死於二〇〇四年。我需要指出那時費里澤還活著嗎？」

「嗯。」卡爾咕噥一聲，翻閱那些殘暴不仁的照片。「不，你不需要。他妻子在一個月前遭到殺害時，他早已死亡。」

高登用一隻蒼白的手指直指著他。「對，死亡萬歲。」他說。卡爾可不會建議他在這種情況下這樣表達——說起來在任何情況下都不恰當。

卡爾調低TV2新聞的音量。「高登，還是有個問題：這樣一來，是誰痛下殺手？你想到的人是布莉姬或她的女兒丹尼絲嗎？目前她們是唯二有動機的嫌疑犯。你認爲誰比較可疑？」

「呃，謝謝。我對外孫女一無所知，但很可能是女兒下的手。根據阿薩德的調查，她絕對有酗酒，而這習慣可不便宜。」

卡爾點點頭。「那倒是。也許你認爲她有可能在傾盆大雨中跑下街道，用棍子將她母親打死？而嚇壞的麗格莫爲了躲過她女兒，藏身在滿是狗屎的灌木叢間？那是很奇特的場景，你不這麼認爲嗎？」

高登看起來沮喪萬分。這不過是警察工作中不可或缺的一部分：矛盾、暢快、失望、滿滿的純粹懷疑。

「那我該從哪裡接下去查，卡爾？」

「找到布莉姬的女兒，高登。她叫什麼名字去了？」

「她以前叫杜麗・齊默曼，但現在用丹尼絲・齊默曼這名字。」

「兩個名字都去查。」

卡爾看著高登走向門口，替他感到難過。只要蘿思的情況一天沒有好轉，高登的心情可能就沒有撥雲見日的一天。

「高登怎麼了，卡爾？」阿薩德在幾秒鐘後問道。「他看起來像快翹尾巴了。」

卡爾搖搖頭。「翹辮子，阿薩德，那個片語是『翹辮子』。」

捲髮一臉困惑。「你確定？是翹辮子？那完全說不通。死掉不是該翹尾巴嗎？」

卡爾嘆口大氣。「高登有點沮喪，阿薩德。蘿思的事眞的給他很大的打擊。」

「我也是。」

「對，我們都受到影響，阿薩德，畢竟我們眞的很想念她。」那還只是輕描淡寫呢。事實上，她的缺席讓卡爾悵然若失。

卡爾唯一不想念的事是蘿思痛恨香菸。他從香菸盒裡抽出一根菸，再次轉身面對阿薩德。

「調查蘿思的學校老友進行得如何，阿薩德？有任何發現嗎？」

「那是我在此的原因。我找到她了。」

他往桌上丟出幾張彩色照片，裡面是位笑容燦爛、身材豐滿、活潑淘氣的女子，一頭濃密性感的捲髮，全身紫色衣服。照片上用大字寫著「奇娜．馮．昆斯威克」，還有一段她最近展覽的文字介紹。

「她是位畫家，卡爾。」

「這個化名相當有創意。」

「我想她在德國很有名，但我不確定原因。」他指指她最近展覽的一張照片，以支持他的看法。這張照片的確說明了阿薩德的困惑。

「該死。」卡爾立刻說道。

「她住在弗倫斯堡，卡爾。我該開車過去嗎？」

「不，我們一起過去。」他有點心不在焉地說，電視螢幕突然抓住他的注意力。現場轉播鏡頭下的即時新聞跑馬燈比平常更令人震驚。

「**你**知道這事嗎，阿薩德？」他問道。

「我完全不知道。」

「嘿，你看到新聞了沒？」高登站在門口說，指著電視螢幕。「他們已經播出一個小時了。」

麗絲說樓上現在鬧哄哄的，亂成一團。」

他像某種騷莎舞者焦躁不安地站在門口。「我們說話的這當口，樓上正在做簡報。你覺得呢？」他以哀求的眼神看著他們。「我們不該上樓露個臉嗎？」

「你知道嗎？如果你那麼想去，我想你該上去一趟，高登。但切記，它們不是我們的案子。」

他的表情頗爲失望，他顯然不同意。卡爾莞爾一笑，高登最近眞的進步許多。他不但展現無所畏懼的態度，也有超凡的野心。

「我認爲我們該上樓去。」高登繼續說著。

卡爾縱聲大笑，站起身。「好吧，那麼來吧。反正我們都只能活一次。」

他們殺進凶殺組的簡報會議時，至少有二十張不表贊同的臉轉過來向他們猛瞧。

「抱歉，大夥，但我們剛在電視上看到新聞。」卡爾說：「請各位就把我們當空氣吧。」

帕斯高哼了一聲。「那可他媽的很困難。」他說，他周遭幾位調查人員同意地點點頭。

羅森．柏恩舉起手。「請大家注意。我會向我們從地窖來的朋友……」他說，特意停頓下來製造效果，果然有幾位在場同僚大搖其頭。「……簡短報告一下。」

他直瞪著卡爾。「我們發現一輛紅色標緻，它可能用在五月二十日攻擊蜜雪兒．漢森，和五月二十二日攻擊桑塔．柏格。我們曾有一位隸屬於已解散單位的前同僚現已轉行，專門替保險公司找贓車，他發現那輛車的駕駛座窗戶被敲碎，點火裝置被強行啓動。車子停在朗造街和格利芬菲街的交叉口，儀表板上有張以前的停車收費器收據，雨刷下則有十幾張違規停車罰單。所以我們輕易就能推斷它是被停在那裡的。鑑識人員發現引擎蓋上有血跡和頭髮，但內部的跡證顯然遭到清洗。我們還在等更多訊息進來。」

「在哥本哈根市中心停了一整個星期都沒有被發現。哇！我們在街上巡邏的人還眞厲害。」卡爾咕噥著。

「如果你能省省你諷刺的話，歡迎你留下來。」羅森回答。他轉向牆壁上的液晶螢幕，點擊下一個影像。

「兩個半小時前，也就是十二點四十分左右，先前提到的蜜雪兒．漢森被肇事逃逸的駕駛在史坦洛瑟的車站路殺害。這是意外現場的影像。根據兩位從車站走路經過的學童的證詞，凶車是輛黑色本田喜美，在意外發生後立即右轉進入站前廣場前的街道消失無蹤。當然，對兩輛車和其駕駛的描述都非常模糊，原因是孩童年紀小，最大的才十歲，且目擊肇事逃逸後仍驚魂未定。但孩童們描述駕駛『不是很高』，我是直接引述他們的證詞。」

他轉而面對他的小組。「各位先生女士，目前情況是，如果我們將稍早的肇事逃逸和最近一樁一起考量的話，我們處理的便是預謀殺人。問題在於凶手是否仍想犯下更多謀殺案。如果答案是肯定的話，那麼這就是攸關生死的問題，我們必須阻止凶手，懂嗎？」

阿薩德看著卡爾，聳聳肩。連續殺人犯顯然還嚇不倒他。

「由於這二十四小時內事故不斷，我得很抱歉地說，我們必須調集一些正投入麗格莫案的調查人手，那包括你和葛特，帕斯高。」

「可憐的麗格莫。」卡爾竊竊低語，聲音只大得讓帕斯高聽見，後者射來凌厲的眼神。如果眼神可以殺人，卡爾早已喪命。

「在蜜雪兒．漢森最新的的肇逃案發生後，我們可以斷定這是預謀殺人，但在謀殺這點上的線索則指向不同方向。除此之外，我們在蜜雪兒的手提包裡找到兩萬克朗，但從她的銀行帳戶得知，她的經濟狀況一團糟。再者，蜜雪兒是昨晚站在維多利亞夜店外和她前男友，保鏢派崔克．彼得森聊天的女人，當時經理辦公室正發生一樁搶案。所以可以合理推論她也許和搶案有些關聯。還有任何問題嗎？」

「這位派崔克．彼得森仍在羈押中嗎？」泰耶．蒲羅問道。

卡爾點點頭。如果蒲羅被指定領導調查，那他只能同情可憐的派崔克。蒲羅知道如何辦案。

對，他是有口臭，但如果你跟他保持一、兩公尺的距離，他會是你所能碰到的最專業和最有能力的搭檔。

「不，彼得森在十一點三十二分暫時獲釋，最重要的原因不外乎他對他昨晚活動的解釋完全符合監視器畫面。但，當然，我們還在監視他，並沒收他的護照作為預防措施。我們正在申請他公寓的搜索令。他在很多方面仍是嫌疑犯，但到目前為止，我們沒有他的任何把柄。」

「所以，就理論上來說，派崔克可能是殺害蜜雪兒的駕駛？」蒲羅繼續追問。

「對，正確。」

「在攻擊前他們是否曾彼此聯絡過？」碧特．韓森發問。她除了和藹可親又有幽默感外，還是個精明幹練的調查人員。

「不，蜜雪兒的手機和手骨一起被撞碎。手機在鑑識人員那邊，但ＳＩＭ卡已經損毀，所以我們需要聯絡電信公司以檢查她的通聯紀錄。相信我不必告訴你們，屍體的狀況很糟糕。根據學童的證詞，她差點被車子碾過。」

「那派崔克的手機呢？」

「對，他很合作，讓我們檢查他的手機。蜜雪兒曾發一則簡訊給他，說她會過去他的公寓，但沒有說是何時。然而，他們可能以其他方式聯絡，他可能知道她住在哪裡。那是說，**如果**凶手是他的話。」

「是他。」帕斯高咕噥一聲，他顯然急於找到答案。

「更有甚者，我們憑直覺懷疑伯娜．西格達多提——就是那位昨晚在零點三十二分被送進哥本哈根大學醫院、胸口中槍、生命垂危的女人——和搶案有直接關聯，她是發生在夜店隔壁巷子裡的槍擊案被害者。」

「那直覺是以什麼爲基礎？」蒲羅又問。

「她的犯罪紀錄，她在夜店出現。她的攻擊個性曾導致數樁極端暴力案件。她被發現時，手中握著一把刀，這可能顯示她曾和搶匪對峙。當然，我們知道凶槍的口徑，和拿來威脅夜店經理的九毫米魯格相同。最後我們判定，她的中槍地點離她被發現的地點有十公尺遠。從牆壁邊拖到人行道的拖痕很清楚，所以我們能推斷某人想救她一命。我們推測犯罪者或犯罪者們可能是女人，而搶案嫌犯也是女人，她們或許和中彈女子有密切關係。」

「那樣做不是很愚蠢嗎？把她留在其他人可以找到她的地方任由她死去？她們難道不擔心伯娜會說出凶手是誰？」碧特問。

「任誰都會這樣想，但那些嫌疑犯女孩——西格達多提的黑女士女子幫派成員——並不怎麼聰明。」

幾位調查人員大笑，但碧特可笑不出來。「有證據顯示派崔克和這個幫派有直接關聯嗎？」

「沒有。就那方面而言，我們必須指出，派崔克沒有前科。」

「不，我們沒有任何證據顯示她和幫派有所牽連。」

「那蜜雪兒呢？」

「伯娜是否能熬過來？」

羅森聳聳肩。「情況並不樂觀，但我們希望如此。」

卡爾點點頭，那會是最容易解決本案的方式。

「如果伯娜死掉的話，樓上的人可就頭大了。」阿薩德在走下螺旋梯時說道。

「對，但我們就很有施展空間。」卡爾想到帕斯高時不禁露出賊笑，他現在得擱置麗格莫的案子，直到肇逃案有所突破。

他看見誰在樓梯底端等他時，那抹微笑瞬間消逝——《三號電視台》的歐拉夫·伯格–彼得森和他的兩位同事。他們一位將攝影機堵到卡爾面前，另一位則抓著專業提燈。他的眼睛因強烈照明而流淚。

「把那該死的東西關掉。」他設法說出這句話後，才察覺歐拉夫正在他嘴巴兩公分外舉著一支麥克風。

「我們聽說今天在肇逃案上有幾點突破。」他說：「你對在格利芬菲街發現的凶車和史坦洛瑟的蜜雪兒·漢森謀殺案有什麼看法？」

「這不是我的案子。」他嘟噥著。他們到底是怎麼得到那些資訊的？是羅森洩漏的嗎？

「警方目前的理論是，故意殺害桑塔·柏格和蜜雪兒·漢森的駕駛是同一人。你是否也認爲我們面對的是位連續殺人犯？還是你比較傾向認爲這是幫派內鬥？這些謀殺案和昨晚的搶劫以及槍擊案有關嗎？」

「去問凶殺組。」他說。這男人是白癡嗎？

歐拉夫轉向鏡頭。「本案的許多資訊仍是機密，幾個部門拒絕發表評論。但民眾不禁得納悶，連走在街上都得怕小命不保的現在，我們是否還能重拾往日那份安全感。馬路上每天都有數千輛車經過，下一輛車是否會變成武器？你是否會在轉瞬間變成被害者？我們試圖解答這些問題。現在將鏡頭交還給現場。」

他想把大眾嚇得魂不附體不成？怎麼，他現在真的是在替新聞界工作嗎？

歐拉夫轉向卡爾。「我們接下來要跟拍你三天，所以告訴我們你的行程表。」他在卡爾怒氣沖沖轉進辦公室時，設法擠出這幾個字。阿薩德和高登則一言不發地跟在卡爾身後。

「我們沒有要帶他們去弗倫斯堡吧，卡爾？」阿薩德問。

「死也別想！蘿思的事是我們之間的祕密。」

「但你要怎麼和電視台人員說？他們就等在走廊外面。」高登問。

「跟我來。」卡爾說，臉上帶著微笑，將高登拖到電視台人員面前。

「我們最棒的助理高登．泰勒會帶你們挨家挨戶去查訪伯格街社區，你們應該會很高興吧？」

高登倏地轉身面對卡爾。「但但但，我——」

「高登．泰勒上一次花了幾個小時，所以你們應該把明天整天都空出來。」

高登的肩膀陡然下垂。

「你們得確定每個和高登說話的人都同意你們攝影，你們很清楚那些規定吧，不是嗎？」

歐拉夫皺緊眉頭。「我能問你們其他人會在哪裡嗎？」

卡爾粲然一笑。「你當然可以問，所以我們才會在這。我們明天整天得坐著閱覽無聊的文件資料，不會是很好的節目題材。」

歐拉夫看起來悶悶不樂。「聽著，卡爾．莫爾克。我們靠製作娛樂性十足的電視節目賺錢。你在凶殺組的老闆把我們指派給你，因爲你能提供最佳題材，所以我們需要合作，好嗎？」

「我同意，我保證，我們願意做任何讓你開心的事，歐拉夫。我們了解你們的需求。」

那男人似乎注意到高登在猛搖著頭，但他們離開時心情還算好。

「我要怎麼處理他們？」高登緊張兮兮地問。

「再去詢問一次，高登。再次去拜訪所有的雜貨攤、餐廳和人們。但這次要拿丹尼絲和布莉姬的照片去。給大家看照片，問問看他們是否知道這兩個女人的日常活動或經濟狀況，母女是否常一起出門？你會想出該問什麼的，聽懂了嗎？」

「我剛跟軋鋼廠的領班聯絡過。」高登說：「他同意和列奧．安得森下星期一帶你參觀那。他們十點會在大門外等你，這樣行嗎？」

卡爾點點頭。「他認識蘿思嗎？」

「是的，他清楚記得她和她父親，但對意外三緘其口，只說蘿思目擊一切，眼睜睜看她父親死去。他說那場意外很奇特，很可怕，她在事後會變得歇斯底里也不令人吃驚。他記得她當時又笑又尖叫，彷彿遭到魔鬼附身。他什麼都不知道，但他說他會問問以前的員工。」

「很好，高登，謝謝。」他轉向阿薩德。「明早我辦公室六點整，可以嗎？」

「當然沒問題。就像諺語說的，早起的鳥兒有蟲啃！」

「呃，不，阿薩德。是早起的鳥兒有蟲吃！」

他狐疑地望著卡爾。「我告訴你，在**我**的家鄉並非如此。」

「等等，卡爾。」高登插嘴。「薇嘉打過電話。她說如果你今天不去探視你的前岳母，一定會倒大楣。她說那位老女士情況不太好，一直嚷嚷著想見你。」

卡爾憤怒地吐口氣。他安靜開車回家的卑微希望，這下化為泡影。

療養院前，一群失智的老頑固從迷你巴士上被放下來，他們的雙腳一踏到土地上，就恣意朝各個方向亂走，工作人員真的得隨時保持備戰狀態。只有一位老人站著耐心等待，看到這場景時大搖其頭。這人就是卡拉。

卡爾鬆口大氣。他的前岳母今天的狀況顯然很好。薇嘉如以往般誇大其詞，就是要將他騙到這裡。

「哈囉，卡拉，」他說：「妳今天顯然出遊了，去了哪裡？」

她慢慢轉身面對他，打量他片刻，對著其他難以控制的乘客戲劇化地比個手勢。

「我不是警告過他們嗎？看看這些小孩到處跑來跑去的模樣。我早就告訴他們，里約熱內盧這裡的交通有多危險。」

哇，我有點高估她腦袋的狀態了，他想著，小心翼翼地挽住她的臂膀，領著她走向入口。

「小心，」她說：「別傷到我的手臂。」

他對一位照顧人員會心一笑，他們正設法將老人們趕在一起。

「發生了什麼事？她以爲她在里約熱內盧。」

照顧人員報以疲憊的微笑。「阿辛太太出遊回來後，總是會搞混地點。如果你想讓她聽見你，你得大叫。」

在他們走去她房間時，卡爾察覺到他的前岳母腦袋有點混亂。她對他描述了一個生動活潑的旅程：傾盆大雨、傾塌在山路上的樹，以及司機在車子急轉偏離道路、衝下深淵時對著頭部舉槍自盡。

他們終於抵達她的房間，卡拉坐下，手摀著胸口。在經歷過她所描述的冒險後，她當然會驚魂未定！

「聽起來妳的出遊很可怕。」卡爾對著她耳朵大叫。「妳能生還眞是幸運！」

她吃驚地看他。「我是九命怪貓。」她淡淡回答，從坐墊後撈出抽到一半的香菸。

「葛麗泰．嘉寶在導演叫她演死亡時，可不只是演死掉而已。」她將香菸放在菸嘴上時糾正他。

卡爾一臉饒富興致。葛麗泰．嘉寶？那倒是新鮮。

「薇嘉說妳一直期盼我來！」他大叫，改變話題。

她點燃香菸，長長吸了兩口，她的肺部恐怕快爆炸了。

「我有嗎？」在她嘴巴張開、吐出裊裊煙霧時，遲疑地說，然後她點點頭。「噢，對。薇嘉的兒子給我這個，他叫什麼名字去了？」

卡爾接過她遞給他的手機。那台三星智慧型手機比賈斯柏兩年前給他的款式還要新。人生中要是沒有小孩淘汰掉的電子產品，還眞是無趣啊。

「他的名字是賈斯柏，卡拉！」他直接對著她耳朵狂吼。「他是妳的外孫！妳要我怎麼處理這手機？」

「我需要你教我自拍，就像網路上那些年輕女孩一樣。」

儘管震驚萬分，卡爾仍舊讚許地點點頭。「自拍，卡拉！妳現在也變得很摩登啦！」他大吼。

「妳得按這裡！把相機鏡頭對準自己，然後拿著——」

「不，不，不是那個。叫賈斯柏的那個男孩已經教過我這些了。我只是想知道該怎麼做。」

也許她眞的聽不見，所以這次他決定使用咆哮的命令口吻，那是他在逮捕不肯降服的犯人時所用的口氣。「**該怎麼做?!妳只要將相機對著自己，然後按下快門！**」

「對，對，我知道，別吼了，我又沒聾。教我些基本步驟就可以。我是該現在脫衣服，還是之後再脫？」

第三十二章

二〇一六年五月二十六日星期四

潔絲敏正作著香甜的美夢。她被包圍在蕾絲布料、陌生男子的體熱和溫暖的陽光之中。松木和薰衣草混合著新鮮海草，香氣醉人。她可以聽到海浪滔滔的翻滾以及悠揚的音樂聲，但肩膀上那雙溫柔的手突然猛力搖晃她。好痛。

潔絲敏睜開眼睛，看見丹尼絲一臉震驚地盯著她。

「她跑掉了。」丹尼絲邊說邊搖晃她。

「住手，妳弄痛我了。」她從床上坐起身，搓揉眼睛。「妳說什麼？誰跑掉了？」

「蜜雪兒，妳這白癡。茶几上原本有一綑千元鈔票，現在不見了。她拿了一些錢，收拾行李。她一定走得很匆忙，連iPad都忘了拿。」她指指餐桌旁的架子，她們也把手榴彈放在那。

「她拿走多少？」

「我不知道。兩、三萬吧，我猜。我沒有數過所有鈔票。」

潔絲敏伸伸懶腰。「嗯，那有關係嗎？如果她只拿走三萬，留給我們的就更多。幾點了？」

「妳是蠢蛋嗎？她收拾了行李，表示她不會回來了。她回去找那個爛傢伙，潔絲敏。我們不能信任她，我們得去追她。現在就得去！」

潔絲敏低頭看著自己。她還穿著昨天的衣服，腋下有汗漬，頭皮發癢。

「我得先洗個澡，換換衣服。」

「**現在**就得去追她，該死！妳還搞不懂嗎？已經他媽太遲了。我們睡過了白天，蜜雪兒可能已經把一切搞砸了。我們犯了搶劫案，可能還殺了人。誰知道蜜雪兒爲了自保會說什麼。如果她嘗試脫身的話，我們可能得獨自承擔所有刑事責任。她沒有犯下搶劫罪，對伯娜發射子彈的也不是她。」

潔絲敏一陣戰慄。「該死，也不是我，丹尼絲。」她脫口而出，但立即後悔。

丹尼絲的表情凝結，突然變得充滿殺氣。潔絲敏看不出來，她只是因自己的回嘴而感到憤怒，還是正要攻擊她，但丹尼絲的神情讓她嚇壞了。她不是看過丹尼絲的能耐嗎？

「我很抱歉。那樣說眞蠢，丹尼絲。」她強調語氣。「我沒有那個意思。我看見伯娜拿刀子攻擊妳，而且我們不知道槍已經上膛，對吧？我保證，我們會一起承擔。」她在胸口以手畫個十字架，不是因爲她很虔誠，而是因爲這會讓她的承諾看起來更眞誠。

丹尼絲深吸口氣，表情從想攻擊人變成恐懼。「潔絲敏，我們不知道伯娜死了沒有。」她說：「我們不知道她的後續發展。如果她死了，我們就慘了；倘若她還活著，我們的下場也會很悽慘。該死，我們昨晚回家時，爲何要喝得那麼醉呢？我們怎麼能睡到這麼晚，讓蜜雪兒溜之大吉？他媽的全搞砸了。」

「如果伯娜死了，TV2新聞會播。」潔絲敏邊說邊把丹尼絲拉往客廳。

客廳裡迎面而來的場景讓她倆心頭一震。這可不是因爲房間看起來像被一群大象踩踏過，或在每個表面上都滴有蠟燭和紅酒漬，或是洋芋碎片灑滿一地。不，她們當場凝結，是因爲電視已經打開，撥放著即時新聞。螢幕上正映著一張她們已經太過熟悉的臉孔。那不是她們預期會看到的伯娜，而是蜜雪兒。照片下方有一排黃色的字：

史坦洛瑟一名女子遭肇事逃逸車輛殺害。這名女性在五月二十日另一樁肇事逃逸中也曾被撞傷。這起意外和昨天於南港維多利亞夜店發生的槍擊案可能有所關聯。

驚慌中她們對著牆壁亂丟東西，對彼此嘶吼，然後潔絲敏幾乎休克。丹尼絲則有完全不同的反應。她身體的每個部分似乎都在尖叫著要盡快採取行動。她提醒潔絲敏，蜜雪兒不是曾兩度說過一些細節？蜜雪兒不是說過，她認爲她看到安妮—琳．史文生坐在夜店對街的車子裡？她不是在第一次被撞時也說過同樣的話嗎？

「但妳和那賤貨面談時，本來想逼她承認蜜雪兒看到的人就是她，結果後來妳不是說，妳認爲不是她嗎？該死，妳現在怎麼想，潔絲敏？」

「妳想要我說什麼？」她回答，聲音聽起來有點哽咽。「蜜雪兒被殺了，警方也許會從她那查到我們。如果蜜雪兒昨晚看到的眞的是安妮—琳，她也一定有看到我們走出巷子。誰知道她會不會去和警方說？」

丹尼絲對她冷笑。「妳眞的是個白癡，潔絲敏。妳不覺得她不可能那樣做嗎？她是個該死的謀殺犯，我們可能是唯二能洩漏這祕密的人。所以妳不認爲她現在會愼重評估這個局勢嗎？」

潔絲敏正用長長的指甲撕掉王子牌香菸的外包裝。打開香菸包後，她將幾根香菸倒在桌上，點燃第一根。丹尼絲正以潔絲敏從未見過的嚴肅神情看著她。眼前這位就是昨晚恣意狂歡、前天才在自己房間裡和「乾爹」嬉戲的同一位丹尼絲，眞是難以置信。

「該死，」丹尼絲說：「我和妳一樣對這一切感到震驚。蜜雪兒死了，新聞全部和我們有關，我快承受不了了。還有安妮—琳搞的那些花招，該死，眞可怕。如果我是她，我會確定我們是她下兩位被害者。她一定是知道我們住在哪，不然她跑到史坦洛瑟來幹嘛？」

監視著。

潔絲敏感覺到縮在她胃裡的恐懼。丹尼絲說得對，她們說話的當下，安妮—琳也許就在外面

「倘若她來這，我們該怎麼辦？」

「妳是什麼意思？」丹尼絲憤怒地說：「廚房裡有刀，我外祖父的槍在陽台。」

「我覺得我辦不到，丹尼絲。」

「我不認爲安妮—琳有那膽子，在蜜雪兒死後那麼快就在這裡露臉。這裡一定到處都是警察，他們現在可能在挨家挨戶地詢問。但我們得特別小心，提高警覺，防範警察、安妮—琳……還有彼此。」語畢，她直瞪著潔絲敏。

潔絲敏不由得闔上眼睛，她好想回到她的夢境。「丹尼絲，我想我們每人可分得七萬多。我們可以跳上飛機，離開這裡。我們不就該這麼做嗎？」她以懇求的眼神看著丹尼絲。「妳怎麼說？我們可以逃去南美某處，那很遠。妳不覺得那裡會夠遠嗎？」

丹尼絲不屑地看著她。「對喔，難道妳的西班牙文很流利嗎？妳知道妳在床上沒辦法眞的學會一種語言嗎？那可比跟人口交還難。而當錢快花光時，妳的下場就是得躺著賺錢。妳想要那樣嗎？」

潔絲敏的臉上閃過一絲絕望。丹尼絲傷害了她。「我可不知道。我們不是已經在這樣做了嗎？如果我們在南美，至少可以甩掉警察和安妮—琳。」

「如果是我採取行動，安妮—琳就不會再成爲我們的心頭大患，因爲我們會先去對付她。現在是二對一，我們會想個計畫出來的，甕中捉鱉。也許我們該在她最料想不到的時候，趁晚上去她家。我們可以威脅她，逼她寫個自白，殺了她後布置成自殺的場景。如果她家裡有現金，我也不會太吃驚，我們可以順便偷走那些錢，然後我們就能好好討論該逃到哪裡。」

潔絲敏突然一臉困惑，發出噓聲。丹尼絲陡然停住話，聽到有人在敲前門，然後是鎖被鑰匙轉動的聲音。

「我們該怎麼辦？」潔絲敏只來得及低聲說出這幾個字，一個女人就搖搖晃晃進入公寓，臉色蒼白如屍體，眼妝厚得幾乎看不見眼瞼。

「妳們他媽的是誰？」那女人環顧房間，挑釁十足地問道。

「不關妳的事，」丹尼絲厲聲回答。「妳哪來的鑰匙？」

「我不認識妳。告訴我妳是誰，不然我要以非法入侵的罪名將妳逮捕。」

潔絲敏試圖和丹尼絲的眼神交會。儘管那女人走都走不穩，聽起來卻煞有其事。但丹尼絲似乎並不擔心，或該說，她看起來好像準備好要攻擊那個女人。

「他媽的妳敢。」她沉聲說。「我是麗格莫的外孫女，我有權利在此，但妳沒有，懂嗎？把鑰匙給我，然後滾蛋，不然我會揍扁妳的臉，叫警察來。」

那女人蹙緊眉頭，身軀搖晃著，試圖找到平衡。「妳是杜麗？」她以比較友善的口氣問道：「我聽說過妳的事。」

潔絲敏一頭霧水。杜麗？

「把鑰匙給我。」丹尼絲邊說邊朝那女人伸出手，但那女人只是搖搖頭。

「等我搞清楚這裡是怎麼回事前，鑰匙還是歸我管。」她說，眼睛凌厲地掃視公寓內。「妳們在搞什麼花樣？麗格莫慘遭殺害，這裡卻有錢灑得到處都是。妳們認爲調查人員會對眼前的光景怎麼想？我會查清楚的，記住我的話。妳們倆乖乖待在這裡不要輕舉妄動。懂了沒？」

她轉身蹣跚走過走廊，抵達玄關。

「該死。」潔絲敏呻吟。「妳聽到她說的話沒？還有錢的事？」潔絲敏看看房間，手不禁震驚地摀住嘴巴。鈔票灑落整個地方的情景簡直就像招供。

丹尼絲站著，雙手扠在臀部上，拳頭緊握，表情深不可測。她似乎很了解眼前事態的嚴重性。

「我外祖母有次曾告訴我，她的鄰居是位警方調查人員。所以那個醉鬼可能是她。」她邊說邊對自己點頭。

潔絲敏驚嚇萬分。「那我們該怎麼辦，丹尼絲？如果她打電話叫警察，他們可能隨時會過來。我們得趕快離開這裡。」潔絲敏又環顧四周。她們可以在十分鐘內收拾好所有的錢，如果她現在趕快將舊衣服打包，就能在十五分鐘內離開這裡。

丹尼絲猛搖著頭。「不，我們得去拜訪她。」她說。

「妳是指去她的公寓？爲什麼？她都看見錢了，妳無法阻止她調查我們。從她看我們的方式就看得出來她不會善罷干休。」

「對，沒錯！所以我們得阻止她，對吧？」

這難道眞的是我想被親友記得的方式嗎？蘿思想著，環顧她的公寓。

她看著蓋住遺書的外套、塑膠籃、捐贈器官聲明和刮鬍刀，想到她那悽慘、孤獨的人生，不禁悲從中來。幾分鐘前，她聽到麗格莫的公寓裡傳來聲響時，曾抓住一絲希望。有那麼剎那，她感覺自己又有活下去的勇氣。

她想，這就是幻覺對妳耍的花招。它創造奇蹟，將妳拖進虛假的安全感和幻覺裡，立刻改變眼前的一切。然後現實帶來的失望感總是會猛烈轉頭回擊。

那兩個可疑的女人當然不該在麗格莫的公寓裡，但話說回來，那又關她什麼事？她該管她們正從死去的女人那偷東西嗎？或她該管她們逕自跑去住她的公寓嗎？

蘿思低垂著頭，坐在唯一一張她沒在盛怒中推倒的椅子上，意志消沉。一切變得一團亂。

這一定就是審判日的感覺，她忖度，突然想嘔吐。體內有聲音催促她趕緊結束一切。打電話給救護人員說她已經割腕，要他們趕快過來拯救她的器官。不要管牆壁另一邊在發生什麼事。如果她涉入其中，她可能又會回到原點。警察會來，而她最不希望的就是如此。她絕對不想要警察總局的人過來阻止她，還有她的妹妹們和格洛斯楚普的醫生。

「幹，去他的隔壁那兩個女孩，幹這世界！」她大聲說，抓起外套，露出底下的遺書。簡短打個電話，劃兩道乾淨俐落的傷口，一切就會結束了。

她開始打急救服務電話號碼時，聽到門上傳來「咚、咚」敲門聲。

滾開！她在心裡尖叫。敲門聲變得越來越大聲，她雙手摀住耳朵，就那樣坐著片刻。等她拿開手時，敲門聲仍持續著，她放棄抵抗，將外套再次蓋在遺書上，蹣跚走向門口。

「**什麼事？**」她對著郵件孔大叫。

「我是丹尼絲．齊默曼。」外面的聲音回答：「我們能進去一下嗎？我們只想解釋——」

「現在不要！」蘿思狂吼。「半小時後再回來。」那時，一切就結束了。

她呆站著瞪視前門，突然想到，如果門鎖著，救護人員會花太多時間破門而入。到那時就太遲了，她的器官會毫無用武之地。但她要怎麼知道取器官的手術如何進行？還有得花多少時間？

她聽到她們說「好」，接著是她們走離開前門的腳步聲。外面一片寂靜後，她轉開門鎖，好讓救護人員順利進入。

她剛轉身，身後的門就被往內踢開，有東西「砰」一聲打上她的後腦杓，她便昏厥過去。

第三十三章

二〇一六年五月二十六日星期四和五月二十七日星期五

妳是誰，安奈莉？她瞥見自己在鏡中如魔鬼般的倒影。她剛殺害某人，但現在卻笑容燦爛，宛如熱戀中的女人。她違逆了上帝和人類最嚴厲的律條，奪走某人的性命，但當蜜雪兒．漢森被強大力道撞到車子底下、身子壓碎、車子因碾過她而彈跳起半公尺高時，在那奇妙的一刻裡，她無比歡愉。當然她期盼會有像上次的某種暢快，但什麼都比不上這類宛如長生不老藥流竄過她全身的徹底歡快。

她停下車，花幾秒鐘確定蜜雪兒那扭曲的身體永遠站不起來後，便冷靜地將腳放在油門上，高速駛往奧斯提克的方向，她決定將車棄置在那。一路上，她因興奮而渾身顫抖。她從未笑得如此開懷，如釋重負。此事完結。

但一等她回到家裡的沙發上，將腳丫蜷縮在身體下方，手裡拿著一杯冰白酒時，她不得不承認，殺人事業有時發展得比預期中來得快速，且難以預料。

在桑塔．柏格的謀殺案後，媒體分成兩大陣營。那是謀殺或意外？柏格案和先前蜜雪兒．漢森的肇逃事件可有具體關聯？電視台和八卦報提到各種可能性，但僅止於此。這次，事情有所不同。蜜雪兒．漢森的死不僅出現在所有線上報紙的頭版，安奈莉打開電視時，她還看見電視新聞頻道撲天蓋地的報導。

好在警方對駕駛似乎沒有多少線索，但一如既往，那並未阻止新聞主播對自己的推理大放厥詞。時間慢慢過去，他們的分析和理論變得越來越瘋狂。最後，安奈莉被一種相當非理性的感覺席捲，她覺得自己遭到忽視。主播們竟然坐在攝影棚裡，將昨晚的搶劫案和今天的肇事逃逸謀殺案連結在一起？他們完全瞎了不成？

她替自己倒另一杯酒，仔細考慮整體態勢。她當然應該爲他們找到錯誤線索而感到開心，但那不能改變安奈莉尚未完成任務的事實。能掌控生殺大權的感覺像個毒癮。繼續剷除這些膚淺存在的欲望，幾乎比想到能逍遙法外的興奮還來得強烈。

她能停止殺戮嗎？**那**才是眞正的問題。

昨晚，她從史坦洛瑟公寓前的停車場，緊緊尾隨女孩們搭的計程車到夜店，儘管差點被幾個紅燈破壞好事。她將車停在夜店對街，耐心地等著女孩們從夜店出現。當昨晚的事變得眾所周知後，她對自己所目擊的一切終於有了清楚的概念。這些虛榮、自命不凡的妓女毫無疑問犯下了嚴重罪行，如果是在獨裁國家，她們必然遭受處決。她看到丹尼絲和潔絲敏趁蜜雪兒牽制保鏢時溜進夜店，她還認出那位保鏢是蜜雪兒的男友。

稍晚，她看到女孩們再度出現，躲在夜店後的巷子裡。對安奈莉來說，要推斷凶手身分並不難，特別是當電視新聞台播報搶劫案是由兩位女孩犯下後。

她也對伯娜的槍擊案略有所知。那可怕的女孩在夜店現身時，她大吃一驚，而在潔絲敏和丹尼絲消失進巷子後不久，她觀察著伯娜的反應。伯娜跟蹤她們，安奈莉看到蜜雪兒片刻後走進相同的方向。中間有幾分鐘的空檔，安奈莉不知道發生了什麼事。她曾試圖偷聽她們的對話，但夜店的噪音淹沒了她們的聲音，而唯一一個曾蓋過瘋狂節奏的聲音是一記沉悶聲響，安奈莉當時不曉得那是什麼。丹尼絲、蜜雪兒和潔絲敏倉皇地再度現身時，她們正激烈地爭辯著，並將伯娜了無生氣的軀體拖出來，留在街燈下。

之後，女孩們過街，往安奈莉的車子方向走來，她得在座位上低下身子免得路燈洩漏她的行蹤。她的距離近到可以看見她們缺乏表情。蜜雪兒好像朝她的方向直直望過來，但她眞的有看見嗎？她有注意到誰在車子裡嗎？安奈莉不這麼認爲，因爲車窗蒙上了一層霧，而她的臉則完美地隱藏在黑暗中。

但是，她能確定嗎？

人們常說，事情的順序不影響結果，但此話也可以套用在這個案例嗎？要是她決定中止殺戮計畫，任由新聞把事件炒熱，放著警方瘋狂辦案，將這群愚蠢的女孩與更大、更有組織的案件連結呢？要想像他們將蜜雪兒以及桑塔之死詮釋成幫內火拼很容易，那絕對會排除她的涉案嫌疑。但如果她保持被動，她不就得冒著丹尼絲和潔絲敏被捕時，向警方透露她的風險？她們難道不會告訴警方，蜜雪兒曾對第一次試圖殺害她的紅色標緻駕駛指名道姓？那正是潔絲敏上次來她辦公室時暗示的事。

不，絕對不會如此發展。假使女孩們曾洩漏任何訊息，警方早就針對事發經過發展出新的理論，並得知案件事實上沒有關聯。

突然間，安奈莉的歡愉被懷疑和胸部漸增的疼痛感所取代。那份疼痛感原本稍有舒緩，可能焦慮突然以身體病痛的方式呈現出來。她以前曾聽說過這種事，但她會突然感覺劇痛是什麼原因？有哪裡不對勁嗎？她吞下超過劑量的止痛藥，溫柔地按摩手術疤痕。當那依然沒有幫助時，她又喝了幾杯酒讓自己冷靜下來。

安奈莉一點也不喜歡她最後陷入的兩難困境。

翌晨，她頭昏眼花，腦袋沉重，昨天喝了太多酒，又徹夜無眠。更糟糕的是，她的決心全消。現在，她只想再吞下一些藥，賴在床上。但同時，她又想到處活動，發洩她的挫折感。她想將幾個陶器摔碎在廚房地板上，或從牆壁上撕扯下幾幅畫，將桌上的東西全部丟棄。基本上她有股衝動，想去做她不該做的事。她該放輕鬆，在下任何新的決定前，先順其自然。

我今天在放療後會去工作，看看會發生什麼事再說，在考慮過所有選項後，她這樣決定。

她進入辦公室，同事們禮貌但有所保留地歡迎她。有幾抹勉強擠出來的微笑，但大多是面無表情和矜持的點頭示意。她通知接待櫃檯她已準備會見個案，他們如預期般叫那些敲詐者進來。

安奈莉環顧辦公室。她看得出來有人動過她的座位，因爲桌上的文件被清理過，原本窗台上枯萎的花，現在被丟在垃圾桶裡。他們以爲她會安靜地消失嗎？安奈莉展露笑顏。他們沒有錯，一旦她再犯下幾樁謀殺，完成追求正義的任務，她就會從地表消失。這個計畫在無意間，由潔絲敏、丹尼絲和蜜雪兒加速進展。網路新聞提到，維多利亞夜店被劫的金額是十六萬五千克朗，她非得拿到那筆錢不可。一旦她殺死丹尼絲和潔絲敏，錢就會手到擒來。儘管那不是一筆很大的數目，但她應該可以靠它在中非某個地方逍遙度日至少十年——如果癌症沒有先奪走她的性命。先搭火車去布魯塞爾，再搭飛機去喀麥隆首都雅溫德，然後她就會消失得無影無蹤。一旦被叢林吞噬，相信國際刑警組織或其他機構根本就追查不到她。

她的心思被年輕黑人男子和耀眼陽光的白日夢所占據，因此沒有聽到進入辦公室的年輕女人的要求，只記得她報上來的名字。

安奈莉粗略審視她。二十五歲左右、相當女性化，拇指和食指的手背間有一個蜥蜴小刺青。

這並不令人意外，又來一位蕩婦，只是名字不同，又是一位想揩社會福利油的女孩。

女孩保持老式的禮貌，態度古怪，幾乎瀕臨卑躬屈膝，外表和口氣都很低調，導致安奈莉對接下來的發展完全沒有準備。

「如我剛才所說，我已經沒有資格領學生補貼了，因爲我輟學了。」她說著，小貓般的眼睛閃閃發光。「這樣一來，我就無法付房租、食物費，也無法買衣服。我當然知道人無法平白得到救濟金，但如果拿不到，我會自殺。」

然後她轉爲沉默，像其他母牛一樣，坐在那把玩著頭髮，彷彿擁有漂亮的頭髮就是這世上最重要的事。她以挑釁意味十足的傲慢眼神瞪著安奈莉，可能以爲自己的要求無可辯駁。她顯然笨到極點。這種人可能是在高中一路和老師調情，或靠奉承巴結而取得好成績、進入大學的類型。她現在可能發覺大學的要求太高，懶到連連曠課，因而被踢出學校。那才是她的學生補助被取消的眞正原因。

安奈莉的表情變得嚴厲，惱怒、忿恨、厭惡和鄙視只是冰山一角。她抬頭直視著這名年輕女子。這頭笨母牛眞的拿自殺來威脅嗎？她可找錯對象了，眞可惜。

「原來如此，所以妳打算自殺。妳知道嗎？我想妳應該趕快跑回家，一了百了，甜心。」她轉過椅子背對女孩。這次的會面結束。

安奈莉可以聽到身後女孩的聲音中帶著憤怒和震驚。「我會向妳的上司通報妳鼓勵我自殺。」她語帶威脅地說：「我知道妳已經違反了所有規定，所以爲了妳自己好，妳最好現在就找到能補助我五千克朗的方式，妳這賤女……！」

這個小混球剛叫她賤女人嗎？她慢慢在椅子上轉身，以冷冰冰的目光狠瞪著那個女孩。就在剛才，她成爲安奈莉死亡名單上的第一位。事實上，在看到那對娃娃般的眼睛流露極度恐懼、那漂亮的臉蛋碾碎成果醬時，她將從中得到極大的歡愉。

安奈莉從手提包裡掏出手機，按下錄音鍵。

「現在時間是二〇一六年五月二十七日九點十分。」她說：「我的名字是安妮─琳・史文生，哥本哈根市政府的個案社工。坐在我前面的是二十六歲的個案，塔絲嘉・阿伯瑞森，她要求社會局平白給她五千克朗。她聲稱，如果不立即給她這筆錢，她就要自殺。」她在女孩面前放下手機。「妳介意重複妳剛才的要求嗎，塔絲嘉・阿伯瑞森？並報出妳的身分證號碼，這樣我們才能歸檔。」

安奈莉搞不清楚到底是錄音這舉動、勒索指控，還是事態的整體發展，導致那女孩的臉陡然變得憂慮。在那一刻，她倆被電話鈴聲所打斷。安奈莉拿起話筒時，那女孩安靜站起身，默默溜出門。安奈莉不禁微笑。可惜她來不及從這個小妓女身上得到更多訊息，比如她的地址。那在輪到她時會變得容易點。

「嗨，安妮─琳，我是伊莉莎白。」另一頭傳來一個耳熟的聲音。「很高興找到妳。」

安奈莉想像她的前同事從加默科德蘭路打電話過來。她是位嚴肅看待工作的好社工，認真到會挑戰上司。她們沒再見到面其實很可惜。

在一番禮貌寒暄後，她說出來電原因：「妳還記得桑塔・柏格吧？」

安奈莉皺緊眉頭。「對，桑塔。誰能忘記那個小歌后？」

「我在妳之後接管她的個案，現在她死了。妳聽說了嗎？」

安奈莉在回答前仔細思考。「是的，我看到報紙了。一場意外，不是嗎？」

「那就是問題所在。警方剛才來我這裡盤問我有關她的問題。她是否有任何敵人、我和她是否有問題、我是否知道任何紅色標緻或黑色本田。真是可怕，好像我是嫌疑犯，而他們似乎也期待我會脫口說出一堆資訊。好在我連駕照都沒有，但還是很難受。」

「呼，我可以體會。但妳爲何打電話給我，伊莉莎白？」問這問題時，她胃裡有一陣不舒服感。女孩們已經被逮捕，並告知警方有關她的事了嗎？她還沒準備好面對這個發展。

「警方問我，在我之前她的個案社工是誰，我就說是妳。他們還問我，妳是否和她意見不合。」

「老天，不，她只是我的一個個案。妳說了什麼？」

「什麼都沒說，我怎麼會知道？」

白癡！安奈莉忖度，妳可以幫我一點忙的，說「不」會死嗎？只不過是一個字。

「妳當然不會知道，但我們沒有意見不合。」

「他們現在正要去找妳，我聽到他們對我的經理這樣說，所以我趕快打電話來警告妳，就只是這樣。」

在伊莉莎白掛電話後，安奈莉呆坐瞪著話筒，然後她按下對講機。「讓下一位個案進來。」

她說。她才不會讓警方當場抓到她鬆懈或偷懶。

那兩個警察顯然在那待了一陣子，可能先和安奈莉的經理聲明來意。他們抬頭挺胸走進她辦公室時，經理的確以責備的眼神望向安奈莉。

「抱歉得中斷妳的會談，」經理對個案說：「但我們可能要請妳在等候室等一下。」

安奈莉看一下警察，然後對個案點點頭。「沒事的，我們就要結束了，對吧？」她對個案微笑、握手。

她坐下，鎮定地整理筆記，將資料放入檔案夾內，接著將注意力轉到兩個男人身上。

「我能爲您效勞嗎？」她對看來是主管的那位報以詢問的微笑，然後她指指面前的兩張椅子。

「請坐。」那賤女人大可以站著。

「我叫羅斯．帕斯高。」一位警察說，遞給她一張名片。安奈莉默默看著，正面寫著「警官」。

她稱許地點點頭。「我看得出來你們來自警察總局，我能爲你們服務嗎？」她以嚇人的冷靜口吻問道。

「他們在調查兩件肇事逃逸的駕駛犯下的殺人案。」她的經理冷冷地看著她說。

警官轉身面對她。「謝謝，如果妳不介意的話，我們想和史文生小姐單獨談談。」

安奈莉的表情保持嚴肅，但非常困難。她上次看到經理被羞辱是什麼時候？而安奈莉上次被叫「小姐」又是什麼時候？

安奈莉和警官目光交會。「是的，我想我知道你們的來意。」

「原來如此。」

「半小時前我接到在加默科格蘭路工作的前同事的電話。我想你們剛和伊莉莎白．韓斯談過，對吧？」

兩位警察彼此對望。他們有要求韓斯保持靜默嗎？萬一他們有，那就會是她的問題了。

「我希望我能幫你，但我不認爲我知道任何事。」

「我想妳該讓我們來決定那點，史文生小姐。」

那句話讓經理綻放微笑；她站在警察身後。現在比數是一比一。

「妳有輛福特卡，對嗎？」

她點點頭。「對，幾乎五年了。經濟實惠的好車，幾乎在哪都能停。」她發出大笑，但眼前三人全無反應。

「桑塔·柏格和蜜雪兒·漢森都曾是妳的個案，對嗎？」

她給了一個會心的微笑。「是的，但我想伊莉莎白和我的經理應該已經確認那點了。」

「妳對這兩件殺人案有任何看法嗎？」另一個男人追問。

*眞是愚蠢的問題，*她邊暗忖邊瞥著那個男人。*他是新手嗎？*

她深吸口氣。「我有關注新聞發展。蜜雪兒·漢森第一次被撞時，我當然很難過。她畢竟是我的個案——或說前個案——她是個很貼心的女孩。後來我讀到桑塔·柏格的新聞時非常震驚，現在又是蜜雪兒，我眞的大受打擊。你們有任何頭緒嗎？」

那位叫帕斯高的男人對這問題似乎很惱怒，沒有回答。「對，媒體忙著編故事，」他說：「妳的經理告訴我們，妳最近常常請假。日期和意外發生時相符。」

安奈莉抬頭看，她不喜歡她經理的態度。

「對，我最近常請假，沒錯。但現在我回來上班了。」

「妳請假的理由有點不明朗，妳生病了嗎？」

「我**是**生病了。」

「原來如此。我能問妳是生什麼病嗎？那能解釋妳都上哪裡去嗎？」

*現在他們隨時會問我確切時間，我可不想應付這個，*她忖度。

安奈莉慢慢站起身。「我是沒有清楚說明我自己的病情。看來我早該說明清楚的。這段時間對我而言很難熬，我承受莫大痛苦，非常沮喪，但目前狀況比較好了。」

「所以是什麼——」在經理來得及說完前，安奈莉拉起襯衫。

她就像那樣站了一會兒，讓他們看清楚在胸罩下面的繃帶，然後再將胸罩往上拉，露出胸部。

「乳癌。」她邊說邊指著胸部。在她跟前的三個人本能地將身子往後傾。

「最近我才被告知我有存活的機會，所以才沒有那麼沮喪。我還是得讓心情放輕鬆，但我希望一、兩個星期內就能回來全職工作，即使在下幾個星期內我仍需要接受治療。」

她輕輕將胸罩和襯衫往下拉回原位。

「我很抱歉，」她對經理說：「我就是沒辦法談這件事。」

她的經理點點頭。如果有任何事能讓女人的態度變得謙恭，那就是近距離觀察乳癌。

「我們了解。」警官說，看起來有點震驚，兩位警察面面相覷。安奈莉不知道該怎麼判讀他們的表情，但情勢看起來不錯。

帕斯高深吸口氣，安奈莉坐下。他們身後的經理將身子靠在書櫃上。她要昏過去了嗎？歡迎。

「我對這件事想了很多，」安奈莉說：「你們今天過來，我真的很高興。我清楚個案保密原則，但我不認爲我要說的話會違反這個規定。」她咬著上唇，希望他們會將這個小動作詮釋爲內心掙扎。

「我昨天在電視上看到蜜雪兒可能涉入一樁搶劫案，我也看到她男友在被搶的夜店裡當保鏢。我認出他是派崔克，蜜雪兒有時會把他帶來這裡。如果你問我的看法，我會說他是位很衝動、態度挑釁的年輕人。他是一名電工，手臂上下都是刺青，肌肉強健。他看起來的確像在服用類固醇，這可以解釋他爲何脾氣暴躁。上次蜜雪兒帶他來此時，他大叫要她振作起來。蜜雪兒搬去和派崔克同居，卻沒通知任何人，所以搞砸了一些事。得知他們必須償還蜜雪兒租屋補助，以及她在他背後犯下詐欺罪的事，派崔克很是生氣。但我不相信他不知情，他給人很狡猾的印象。」

帕斯高的表情很開心，做著筆記。「妳想他可能涉入殺人案嗎？」

「我不知道，但我知道他很迷車子，他還準備就目前情況當面質問蜜雪兒，當然是關於錢。他非常渴望拿到更多錢，他完全控制住她。」

「妳知道桑塔·柏格和蜜雪兒·漢森是否認識彼此嗎？」

他的口氣突然變得比較友善。他們終於觀點契合了嗎？

她搖搖頭。「我也曾這樣想過，但我並不清楚。我不記得到目前為止有任何奇怪的事。」她特意停頓一下以強調她下面要說的話。

「現在你既然在這，我也許應該提另外一件事。」

「請說。」

「伯娜·西格達多提也是我的個案之一。我想，她是在夜店外遭到……槍擊的女孩。」

警官的身子從桌邊往前傾。

「是她，沒錯。我們正要問妳那件事。」她點點頭。時機抓得很好。

「我想蜜雪兒和伯娜認識彼此。」

「妳爲何這樣覺得？」

安奈莉轉向電腦，開始打字。

「看這裡。蜜雪兒上次來此時，會談時間是排在伯娜後面。我確定她們一定有一起在接待室裡等候。依稀記得以前好像也曾如此，但不是很確定。」

「妳對這點如何推論？」

她往後靠坐。「她們也許一起抵達，可能比我知道得還更熟識彼此。」

帕斯高警官點頭如搗蒜，表情非常滿意。事實上，他幾乎興奮得要跳起來。

「謝謝妳提供的資訊，安妮－琳·史文生，幫助很大。我想我們目前只有這些問題，抱歉打擾。」帕斯高在助理前站起身。「我們會調查派崔克最近幾星期的動態。如果他的老闆有不斷更新資料的話，那應該不是難事。」

安奈莉試圖按捺她如釋重負的心情。「噢，我忘了提蜜雪兒和派崔克計畫去度假，那是蜜雪兒來找我會談的理由之一。在我發現她的詐欺後，我當然不會准許。但他最近可能沒去上班。」另一位警察吹個口哨，很有默契地看著帕斯高。

可憐的派崔克．彼得森。

「安妮─琳，我很難過，妳經歷了這些卻全都沒告訴我。而妳得像那樣暴露自己，我真的替妳感到很尷尬。我非常抱歉。」

安奈莉點點頭。倘若她處理得當，她可能可以爭取到幾天時間。

「妳不需要道歉，那是我的錯。人生病時總是手足無措，不是嗎？所以我才是那個需要道歉的人。現在我覺得，我早該告訴妳一切的。」

她的經理綻放微笑，頗爲感動。這還是頭一遭。

「嗯，我們就不要計較過去，繼續展望未來吧。我能了解，安妮─琳。如果我是妳，面對這麼多人牽涉的情況，當然會不知所措。」她微笑著，看起來仍舊羞怯。「妳還好吧？」她又說。

「謝謝妳。我有點累，但我還好。」

「在妳覺得好點前，都不要太勉強自己，好嗎？就這麼說定囉。倘若妳需要請假，通知接待處即可，好嗎？」

安奈莉嘗試裝出感動的模樣。分享感情是件好事。

她相信大家將之稱作「情感連結」。

第三十四章

二〇一六年五月二十七日星期五

該死，這麼早就離開是誰的鬼點子？阿薩德嗎？他在他們開往南方時問自己。那沒刮鬍子的傢伙在這一百五十公里，都在他旁邊打鼾。這個厚顏無恥的混球！

「醒來，阿薩德！」他狂吼，害阿薩德的額頭猛然撞上膝蓋。

阿薩德環顧四周，一時摸不清頭緒。「我們在這裡做什麼？」他昏昏欲睡地問。

「我們已經到半路了，如果你不和我說話，我會睡著。」

阿薩德揉揉眼睛，抬頭看路標。公路潮溼，閃著光澤。「我們才到歐登瑟？我想我再小睡一下好了。」

卡爾用手肘頂他側腹一下，仍無法阻止阿薩德開始打盹。

「嘿，醒來，阿薩德。我一直在想一件事，聽我說。」

阿薩德嘆口大氣。

「我昨天去探望我的前岳母，她就快要滿九十了，變得古怪又孤僻，但每次我去探視她時，她都可以秀新花樣給我看。」

「你以前提過這件事，卡爾。」他邊說邊閉上眼睛。

「對，但昨天她要我教她自拍。」

「嗯。」

「你聽到我說的話沒？」

「有啦。」

「我在想，蜜雪兒的手機裡一定有很多照片。倘若她曾和犯下搶劫案的女孩一起自拍的話，我一點也不會驚訝。那是說，如果她眞的是個共犯的話。」

「你似乎忘了，那不是我們的案子，卡爾。反正手機摔爛了，完全銷報。」

「是『報銷』，阿薩德。但那不打緊，那是支iPhone。」

阿薩德不情願地睜開眼睛，睏倦地看著卡爾。「你是說……」

「對，在雲端可以找到所有東西，或她的電腦、iPad、我們所能找到的任何電子產品，或者IG或臉書……」

「你不覺得調查小組應該早就想到了嗎？」

卡爾聳聳肩。「可能吧。蒲羅對大部分的事都思路敏捷，但我們也許可以提醒他。你覺得呢？」

卡爾對自己點點頭，轉頭看向阿薩德。那個大傻瓜又睡著了。

與薇嘉相處多年，又在街道上被流鶯和皮條客環繞過許多時光後，卡爾以爲他的容忍度已經超出一般人許多，但當他站在弗倫斯堡港的奇娜·馮·昆斯威克的畫廊裡，他的心胸開放程度瞬間遭受嚴厲測試。你不能確切稱眼前的畫爲色情畫作，但也實在相去不遠。巨大的牆壁上掛滿鉅細靡遺、色彩鮮豔的女性生殖器官巨型繪畫。

一位奇特的女人身著完全展示其怪異個性的服裝，輕快地走進房間，卡爾瞥見阿薩德的眼珠幾乎要掉出來。她踩著超高高跟鞋走向他們，宛如天堂鳥，卡爾一眼就看出來，蘿思的確受這位童年好友影響很深。

「Willkommen，bienvenue，歡迎，我的朋友們。」她的聲音大到那些態度可疑但又似乎全神貫注的畫廊訪客，無法不注意到她的隆重入場。

她親吻卡爾和阿薩德的臉頰好幾次，次數多得超過德國北部的正常標準。她用那雙棕色大眼挑逗十足地看著他們，卡爾很擔心阿薩德會膝蓋一軟跪下。

「你沒事吧？」看見阿薩德的頸子血脈賁張時，他對他低語，但捲髮沒有回答。反之，他將所有精力放在斜睨那個女人身上，彷彿他正直視著燦爛太陽。

「我們在電話上談過。」阿薩德的聲音柔滑如絲，連西班牙流行情歌歌手都自嘆弗如。

「是有關蘿思的事。」卡爾得在性感氣氛完全接管這裡前，連忙打斷。

又名奇娜的卡洛琳點點頭，眼神裡滿是憂慮。「是的，聽起來她最近不太好。」她說。

卡爾瞥見遠處玻璃展示櫃上，有台應該會煮出好咖啡的Nespresso咖啡機，上面掛了一幅正在分娩中的鮮紅和紫色陰部畫作。

「有地方能讓我們談談嗎？」卡爾有點分神地問道：「我想找個可以喝咖啡的地方。從哥本哈根過來這裡很遠。」

辦公室牆上的裝飾比較不那麼挑釁，而那位自詡爲藝術家的偶像人物，行徑也變得比較正常。

「是的，蘿思和我斷了聯絡好幾年了，那眞可惜，因爲我們**真的是**好朋友，但我們也**南轅北**

轍。」她直瞪著前方半晌，因想到過往回憶而略微失神，然後點點頭。「我們的職業非常不同，又各自占據很多時間。」

卡爾了解，她完全不需強調她倆之間的差異。

「妳可能已經猜到，我們眞的得挖掘到蘿思現在問題的核心。」他說：「也許妳能提供我們蘿思和她父親之間的更多細節？我們知道他對她像個暴君，情況一定很糟。但確切來說，他究竟做了**什麼**？妳能給我們一些例子嗎？」

卡洛琳試圖將她的想法化爲字眼，此時，她看起來令人驚訝地正常。

「例子？」她最後說：「你們有多少時間？」

卡爾聳聳肩。

「儘管說吧。」阿薩德回答。

她露出微笑——只持續一秒鐘。

「說蘿思從未自她父親那，聽到一句正面或仁慈的字眼，這話絕對不是謊言。碰上她，他就變得冰冷殘酷。雪上加霜的是，他還讓蘿思的母親也不敢對她說任何好話。」

「但他卻不會對其他妹妹如此？」

她搖搖頭。「我知道蘿思年紀大點時，便試圖以不同方式安撫他。但當她爲全家做飯，他一定會在咬第一口後，滿臉嫌惡地將一瓶水倒在盤子上；如果她吸地板，只要有一粒沙子沒有吸到，他就會把菸灰缸倒在地上。」

「聽起來很不妙。」

「是不妙，但那還不算什麼。他寫紙條給校長說，蘿思在家嘲笑老師，說老師的壞話，他要求老師們給蘿思灌輸一些敬意。」

「不會吧?」

「就是這樣。她母親買衣服給蘿思時，他會大笑，指著她叫她『醜女孩』，還說如果她去照鏡子，鏡子會裂開來。如果一本書沒放好，他就會把她的東西從架子上扔下來，這樣她才能學會保持房間整齊。他欺凌她時，如果她採取自我封閉的態度，他就會命令她去雜物間吃晚飯。如果她膽敢向伊兒莎或維琪借香水，他會說她是難聞的妓女。」

阿薩德小聲用阿拉伯文說了什麼，那通常意味著他對他們在討論的人沒有好感。

卡爾點點頭。「所以妳的意思是他是個混蛋。」

卡洛琳低頭。「混蛋?我沒有可以描述他的確切字眼。蘿思接受堅信禮(注)時，他讓她穿一件舊洋裝，因爲他不想在她身上花錢。他們沒有爲她舉辦派對，因爲反正她又不會好好珍惜，所以何必花錢買禮物?你認爲，對這樣對待女兒的男人，『混蛋』這個字眼夠強烈嗎?」

卡爾不由得搖搖頭。打擊小孩的自信有許多方式，但沒有一個能自圓其說。

「我了解妳說的了，但那能解釋我早先告訴妳的事嗎?有關蘿思每天在日誌裡發洩她對父親的恨意一事。」

奇娜毫不遲疑。「你得了解，他一下班回家，就沒有一刻沒在霸凌她。比如他喜歡問她根本沒答案的問題，她當然無法回答，然後他就嘲笑她笨。而如果他在其他孩子面前羞辱她，卻能完全脫身的話，那更合他意。她告訴我，她學騎腳踏車時——她被迫轉學，所以她得學騎車——她父親假裝在後面扶她，爲她保持平衡，但她一轉方向，他馬上放開腳踏車，害她摔下車，傷得很重。」

注 堅信禮(Confirmation)，基督宗教的禮儀，象徵人通過洗禮與上主建立的關係獲得鞏固。

她望向卡爾，嘗試保持鎮定。「這一切很難記得清楚，但一開始講起來，我便逐漸回想起所有的事。我清楚記得在他們全家旅行時，她父親會強迫她待在家，因爲他不要在大家開心的時候，看見她乖戾的臭臉。他偏心其他妹妹，讓她自卑到自我完全消失。

「當她偶爾有機會忘卻心靈創傷時，他就會把她逼到死角，就像她要考高中最後學測那次，他整晚大聲喧嘩，吵得她無法入睡。她也和我說，她稍微感冒或有點不舒服時，他就跟她說她會死。他最狡猾的就是假裝和藹。比如他會指著菜圃裡的草莓田，告訴她，她可以摘哪一排的草莓。等她眞的摘好後，他會像個瘋子一樣大吼，告訴她那些草莓有噴農藥，她一吃就會死，而且會死得很痛苦。」

卡爾眼神空洞地瞪著前方。可憐的蘿思。

「妳不記得任何好事嗎？」他追問。

卡洛琳搖搖頭。「他**從不**道歉，每次蘿思犯了很小的錯誤，他就會逼她不斷重做。」

「但爲什麼要這樣，卡洛琳？妳知道原因嗎？」

「可能是因爲她父母認識時，蘿思的母親已經懷有身孕。至少這是我想得到的可能性。除了這個可能性外，完全無法解釋。他是個徹底的瘋子，她痛恨蘿思，就因爲他霸凌她時，她從來沒有哭過。」

卡爾點點頭，這樣的確說得通。他納悶她的妹妹們是否知情。

「然後妳進入她的人生？」阿薩德說。

她笑容燦爛。「是的。當她爸霸凌她時，我教她嘲笑那位所謂的父親。那使他火冒三丈，但也使他的攻勢減弱些。他不是那種能忍受自己成爲笑柄的類型。我也告訴她，如果他故態復萌，她應該殺了他。我們有年夏季對這點子笑個不停。」

她隨即安靜下來，彷彿以後見之明將一切都想通了。

「妳在想什麼，卡洛琳？」卡爾問。

「我在想他的確得到了最後的勝利。」

卡爾和阿薩德不解地望著她。

「她想繼續念書，但他卻叫她去軋鋼廠上班。那當然是他工作的地方，不然還會去哪裡？他不打算放棄對她的控制，對吧？」

「她爲何不搬到其他城市，遠離折磨她的人？」

奇娜將和服拉緊，裹住身子。她回到現在了，這不再是她的問題。展覽室的門鈴突然叮噹大作。

「爲什麼？」她聳聳肩。「說到底，他讓她鬥志全消。」

「他毀了她的一生，你不覺得嗎？」

卡爾眉頭緊蹙。他眞希望他幾年前就知道今天查訪到的內幕。

「你認爲蘿思殺了她父親嗎？」阿薩德繼續說。

「如果是她做的，也沒有證據。」

「**萬**一我們能證明呢？」

卡爾瞪著車窗外的黃花之海。油菜花田現在就盛開了，是不是有點早？他從不記得過去有這麼早開過。

「你覺得呢，卡爾？我們有什麼打算？」

「你聽到奇娜的說法了，也許目前我們保密對蘿思最好。」

「同意，卡爾，我也有同感。」阿薩德鬆了一口氣。

他們沉默地坐了好一會兒，直到思緒被電話鈴聲打斷。阿薩德按下螢幕上的綠色電話圖案。是高登。

「你的查訪結果如何？」卡爾問：「你想辦法甩掉電視台的人了嗎？」

高登好像笑了，但關於高登，你永遠說不準。

「是的。」他回答。「他們在二十分鐘後離開，因爲一點也不刺激。他們說不想浪費心思拍攝我已經做過的挨家挨戶查訪。除此之外，他們一直問我夜店和肇事逃逸的細節。我不認爲他們眞的對麗格莫的案子有興趣。」

卡爾莞爾一笑。全照著計畫走。

「但他們離開得太早，因爲我在康根大道的咖啡館碰上一個傢伙。他住在伯格街，我早些時候曾和他談過。自那之後，他和他女友討論了我們的談話內容。他女友在麗格莫被殺害那天過生日。她記得在那特別的一天，曾在伯格街上看到一個大塊頭，慢慢走過街道，好像有點……她沒辦法描述，但說他似乎非常緊張，彷彿他煩躁不安或內心很激動之類的。」

「他們爲何沒和我們聯絡？」

「他們是想但一直沒時間。」

卡爾點點頭。每個調查人員都很清楚這種情況。

「她記得那時是幾點嗎？」

「記得。她那時正要過去找在八點左右要替她辦生日派對的朋友。」

「那時這個男人在做什麼？」

「他就站在布莉姬住的公寓樓下，隔了幾戶遠。那很奇怪，因爲他似乎沒注意到滂沱大雨。」

「她能描述那個大塊頭嗎？」

「她說他穿著還算講究，但全身髒兮兮，長髮油膩膩。她可能因爲這樣才注意到他。她說這樣的組合有點古怪。」

「她的記憶清楚到可以給我們的人像素描家一個描述嗎？」

「他的臉不行，但她能描述他的身體姿勢和衣服。」

「好，辦好這件事，高登。」

「我已經辦好了，但還有別的，卡爾。我找到另一位目擊者。有人在案發前不久看到麗格莫。事實上，他和凶殺組的調查人員說過，但從沒得到任何回應。」

「他什麼時候和他們聯絡的？」

「謀殺案隔天。」

「那有寫在報告裡嗎？」

「沒有，我找不到他的目擊證詞。」

阿薩德翻個白眼，卡爾同意。若帕斯高的小組能破此案，那會是個奇蹟。

「這個目擊者看到什麼？」

「他看見麗格莫在街角打住，回頭往後慌張地張望，突然開始跑。」

「在哪個街角？」

「克勒克街和皇太子妃街交叉口。」

「好，那離國王花園只有一百公尺。」

「對，她往那個方向跑，但他沒有看到後續，因爲他正走在皇太子妃街的反方向。他住在尼柏格。」

「那男人對此有何看法？」

「可能雨下得太大，或她突然想到她快遲到了。他不知道。」

「你在哪找到他的？」阿薩德插嘴，將腳擱到儀表板上，這姿勢會惹惱任何瑜伽老師。

「是他找到我。他聽到我在他工作的地方查訪。」

「幹得好，高登。」卡爾鼓勵道。「帶他進總局，這樣我們就能再問他一次，懂嗎？我們三十分鐘後回去，你想你那時能把他帶回警察總局嗎？」

「我試試看，但我不認爲你有時間，卡爾。警察總長本人剛親自蒞臨地下室問東問西。他要你一回去就去向他報告。他看起來很認眞，所以你最好照辦。有關電視台人員得有東西能拍攝之類的。」

卡爾和阿薩德不禁對看一眼。剎那間，要回總局的時間可能會超過半小時。

「告訴他，我們輪胎爆胎，開進水溝裡去了。」

那一頭傳來很長的沉默，顯然高登並不買帳。

第三十五章

二〇一六年五月二十七日星期五

蘿思恢復意識後，注意到的第一件事是大腿後部傳來的劇痛。混亂不已的雜沓聲響和模糊影像短暫閃過她腦海。一記痛擊，掙扎著處理她身體的手，刺耳的聲音和某種東西被撕扯開的破裂聲響。

她慢慢睜開眼睛，看見一道微弱的白色光芒從她身旁的門縫下緩緩爬過。她不認得這個房間，搞不清楚她坐在什麼東西上面。接著，她感覺到後腦杓的悸痛和壓力。那是因爲酒精，還是發生了什麼事？她不了解。她試圖呼救，但發不出聲音，因爲有東西綁住她的臉，讓她的嘴沒辦法張開。

她試圖動動上半身，立即明白是怎麼回事。她不知道這是怎麼發生的，但她以坐姿被綁住，手臂拉高過頭，雙手綁在某種冰冷的物體上。腳踝被綁在一起，背部壓在平滑的東西上。某種東西繞住她脖子，阻止她身子往前傾，連幾公分都辦不到。

她完全不知道發生了什麼事。

她可以清楚聽到門的另一側，有兩個的聲音在爭辯。女人的聲調聽起來年輕，但尖銳刺耳，她絕對沒有聽錯她們的對話。她們在爭論她的事，有關她該死還是活。

不管妳們是誰，就殺了我吧，她心想。至於要用什麼手法完全無所謂，結果都一樣：她可以獲得平靜。

蘿思闔上雙眼。只要頭痛仍舊劇烈，她就可以將腦海中揮之不去的思緒推到一旁。她父親殘缺不全的軀體的影像瞬間掠過，想忘也忘不掉。手臂從厚重鋼板下伸出，指控她的手指直直指著她不放。潺潺流向她鞋子的暗紅色血液。她憶起救護人員在那天稍晚載她回家時，母親臉上的淡淡微笑。警方已經等在屋外，所以她母親顯然已經得到意外的通知，那她爲何微笑？她怎麼會有精力微笑？爲什麼一個安慰的字眼都沒有？

別再想了！她在內心狂喊，但這些思緒桎梏在她腦海裡。蘿思比任何人都清楚，如果她不小心點，這只是序曲，更悲慘的畫面和字眼會在任何一刻如洪水般猛烈襲來。

比以前更黑暗的影像，更傷人的字眼和無法止息的記憶。

她與綁住她手臂的力量掙扎。在遮住她嘴巴、逼迫她沉默的物品後呻吟。接著她盡全力往前傾，想掙脫脖子上的鑾力，但只往前幾公分就幾乎讓她窒息。她一直保持這個姿勢，直到壓力導致她再度失去意識。

她恢復意識時，那兩個女人站著從高處觀察她。一位是麗格莫的外孫女，臉上表情堅決，手裡的尖銳物品看起來像是尖鑽。另一個女孩則握著一卷膠帶。她們想要把我刺死嗎？她納悶，但馬上排除掉這個想法。如果她們打算這麼做，爲何另一個女孩還拿著膠帶？

蘿思的目光梭巡，認出房間。她們在麗格莫的浴室，她被膠帶緊緊黏在馬桶上，那解釋了她大腿的劇痛。蘿思盡全力掙扎，但沒辦法往下看看自己，因爲她脖子被綁。但如果往左瞥向洗手台和鏡子，她可以從自己的倒影中，看到她們對她做了什麼。她的長褲和內褲被往下拉到腳踝處，膠帶緊緊將她的大腿綁在馬桶上，腰部則被束在身後的水箱上。她的手往上舉，被麗格莫的兩條皮帶固定在牆壁的掛桿上。她認出有條皮帶是她在聖誕節送給麗格莫的禮物。麗格莫並不眞心喜歡這條黃色細皮帶，但她還是基於禮貌，在聖誕節期間帶了一陣子，之後就再也沒有用過。

膠帶捆住蘿思的嘴巴，絲巾做成的繩子綁住脖子，兩端綁在牆壁的掛桿上。現在她憶起她曾試圖勒斃自己，但不管她多努力嘗試，仍舊以失敗告終。每次她設法失去意識時，她都會再度清醒過來，鬆開脖子周遭的東西，讓血液流回大腦。

如果可以說話的話，她會說服那兩個女孩放她走。她對她們毫無興趣，她不了解爲何有必要如此對待她。所以她嘗試以眼神發送訊號，告訴她們她願意合作，但她們視而不見。

她們做了什麼好事，以致她會變成一種威脅？

「我們是不是就讓她坐在那，直到我們逃走，丹尼絲？」拿著膠帶的女孩說。

丹尼絲？蘿思努力集中精神。她的名字不是杜麗嗎？還是麗格莫曾一度提到她外孫女改了名字？蘿思好像有這個印象。

「妳有更好的建議嗎？」丹尼絲不耐煩地問。

「當一切結束後，我們會打電話給別人，說她在哪，對吧？」

丹尼絲不置可否地點點頭。

「但如果把她綁在這，我們要在哪裡小便？」另一個女孩問道。

「妳得用洗手台，潔絲敏。」

「在她看著我的時候？」

「就假裝她不在這就好了，又沒差。她歸我管，懂嗎？」

「但我不能在洗手台裡大便啊。」

「那妳就得到隔壁去，門沒鎖。」

丹尼絲彎下腰，直視著蘿思。「我們會不時給妳喝水，但妳得保持冷靜，不然，我會再把妳敲昏，懂嗎？」

蘿思眨了幾次眼睛。

「我是認眞的。那可能會比這次還痛，懂嗎？」

蘿思又眨了眨眼睛。然後丹尼絲將那個尖銳物品舉向蘿思嘴邊的膠帶。「我要用這個在膠帶上戳個小洞。可以的話，把嘴巴張開。」

蘿思盡力張開嘴巴，但那個尖鑽一刺過膠帶，她就嘗到血味。

「抱抱抱歉！」丹尼絲在看見鮮血從洞中流出時驚呼。「但這樣妳才能喝水。」她邊說邊舉起醫院裡用的那種吸管。

她將吸管插入洞裡，蘿思被刺傷的上唇被推向內，她感到一股痛楚，臉龐不由得扭曲起來。在她從滿是牙膏漬的玻璃杯裡吸水上來前，她呑下好幾口血。她推斷，只要她們肯給她水，她們就會留她活口。

儘管最近丹麥的天氣炙熱到被視爲熱浪，浴室裡還是很涼爽。幾小時後，蘿思開始覺得冷，或許主要是因爲血液循環不良的關係。

如果我不能動，我會有血栓，她忖度著，收緊小腿肌肉，這樣她小腿的血液循環才不會完全停止。總而言之，她目前的情況糟糕透頂，她心知肚明。在這種姿態下，她可能可以存活幾天，但也許女孩不需要那麼多天就會消失無蹤。她們說過會打電話給別人，讓他們知道她在這。那時會發生什麼事呢？她會再度入院嗎？她們打電話通知的那個人，可能會找到她母親或妹妹們，然後她妹妹們會衝過來。到那時，誰能阻止她們找到那份遺書和刮鬍刀？那可不妙。如果她都已經走到要自殺的地步，精神科醫師這次不會再輕易讓她出院。所以，死在這裡會不會好一點？

我會保持不動，然後我遲早會有血栓。那兩個女孩完全不懂這方面的事。她等待著，氣息從吸管裡「嘶嘶」噴出，如喘氣般。她納悶非常注重清潔的麗格莫爲何會將髒衣服留在洗衣機裡。

還有，爲何年事已高的她仍在烘衣機的架子上存放衛生棉，鉤子上爲何還掛著一些老舊破損的絲襪。她還在修補破損的絲襪嗎？她辦得到嗎？她緊閉雙眼，想像熟練的雙手仔細縫合薄薄的布料，但那影像被她父親口吐白沫的臉和充滿恨意的眼睛所打斷。

「我叫妳過來的時候，妳就給我過來，小鬼。」他恨恨地咬牙說道。「叫妳來就跟我來，叫妳滾就趕緊滾，懂嗎？」

那張臉越變越大，字眼懸掛在半空中，縈繞不去，永無止境地重複著。那影像使蘿思的心跳狂烈，整個人恐慌到逼近崩潰邊緣。她的臉頰吸滿空氣，透過吸管的喘氣越來越急促，聲音大到幾乎像尖叫。蘿思想釋放狂喊出聲，卻辦不到。

她就在馬桶上釋放膀胱壓力，就像在那可怕的一天，當她感覺到口袋裡的呼叫器震動時一樣。

丹尼絲下回拿水來時，蘿思全身汗涔涔。「妳會太熱嗎？」她問，離開浴室前將暖氣的溫度計整個往下轉，然後將門掩著，留下一條縫。

儘管微弱黯淡，走廊還有一些陽光。這時節難以判斷時間，因爲直到晚上十一點，天才會天黑。現在還不可能那麼晚。

「新聞一直持續在報，丹尼絲。」不久傳來潔絲敏在客廳的說話聲。「他們已經播報蜜雪兒的新聞一整天了。」她繼續說。

「那就把電視關掉，潔絲敏！」

「他們知道在我們搶劫和伯娜遭到槍擊時，她在夜店。他們也知道，她是和另外兩個女人一起前往。他們似乎懷疑派崔克那傢伙，他可是知道我們的名字，丹尼絲。他在醫院裡聽過。」

「有嗎？但我們不確定他是不是還記得，沒錯吧？」

「他可以描述我們的長相——我**非常**確定。警察在找我們。我**就是**知道，丹尼絲。」

「別鬧了，潔絲敏。他們不知道我們在哪，等我們搞定這件事，誰都不會認出我們，對吧？我們現在去浴室。」

儘管蘿思內心一片混亂，她逐漸明瞭她們的對話。她身爲調查人員的經驗排除掉原本腦中的可怕想法，而她的警察本能沸騰——她不想讓她們逍遙法外。

潔絲敏提到搶劫和一個叫伯娜的人在夜店外遭到槍擊。客廳裡的女孩知道她對此有所知悉嗎？蘿思想起她第一次踏進這公寓、發現她們的那一刻。她說的最後一句話是什麼？——她們非法入侵麗格莫的公寓，她會去報警。所以這就是原因。她們怕她，她是敵人，所以她現在會坐在這。她們逃走時會把她留在這，沒有人會打電話給誰，結論再明顯不過。

兩個女孩一起走進浴室，蘿思連忙閉上眼睛假裝睡著。她現在最不想讓她們發現她偷聽到她們談話。

丹尼絲立即坐在洗手台上撒尿，潔絲敏脫下衣服，爬進浴缸。她倆都把頭髮剪短，完全改變外貌。

「我討厭短髮，丹尼絲。我得花五年多才能長回原本那麼長。我他媽的想哭。」潔絲敏說，將染髮劑擠在頭皮上，拉上浴簾。

「我們一到巴西，妳就可以用很便宜的價錢上髮廊，想怎麼接髮，就怎麼接髮，所以不要再抱怨了。」丹尼絲邊說邊笑著從洗手台上跳下來。她從蘿思身旁抽取了幾張捲筒衛生紙，抹抹下體，將紙丟進麗格莫以前放髒衣服的籃子裡——所以她的髒衣服才會被丟進洗衣機裡。

蘿思從半闔的眼睛觀察丹尼絲的每個舉動，但丹尼絲沒有往她這個方向看。在她們的眼中，她已經死了嗎？還是丹尼絲眞的以爲她在睡覺？接著，丹尼絲轉身面對鏡子，看著短髮，上下搖動染髮劑的瓶子。蘿思冒險將眼睛張大一點。丹尼絲的背部有三道抓痕，在這麼漂亮完美的軀體上，那顯得很突兀。

「妳確定安妮—琳不會認出妳嗎，丹尼絲？如果她不讓妳進門，那怎麼辦？」潔絲敏從浴簾後面叫道。

「我騙過比她更聰明的人，潔絲敏。我會在她知道是什麼打到她之前，就讓她倒下來。」丹尼絲回答，突然轉身。

她直瞪著蘿思，彷彿感覺到蘿思看著她的目光。

蘿思來不及閉上眼睛。

第三十六章

二〇一六年五月二十九日星期日和五月三十日星期一

在卡爾位於羅稜霍特公園的家中，馬庫斯．亞各布森坐在一張花園桌子旁，揮手婉拒卡爾放在他面前的一罐啤酒。

「不，謝謝你。我想說戒就戒，所以別再拿香菸或酒給我。這些時日以來，我一直試著照顧自己。」

卡爾點點頭，點燃一根香菸。就統計數字而言，奇蹟偶爾會發生，但這是卡爾的特別啤酒，還有比這更棒的嗎？

「嗯，卡爾，你看過我的紙條了嗎？」

卡爾咬緊牙齒搖搖頭。「我還沒有時間，但我會看的，我保證。紙條都在我桌子上。」

馬庫斯難掩一臉失望，他有理由如此。畢竟，他是那位教導卡爾所有調查工作相關知識的人，而卡爾沒認眞看待他的建議，那眞的讓他心裡很不舒坦。

「好，馬庫斯，我得對你坦承，我對你和那個案子有諸多懷疑。你以前對那個案子如此念茲在茲，我認爲你將那兩個案子連結在一起可能是一廂情願。但就像我說的，我保證現在會去查查它們，所以我才邀你過來。」

「嗯！所以你不單只是看在老同事份上邀我過來。你還有什麼打算？」

卡爾不由得長長嘆口氣，他原本沒打算嘆那麼久的氣，但也許這樣會帶來有利的效果。「你知道的，因爲蘿思我們現在有點進入低潮，所以我想，你也許可以幫點忙。」

馬庫斯露齒一笑。「我假裝這不是你們的案子？」

卡爾看著香菸煙霧在半空中裊裊升起。他當然知道馬庫斯不會在他背後捅他一刀，但那個問題還是有點太直接了，他不太喜歡。

「你知道整個程序，馬庫斯。你有所有相互衝突和令人困惑的直覺，我很討厭這點，然後還有蘿思的事。我們需要深究一個案子時，通常得仰賴蘿思，但她現在沒辦法幫我們，不是嗎？我們之中的任何人都沒料到我們這麼需要她。」

馬庫斯微笑。「所以你想要我『深究』的是什麼，卡爾？你的直覺告訴你什麼？」

「我需要知道有關齊默曼家庭的所有背景資料。我們已經知道麗格莫的丈夫許多事，而他絕對不是個聖人。」他告訴馬庫斯他們所知的費里澤的黑暗過去、他的晚年生活和死亡方式。

馬庫斯點點頭。「沒錯，不是你會稱爲楷模的那種人。但你既然提到，我想凶殺組曾調查過淹死在丹胡斯湖的那男人的案子。所以那是他，對吧？」

他們聽到走廊傳來細微的哼唱聲。莫頓和哈迪回家了。

馬庫斯展露笑顏，他很期待這個團聚。他站起來走到門口歡迎他倆。看到他們的前任硬漢老闆彎下腰擁抱老同事，很令人動容。

「這趟旅行如何啊，老小子？」馬庫斯問道。哈迪最後總算將電動輪椅開到花園桌旁。

「這個嘛……」他的回答小聲到幾乎聽不見，而雙眼布滿血絲的莫頓從屋子走向他們，以悲傷的語氣問他是否能爲他們效勞。

「我們很好，謝謝你，莫頓。」

「那樣的話……我想……我要去躺一躺。」他抽抽噎噎地說著。

「他是怎麼了？」直到他們聽不見莫頓下去地下室的腳步聲後，馬庫斯狐疑地問。

哈迪看來很疲憊。「心碎。如果你不想看見到處成雙成對的戀人，那麼在五月的陽光中出門去踏青就不是個好點子。他一路上嚎哭得像隻海豹孤兒。」

「嗯，被甩是很難釋懷的。」馬庫斯搖搖頭，轉向卡爾。他轉瞬間已經恢復調查人員的角色。「你對布莉姬的丈夫知道什麼？」

「什麼也不知道。等你『深究』後，我們還指望你告訴我們呢。」

如同電話裡同意的那般，他們於星期一早上十點抵達軋鋼廠，在大門旁左邊的警衛室碰面。一位年邁男人和中年婦女站在列奧・安得森身後，他們顯然很看重這次的導覽。

列奧微笑，指指骨瘦如柴的男人。「波勒・P是這廠裡最年長的前任員工。我退休前在這裡工作了三十年，而拉娜是廠裡最新的員工，所以我們三個應該可以回答你對這工廠多年來的任何疑問。」

他們彼此握手。

「波勒和我會領隊，拉娜是我們的保安官，她馬上會提供你們安全頭盔和安全鞋。可以問你們的尺寸嗎，兩位？」

三人全低頭看著阿薩德和卡爾的腳。

「我可以建議你穿四十五號，卡爾，阿薩德穿四十一號嗎？」列奧繼續說道。

「是可以，」阿薩德說：「但如果不讓我穿四十二號，你可以當場殺了我。」他是唯一被自己的笑話逗笑的人。

他們離開警衛室，卡爾簡短告知他們與班尼．安得森會面的內容。從他們有所保留的表情判斷，他們很熟悉班尼這個人。

「他是因錳中毒而領到賠償金的人之一。」波勒忿忿地說：「我不知道其他人怎麼想，但如果你問我，我會說班尼絕對沒有錳中毒。」

「誰在乎？工廠終於擺脫掉他了。」列奧以可以理解的態度補充。

「嗯，他的確不是廣受人喜歡的那一型。」卡爾說：「但我覺得他很喜歡蘿思，所以他不可能壞到哪去吧。你們知道他們之間的關係嗎？」

「我想我們什麼也不知道。他就是喜歡女人，還有**真的**非常痛恨阿納．克努森。」

「你知道為什麼嗎？」

「老實說，我們大部分人都不喜歡他。阿納對誰都很蠻橫，尤其是蘿思。任何和他接觸過的人都能清楚看出這點。她不該和她父親並肩工作的。」波勒說著。在他們轉過轉角時，他伸手一揮，展示他們眼前的龐大工廠。

考量到工廠經手的龐大鋼鐵數量，建築物旁井然有序和空曠的地帶令人吃驚。舉目不見任何人影。三百四十位員工都跑到哪裡去了？儘管工廠面積如小島般大，建築物又龐大如機棚，能夠容納數千人，但三百四十名員工應該不可能就這樣憑空消失。卡爾原本想像現場會有如山高的廢鐵、到處噪音充斥、人聲鼎沸、一群群穿著工作服的魁梧男人忙碌穿梭，埋首於工作。

列奧大笑。「可能不同於你的想像，現在什麼都改變囉，工廠已經自動化。技術熟練的員工坐在操縱桿前面，按按鈕和監視螢幕。自從我們停止自己熔化廢鐵後，工廠便是如此運作的。現在它是俄羅斯老闆經營的外銷公司——」

「阿納．克努森在一九九九年死亡時，工廠是什麼光景？」卡爾打斷他的話。

「非常非常不同，但嚴格說來也沒差那麼多。」波勒說：「首先，當年員工超過千人。現在半島上有另外一家公司，但當年我們都隸屬於投資公司A．P．莫勒和EAC旗下的子公司。後來發生該死的錳事件，同時也出了不少事，害公司獲利變少。在二〇〇二年，我們破產。一個時代就這樣結束了。」他指指靜置在露天混凝土地上的成排鋼胚。

「當年，我們是回收公司，每年買進八十萬噸廢金屬，熔化後加工成鋼板、條鋼和強化鋼鐵。我們爲橋梁、隧道和各種建設提供建材。現在，就像你看到放在這裡的鋼胚，我們進口鋼胚，將它們軋延成鋼板。」

他打開通往生產區的門，裡面如此龐大，阿薩德震驚得將手按在頭盔上。卡爾發現一眼無法望盡整個區域。

「意外是在這裡發生的嗎？」他指指讓鋼胚就位的輸送帶，附有巨大磁鐵的起重機舉起它們，運送到其他位置。「是像這樣的超大鋼胚殺了阿納．克努森嗎？」他提出疑問。

波勒搖搖頭。「不，意外不是發生在這裡，而是在舊區的W15那裡。這是二十噸的鋼胚，殺死阿納的只有十噸重。」他聳聳肩。即使只有十噸也遠遠足夠。

「如果蘿思現在仍在這裡工作，她可能會在那個辦公室裡工作。」他在他們抵達大廳角落時說，那裡有一道玻璃隔間，隔開令人望之生畏的工廠生產地帶和一間典型的工廠辦公室。他指著裡面一位穿著藍色工作服的年輕漂亮女人，她正看著電腦螢幕。他們對彼此揮揮手。「那是蜜卡，她是分類作業員——蘿思當年就是做這個工作，當她父親的學徒，他也是分類作業員。他們負責將注明數字的鋼胚以特定次序送去加工處理。這裡的**每樣東西**都是預定好的。我們確切知道何時運送什麼，要送給誰，又要送去哪裡。我們用白色號碼和文字來標示個別鋼胚，將它們加熱，軋延變成客戶想要的尺寸。你們等會就可以看到整個過程。」

他們走近大廳底部時，燈光從亮晃晃的白光轉成黯淡的黃光。

W15區比較原始，比較貼近卡爾的想像。精巧的鐵製建物、橋梁、管子、鋼鐵樓梯、吊裝裝置、滑桿和加熱爐，共同組成一幅未來光景，活像他父親農場倉庫的迷你版。

列奧往上指著他們頭上的一架起重機，它由一大堆鋼絲吊著，是德馬格生產的巨大機械。「它從地面舉起鋼胚，移到輸送帶那邊，直接將它們運到加熱爐。你瞧，蓋子現在是打開的，所以你能感覺到高熱。我們將爐子加熱到一千兩百度，足以熔化鋼胚、製造出鋼板。」

觀看電磁吸盤時，他們全體陷入沉默。「就是那個把鋼胚掉到阿納・克努森頭上的。」波勒說道：「他們說那是意外斷電，但意外的機率有多高，我不知道。」

「好。誰負責操作像那樣的機器？」卡爾問道，不由得倒退，加熱爐散發出來的高熱幾乎讓人無法忍受。現在他了解大廳尾端的牆壁爲何打空、直接通往戶外了。

「加熱爐另一邊的控制室裡的人，他們負責操作控制儀表。」

「那天是誰坐在那？」阿薩德追問。

「對，這就是問題所在。那時正好碰到換班交接。老實講，這種情況應該不可能發生，但我們眞的不確定是誰坐在裡面。」

「我們問過班尼，他說那時不是他坐在控制室裡。」

「好吧，但我對那一點也不記得。那個時候他東跑西跑，到處跑，同時操縱和兼任工廠裡幾個不同職位。」

「如果蘿思和阿納通常都坐在辦公室裡，也就是剛才那位年輕女人坐的地方，意外發生時，他們爲什麼會在下面這裡呢？」

「喔，你一定誤會了。蜜卡坐在裡面的，是分類作業員的新辦公室，當年這部分的大廳尚未興建，只有這裡而已。」他轉身指向他們身後的一棟木造建築。「他們坐在那邊的辦公室裡。偶爾會下來鋼胚堆這，爲下批要送進加熱爐的鋼胚做記號。」

卡爾環顧四周。「你怎麼想，阿薩德？有任何蹊蹺嗎？」

他低頭看警方報告。「報告上只說，電磁吸盤失靈，而阿納違反安全規定，站在被起重機舉起的鋼胚下方。沒有人該爲那個事件負責，它被裁定爲意外。雖然電磁鮮少失靈，那幾乎是不可思議的事。阿納被認爲是唯一該負責的人，爲不遵守安全規定付出慘痛代價。」

「所以意外發生時蘿思在辦公室裡嗎？」

「不。當大家聽到他尖叫時，有些人從前面的區域跑過來。他們發現在他嚥下最後一口氣時，蘿思就在他身旁。她就杵在那，震驚到不知所措，雙手擺在身體兩側，發不出任何聲音，眼睛呆瞪著，滿是恐懼。」

「你當時不在這裡嗎？」

「不在，」列奧回答：「那不是我的班。」

「我當時在下方的裝卸區工作，離這裡有段距離。」波勒說。

「就你在電力供給區的工作經驗而言，你認爲是什麼導致電力中斷，列奧？」

「我們的電腦系統應該能夠分析確切情況，但在這個案例裡卻無法。我個人認爲，一定是某位員工導致電力中斷，但因爲中斷的時間非常短暫，電磁吸盤只在那一瞬間鬆開鋼胚，然後馬上又運作如常。如果你問我的話，時間點實在算得太過完美。」

「所以你的意思是那是特意造成的？」

「我不確定，但我不會排除這個可能性。」

卡爾嘆口氣。那都是十七年前的往事了，當警方或勞動檢查機構的報告都無法進一步提供更多資訊時，他該死的哪還能期待更精確的答案？

「也許哪天我們能問蘿思這件事。」在他們終於回到辦公室時，卡爾說。

阿薩德搖搖頭。「你有聽到我問他們，蘿思是否有可能在鋼胚掉下來時，把她父親推到那下面嗎？他們的反應似乎很奇怪。」

「是的，我有聽到你問。但在你暗示她也許有共犯時，他們的表情更爲詭異。列奧的確提到可能是人爲故意斷電，所以他們不眞的認爲能避開那個問題。」

「但他們是怎麼算時間點的，卡爾？在他們站的地方沒有對講機，那時也沒手機。鋼胚是在一瞬間掉下來的，對吧？」

一道高高的黑影遮蔽門口。「嗨！總長叫我等你們回來時再問問。我還沒告訴他你們已經回來了。」

「謝謝喔，高登，很好。告訴他，他的電視台人員在今天稍晚或明天會有東西可以卯足勁大拍特拍，我們也會乖乖配合。」

他看起來並不開心。「反正我和那個目擊麗格莫站在街角往回望後開始跑的證人談過，但他只看到這些。他幾乎不記得太多細節。」

「眞遺憾，但你找到丹尼絲的住處了沒？」

「還沒，毫無斬獲。她在五月二十三日，也就是一個星期前，從住處消失。我和住在那棟大樓的其他人談過——有些人很古怪。我也和她母親談過了。嗯，也許不該用『談』這個字，因爲她醉得一塌糊塗，我幾乎聽不懂她說的話。」

「你是說丹尼絲失蹤了？」

「丹尼絲告訴她母親，她和一個男人住在斯雷格瑟。」

「七天前？」卡爾一臉洩氣。他們現在得擴大搜尋範圍到很遠的地方了嗎？難怪有時總覺得疲憊萬分。此時他的電話響起。

「你們倆能在布告欄上貼上我們目前在辦的案子的摘要嗎？我打完電話後，我們可以一起研究看看。」他接起電話。

「是我。」電話另一頭響起一個有氣無力的聲音，是馬庫斯。「你看了我的筆記了沒，卡爾？」他問道。

「嗯，瞄了一眼。」

「呃，你能現在看看嗎？我會等你。」

卡爾搜遍桌上的文件，好不容易找到那些紙條。馬庫斯以笨拙但清晰可讀的筆跡寫道：

史蒂芬妮．古德森案要點：

一、哈迪注意到在一場學校的犯罪防禦演講的觀眾中，有個叫史蒂芬妮．古德森的女人。

二、再檢查一次七年級和九年級的家長名單。

三、S．古德森和普通班老師主辦的懇親會，曾有兩次和家長起爭執而告終——有次甚至是和一位單親媽媽！

四、S．G在奧斯特安列公園做什麼？她應該去打羽毛球的。

「是的，我眼前就擺了一張你的筆記，列了四個要點。」

「很好。那是我們在調查時從未深究的四個要點。我們當時已經花了太多時間在此案上，而且手上同時還有很多重要案子，所以我得叫停，因爲我們已經盡可能地調查過史蒂芬妮案的相關線索，那時無法再有所突破。儘管我眞的很痛恨這點，但結論是我們得擱置本案，你知道結果會如何。擱置案子很不得已，因爲你內心深處知道案子會一直糾纏著你。

「無論如何，我是在退休時，在清理警察總局辦公室找到那些筆記。自那以後，我就將它們貼在冰箱門上，惹得我妻子老大不高興——那是說，在她生前。她總是說：『你爲什麼就不能釋懷呢，馬庫斯？』但辦案就是這樣，沒破案，心中的石頭就永遠不會落地。」

卡爾同意。他被迫擱置的案子雖不多，但總是有些你不得不放棄。

「在我看來，第四個問題特別重要。你記下那點時在想什麼？」

「可能和你現在想的一樣：妳爲何會爲到公園散步而錯過每週的羽毛球練習？一定是爲了戀情。」

「但你一直沒查到史蒂芬妮和誰碰面？」

「沒有。奇怪的是，沒有跡象顯示她當時有對象。你知道的，她是個謹慎的女孩，不會在其他人面前炫耀自己的愛情生活。」

卡爾知道那種類型的人。「那麼第一點呢？當哈迪看到這個史蒂芬妮時，他說了什麼？」

「他被派去執行無聊的犯罪預防演講，我們有時會在學校舉辦的那種。當他到教室，他看到此生所見最美麗的女人在後面牆壁前，對他展露甜美的笑容，他很難集中精神。當她慘遭謀殺時，他陷入挫折、悲傷和憤怒好幾天，因爲竟然有人奪走這麼美麗的女人的性命。他眞的很急切地想要幫忙，但你也知道，他自己的案子已經忙得不可開交了。」

「我知道史蒂芬妮是位漂亮女性。」

「哈迪告訴我，她可以讓任何男人不知所措，意亂情迷。你自己去問他。」

「你寫下第二點時，有沒有把七年級和九年級的家長名單留下來？」

「呃，卡爾，我覺得你根本沒看過我給你看的資料。我在咖啡館時給了你一張紙，你會在那找到家長名單。好好看一看，也許能發現新線索。」

「我眞的很抱歉，馬庫斯。說來很尷尬，但我的整個心思都放在蘿思的事上。」他又瞄了紙條一眼。「那第三點呢？懇親會裡總是不缺爭論，你不覺得嗎？我還記得，薇嘉和我跟賈斯柏的老師討論時，也吵過幾次架。」

「是的，你說得很對。引發爭論的那兩對家長——卡頓森和威廉森——在我問話時，也非常樂意合作。基本上，兩對父母都有相同的問題。根據普通班老師的證詞，那不是一場很愉快的討論，也很不尋常。第三點牽扯到一位單親媽媽，爭吵的核心有點私人性質，普通班老師覺得似乎話中有話。那位母親——我想她叫作碧兒特．法蘭克——弄得整個場面很難堪，因爲她認爲史蒂芬妮過於注意她的女兒，進而不當影響她。根據普通班老師所言，母親似乎很嫉妒她。」

「所以，基本上，史蒂芬妮就是人長得太漂亮？」

馬庫斯粗聲大笑，連連咳嗽好幾次。所以他仍舊爲戒煙所苦。

「你沒有你看起來的那麼笨嘛，卡爾。還有家長說他兒子每次從學校回家時總是想入非非。一對家長抓到他們兒子對著她的學校照片自慰。他們認爲，史蒂芬妮應該低調點，不要那麼散發女性魅力。」

「那告訴你什麼？」

「是什麼呢？在所有凶殺案裡，超過半數都和性有關，你知道，性總是扮演著直接或間接角色。而史蒂芬妮的存在，在那方面是某種挑戰，就我的了解。」

「所以你認爲，我應該從某個曾和她或想和她發生性關係的人下手？」

「不知道，但現在是該調查這種可能性了。」

「她沒被強暴吧？」

「沒有，她是從背後遭到襲擊，慘遭殺害。就這樣。」

「好，謝謝。我很抱歉，在你給我這些筆記時沒多問問你，馬庫斯。」

馬庫斯縱聲大笑。「我已經保留它們十二年了，所以再拖一個星期也無妨，不是嗎？我知道我們總會回頭辦這個案子的，卡爾。」

他們討論完後，卡爾又翻找了一下桌面。*其他紙條在哪，該死？*

「**高登，阿薩德**！進來！」他大吼。他聽見走廊傳來一陣抱怨聲。

「馬庫斯前天給我兩張紙條，現在我找不到其中一張，你們知道它的下落嗎？它是寫在像這樣一張橫格紙上。」

他在他們眼前舉起寫了四個要點的紙條。

「你知道嗎，卡爾？我想你應該跟我們去簡報室看看某樣東西。」阿薩德說：「高登忙了好一陣子喔。」

那瘦長的竹竿連連道歉，他曾在卡爾的辦公室裡影印桌上的一些文件，但他不知道另一張紙條原本在哪。

「但別擔心，所有東西的影本都在這。」

卡爾跟著他們。他一踏入房間，立刻看見五張紙排在大大的布告欄上。

「這是我們現在在辦的五個案子。」高登說。

他說五個嗎？怎麼可能有這麼多？

卡爾一一瀏覽所有紙張。高登在釘在最左邊的紙張上寫著「蘿思案」。寫在那張紙上的唯一一句話是「蘿思的父親死於一九九九年五月十八日」，然後是「麗格莫案」、「史蒂芬妮案」、「肇事逃逸案」和「夜店案」。最後一案包含搶劫案與冰島女人遭槍擊案。在所有紙張上注記著被害者的死亡時間，以及些許額外資訊。

「他媽的，肇事逃逸和夜店案怎麼會在這裡？」卡爾問：「它們和我們毫不相干。」

高登微微一笑。「是，是，我知道。但自從我落得得和電視台人員周旋，並回答他們的奇怪問題後，我忖度也把這些案子掛在這裡，好隨時追蹤。」

卡爾發出不滿的嘟噥聲。這傢伙眞是上帝的傑作，如果他那麼想參與那兩個案子的調查，大可以搬到三樓去啊？羅森不是也開口邀過？又沒人攔他！

「嗯，只要羅森不認爲我們想搶功，我猜沒關係吧。馬庫斯的筆記在哪？」

「我將那兩張紙條釘在『史蒂芬妮案』下方，請看。」高登自豪地說。

阿薩德無法再按捺下去。「卡爾，在你看名字列表前，先看一下這張照片。」他在卡爾面前放了一張放大的彩色照片。「你瞧，我們剛拿到這張學校照片。那是二〇〇三年波曼私立學校九年級班級的團體照。仔細看一下。」

卡爾聞言照辦。這是那種幾年後惹人痛恨、但多年後卻會後悔丟掉的尋常班級合照。這有什麼稀罕的嗎？

「史蒂芬妮站在學生後面的老師那排。」高登指著她說道。

卡爾現在認出她來了，點頭贊成。「她眞的是她們之間最漂亮的一位，」他說：「但你想說什麼？」

「你要注意的人不是她，卡爾。注意站在史蒂芬妮前面的女孩——史蒂芬妮的雙手放在她肩膀上。」

卡爾眯起眼睛。那個女孩把頭髮挽起來，塗著藍色口紅，表情同時倨傲無禮又快樂歡欣。

「她的名字是杜麗．法蘭克，我是從下面的名字裡查到的。」

「確實。」阿薩德綻放微笑。

他在微笑什麼？「有屁快放。我不太懂……你的意思是……？」

「是的，杜麗是丹尼絲。她後來改了名字。」

卡爾覺得背脊一陣冷戰竄過。「真的？但姓氏是怎麼回事？」

「丹尼絲的全名是丹尼絲．F．齊默曼。F代表『法蘭克』，我們調查過了。現在看看馬庫斯筆記裡的家長名單。」

卡爾迅速瀏覽名單，就在那。沒有馬庫斯記憶中的碧兒特．法蘭克，而是布莉姬．法蘭克——布莉姬．法蘭克．齊默曼。

「我在柏格街一帶查訪時，注意到她公寓對講機上的名字，卡爾。中間名字的縮寫有時很有玄機。」

高登是對的。這是眞正扭轉局勢的變數，可能將兩個看似毫不相關的案子牽在一起。動機、人和凶器，什麼是相關的，又如何相關？

「我得馬上告訴馬庫斯這點。」

他衝向他的辦公室。電話鈴聲響三次後，馬庫斯立刻接起電話。

「馬庫斯，聽好！在懇親會上和史蒂芬妮吵起來的單親媽媽不是碧兒特．法蘭克，而是布莉姬．法蘭克，而她的女兒在改名爲丹尼絲前，叫杜麗。」他連哈囉都沒說就滔滔不絕。「不論她在當年只用法蘭克背後有什麼神祕的理由，母親的全名在現在和過去都是布莉姬・法蘭克・齊默曼——她可能在去學校時只用法蘭克。」

另一頭傳來嘆息聲，可以清楚聽出他鬆了口大氣。

「所以我們**現在**發現三個女人之間的關聯。史蒂芬妮・古德森、布莉姬・齊默曼和她母親麗格莫・齊默曼。滿意了嗎？這三個女人彼此之間有種聯繫，其中兩個在相隔多年後，被以相同方式遭到謀害。你認爲我們應該把那稱之爲巧合嗎，老大？」卡爾問道。

電話另一頭死寂半晌，然後全力爆發。

「布莉姬・齊默曼有個以F開頭的中間名字，她該死的當然有。我們當年怎麼沒查到？所以，當我們調查史蒂芬妮案時，從某些方面而言，布莉姬已經是嫌疑人了。」

第三十七章

二〇一六年五月二十九日星期日和五月三十日星期一

這次，幸運女神又再次眷顧安奈莉。她犯下另一樁滔天大罪，卻沒有被目擊者或來往社區的車輛撞見。在巨大的「砰咚」一聲後，那位笨手笨腳的女孩頭部用力撞上路燈，歪斜的角度很奇怪，顯然她當場撞斷了頸子。

從許多方面來說，貝莎（別名羅貝塔）．林德是個習慣性動物。她的腳踏車健身路線和每週兩次的循環訓練——無疑希望藉此幫助自己塞進十四號的衣服——一如既往，毫無改變。正如安奈莉所料。

那是個炙熱的星期天，丹麥人都感受到那股熱氣。貝莎穿著小背心，由於背部大汗淋漓，她不時把背心拉起，無意間，將絕對沒有遵守良好飲食習慣的身材展露無遺。至少有十次，她在騎腳踏車時不是在傳簡訊，就是又把小背心拉下來。但最後一次時，就證明她實在太不專心了。她往左轉個大彎，完全失去平衡，過度轉動把手，使得她的彎轉得太靠外面。

安奈莉維持二檔開車，時速保持在十八到二十公里，確定跟貝莎保持一段夠遠的距離，並將車開在她聽得見的範圍外。但當貝莎的腳踏車突然打滑，稍微偏離腳踏車道時，安奈莉見機不可失，馬上猛踩油門，倏地一轉，車側撞上貝莎。

好奇怪，那麼重的身體竟然能飛那麼遠，安奈莉踩著煞車、觀賞側後視鏡裡的身體無助地拋飛而過時，心裡思忖。

「我沒有看見她的眼睛，但還是完成了任務。」她立即在事後稱讚自己，然後她將那輛紅色小雷諾棄置在阿瑪格大道旁一條人跡罕至的巷子裡，把內部擦乾淨，帶走垃圾。

如安奈莉所料，電視新聞沒有像報導其他肇逃事件般報導這則意外。但新聞播報頻率還是很高，因爲它再次涉及一位置受害者於死而不顧的駕駛。無論如何，在這個案例裡，一般認爲受害女性也許是被一輛較大型的車輛撞上，而駕駛可能對發生的事渾然不覺。

翌晨，安奈莉聽到收音機報導，鑑識人員認爲貝莎的腳踏車在過彎時角度過大，偏離腳踏車道，被經過的卡車撞上。她落地時的衝擊力道加上她的身體重量，導致她的死亡。換句話說，她並非被卡車撞死的。就像轉彎時會發生的意外般，這是樁悲劇事件，但不能和常見的右轉意外相提並論，後者一直以來都是哥本哈根腳踏車騎士的風險。

安奈莉相當開心。直到目前，她都嚴格遵循計畫，意志堅定地要完成爲這世界清除人渣的任務。當然，新奇感已經不再，瞬間的沉醉和歡愉也已消失。她現在畢竟是位老練的殺手了。在僅僅八天內就出擊三次，這給她某種程度的自信。

星期一早上，同事似乎決定讓她靜一靜。沒人和她說話，但他們顯然都知道她的病有多重，也知道她是在放療後馬上回到工作崗位。她的經理實在是個大嘴巴，但安奈莉不在乎，對她而言，最重要的是投入後續任務，並評估風險。

現在，國會將要在夏季休會，媒體立即找到其他新聞炒作。除了占據所有報紙幾頁篇幅的肇事逃逸案件外，標題故事是伯娜昨晚死於哥本哈根大學醫院。如今，嫌犯被稱作「夜店殺手」，追捕已經如火如荼地展開。

由於兩個理由，安奈莉沒有馬上舉報殺害那年輕女人的兩個女孩。即使誘惑很大，採取這步驟也合情合理。她是很想除掉她們，但如果她們入監，就會逃過她的追殺；除此之外，如果女孩們遭到警方羈押，安奈莉就得承擔極大風險。女孩們可能會供出安奈莉涉嫌蜜雪兒的謀殺，以求換取減刑。所以不管怎樣，伯娜的死都收緊了安奈莉脖子上的繩子，逼她不得不採取行動。警方在質詢蜜雪兒的男友派崔克時，終究會推論出三個女孩之間有所連結。一旦警方抓到那兩人，安奈莉就會置身險境。

安奈莉看看掛鐘，她剛完成一位良好個案的諮詢。這位個案請求一小筆金錢幫助她度過接下來艱困的十天，屆時她就會返回工作崗位，因此安奈莉批准危機借貸。現在，安奈莉等著和這個個案完全相反的對象現身。這女孩養成了大約每五天就帶著新要求出現的習慣。古怪的是，個案每次都要求一千五百克朗的補助，而安奈莉根本沒有批准這項要求的權限。安奈莉不是鐵石心腸，但目前她有更重要的問題得處理。夜店搶劫案和伯娜之死的發展出人意表，必須搶得先機，早日阻止。所以她得將注意力放在擺脫那兩個不受控制的變數上——丹尼絲和潔絲敏。

她認爲車子不再是合適的凶器了，女孩們也許早就心生警戒，所以她不太可能再有機會那麼接近她們。幸運的是，哥本哈根曾發生不少次槍擊案，郊區幫派犯罪橫行。如果她能弄把槍，把手法布置得像幫派火拼，警方一定會朝其他方向偵辦，這樣便不會追查到她。就算到最後每件事都搞砸了，至少她到時會有武器可以迅速用來自戕，求得無痛死亡。

安奈莉走去接待區，通知在等她的兩個個案，她很抱歉必須請他們重新安排面談時間。他們一臉不滿和失望，尤其是那個可能來求她發放一千五百克朗的個案，但安奈莉才不在乎。

「有人打電話來威脅自殺。」她只如此交代便轉過身子，甩上辦公室門。她找了一會兒，找到那週稍晚和她有約的一位個案的電話號碼。他的名字是阿敏，一如許多住在哥本哈根維斯特布洛區的索馬利亞人，他們除了依靠救濟金，還會有其他賺錢方式，以供養人口快速成長的家庭。

阿敏曾因非法持有武器、竊盜和大麻交易數度入獄，但他從未有暴力傾向。每次前來和安奈莉面談時，他總對她僅能提供的小小幫助表達快樂和感激。

他在午餐後出現，將兩把老舊的槍放在她桌上供她挑選。她挑了看起來最新、最好用的那把，還收到一整盒子彈。他為無法拿到消音器而道歉，但教了她一些用其他方式降低槍響的有用訣竅。簡短介紹過如何鬆開保險裝置、上膛、取出彈匣和清理槍管後，他們同意，安奈莉除了支付六千克朗的現金外，也得批准他一家子的置裝費，並設法拖延他得立即接受的強制工作安排。兩人發誓，這次面談只和他家庭的置裝費相關，真正的目的則是個祕密，絕不洩漏。

她的經理突兀地跑進她辦公室、提議「危機諮詢」時，她差點來不及藏好槍。

「妳獨自面對癌症讓我很難過，安妮—琳。妳不僅得面對癌症診斷，還在如此可怕的情況下，於數日內失去兩個個案。」

她剛說「危機諮詢」？安奈莉忖度。當她最需要的是消音器時，誰還需要什麼危機諮詢啊？經理在重新保證她的支持後，再度離開。安奈莉通知祕書，她不巧發現有好幾個個案檔案在她生病請假後需要更新，所以她下午得專心處理行政工作。

確認不會被打擾後，她花了幾個小時在網路上搜尋，閱讀幫派槍擊手法的文章。讀夠資料後，她便開始思索該如何模仿他們。最重要的是，幫派手法傾向於速戰速決。她只消在女孩的後腦杓上開一槍，然後將槍丟進海港。就這麼簡單。

如何處理沒有消音器這個難題會比較棘手，但網路上甚至有這方面的建議。

威伯街以小巧迷人的社會住宅聞名，以前每棟都住著兩到三戶藍領階級，但數十年來，房子變得越來越搶手。事實上，這裡的房子格局很小，房間狹窄，樓層之間又有不實用的樓梯，但中產階級對這裡的房子特別青睞，導致房價飆漲到荒謬的地步。然而，由於威伯街與林比路銜接，由北西蘭區域前往市中心的車潮總會經過此地，導致交通繁忙，這地段實際上不甚理想。

安奈莉對這些房舍知之甚詳，它們因汙染而綠鏽斑斑，很容易被誤認為英國礦區小鎮裡那些被灰塵覆蓋的房子。她在此地租房長達半輩子之久，但只有權利使用二樓的一半和溼氣重的閣樓。她從未見過住在一樓的屋主，他是位機械工程師，偏愛熱帶氣候。而屋主長期在國外的不幸結果，就是他沒有投資任何修繕費。

等安奈莉今天稍晚回家後，她就會潛入機械工程師的公寓內。屋主在那囤積了好幾箱的垃圾，房內長長的金屬架上堆滿各式各樣的引擎和機械零件。她會在這個藏寶室裡尋找「機油濾芯」。根據網路資訊，其構造很適合拿來做消音器。當然，機油濾芯只有一個洞口，但只要她將其安裝在槍管上射擊，子彈就會自己打出個洞。至少她在網路上看到的影帶是這樣教的。

忙完這個後，她會開車去史坦洛瑟，將福特卡停在平常的停車場裡，密切注意女孩們的公寓，觀察窗簾後是否有動靜。如果有，她會按下門鈴，在她們前來回應時強行闖入，逼她們跪下，迅速解決她倆。

第三十八章

二〇一六年五月三十日星期一

他們坐在一個女人面前。這女人在短短數天內，就從自暴自棄的邊緣，變得完全一蹶不振。轉變速度實在驚人。菸草和酒精臭氣熏天，衝擊他們的嗅覺。就算酒精不會快速導致她每況愈下，過量吸菸也會。

「我聽不懂她在說什麼。」阿薩德低語，但卡爾盤問過狀況更糟糕的對象，而眼前這位至少還能回答問題。

「妳說妳不記得妳女兒班上的代課老師史蒂芬妮・古德森，但根據我們打聽到的，妳們兩個曾有過嚴重口角。我們聽說妳倆在懇親會上大吵一架。妳不記得了嗎，布莉姬？」

她困惑地搖搖頭。

「她是波曼的代課老師，在奧斯特安列公園慘遭殺害。我的前任老闆在二〇〇四事發當年曾就此事盤問過妳。」

布莉姬豎起一隻手指頭，點點頭。他們終於找到關聯了。

「妳還記得妳在那場會議上為何如此激動嗎？妳和史蒂芬妮之間發生了什麼事？」

她在酩酊大醉的恍惚下搖著頭，又豎起她的手指。「我知道你在打什麼主意，哈哈。你一定以為我是個白癡，可以替我羅織罪名。但我告訴你，如果你想知道有關懇親會的任何事，找我母親談談收穫會更多。」

「那會很困難，因爲妳的母親已經死了，布莉姬。」

「喔。糟糕，我都忘記了。那這樣的話，你可以去問我的女兒。你也可以問她是誰殺了我母親。」

「妳是什麼意思？妳在暗示是丹尼絲殺害妳的母親嗎？」

「哈哈，你又來了。」她以嘶啞的聲音大笑。「所以你**真**以爲我是白癡，但我可沒說你剛說的話。那些是你說的。」

「我可以插嘴嗎？」阿薩德唐突地問，好像若她說不，他就會保持安靜似的。

她有點困惑地盯著他，彷彿她現在才注意到他也在那，她似乎在努力回想曾在哪裡看過他。

「妳女兒似乎與她外祖母相處不佳，對嗎？」

她微笑。「嗯，你很聰明。老實說，她們憎恨彼此。」

阿薩德保持眼神交會，她因此無法將目光轉開。「爲什麼呢，布莉姬？那是因爲丹尼絲突然背棄家族——而史蒂芬妮也有幫她一把嗎？」

阿薩德顯然期待她對此有所反應，卻未料到她會當著他的面狂笑，猛然噴他一臉唾液後，屏住呼吸片刻。的確是非常激烈的反應。

「這樣說吧，巧克力男人，」她嗤之以鼻地說：「那聽起來是很棒的推理。」

然後她癱倒在沙發上立刻入睡。

晤見結束。

「我們收穫不大，卡爾。」阿薩德在回到總局時說。他沒有理由說「我們」。卡爾對著值班員警點點頭。

「我看到你們的表情了。」他對大家說：「難道我又得去羅森的辦公室報告不成？」

他們搖頭。「不，這次是警察總長的辦公室。」一位値班員警邊說邊大笑。

卡爾轉向阿薩德。「我們同意要將這個案子查個水落石出，對吧，阿薩德？」

他點點頭。

「你和高登盡力去挖掘齊默曼家族的一切，懂嗎？我想要知道一切。布莉姬在何時結婚？她丈夫出了什麼事？丹尼絲在波曼私立學校讀了多久？史蒂芬妮和布莉姬爭吵時目擊的老師現在在哪？麗格莫的房產在哪？任何小細節都行，這樣我們才能更了解這個古怪的家族。還有一件事：找到丹尼絲，即使這意味著你得一路開車去斯雷格瑟。」

警察總長不是一個人。馬庫斯．亞各布森已經坐在玻璃桌旁一張奇怪的皮製椅子上，那椅子只有三條腿。馬庫斯友善地點著頭。

「請坐。」總長說道。

卡爾覺得非常古怪而彆扭。在警察總局默默奮鬥多年，這天終於降臨。他正坐在這間聖殿內，歷任警察總長的畫像都低頭默默瞪著他。

「我就直接切入正題，卡爾．莫爾克。」警察總長說：「我爲懸案組錯誤的破案率一事向你致歉。破案率的錯誤是出自誤解，現已得到糾正，懸案組會一如既往地運作。」他對卡爾點點頭。「我要你和來製作《三號電視台》節目的電視人員建立良好關係。在今天剩下的時間裡，他們會跟拍你。我建議你給他們一點會讓他們開心的素材。」

卡爾只能點頭。他該死的是會給他們一點東西。

「馬庫斯告訴我，懸案組認爲史蒂芬妮那件陳年舊案和麗格莫謀殺案有所關聯。」

卡爾以略帶責備的眼神望向馬庫斯，但對方不置可否地搖搖頭。

「那件謀殺案嚴格來說隸屬於羅森的部門，我非常懷疑他會心甘情願地交出那個案子的管轄權。但目前的情況是，他們手上已經有好幾樁肇事逃逸案，分身乏術。而負責分配誰辦什麼案子的人是我，所以我決定把這個案子交給你，卡爾。」

他純粹是爲了報復羅森．柏恩害他在司法委員會前出糗，卡爾推論。而該爲此局勢轉變負責的男人，現在就坐在他隔壁。

他對馬庫斯眨眨眼表示感謝。

「給電視台人員一些最新資訊，說明你是如何將兩案連接在一起，確定他們拍到好鏡頭，因爲我們在節目播出時，想看到的是警方優秀的辦案效率。最後，我想補充一點，馬庫斯同意以外部顧問的身分加入警察總局。我完全相信他的經驗會在我們需要時帶來絕大助益。」

卡爾對馬庫斯點點頭，天大的好消息。但馬庫斯比個手勢，表示卡爾現在可以採取主動。卡爾沒有馬上了解他的意思，於是馬庫斯的頭朝總長的方向點了好幾下，設法讓他了解此案尚未結束。

卡爾頓時了悟，清清喉嚨。「嗯，謝謝您，我們會盡力解決史蒂芬妮和麗格莫兩案。我也想爲我前幾天的行爲道歉，我保證不會再發生那種事。」

警察總長的臉出現罕見的微笑，兩人重新建立渴望已久的平衡。

他志得意滿地走過羅森的辦公室。俗話說報復是甜美的，但那只是輕描淡寫。報復的滋味太棒了。

他對麗絲和索倫森小姐點頭示意，讚許她們在此事上扮演的間接角色。他差點一頭撞上夢娜，但臉上還掛著微笑。他們呆立半晌，彼此之間只有半公尺的距離，卡爾注意到夢娜滿臉倦容。

「蘿思的事你有任何進展嗎？」她禮貌性地問，但顯然心思不在此處。她的肌膚慘白，整個人再度看起來非常脆弱，淡淡的憂鬱氛圍籠罩著她，彷彿在哀悼著所有錯失的機會。

「妳沒事吧，夢娜？」他不由自主地問，暗自竊望她會突然崩潰，依偎在他懷中哭泣，承認自他倆分手後，她沒有一秒是快樂的，沒有一刻不是處於憂傷深淵。

「沒事，謝謝。」她冷淡地回答。「但我可能不會吃員工餐廳裡的明蝦。我和明蝦從來就不對味。」

她跨步走回她的辦公室，卡爾可以感覺到臉上的笑容凝結。

「她女兒病得很重，卡爾。」麗絲說：「她要操心的事多得不得了。」

第三十九章

二〇一六年五月三十日星期一

歐拉夫．伯格—彼得森的電視人員早已在走廊中央排好隊，在卡爾疲憊地走下地下室時，兩台攝影機適時捕捉這個鏡頭。他的辦公室裡甚至架好一台攝影機，而那位電視製作人、他的錄音師和攝影師就大剌剌地坐在卡爾的辦公桌後，宛如禿鷹般等著某人嚥下最後一口氣。

「卡爾．莫爾克警官是個大忙人。」卡爾一走進辦公室時他諷刺地說：「《三號電視台》得到允許在這幾天內跟拍警方，報導警方在幕後如何讓這個社會更安全。」

他對自己的攝影師點點頭，後者快步走去攝影機，將它從三腳架上取下。

「我們每天都在面對破壞無辜人民生活的可怕行徑。」

他們不全是無辜的，卡爾邊想邊試圖阻止手持攝影機捕捉更多他已經變得不耐煩和惱怒的表情。

「一位肇事逃逸駕駛在逃，年輕女性持續成為殺手的車下亡魂。《三號電視台》想對阻止此事做出貢獻。也許卡爾．莫爾克的辦案遇到瓶頸，而我們的觀眾能幫忙突破案情。」

你才是碰到瓶頸的人，白癡。那根本不是我們的案子，你還是先搞清楚該怎麼做好你的功課吧，他忿忿忖度，點著頭，倏地想到一個切實可行的新點子，包准可以把凶殺組組長和警察總長惹得更為火大。

「是的，」他嚴肅地說：「大眾常是我們的最佳盟友。要是沒有警覺的大眾注意到不尋常的情況和事件的話，警方怎能順利破案？」

他轉而面對攝影機。「但只要我們的內部系統阻止我去辨分配給其他人的案件，我就無法在這個特定案子上幫你。」

「你是說此案隸屬於其他組管轄嗎？」

「沒錯，我們懸案組不該涉入正在調查中的案子，即使我們可能可以提供新線索或辨案方向。」

「你會說那是短視近利嗎？警方不是該跳出框架思考嗎？」

卡爾點點頭。如警察總長的命令，節目終於有東西可拍，歐拉夫幾乎在流口水。

「所以，你們對最新的肇事逃逸案件所能做的極爲有限，我的了解沒錯吧？」

最新的肇事逃逸案件？卡爾壓根不知道他在說什麼。

「等等，」他打岔。「讓我找我的助理來。你想將錄影拍得寫實，對吧？我們討論最新發展時他通常會在這。」

他發現高登和阿薩德正在簡報室討論，顯然對卡爾被捲入的這場混亂渾然不察。

「和警察總長的會面結果如何？」阿薩德問道。

卡爾無奈地點點頭。「很好，謝謝。但究竟是怎麼回事？又有另一樁肇事逃逸案？」

「我們還不清楚。」高登回答：「它不像其他案子，比較像一場可怕的意外。」

「趕快將事情原原本本告訴我。外面的那些禿鷹——」

「現在我們在懸案組的簡報室。」門口突然傳來一個聲音，卡爾嚇一大跳。他倏地轉身，恰好看見歐拉夫將一支麥克風舉到嘴前，身後緊跟著拿著手持攝影機的同事。「就我們的了解，這是找出所有案件的關聯和仔細審視案件發展的戰情室，組員在此試圖以宏觀的角度審查所有事件。」他繼續說道：「在這邊牆壁的布告欄上，我們可以看到懸案組現在正在偵辦的案子。你能解釋我們現在看到的東西嗎，卡爾．莫爾克？」

「抱歉。」卡爾伸出手腳，盡最大能力在攝影機鏡頭前隱藏布告欄上的資訊。他該死的才不想讓三樓的人看到麗格莫的案子，那會激怒他的同僚。「爲使我們能成功破案，我們不能在這個節目中透露太多辦案手法和細節。」

「那可以理解。」歐拉夫點頭表示贊同，但他的表情似乎無論如何都決心要取得他要的鏡頭。「我們稍早討論過肇事逃逸謀殺案。僅僅四天前，年輕的蜜雪兒．漢森在史坦洛瑟遭到屠殺，兩位天眞孩童目睹那個案件經過。在那之前，桑塔．柏格也在類似情況下遇害，昨天的受害者則是亞瑪格的貝莎．林德。你對那有什麼看法？懸案組在這階段能將這件最新的可怕意外和上兩述案件連結在一起嗎？」他咄咄逼人地問道。

「嗯，」高登打斷他的話。「和其他案件相反的是，我們仍舊不知道貝莎．林德是否遭到蓄意謀殺。而要在像這樣的案子裡找到關聯，必須有胎紋清楚的煞車痕，或在前幾個案子裡也出現相同輪胎的煞車痕才行。」

卡爾不表讚許地瞪著討人厭的竹竿。他原本只是想讓節目看起來像場笑話。

「是的。就我們看來，無論有沒有煞車痕，」他連忙插嘴。「的確似乎有連續殺人犯逍遙法外，現在也許是提供媒體更多資訊的時候。儘管如此，這決定取決於媒體發言人，亞努斯．史塔爾，所以你們得回三樓去。」

歐拉夫一副躍躍欲試、準備採取行動的模樣。「我無法不注意到你們把叫作『夜店案』的案子貼在這個案子旁邊。我們眞的是在處理一連串相關案件嗎？」

卡爾按捺下一聲嘆息。*眞是白癡！不然把案子放在旁邊是要幹嘛？*「我們不能排除那點。很遺憾，如今已經過世的那位年輕女子，伯娜．西格達多提，像其他被害者一樣領社會救濟金，年紀相仿。她們認識彼此嗎？她們都涉入同個事件嗎？那是問題所在。但也許《三號電視台》能幫助我們釐清那點。至於和媒體部的訪談，祝你們好運。你們或許有機會對有時阻止跨部門間合作辦案的警察政策作深入探討。」

電視台人員離開後，卡爾在辦公室裡端著一杯咖啡，準備好好享受，不禁縱聲大笑，鬆口大氣。他佩服自己能扯出那麼多垃圾。羅森和警察總長絕對沒料到他會使出這招。有些人可能將此稱作伏擊，但重要的是，這招終於使他擺脫那些白癡。

然後他聽到走廊上傳來一陣騷動，阿薩德和高登隨即衝進他的辦公室。高登領先，上氣不接下氣。

「鑑識人員現在確定第一次用來撞蜜雪兒的**是**紅色標緻，跟殺害桑塔的是**同一輛車**，卡爾。」他幾乎是在大聲歡呼。「引擎蓋和擋泥板上有很多頭髮和血液之類的跡證。」

阿薩德站在他旁邊呻吟。「每件事現在都在我的腦袋裡打轉，卡爾，你不能就——」

「蜜雪兒很可能和夜店搶劫案有所關聯。」高登繼續說：「我和詢問派崔克的人談過，派崔克是蜜雪兒的男友，他發誓他沒涉及搶劫案，而且態度非常合作。他們現在正想從他口中問出更多細節。我想帕斯高隨時會放他走，所以我認為我們該引誘他下樓問話，免得他消失無蹤。」

引誘？卡爾思索。高登想執行任務，但如果這樣做會惹惱帕斯高，他很樂意插上一腳。

「我可以插個話嗎？我們不是該先討論我們在麗格莫案上的發現嗎？」阿薩德打岔。「卡爾，你有很多疑問，我希望能有機會回答，如果你不介意的話。」

卡爾點點頭。現在這兩個是在彼此較勁嗎？

阿薩德看著他的筆記本。「你問布莉姬何時結婚，我想你指的是丹尼絲的父親？」

「是。還有其他人嗎？」

「是有。一九八四年，布莉姬十八歲時，嫁給一位南斯拉夫移民工人，三個月後離婚。一九八七年，她再婚。這次對象是在哥本哈根中央地帶工作的酒保，他是美國前陸軍上尉。同年，她懷了丹尼絲。丹尼絲在一九八八年出生接受洗禮時，叫作杜麗。那美國人的姓氏當然就是法蘭克，精確來說是詹姆斯．列斯特．法蘭克。一九五八年出生於明尼蘇達州杜魯斯。從一九九五年後，他就沒在丹麥繳稅，所以我假設他已經搬回美國。如果你覺得這條線索很重要，我會追查下去。」

捲髮似乎很想追查下去。

「謝謝。我想我們該把這交給馬庫斯去查，他已經在調查此案了。」

「然後是你的第二個疑問。丹尼絲曾在洛德雷的一所學校上學，後來在三年級時轉到波曼私立學校，在二〇〇四年六月念完九年級後離開。」

「那是在史蒂芬妮被害幾週後，我說得對吧？」卡爾問。

阿薩德點點頭。「沒錯。在事發幾個月前，跟史蒂芬妮一起在懇親會上和丹尼絲母親吵架的老師，仍在學校工作，但已經不記得那場懇親會或丹尼絲的母親。但她記得代課老師在考試期間遭到殺害，讓他們相當不便。」

「因為慘案發生在考試期間？」

「是的。她得代替史蒂芬妮做高三大考的監考老師，口氣聽起來好像沒太難過。」

「那真有點諷刺，甚至該說憤世嫉俗。」高登發表意見。

阿薩德點點頭。「她聽起來真的像謊山地區的女巫。」

「是『荒山地區』(注)，阿薩德。」卡爾糾正。

阿薩德看著卡爾，彷彿他瘋了。說對山名真的有那麼重要嗎？又沒差。

「想和遺產法院或稅務局談上話簡直難如登天。老實說，他們不是很合作。但麗絲幫了我大忙——碰到困難時她真的是個鬼人，卡爾。」

卡爾這下碰到他的敏感神經。「你可不可以不要一直打斷，卡爾？」

鬼人？「你是說『貴人』吧，阿薩德。」

卡爾點點頭。「好，但『你可不可以不要一直打斷』不怎麼通順，阿薩德。你最好說，『請您不要一直插話。』」

那是最後一根稻草。「該死，那是同樣的意思，卡爾！」阿薩德不管高登和卡爾都大搖其頭，繼續發表激動的演說。「我已經忍受好幾年了，但我現在得請你停止**不斷**糾正我，卡爾！」

卡爾抬起眉毛。他真的那麼常糾正他嗎？他想抗議，但識相地保持沉默，看著高登拍拍阿薩德的肩膀。星期一就碰上二對一，他對這場爭鬥應該早早棄械投降。話說回來，誰又真的在乎誰贏？

阿薩德深吸口氣，低頭看筆記本。「麗絲查到麗格莫非常福有……」他思索半晌。「……夫……又。」他怒目瞪視卡爾，卡爾想點頭又不敢造次。

「我們已知她的銀行存款有六百萬，還有價值四百萬的股票和三間公寓。一間在柏格街，布莉姬住在那，一間在洛德雷，在以前她先生擁有的鞋店二樓，最後一間在史坦洛瑟。」

卡爾吹吹口哨。「是很有錢，完全可以肯定。你說她在史坦洛瑟有間公寓，真是古怪的巧合。蘿思就住在那一帶。」

阿薩德點頭表示贊同。「沒錯，卡爾。」他轉向高登。「這對你來說也是新資訊，高登，因為我是剛剛才發現的。」

高登聳聳肩。他應該對此事刮目相看嗎？

「你們絕對不會相信。蘿思的鄰居就叫齊默曼。精確來說，是麗格莫·齊默曼。」

注 Bald Mountain，傳統俄羅斯神話傳說荒山地區住有女巫。阿薩德說成Ball Mountain。

第四十章

二〇一六年五月三十日星期一

「在軋鋼廠裡的每一個人都討厭妳，蘿思，**每一個人**。他們表面上對妳微笑，但妳轉過身時，他們都彎著腰嘲笑妳工作表現有多差。**哈哈哈哈哈**，他們大笑，但妳也讓他們覺得不舒服，因為他們知道軋鋼廠請妳是多危險的一件事。所以，妳應該振作起來，免得闖出大禍。」

她父親看著清單，用粉筆標注了兩塊鋼胚，然後伸出一根黃色手指，指著她。當他那隻控訴的手指著她時，沒人知道蘿思會有何下場，因為蘿思的父親總是有源源不絕的新方式來傷害她。他活著就為了使她精神崩潰，那為他帶來歡愉，而他什麼卑劣手段都使得出來。

她知道他口中說出的話大部分都不是真的，但她再也無法忍受了。每天擔心他何時會發動下次攻擊，使她疲憊苦惱、精力盡失。幾天前，她決定這一切必須停止。

「妳該感激我，在妳聽到別人說妳壞話前就好心告訴妳。要知道會替妳說話的人就只有我，蘿思，別忘了這點。妳真的得賺點錢，這也是為了妳媽。」他的謊言似乎真的讓他自己感動，但一如往常，他的表情瞬間改變，轉為嚴酷無情。「養妳很花錢，但妳蠢笨的小腦袋就是想不通這點，對吧？」

他倒退幾步，電磁吸盤舉起下一塊鋼胚。他注意到她正要開口抗議，眼神憤怒，滿是歡愉和鄙視，嘴巴張大到不可思議的程度。牙齒森白如石柱，口沫橫飛，幾乎在他周遭形成水霧，將她瞬間沖走。

「更糟糕的是，我得做妳的工作，如果管理階層知道就慘了。他們也沒有盯緊妳，如果我告訴他們妳做得有多爛，還是幫他們個大忙。所以，妳想我該怎麼做，嗯？如果我告訴妳另外一件事……」

蘿思緊抓住口袋裡震動的呼叫器，使盡所有精神不去聽他在說什麼。她不斷用力吸氣，肺部都快爆炸了，如此一來，已經掛在她舌尖的字眼才不會在他面前爆發出來。

「如果你再不住嘴，混球，我會……」

如她所願，他住嘴了。他周遭的世界似乎消失了，他那可厭的臉上展露一抹幸福的笑容。這是他人生最棒的時刻，蘿思知道這瞬間無可比擬。

「不然妳會怎麼樣？」

當蘿思的幻覺瀕臨無意識和現實的臨界點時，她會嘗試蠕動、掙扎，以求得到自由。女孩們把她綁起來已經超過三天，她一而再再而三地重新活過相同的夢境。在這種情境下，字眼傾向於融合成純粹的黑色，而她對軋鋼廠加熱爐另一頭的聲音記憶，倏地占據思緒中央。三天來相同的事不斷重複，每次當她試圖返回現實，軋延的鋼胚在水中迅速冷卻的嘶嘶聲響，便在夢魘中縈繞不去。那高亢的聲響好似尖銳的口哨聲，打從一開始就讓人無法忍受。

「妳是個窩囊廢。」她父親透過蒸汽冷笑。「妳永遠也做不好任何事。」他指著她說。

然後蘿思碰觸呼叫器，最後一次接受他丟給她的輕蔑和侮辱。

那一刻會成爲她的終極勝利。陰影從上方釋放時，她父親指控的手指瞬間凝結成狂喜。之後，她無法記得電磁吸盤鬆開鋼胚的聲響——只記得巨大鋼胚壓住他、壓扁他下半身每一根骨頭的聲音。

她逐漸醒來，感覺到睫毛上滿是汗水。她略微張開一隻眼睛，再次了悟到她身在何處，而她原本衰弱的身體現在更是雪上加霜。

蘿思的雙腿傳來劇痛。只是輕微抖動小腿，卻有如針刺過她的神經系統一般。她已經超過兩天無法感覺到自己的腳了，前臂和雙手也毫無知覺。她當然曾試圖扭動身體以求重獲自由。如果她能掙脫出一隻手，將牆壁架子上的皮帶鬆開就好了，那樣她就會知道她還有機會，但越是掙扎，皮帶就越咬進她的皮膚。

蘿思第一次感受到這房間的寒冷時，她就知道她的胃會如何反應。過往經驗告訴她，如果她裸露的腹部長期暴露在這麼冷的溫度下，她會腹瀉。每回山楂花盛開，她妹妹們都會苦苦哀求去鹿園野餐，年復一年。在那個時節，鋪在泥土地上的毛毯通常冷得不得了，坐在上面總是使蘿思生病，這讓她父親開心不已。他總是用這種老套來對付她，強迫她坐到無法忍受爲止。她會狂瀉狂吐好幾天，無法去上學，**那**可就變成棘手問題了。而現在，在麗格莫的浴室裡，她已經有好幾天感受到腰部以下的冰冷刺骨。即使離上次進食時間已經很久，她的腸胃裡應該沒有多少東西了，糞便依然如激流般猛烈地噴出來。

如她預期，她體內有種燒灼的感覺，如果她能讓女孩們撕掉貼在她嘴巴上的膠帶，她便能哀求她們替她擦拭臀部。但她很清楚這兩個願望都是空想。她們只在她們記得時才會餵她喝水。那位叫丹尼絲的女孩是最強勢的，她只准許另一位女孩在水裡插進吸管送進她嘴裡。蘿思聽到她們喊叫有關第三個女孩的事，但蘿思不確定是否眞有聽到，因爲她在大部分時間都有幻覺，從來無法完全確定周遭發生的事。

昨晚，丹尼絲如往常般在睡前到洗手台小便，她第一次直接對著蘿思說話，她說要給她水以外的東西。

「妳可能納悶我們在這裡幹什麼？」她說。她告訴蘿思，麗格莫是她外祖母，那女人是個女巫和惡魔，她很開心麗格莫死了。

「所以妳應該了解，我們可以光明正大使用她的公寓吧？」

她可能期待蘿思點頭，但蘿思毫無反應。她的表情忽地改變。

「妳認爲她是個好女人，是嗎？」蘿思將眼光轉開時，她冷冷地說。「她就像場瘟疫，而且她毀了我的人生。妳不相信我嗎？看著我。」

她的唇膏亮紅，貝齒潔白，但她的嘴巴看起來和蘿思的父親一般令人生厭、噁心且扭曲變形。她的恨意似乎也一樣極端。蘿思暗忖，也許是她殺了她外祖母。這類家庭犯罪不算罕見。父母殺害小孩，小孩殺害父母和祖父母。沒有人比她更了解這種情況。

「妳有在聽嗎，王八蛋？」她擦乾自己時，從洗手台那邊問到。

但蘿思沒在聽。她趁還有燈光時忙著審視浴室。排氣口有個通風機，只在燈打開時才會啓動。但在建築物的三樓，這裡就像世界的盡頭。儘管機會非常渺茫，但如果樓上有鄰居，她也許可以發出嗚咽聲，透過通風機傳到他耳中。撇開這個假想的可能性外，沒有與外界溝通的其他方式。

她扭動頭部，朝右手望去，右手腕上的皮帶綁得最鬆，但她無法將手腕扯到足以讓皮帶鬆脫。簡言之，她無法自我掙脫，而那坐在她對面的女人可能也不會顯示任何憐憫，所以她毫無機會。

「我有沒有告訴過妳，我外祖父帶我去拍賣會，結果我不小心將一只中國花瓶摔碎在地上？妳想，我們回家後告訴她、那花瓶值三萬克朗時，我外祖母會欣喜若狂嗎？妳想我母親有替我說話嗎？」

蘿思的思緒漸漸飄遠。她一輩子都對這類故事過於敏感。她沒辦法觀賞小孩遭到誤解的電影，她無法聽成人試圖解釋自己的邪惡行徑，她無法忍受手指沾著尼古丁漬的男人、將頭髮右分的男人、開口就說「我早就告訴過妳……」的男人——那該死、傲慢的「早就」，只會讓男人和孩子之間的距離瞬間變寬。最重要的是，她痛恨那些不會像凶猛的母獅般、挺身替小孩辯護的母親。現在這個蠢女孩又把這些感覺，全部自她內心深處掘出。她眼前最不需要的就是這個。

另一名女孩在客廳大叫丹尼絲過去，因爲有更多新聞，於是她從洗手台跳下來，將使用過的衛生紙丟在地上。顯然她們在等這則新聞報導。這次，丹尼絲在匆忙中忘記關上門。

她們不在乎我，她們甚至不擔心，對我口無遮攔。蘿思張開雙眼，空洞的目光梭巡浴室。當下，她就知道她們會放任她死去。而好幾週以來，這是她第一次不再想死。

有那麼一會兒，客廳裡只傳來電視微弱的嗡嗡聲，但當她們關掉電視、轉移陣地到餐桌旁時，蘿思專心傾聽，抓到了幾個奇怪的字眼；當潔絲敏提高音量時，她甚至還聽到她說的話。她無法了解大部分的談話內容，但有一件事很清楚：這兩個女孩開始覺得不自在了，尤其是潔絲敏——甚至可能感到害怕。

某個叫「派崔克」的人讓她們憂心忡忡。她們討論後，認爲因爲有他，警方現在也許能看出伯娜、蜜雪兒、貝莎和桑塔之間的關聯。伯娜的幫派分子遭到盤問，曾提到一位叫潔絲敏的人和被殺害的蜜雪兒。

潔絲敏的聲音開始發抖，蘿思盡可能想理出頭緒。此時，蘿思的呼吸變得更爲沉重，導致她用來呼吸的吸管裡，口水泡泡上下移動。她們談論了槍擊、死去的蜜雪兒、警方和一樁夜店搶劫案。突然間，她清楚聽到丹尼絲講的話。

「我們需要新護照，潔絲敏。妳去處理那個問題，我會過去安妮—琳那邊闖空門。如果屋裡有錢，我會拿走；如果沒錢，我會等她回家。」

接著一片沉默，她們的談論顯然是個意料之外的發展。現在，她們要逃之夭夭了，而她卻在這。這下慘了，注定得死。

經過一段很長的死寂後，潔絲敏終於有反應。「安妮—琳會殺了妳，丹尼絲。」

丹尼絲大笑，不當一回事。「我有『這個』的時候，就不會發生。」她顯然正拿著某樣東西給潔絲敏看。

「妳不能帶著手榴彈去，丹尼絲！妳知道那怎麼用嗎？妳能確定它**還能**用嗎？」

「別擔心，這使用起來很簡單。妳把底部的金屬蓋轉開，就會有個用繩子綁的小瓷球跑出來，然後猛拉一下，在它**砰**地爆炸前，妳有四秒鐘的時間。」

「但妳不會用它吧？」

丹尼絲又大笑。「妳真好騙，潔絲敏。這樣會弄出太多聲響，何況，我知道手榴彈會把人炸爛。我外祖父給我看過許多照片，人會完全變成肉醬。不，我會拿手槍過去，而且我已經裝好彈匣了。現在我們知道怎麼用它了。如果妳害怕獨處，就拿著那顆手榴彈。」

「別丟下我。我會跟妳去，丹尼絲。我不想獨自和她待在這裡。」

蘿思納悶，她在怕什麼？我十分鐘內可以減掉十公斤、自己掙脫嗎？我會突然跳出去，使出幾個鞭拳打昏她嗎？她會被十七種變化多端的踢拳踢死嗎？

蘿思無法阻止自己翻起白眼，無聲地在膠帶後狂笑。忽然間，她可以感覺到一位女孩站在門口盯著她，她馬上停止，然後咕噥幾聲，假裝在作夢。

「留在這裡盯著她，直到我回來。」丹尼絲不帶感情地說：「然後我會確保她不會再礙事。」

第四十一章

二〇一六年五月三十日星期一

安奈莉闖入一樓公寓，匆忙中只將包包往走廊隨便一丟。她在網路上查到至少三十種機油濾芯，雖然都能拿來做臨時消音器，但她在找的那種相當大。她打開機械工程師客廳裡的日光燈，花半秒鐘掃視房間，立即了悟他爲何很少在家。就她看來，客廳從地板到天花板的架子上，堆滿應該送去垃圾場的東西——即使她天馬行空地想像，還是難以相信如此龐雜的零件眞能派上用場。

她在一個箱子底部找到適合的機油濾芯，箱底至少還有二十個這種機油濾芯。機油濾芯是紅色筒狀，一邊有洞，剛好可以插在槍管上。

她揮著槍，繞個圈，不禁手癢，想試試自製消音器是否運作良好。實際上，她正要對著一袋繩子或木棉或不管它是什麼，扣下扳機。此時，門鈴卻響了。

安奈莉很困惑。來的是挨家挨戶的資源回收嗎？無國界醫生組織才剛來過這裡，所以會是紅十字會或其他慈善團體嗎？她搖搖頭。那樣的話，他們就來晚了一天。頭腦清楚的人哪會在星期一挨家挨戶地敲門？沒有人會。

安奈莉皺緊眉頭，她不會有鄰居或朋友不請自來，但也許是某個來找機械工程師的訪客。如果是那樣的話，她會建議他們趕快上網去買一張能立即到手的機票，飛去委內瑞拉、寮國，或任何在最近這該死的初夏他可能會去度假的地方。

她走到窗簾旁掀開一角，窺探是誰等在屋前階梯上。是位女人，一頭黑髮，妝容同時給人廉價和強悍的感覺。安奈莉從未看過她。要不是那女人穿著百褶裙，她絕對不會開門。這些荒謬的組合激發她的好奇心。她將槍悄悄放在客廳門後面的架子上，打開前門，綻放微笑，但笑容稍縱即逝。

站在門階上的女人冷冷地看著她，手槍直指她的胸口。儘管畫著濃妝，此時近看她，安奈莉仍立刻認出她的身分。

「丹尼絲。」她訝異地說。她只說得出這幾個字。

女孩用槍抵著她，安奈莉蹣跚倒退回到走廊。女孩的姿態顯示極大的決心和毅力，絕對不是安奈莉長年鄙視的那個懶惰又固執的丹尼絲。

「我們知道是妳殺了蜜雪兒。」丹尼絲說：「如果妳不想下半輩子都蹲在牢裡的話，妳得仔細聽好，懂嗎，安妮—琳·史文生？」

她默默點頭。她說了「蹲在牢裡」，意味著丹尼絲來此不是要用那把看起來很有效率的手槍射殺她。這代表她可以順著她演戲，靜觀其變。

「我很抱歉，但我不知道妳在說什麼，丹尼絲。妳爲何變成這模樣？我根本認不出妳來。我該知道什麼嗎？我能幫妳什麼忙嗎？」

當槍托打到她下巴時，她馬上知道自己演得太過火了。她抑制住疼痛的叫喊，試圖擺出一副她不了解發生了什麼事的表情，但丹尼絲顯然不買帳。

「我不知道妳要我做什麼。」安奈莉溫馴地說。

「把妳的錢給我，懂嗎？我們知道妳靠彩券贏了很多錢。妳把錢藏在哪？如果放在銀行，妳得在網路上轉帳給我。妳有在聽嗎？」

安奈莉用力吞嚥口水。那個老掉牙的謊言眞的要在這麼多年後回頭給她惹麻煩嗎？倘若眼前狀況並非如此嚴重，她甚至會一笑置之。

「妳的消息恐怕不正確，丹尼絲。彩券那事只是謠傳，我很願意讓妳看我的銀行明細表，但妳可能會很失望。倒是妳是發生了什麼事，竟然這樣做，丹尼絲？這不像妳。妳何不把手槍放下來，我保證絕對不會聲張。妳可以告訴我——」

第二次被槍托打中下巴，她痛徹心扉。她曾被一個傢伙用拳頭揍臉，那段關係就此結束，但這糟糕許多。她舉高一隻手想護住臉，丹尼絲喝斥，如果她沒把錢放在銀行裡，那是藏在哪。

安奈莉嘆口氣，點點頭。「就在隔壁房間。」她邊說邊推開機械工程師的客廳門。「爲了應付緊急狀況，我在這藏了幾千克朗。我們可以從那開始。」說時遲，那時快，她一把從架子上抓下那支還未測試過消音器的槍。

她立即轉身，將槍抵住丹尼絲的前額，同時扣下扳機。消音器和槍運作無誤，她不禁鬆了口大氣。

沉悶的「啵」一聲。如此而已，簡單乾脆。

丹尼絲死得很徹底。

第四十二章

二〇一六年五月三十日星期一

「蘿思在檀香園的公寓，是最靠近樓梯的那間嗎？」

卡爾對阿薩德點點頭，但他此話究竟有何用意？

「卡爾，你知道我是地下室這裡負責採買糖果的人，對吧？」

卡爾一臉困惑。他到底在扯什麼啊？「對，阿薩德，我知道今天很辛苦，但你說的話讓我有點摸不著頭緒。」

「買咖啡和其他東西的也是我。你知道我爲什麼願意做這些嗎？」

「我想因爲那是你的工作。但你扯這些幹嘛？你想要我給你加薪嗎？如果你有這個打算，下次我會自己去超市買咖啡。」

「你沒搞懂我的意思，卡爾。在後見之明無法忍受的銳利光芒中，有時事情會突然明朗，變得合情合理。」

他眞的說了「在後見之明無法忍受的銳利光芒中」？他以前總是說「在後光無法忍受的聰穎中」。他的丹麥話眞的是越來越流利了。

「嗯，你說得對。我是完全不懂。」

「好，但它眞的很合乎邏輯。我會去買咖啡和日用品，是因爲蘿思不肯——儘管我們有協議，她就是會**忘記**，卡爾。那就是原因。」

「說重點，阿薩德，我們要忙的事太多了。我需要找到方法和蘿思談，這樣我才能問她麗格莫的事。她可能知道她鄰居的活動和習慣等，這些細節對我們有幫助。」

阿薩德滿臉倦睏地看著他。「那正是我的意思。你不懂嗎？蘿思總是忘記爲懸案組買東西，我愛拿那點逗她，問她在家時是否也會忘記幫自己買日用品。當時她告訴我，她有個很親切的鄰居，在她用光糖、牛奶、麥片和那類東西時會借她。」

卡爾皺緊眉頭。好，所以他講這麼多就是爲了說這個。

「既然現在我們知道麗格莫是她的鄰居，而蘿思只有一位鄰居，因爲她住在樓梯旁邊，所以她一定是向麗格莫借東西。她是蘿思口中的那位親切鄰居，而我們正在調查這個女人的謀殺案。」他下結論時對自己點點頭。「所以我們現在知道，蘿思和她很熟，卡爾。眞的很熟。」

卡爾用雙手揉揉額頭。這點很奇怪，然後他抓起電話，撥蘿思的醫院號碼。

「你想和蘿思．克努森講話？」護士說：「她已經不在這了。她是自願出院，日期是……讓我查查……」

卡爾聽到背景傳來打字的聲音。

「是的，在這。她的病歷載明是五月二十六日。」

卡爾無法相信他剛聽到的話。五月二十六日？那是四天前。她爲什麼沒打電話給他們？

「既然她是自願出院，那表示醫生覺得她好到可以出院了嗎？」

「我不敢這麼說。相反的，她變得很內向，什麼都不肯說，攻擊性很強。儘管如此，蘿思．克努森是自願入院，所以出院的決定權完全在她手中，但考量到她的心理狀態，我們絕對不會這樣建議她。倘若很快又有她的消息，我可一點也不會訝異。她這種病例通常都是如此。」

卡爾默默掛掉電話。「她星期四就出院了，阿薩德。**四天**前，卻一直沒通知我們。那不是好現象。」

阿薩德震驚地看著他。「那就是我在和病院的接待人員說話時，她在後面鬼吼鬼叫的那天。那現在她在哪裡？你有問嗎？」

卡爾搖頭。「我不認爲他們知道。」他拿起電話打蘿思的號碼。幾個嗶聲後是自動答錄機的聲音：「目前電話沒有人接聽。」

他看看阿薩德。「沒有人回話。」他嘟噥著，身子轉向走廊。

「**高登——！**」他大吼。

得知蘿思的事後，高登似乎驚愕不已。他們打電話給她的妹妹們，反應也如出一轍。她們完全不知道這件事。

妹妹們討論過後，決定打電話給人在西班牙的母親，她確實有收到蘿思出院的消息。她曾打電話給蘿思，卻找不到人，但幾乎馬上收到她的簡訊。

經過困難的交涉後，母親終於同意將簡訊傳給妹妹們和卡爾。

卡爾將簡訊念給高登和阿薩德聽：

親愛的母親：我現在在前往馬爾默的火車上。手機訊號太差，所以我改用簡訊跟妳聯絡。別擔心我，我很好。我今天自己出院，因爲住在瑞典布萊金厄省的一位好朋友提議讓我住進他們可愛的屋子一陣子，那會對我大有幫助。回來時會再和妳聯絡　蘿思。

「你們聽說過蘿思有朋友住在布萊金厄省嗎？」卡爾問道。

兩人都沒聽說過。

「所以你們對這個簡訊有什麼想法？」

阿薩德馬上回答：「如果她在布萊金厄省有認識的人，那她在你開車去哈拉布洛查『瓶中信』那個案子時，卻沒提到此事，有點奇怪。」

「她的朋友可能是在那之後才搬去那裡。」高登連忙替蘿思辯護。

卡爾有不同的看法。「你眞的認爲這是蘿思的作風嗎？她提到母親時用『親愛的』，我們明明知道她有多痛恨她。記得她離開她們時，她是怎麼寫她母親的：『賤女人！』然後蘿思寫說她用簡訊，是因爲馬爾默火車上的手機訊號很差，那根本鬼扯。她也提到她朋友『可愛的』房子。該死，蘿思在自己家裡根本不在乎整齊美觀與否，而這可是同一個蘿思！」

「你認爲那個簡訊只是想拖延時間？」高登問道。

卡爾從小窗戶往外眺望，評估天氣。陽光燦爛，天空清澈，沒有必要穿上外套。

「走吧，」卡爾說：「我們開車去她公寓看看。」

「我們可以等個半小時嗎，卡爾？」高登插話，他看起來很痛苦。「我們馬上就有訪客，你忘記了嗎？」

「呃，誰啊？」

「我解釋過，在羅森盤問派崔克後，我會想辦法將他引到地下室來。我還有這個要給你看。」

卡爾往後靠坐，高登將一張穿著很大的外套的男人畫像擺在他面前。

「這是素描師根據於伯格街看到男人身影的女人的口述所畫的，就是她生日那天麗格莫遭到殺害。」

卡爾看著畫像。就藝術的角度而言，畫像鉅細靡遺、非常出色；但以警察的角度來看，這畫像毫無用處和特色，相當可惜。

「這就是她對那男人的所有印象嗎？這只是一件大外套，外加一雙腿露在外面的背影。他可以是史托姆·P（注）畫中的任何一位老流浪漢。但謝啦，高登，起碼你努力了。」

高登點頭表示同意。

「還有一件事，卡爾。」

「請說？」

「有關格利芬菲街的停車收費器。樓上兇殺組的一位優秀探員——我們姑且叫他帕斯高——有個非常棒的理論。他認為將第一輛攻擊人的車子停在那條街上的人，可能是用銅板付費。那聽起來是很聰明的推理，因為如果那人用信用卡支付，就會暴露身分。所以，他們已經把收費器裡的東西清空了。」

「你難道要告訴我，他們正在銅板上找指紋？」

高登默默點頭，卡爾忍不住爆笑出聲。超級偵探帕斯高以為這樣就能追蹤到兇手嗎？找到肇逃駕駛的一枚指紋？而且就留在銅板上？有這麼好的事？太可笑了！

「謝啦，高登，你讓我今天很愉快。」

高登一副受寵若驚的模樣，努力按捺住像卡爾一樣大笑的衝動。

是的，三樓的人在這件案子上面臨嚴峻的考驗。在專業問訊上，他們可能真的需要一點協助。

注 Storm P.，一八八二至一九四九年。丹麥卡通畫家。

卡爾瞥見簡報室敞開的門口走進一個壯碩的傢伙。高登安排派崔克在那問話。他雄渾的上臂刺滿刺青，電視明星身上的刺青跟這一比，簡直就像平庸的塗鴉。

卡爾將高登拉到一旁，低聲問他是不是瘋了，將一名可能的嫌疑犯兼共犯帶至高掛相關案情筆記和照片的房間裡。但高登早採取好預防措施。

「我早將一條床單釘在布告欄前，卡爾。別擔心。」

「一條床單？你他媽在哪找到一條床單？」

「阿薩德有時會在這裡睡覺。」

卡爾轉向阿薩德，滿臉疑問，彷彿要問他什麼時候又要再睡辦公室，但阿薩德顯然不想對此話題做出評論。

卡爾對派崔克點點頭，在他對面坐下。如大家所料，在被盤問數小時後，派崔克的臉色顯得有點蒼白，但除此之外，他給人精力充沛的印象，眼神堅定，沒有閃避。當然，那類眼神顯示他並非天縱英明，但他還是能迅速、精確地回答卡爾剛開始的問題。

「你可能已經被問過上百次了，但我們還是得再試試看，派崔克。」

卡爾對高登點個頭，將三張照片放在派崔克面前，這時，阿薩德進來把一杯咖啡放在他前面。

「這不是你的特調咖啡吧，阿薩德？」卡爾覺得還是先問一下比較保險。

「不，這只是雀巢金牌咖啡。」

卡爾指著照片。「派崔克，這些照片分別是桑塔．柏格、貝莎．林德和蜜雪兒．漢森。在過去八天以來，她們全遭肇事逃逸駕駛撞死。我明白你可以交代這些意外發生時的不在場證明，所以我想強調，你不是嫌疑犯。」

派崔克將咖啡舉至唇邊時，看了他一眼。那個眼神是感激嗎？

「我們沒有發現這三位女人之間有直接關聯，但就我所知，蜜雪兒認識另外兩位女人——我們就說她們是朋友吧——你認爲她認識她們不久，這麼說正確嗎？」

「沒錯。」

「蜜雪兒擅於保守祕密嗎？」

「不，我不認爲如此。她很直率。」

「你說她在死前數日離開你。你對此很驚訝嗎？」

他垂下頭。「我們一直在吵架，因爲我要她去見她的個案社工，收拾她搞出來的爛攤子。」

「什麼爛攤子？」

「她在沒告知我的情況下，對她住的地方撒謊。所以她得和市政府排定還款時間表，並接受提議給她的工作安排。」

「她有照辦嗎？」

他聳聳肩。「幾天後，我在我當保鏢的夜店裡碰到她，她告訴我，她會還我她欠的錢，所以她顯然把爛攤子收拾好了。」

他以憂傷的眼神瞪著照片。

「你想念她嗎？」阿薩德問。

他吃驚地看著阿薩德，可能是因爲那問題的本質很溫柔，或問的人是阿薩德。然後他點點頭。

「我以爲我們之間的感情很特別。直到那兩個該死的女孩出現。」

他的眼角原本有的些許溼潤，現在變得乾涸。他啜飲一口咖啡。「我不知道她們把她拖進什麼麻煩，但絕對不是好事。」

「你為何那樣想？」

「我看過夜店被搶劫時的監視錄影帶，樓上的人讓我看過了。你無法看清女孩們的長相，因為臉被圍巾包住了，但我想我認得她們。樓上也讓我看他們找到的自拍。」

「我不懂，什麼自拍？」

「蜜雪兒和另外兩個女孩的自拍照。我立刻認出她們是我在蜜雪兒住院時看到的女孩。稍早和我談過的警方告訴我，他們認出拍攝地點是在加默大道的運河旁。照片拍攝於五月十一日，那是在她離開我前很長一段時間。她沒告訴我那天的事，所以我不知道任何細節。」

「你說你在醫院看到那兩個女孩？」

「是的，那是在蜜雪兒第一次被撞後。在等候室裡，她出院的那天。」

卡爾眉頭深鎖。「你真的認為蜜雪兒認識犯下搶劫案和可能射殺伯娜．西格達多提的那兩個女孩？」

「對。」

「如果我說蜜雪兒是共犯，她去夜店是為了讓你分心呢？你有什麼看法？」

他低頭不語半晌，最後終於了悟現實。他的表情和緊握的拳頭明白表示他的感受。他陡然挺直背脊，將咖啡杯用力丟到對面掛著床單的牆面上。

換作其他情況下，卡爾可能會對這類脾氣爆發做出強烈反應。但在沾了咖啡漬的床單掉下來、展露整個懸案組的辦案進度時，派崔克起身道歉。

「我會賠杯子和所有東西的錢。」他尷尬地喃喃說著，指著地板上的床單。「這些事情讓我很激動。抱歉，那些照片上現在都沾到了咖啡漬……」

他忽然僵住，眉頭緊蹙，彷彿不能相信他的眼睛。

「我不認爲……」高登正說著，此時，派崔克繞過桌子，走向布告欄。

「又是她。」他邊說邊指著波曼私立學校的放大團體照。「那就是在蜜雪兒的自拍裡的該死女孩。我也在醫院裡看過她。我敢發誓，她就是監視錄影帶中的兩個女孩之一，即使她現在老多了。」

他們全呆瞪著他，彷彿他剛從一架幽浮中走出來。

在盤問過後，卡爾請派崔克在高登的辦公室裡稍候，他趁機嘗試分析此項新情報。在放他走之前，卡爾可能還有更多問題要問。

阿薩德、高登和卡爾面面相覷片刻，阿薩德最後打破沉默。

「我不懂，卡爾。現在這些案子彷彿都連結在一起了。肇事逃逸案的蜜雪兒認識丹尼絲和另一個女孩，而丹尼絲認識史蒂芬妮。**此外**，丹尼絲的外祖母麗格莫是蘿思認識的隔壁鄰居，眞不可思議。」

卡爾聽到他的話，但沒做任何回答。他們**全都**很震驚。他從未在警察生涯中碰過這麼多巧合，詭異到難以置信的地步。

「我們得把羅森叫下來，卡爾。你得面對現實。」高登說。

卡爾可以想像那個場景。紀律調查、報復和憤怒就等在眼前，他會讓所有同僚覺得不是滋味。但要不是他們多管閒事去調查，還把這些案子貼在布告欄上，這些案子的下場會如何？

卡爾對另外兩人點頭，拿起電話，告訴麗絲馬上請羅森下樓來找他們。然後他們苦苦等候，試圖想通這些該死的不同案件怎麼可能彼此間有相互關聯。

羅森以雷霆之勢怒沖沖地衝進房間，讓他們對他此時的心情毫無懷疑餘地。他掃視布告欄，表情變得更爲嚴峻。他的體型好像突然被放大好幾倍。

卡爾對高登點頭，示意他將派崔克帶回來，當他站在門口時，羅森的臉漲得亮紅。他看起來快要爆炸了。

「我的目擊證人怎麼會在這裡？該死。爲何你們懸案組這裡有肇事逃逸案、夜店案和麗格莫案？所以，那個白癡歐拉夫嘟嘟囔囔抱怨的就是**這個**？我就是沒想到這會是眞的。」

他轉向卡爾，手指直指著他的臉。「你這次太超過了，卡爾．莫爾克。你還搞不懂嗎？」

卡爾勇敢地伸手輕輕摀住他的嘴巴，冒險打斷他的嚴厲斥責，然後他冷靜地轉向派崔克。「請你告訴凶殺組組長羅森．柏恩，你剛告訴我們的話好嗎？」

羅森激動地揮動手臂。「不，他不會牽涉到這裡面，卡爾。叫他出去！」

但派崔克直接走到布告欄前面，指著團體照裡的女孩。「這是丹尼絲。」他說。

羅森瞇起雙眼，嘗試集中注意力在照片上。

「沒錯，羅森。那女孩是丹尼絲．法蘭克．齊默曼，站在她身後的是史蒂芬妮，在二〇〇四年遇害。布告欄上的所有案件不知怎地都有一些關聯。」

他們花了十分鐘，爭先恐後地向老闆解釋案件之間的關聯。終於結束時，他彷彿麻痺般呆立著。他也許是位固執己見的人，但他的內在偵探直覺被叫醒了。剎那間，他的感覺和他們一樣。

他還無法全盤了解，但他看見明擺在眼前的事實。

「請坐下，喝杯咖啡，這樣我們才能談談下一步該怎麼走，羅森。」卡爾提議。他對阿薩德點點頭，阿薩德便離開去泡咖啡。

「這些案子完全糾纏在一起。」羅森說。他讓目光在案件上梭巡。「蘿思又怎麼了？她爲什麼在上面？」

「蘿思目前在請病假，但我們現在知道麗格莫是她的鄰居。等我們談過話後，得開車去她的公寓找她，問她有關她們之間的事。」

「蘿思也涉案嗎，卡爾？」

卡爾眉頭緊蹙。「不，沒有證據顯示如此。她們是鄰居此事只是巧合。所以，何不趁機聽取一位幹練的調查人員對被害者的看法？」

「你打電話跟她說過這件事沒？」

「呃，還沒。她的手機只有語音信箱，可能沒電了。」

羅森搖搖頭。這些訊息在一時之間太難消化。

「馬庫斯知道這些嗎？」

「不，還不知道最新的發展。」

派崔克敲敲卡爾的肩膀。他們完全把他忘記了。

「我現在可以走了嗎？我已經在這耗一整天了。如果我沒修好我該修的車，我的老闆明早會找我碴。」

「你沒有要離開哥本哈根的計畫吧？」羅森說。

派崔克搖搖頭。「你先是跟我說我不能離開丹麥，現在又說我不能離開哥本哈根。下一次會變成什麼？我不能離開我的公寓？」

羅森擠出個笑容，揮手叫他離開。

派崔克離開後，羅森從口袋裡掏出手機。

「麗絲！」他說：「把還在總局裡的人召集起來，要他們到地下室來。對，現在，我說的！對，對，我知道很晚了。對，下來卡爾這裡！」

然後他轉向卡爾。「兩個問題。你知道肇事逃逸駕駛可能是誰嗎？」

卡爾默默搖頭。

「那真遺憾。那你知道可能涉案的那個女人，丹尼絲在哪嗎？」

「不，我們也不知道。我們還沒有時間專心查那個部分。但根據她母親所言，她沒有住在登記的地址上。她說，丹尼絲和情人一起住在斯雷格瑟。」

羅森沉重地嘆口氣。「我他媽不知道該拿你和你的小組怎麼辦。我要去一下洗手間，好好考慮整個情況。」

卡爾搔搔鬍碴，在阿薩德端著要給羅森的咖啡進門時，對他點點頭。「我們要等一個小時才能開車去蘿思那裡。我們得先向三樓的那些蠢蛋做簡報，他們現在正要下來。」

「好。然後呢，卡爾？羅森會臭罵我們一頓嗎？」

「你永遠不知道那個討厭鬼會想到什麼點子。」

阿薩德開懷大笑，高登也被感染。「他也許討人厭，但至少他人很公平。」

「你是什麼意思，阿薩德？」

「他讓每個人都很討厭他。」

第四十三章

二〇一六年五月三十日星期一

「我餓壞了，卡爾。你能不能在去史坦洛瑟的路上，順便找個可以吃點東西的地方？」

卡爾點點頭。他一點也不餓，只要蘿思的事仍占據他的心思，他就一點也沒胃口。

他啓動車子，收音機開始播放新聞。

「嗯，該死。他們搞得全天下都知道我們在找丹尼絲。」卡爾說。尋找目擊者的行動從來沒有如此全面過。所有的電視和廣播頻道都在呼籲民眾協尋，所以羅森和警察總長是真的想找到她。但那又何妨？如果他們能成功一舉解決三個案子，這手法不算太糟吧。

阿薩德的手機響起微弱的聲音。

「是打給你的。」他說完後打開擴音器。

「喂，我是卡爾．莫爾克。」他對另一頭正大聲咳嗽的人說著。

「抱歉，卡爾。」那聲音說：「自從我戒煙後，就拚命咳個不停。」是馬庫斯。

「我照我們的約定，去查了布莉姬的丈夫的情況，發現一些資訊，你會感興趣的。我該現在告訴你嗎？」

不能等到明天嗎？卡爾暗忖。今天實在已經很晚，他也精疲力竭了。

「我們正要離開哥本哈根，所以就說吧。」他還是這麼說了。

馬庫斯清清喉嚨。「詹姆斯・列斯特・法蘭克一九五八年出生於美國明尼蘇達杜魯斯，一九八七年和布莉姬・齊默曼結婚。隔年，丹尼絲・法蘭克・齊默曼出生。這對夫妻在一九九五年夏天分居，幾個月後離婚。母親贏得丹尼絲的監護權，父親在同年搬回美國。」

卡爾瞇起眼睛。他什麼時候才會說到我感興趣的部分？

「我也查到他在那時入伍，去伊拉克好幾次，後來又去阿富汗。二〇〇二年，他在任務中消失，兩位士兵喪生。軍方以為他死了，但後來在伊斯坦堡被一位聯絡官認出，隨後軍方以逃兵的名義通緝他。」

聽起來像個聰明的男人，卡爾心想。誰不會寧願被通緝，總比死掉好吧？

然後馬庫斯講到重點。

「大概一個月前，有位叫馬克・強生的人倒在街上，被送去海萊烏醫院，肝指數爆表。他們也發現，他有數個器官已經停止運作。醫生們坦白告訴他，他酗酒的程度已經嚴重到只有少數人才有辦法活下去的地步。」

「馬克・強生？他是在土耳其認出法蘭克的人嗎？」卡爾問。

「不，但我待會我會說到這點。馬克・強生當然被要求表明自己的身分，他辦不到，於是醫院叫警察來。」

「那男人病得那麼重，這樣有點強人所難吧？」阿薩德插嘴。

「對，是可以這麼說。但事實上，醫生們得知道他們在替誰寫病歷，阿薩德。」

「當然。然後發生了什麼事？」卡爾又問。

「他們在那傢伙的身上找到幾個刺青，其中最重要的，是藏在手臂下的肉牌（meat tag），他們據此辨識出他的身分。」

「什麼是肉牌？」卡爾問。

「直接刺在身上的狗牌，卡爾。」阿薩德說。

「沒錯。」馬庫斯說：「它標明士兵的姓氏和名字，如果有中間名，也會刺上。在這個案例裡，因爲這個男人是美國陸軍，所以也包含國防部身分證字號、血型和宗教。當年許多士兵在派駐到前線之前，會刺那種刺青。現在美國陸軍已有不同的刺青政策，所以我不確定是否仍准許此類行爲。但對當時的士兵而言，如果他們戰死又失去狗牌，這類刺青能保證他們辨識出身分。」

「而這個肉牌說他是詹姆斯．列斯特．法蘭克？」卡爾追問。

「沒錯，『法蘭克．L．詹姆斯』。那表示布莉姬的前夫還活著，儘管他後來似乎沒撐多久。他出院後，好巧不巧就住在費里澤那間洛德雷鞋店樓上的公寓。好戲還在後頭，那公寓仍在麗格莫名下。」

「所以他現在在丹麥？」

阿薩德困惑地搖搖頭。「馬庫斯，我不懂。我找過所有可能的登記處，但都沒發現他的蹤影。那男人在丹麥沒有登記紀錄。」

「當然，因爲他自二〇〇三年就以假名馬克．強生在此非法居留。當年在調查史蒂芬妮謀殺案時，我也不可能知道這件事。」

「他爲何沒在醫院裡被逮捕，馬庫斯？」卡爾問道。

「說得是，我不知道。也許因爲那人來日無多，大家不認爲他還能跑哪去。移民局當然在查這個案子，因爲警方在問完他話後，就將案子轉給移民局。目前的法規明文規定不能把重病的人立即驅逐出境。而在正常情況下，處理移民案件曠日廢時，積壓的案子也很多——你自己試著去抓人看看。」

「你知道他這些年來靠什麼維生嗎？」

「不知道，我想只有他自己知道。他可能只能餬口，過得像流浪漢。我認爲他眞的很令人同情。但如果你問我，我不認爲他曾涉及任何犯罪活動，因爲他最不想的就是被逮捕和驅逐出境，被以逃兵罪名遣返回通緝他的國家。」

「沒錯，我們和美國有引渡協議，不是嗎？」卡爾問。

「沒錯，對法蘭克而言，很不幸的是，引渡協議在二〇〇三年已經生效。瑞典也有類似的協議，但和我們不同，他們不引渡軍事或政治嫌疑罪犯。如果我們引渡他，他會淪落到美國最黑暗的地牢。逃兵在美國從來不受歡迎。基本上，不管你從哪裡來，當戰爭老兵都不是多光榮的事。」

阿薩德猛點頭，他顯然很能體會那點。

卡爾謝謝馬庫斯的努力。難以置信，詹姆斯．法蘭克在丹麥。

聽完電話後，卡爾減速開了一會兒的車。「你能等一下再吃嗎，阿薩德？」他沒等回答又說：「現在我們有新線索。我想去拜訪這個詹姆斯．列斯特．法蘭克一下。我想我們可能會發現丹尼絲和她父親在一起。那會是個很好的突破。」

費里澤．齊默曼在洛德雷的老鞋店年久失修。荒廢的建築前面有空蕩骯髒的櫥窗，裡面堆了一大堆垃圾。漆在牆壁上的商店招牌仍舊依稀可辨，儘管有業餘人士曾嘗試塗掉它。就卡爾數得出來的，自從齊默曼後，至少有五種不同的生意被迫關門大吉。

阿薩德指著店面樓上的公寓。有個凸窗面向街道，那可能是個單房公寓。但話說回來，也不能期待當年的商店助手或僕人住得多奢華。

在門板斑駁的漆上，有著以手持噴印機列印的黑色字體「馬克．強生」。他們敲門後等待。

「進來。」一個帶有濃厚美國口音的聲音說道。

他們原本期待看到一屋子的髒亂，卻大錯特錯。拿來洗嬰兒衣物的柔軟精香氣瀰漫整個公寓。他們經過走廊上幾個漆過的啤酒箱，進入客廳，裡面有沙發床、電視和五斗櫃，東西並不多。卡爾四下張望。如果丹尼絲能躲在這個客廳某處，她一定要被縮得很小。

他示意阿薩德去檢查公寓其他地方。

「你們是警察。」在沙發上的男人說道。他的皮膚泛黃，裹著被子，儘管外面的氣溫幾乎高達三十二度。「你們是來逮捕我的嗎？」他問。

很令人意外的開場白。

「不，我們不是移民局的人，我們是來自哥本哈根凶殺組的刑警。」

卡爾也許以爲那會讓那男子覺得不自在——那是常有的事，但他只是抿緊嘴巴，心照不宣地點點頭。

「我們來此找你的女兒。」

阿薩德回到客廳，比個姿勢表示沒找到那個女孩。

「你能告訴我，你最後一次見到丹尼絲是什麼時候嗎，詹姆斯？或你比較喜歡我叫你馬克？」

他聳聳肩，顯然他不在乎他們叫他什麼。

「丹尼絲？嗯，我還叫她杜麗，但我從二〇〇四年開始就沒見過她了。我今天聽到新聞說你們在找她，你們可以想像我有多擔心。」他伸手去拿桌上的水杯。

「我們在調查你前岳母的謀殺案，懷疑任何在她死前不久和她接觸過的人。所以我們需要盤問你女兒當時在做什麼。」

男人喝口水，他顯然生著重病，將杯子放在他的肚子上。「你知道我會冒被引渡的險，對吧？」

卡爾和阿薩德都點點頭。

「像我這樣的逃兵，如果落到美國軍方手中，他們會興奮莫名。我做逃兵前，正要被升爲少校。我獲頒的勳章多得不得了，連走路時都是歪著身子的。我已經數不清出過多少次任務，因爲我更年輕時還出過更多。但我可以告訴你，那些任務沒有一件是光彩的，所以他們才這麼急著要把我這種人抓回去，除掉我們。他們不希望我們洩漏任何內情，尤其是高階士兵。」他搖搖頭。「美國軍方永遠不會忘記逃兵。他們剛向瑞典要求引渡，無視那男人已經在那裡住了二十八年還有妻小的事實。所以什麼會阻止丹麥引渡我？我的病嗎？」

卡爾點點頭。那聽起來很可信。

「你當眞認爲如此，對吧？嗯，你太天眞了，美國會發誓他們會提供我必要的治療，而在你還搞不清楚狀況前，飛機就準備起飛了。」

「好，但那和我們來訪的目的有何關聯？」卡爾不禁問道。他可不是大主教神父或精神導師。

「目的？我正要告訴你能讓我免於被引渡的事，而我對那件事從不後悔。」

「那件事是？」

「我做了比逃兵更糟糕的事，反正在丹麥似乎也沒人眞的在乎。」

阿薩德靠近他。「你既然在這有家庭，爲何還回去美國？」

「我稍候也會解釋這點。」

「發生在一九九五年的那件事？」

他點點頭。

「你們知道我病得很重，對吧？」

「對，但不知道細節。」

「你們不用準備送我今年的聖誕禮物了，如果你們懂我的意思的話。」他自己覺得好笑，縱聲笑了起來。「那就是爲什麼我不想回美國監獄，在裡面腐爛、慢慢消頽。我寧願死在丹麥，這裡在死前會有人照顧你，即使是在監獄。」

卡爾不確定他接下來會說什麼。那傢伙眞的讓他心中的警鈴大作。

「詹姆斯，我可以告訴你，我幾天前才把一個男人踢出我的辦公室，因爲他做假的謀殺自白。如果你也想要這招，我得先警告你，那不會對你的案子有幫助。」

他綻放微笑。「你叫什麼名字？」

「卡爾．莫爾克。」

「很好。我覺得你不是我碰過最笨的警察，因爲這就是我要告訴你的事。我在丹麥這殺了人，所以我不能被引渡回美國。信不信隨你。」

剛開始，一切只是詹姆斯和他岳父之間的一場遊戲。他倆以前都是軍人，在戰場上都很活躍——當然也因此無法逃避在戰場上浴血的後果。膽怯的人承受不了他們曾經歷的背景和歷史，但這只使得費里澤更加喜愛他的女婿。費里澤對於從軍感到非常榮耀，他認爲那代表男子氣概和力量。他以不經掩飾的直率，詢問詹姆斯曾參與過的軍事活動內幕。從非洲薩伊（剛果舊稱）、黎巴嫩到西班牙格拉納達都，他一一追問，絲毫不肯放過，因爲費里澤深愛導致戰爭、衝突背後的決心與憤世嫉俗心態。詹姆斯描繪越多細節，費里澤變得越是好奇。那就是遊戲開始的契機。

「如果我提到『刺刀』這個詞，我倆就會開始描述曾如何使用刺刀，然後再輪到另一個人提另一個名詞。」這是費里澤的建議。「比如像『埋伏』此類有趣的字眼……或『火』。事實上，『火』是個很好的字。」

剛開始，詹姆斯有點猶豫。不管主題是什麼，費里澤都能贏過詹姆斯上百倍。他也愛談論當年勇，那讓他欣喜若狂。無情的凌虐在他口中變成十字軍的聖戰；吊死人成爲自衛行徑。他侃侃談到照顧同袍的義務和並肩作戰的兄弟情誼。令詹姆斯吃驚的是，他慢慢開始在費里澤的話語中看到自己的身影。

他倆會在星期六早上碰面幾個小時，詹姆斯通常會在前晚狂歡，需要睡到很晚，消除宿醉；布莉姬會看顧孩子，麗格莫管理家務，他和費里澤則會在一樓那片如迷宮般的房間後方的祕密辦公室裡，讓過去再度復活。在那裡，他有機會感受魯格手槍在手中的重量，看到隨身物品如何臨時拼湊成有效的武器。

倘若不是那個致命的星期六，詹姆斯和麗格莫之間發生激烈衝突，這一切原本可能會持續多年。起初那只是個平常的星期六聚會，晚餐吃得很早，他岳父一個令人吃驚的問題，打開了潘朵拉的盒子。那問題不適合在杜麗也坐在桌旁時提出，但費里澤不在乎。「你認爲士兵能做的最糟糕的事情是什麼？犯下隨意處決，還是隨意通姦？」

有那麼半晌，詹姆斯認爲那只是他倆遊戲的一部分，因此支使他女兒去花園玩，等大人叫她時再回屋子。那可能只是費里澤另一個變態、瘋狂的點子。但當詹姆斯在短暫停頓後回答，「當然是隨意處決」時，麗格莫倏地傾身甩他一巴掌，力道之大，他的頭部都被震得一轉。

「混蛋！」麗格莫大吼，費里澤則狂笑，拳頭連連「咚咚」捶著桌面。詹姆斯震驚不已，臉轉向妻子尋求解釋，她卻對著他的臉吐口水。

「你就這樣直接掉入陷阱，白癡。我告訴我父母了，你和所有的女人搞外遇，還有你是如何老讓我們失望的事。你眞以爲你能逃過譴責和處罰嗎?」

然後他對外遇的事撒謊,哭著發誓那些都不是眞的。他晚上沒回家是在記帳,但她說他們心知肚明。

「她恨你所做的一切,詹姆斯。她恨你在背後搞外遇。一個星期總要喝醉好幾回,還鼓勵她父親談論不該提起的往事。」

那天,麗格莫對詹姆斯展現眞面目,讓他不會懷疑這家族的一家之主究竟是誰。她將離婚協議書「啪」地放在桌上,詹姆斯看到布莉姬已經簽好字了。詹姆斯哀求她撕掉協議書,但她不敢。何況,麗格莫和費里澤承諾過,一旦詹姆斯離開,他們會照顧她。

突然之間,他就被拒於門外,不再屬於這個家族。

他後來曾向麗格莫施壓,要她取消離婚,威脅說如果她不從,他會通知當局費里澤在二次大戰間犯下的戰爭罪行。他保證這次他絕對說到做到,他們將無計可施。他有證據。

幾天後,他們終於有所反應。一個提議以一萬五千美金的形式現身,前提是他得回美國,永遠不再出現在他們面前。錢將分三次匯入他的美國帳戶,他們的關係也到此爲止。詹姆斯同意。一個從明尼蘇達杜魯斯來的工人階級,可不是每天都能接觸到這麼一大筆錢。

然而,問題出在他沒向美國國稅局通報匯款。在幾樁訴訟和罰款後,錢不但花光了,他還欠了一屁股債。所以詹姆斯．列斯特．法蘭克沒有選擇餘地,只能再度入伍,得到的回報是持續不斷的危險任務,他如此貼近塔利班,導致他和同袍的舉止都開始跟敵人同化。

「我們就像動物,在睡覺的地方大便,不管殺死什麼,就囫圇吞棗地吃下肚。我們也死得像動物一般，塔利班全看在眼裡。我單位上的最後一個人被他們逮到，我看見他們在處決他前，先砍掉了他的手臂。

「然後我逃走了。有十一個月的時間，我躲在山裡，當我最終逃離時，我已經受夠為美國和美國軍隊殺戮了。」

「但後來有人在伊斯坦堡看見你。」卡爾說道。

他點點頭，將被子拉到脖子下。

「我在觀光客常去的酒吧工作，那裡大部分的客人是美國人，那很蠢。即使我剃光頭髮，蓄了鬍子，聯絡官還是馬上認出我來。幸運的是，那天我在酒吧碰到一對丹麥夫妻，他們有一輛露營車，很樂意載我去丹麥。我告訴他們我的故事。我曾是位士兵，現在是位逃兵，那對他們而言不是問題，恰恰相反。你很難找到像他們那麼積極的反戰人士。」

「嗯，那是個很棒的故事。」阿薩德不無諷刺地說：「但你說這些故事用意為何？」他的胃「咕嚕咕嚕」大聲作響。缺乏精力顯然讓他變得易怒。卡爾幾乎忘了吃飯這檔子事。如果他能抽根菸就好了，那能讓他忘記飢餓好幾個小時。

「回到丹麥後，我沒有證件，身無分文。所以我唯一的選擇是和費里澤以及麗格莫聯絡，告訴他們我要留在丹麥，他們得幫助我。他們驚恐異常，因為他們和布莉姬都告訴杜麗——也就是丹尼絲——我早就死了。

「聽到那個消息讓我暴跳如雷，儘管他們試圖阻止我，我還是硬闖入費里澤的祕密辦公室，偷走所有能偷的東西，這樣我才有本錢和他們討價還價。我為房間拍照，還拍下他們大吼尖叫的照片。最後，我搶來費里澤的瑞士刀，架在麗格莫的脖子上。我告訴她，我知道割開她氣管時，會有什麼聲音。加上其他威脅，這足以讓他們願意合作。

「我們同意的交易是他們讓我住在這間公寓，支付我的花費，最重要的是，在我餘生中，每個月都給我一萬兩千克朗。我當然應該要更多，但我沒那麼聰明。」他同時大笑和嘆氣，看起來好像就要睡著，雙眼如狼人般泛黃。他顯然身體欠佳。

「而我則保證遠離布莉姬和丹尼絲。麗格莫向我保證，如果我聯絡她們，她不會在乎我跑去和當局說費里澤的往事。她確定我會遭到逮捕和驅逐出境，她說到做到。她情願犧牲費里澤和家族名譽，也不會放棄女孩們。」

「但我推斷你沒遵守承諾。」卡爾說。

他綻放微笑。「是的。我實際上遵守了，以某種方式而言。我不曉得我在黑潭湖旁的樹林後站了幾次，偷看波曼私立學校的入口，但卻從來沒有和丹尼絲聯絡。我只想在她離開學校時，看她一眼。」

「那布莉姬呢？」

「是的，在好奇心的驅使下，我試圖找出她住在哪，但她沒任何登記。於是我計畫在丹尼絲走路回家時跟蹤她。」

「結果你那麼做了嗎？」卡爾問道。

阿薩德敲敲卡爾的肩膀，嘆口氣。「卡爾，說眞的，你有看到我身上的駝峰嗎？」

「再二十分鐘你就能吃飯了。阿薩德，拜託，現在不要開駱駝笑話，好嗎？」

阿薩德嘆氣地更大聲。二十分鐘顯然像是永恆。

「所以你跟蹤了丹尼絲？」

「沒有，從來沒那麼做，但我的確看到她離開學校幾次。她變得非常美麗，活力十足。看著她讓人開心。」他又啜了一口杯子，他的精力似乎在喪失。

「但沒有像看到史蒂芬妮．古德森那樣開心，對吧，詹姆斯？」有幾滴水流出他的嘴角，流淌到下巴。他的眼睛突然閃爍有神，充滿驚訝。

「你為何殺害史蒂芬妮？」卡爾順勢問道。

他將杯子放在桌上，清清喉嚨，彷彿噎到。

然後他激切地搖著頭。「我說過你很厲害嗎？我收回那句話。」

阿薩德咯咯輕笑。那是肚子餓的另一個抗議嗎？

「因為？」

「因為我愛史蒂芬妮。我選擇她，捨棄布莉姬和丹尼絲，就這麼簡單。我有天看到她離開學校，我們倆立即陷入愛河。我們交往了九個月，在城裡見面。事實上，我們一週在一起好幾次。」

「為什麼要祕密交往？」

「因為她是丹尼絲的老師。如果丹尼絲看到我們在一起，又認出我來，我會……他們告訴她我死了。這樣我和麗格莫的協議就會結束，我會被逮捕和引渡。」

他空洞地瞪著前方，默默哭了起來。沒有聲音，沒有抽噎。

「我沒殺害史蒂芬妮，是麗格莫下的手。」他的聲音顫抖。「我確定那個賤女人在城裡看到我和史蒂芬妮在一起，為報復而殺害她。我在滿腹懷疑下質問她時，她尖叫著說不是她，但我不相信，我當然不相信，我只知道我不能碰麗格莫，不然她能很輕易地把謀殺罪栽贓到我身上。在她口中，我會被描繪成非法外國勒索者和專業殺手。」

「所以你開始酗酒，閉上嘴巴，這樣你才能住在這間公寓和拿她的錢。你是要淪落到多可悲的地步？」

卡爾瞪著阿薩德。嗯，那聽起來像是這個故事的結論，他的表情說道。但阿薩德在睡覺。過去幾小時來沒有吃喝，終於讓他精力全消。

「費里澤隔天溺斃，幾週後我再也沒見到麗格莫，因爲她把鞋店和房子賣掉，搬去伯格街。」他繼續說。

「那你怎麼辦？」

「我？我的人生變得毫無目標，所以我整天酗酒。」

「好幾年後你才展開報復，是這樣嗎？」

「十二年來，我每天都爛醉如泥，我只想喝個大醉。每個月只有一萬二千克朗，我喝的可不是香檳。」他諷刺地開懷大笑。那時，卡爾注意到他整口牙都掉光了。

「是什麼改變了那個情況？」

他敲敲他的肚子。「我生病了。我看過一位酒友生過同樣的病，他沒有活多久。就像他，我總是突然精疲力盡。除了吐血外，根本沒有胃口。我全身長了紅斑，皮膚泛黃，很癢。我很容易有瘀青，雙腿抽筋，沒辦法勃起。如果我不一直睡的話，我可能會倒在街頭。對，我該死的很清楚正發生什麼事。」

「所以時候到了，對吧？」

他點點頭。「儘管我生病了，我沒有停止酗酒。我總是帶著一瓶櫻桃酒。我知道翹辮子只是時間問題，所以我不在乎我與麗格莫的協議。那些該死的陸軍可以做任何他們想對我做的事，這就是我的感覺。只要我能報復，什麼都無所謂。所以我去圖書館上網搜尋麗格莫，發現她還登記在伯格街。」

「但她沒住在那裡，對吧？」

「不，我後來發現。門口名牌上的名字是布莉姬和丹尼絲・F・齊默曼。喔，那個小小的『F』

讓我開心至極，因為那表示我沒被完全忘懷。我考慮按下門鈴，但最後沒有。我看起來一團糟，有一個星期沒刮鬍子和洗澡。我不想讓她們看到這麼狼狽的我。所以我到街道對面，抬頭看著窗戶，希望瞥到她們一眼。許多年來，我第一次欣喜若狂。直到看見麗格莫走出大門。」

「她認出你了嗎？」

「沒有，在我走到她面前之前沒有。接著，該死，她在雨中狂奔起來。她轉向我，對我大叫說我該下地獄去，同時將一把千元克朗紙鈔丟在我面前的人行道上。那時地上是溼的，但那沒有阻止我。反之，那讓我火冒三丈。」

「所以你追著她？」

「老兄，我爛醉如泥，精疲力盡，那個賤女人迅速跑過一條巷子，朝皇太子妃街而去。我只看見她衝進國王花園，等我跑到入口時，她已經消失了。」

卡爾用手肘頂頂助理。「阿薩德，醒來！詹姆斯有事要告訴我們。」

捲髮困惑地環顧四周。「現在幾點……」他還來不及說完話，肚子的「咕嚕」聲響就將他的話淹沒。

「麗格莫在你抵達國王花園時已經消失了。後來發生了什麼事，詹姆斯？」他看著阿薩德。

「你在聽嗎，阿薩德？」

阿薩德脾氣乖戾地點點頭，指著他的手機。他一直在錄音。

「我在入口處停下腳步，四處張望。麗格莫不在草地上，她不可能已經跑到另一頭、迅速地離開花園。所以我想她一定仍在某處。我徹底清查整個花園。巴爾幹半島的戰事讓我變得非常擅長此道。塞爾維亞人很會躲，你真的得很注意那些灌木叢，不像在伊拉克，那裡是道路、路肩，或被留在人行道、泥土小徑上的各類雜物堆。在巴爾幹，如果你不記得灌木叢是危險地區，你就會冒著被殺的危險。」
「所以你在灌木叢裡找到麗格莫?」
「是也不是。我從皇太子妃街的出口出去，站在鐵路旁，這樣倘若她從躲藏處現身，也不會馬上看到我。五分鐘後，我才發覺腳踏車架的灌木叢裡有動靜。」
「她沒看見你?」
他綻放微笑。「我立即縮回入口處躲在標語後面。那個荒謬的標語歡迎人們來到國王花園，提醒人們體諒其他遊客，如此一來，大家都能玩得盡興。我以前嘲笑過那個標語。我忖度，我會非常體恤我的前岳母，只敲她一下就送她上天國。」
「所以那是預謀殺人?」
他點點頭。「百分之一百一十預謀殺人，沒錯。我沒有其他理由可以辯解。」
卡爾瞄瞄阿薩德。「你都寫下來了嗎?」
他點點頭，又伸手拿出手機。
「實際上的謀殺經過呢?你讓她朝餐廳跑過去?」
「不。我在灌木叢前攻擊她。她看見我躲在樹枝下時嚇得尖叫，但我把她拉出來，用酒瓶狠敲她後腦杓。就那麼簡單。敲一下，她就死透了。」
「但你沒把她留在那裡?」
「沒。我留在原地看著她，醉醺醺地決定，我不該把她留在酒鬼們撒尿的地方。」
「你搬動屍體?」
「沒錯。」
「如果你問我的話，我會說那很冒險。」

他聳聳肩。「下著傾盆大雨，因此花園裡沒半個人影。我把屍體掛在肩膀上，將她丟在皇太子妃街出口附近的草坪上，然後趕快離開現場。」

「所以你是用櫻桃酒瓶殺了她？」

「是的。」他的微笑瞬間閃過，露出無牙的嘴巴。「那時酒瓶幾乎是滿的，但一小時後就不是這樣了，我將它丟進腓特烈斯博街的垃圾桶，然後走路回家。我說走路，因爲那時我精力充沛，你不會相信的。那大概持續了二十分鐘，然後我整個人崩潰。他們就是在那找到我的。」

「自那之後你就滴酒不沾，爲什麼？」

「因爲我才不要在被帶到法官面前時，被判定心智不穩定。我想清醒地在丹麥法庭前自我抗辯。我不想回美國去。」

「你爲何不乾脆向在醫院裡訊問你的警察自首？」阿薩德插嘴。聽起來他好像以爲那能解救他免於立即餓死。

詹姆斯聳聳肩。「因爲他們會當場逮捕我，而我想先找到丹尼絲，和她談談。我欠我自己和她一些交代。」

卡爾點頭，看著阿薩德。他已經寫下不少筆記，他手機上的錄音機仍顯示紅燈。得來全不費功夫，人們能多常說這句話？他有很好的理由展露微笑。他們原本要來找丹尼絲，結果順手解決了一或兩件謀殺案。

是的，阿薩德很快就能重新爲他的駝峰補充食物。

「後來你做了什麼？」阿薩德問，他想知道所有細節。

「我昨天去布莉姬的公寓，看見她走出大門，手裡拿著好幾瓶空酒瓶。她走在人行道上時步履蹣跚，不認得我，因爲她腦袋裡滿是憤怒。我想告訴她我還愛她，但我看見她時說不出口。」

毫無疑問，那是相互的感覺，卡爾思索著。

「我說完了。」他說：「現在你們知道所有的事。我會留在這裡，等有人上門來逮捕我。」

沙威瑪讓阿薩德的眼珠都快掉出來了。看他將中東美食猴急地塞進嘴巴裡的模樣，就像在觀賞小孩在熱天吃冰棒。他現在簡直比贏得遊艇還要快樂。

卡爾用叉子撿著烤肉串。那可能是在洛德雷所能吃到最美味的烤肉串了。但事實是，對一位出身凡徐塞的人而言，沒有什麼比在家享用熱狗來得愜意。

「你相信詹姆斯．法蘭克告訴我們的每句話嗎？」阿薩德嚼著食物，口齒不清地嘟噥。

卡爾放下烤肉串。「我想他自己相信那個說法，但現在該由我們來決定它是否說得通。」

「所以我們該相信他殺了麗格莫嗎？或他只是編出那個說詞好逃避被遣返回美國？」

「是的，我真的相信他殺了她。我確定這點能經由檢驗她衣服上的跡證而確認。鑑識人員還保有那些衣服。或許他那晚穿的衣服上，也有麗格莫留下來的跡證。如果找不到，我會很吃驚。」

阿薩德抬起眉頭。「所以故事的問題在哪？」

「我不知道那故事是否天衣無縫，但你不覺得費里澤在史蒂芬妮遇害隔天溺斃是很古怪的巧合嗎？我納悶在兩樁死亡事件之間發生了什麼事？」

「而你覺得布莉姬可能知道？」

卡爾看著他的搭檔，他正忙著點另一個沙威瑪。那是個好問題，希望等阿薩德吃完就會水落石出。首先他得打電話給馬庫斯，然後他們還得衝去史坦洛瑟。

第四十四章

二〇一六年五月三十日星期一

還不到七點，安奈莉已經像瘋子般至少忙了一個小時，刷洗牆壁、櫃子、機械和地板上的斑斑血跡。在那之後，她坐下來，靜靜瞪著丹尼絲的屍體好一陣子。丹尼絲躺在丟棄的零件之間，臉上掛著目瞪口呆的表情。她毫無生氣的屍體帶給安奈莉極大的滿足感。她激切、頑固的目光現在完全沒有光澤，所有那些她拿來精心打扮和炫耀本錢的時間都是白費工夫。

「我該把妳這可愛的小東西棄屍在哪，丹尼絲？我們該將那留給命運去決定，就把妳丟在維斯特布洛的妓女之間？還是我們該小心翼翼，將妳放在上流階級去的公園裡，而那裡八點過後就杳無人煙？伯恩斯托夫公園如何，丹尼絲？我們該把妳放在某個修剪得宜的角落，然後某隻時髦小狗早上從夏洛滕隆過來尿尿時，就會發現妳？」安奈莉縱聲狂笑。

看樣子她可以逍遙法外。她把丹尼絲的槍藏好，將自己的手槍塞進丹尼絲的手裡，這樣上面就會有她倆的指紋。如果有任何人聽到槍聲而叫了警察，她決定假裝處於驚嚇狀態，聲稱那是個意外。她會說，丹尼絲闖進來威脅要用上頭裝了奇怪東西的手槍射她。她會說，丹尼絲是那些無法解決自身的可怕遭遇而怪罪個案社工的瘋子之一。她這位個案社工總是盡心盡力地幫助她，對得起良心。警方應該知道，有時心理不穩定的個案會殺害那些幫助他們的社工。過去幾年來，曾發生幾樁這類案件。她還會補充道，經過這場攻擊，她能肯定丹尼絲發瘋了。

她會向他們解釋事發的細節。她開門時丹尼絲一個箭步闖進來，她們如何扭打，然後她們跌跌撞撞進入公寓，她一路生死掙扎，使盡吃奶的力氣試圖從丹尼絲手中奪下槍，結果槍枝意外走火。她會掉一點眼淚，以顫抖的嘴唇訴說，這是她人生中最糟糕的經歷。

但警察沒過來。

安奈莉又狂笑，將丹尼絲的槍從藏好的地方取出來。她大可以將丹尼絲暫時留在現場，趁這時開車去史坦洛瑟解決潔絲敏。

她瞥瞥丹尼絲手中裝有臨時消音器的槍。

兩個武器都被用來殺戮，她從不懷疑這點，問題在於她是否能利用這個事實。

喔，是的，安奈莉覺得這點子棒透了，讓她身心舒暢。那不是她所有計畫裡最棒的地方嗎？

是的，沒錯。

經過指向史坦洛瑟的第一個路標時，安奈莉的體內幾乎爆炸開來。光想到潔絲敏開門時的表情，她就興奮莫名。

安奈莉想到，閃過那個白癡女孩腦海的第一件事，會是安妮—琳．史文生應該已經死了。她會完全不知所措，困惑不已，震驚於安奈莉竟然知道她們的住處。她會納悶丹尼絲到底出了什麼事。

是的，在潔絲敏了悟她生命已經走到盡頭時，必然震驚萬分。

安奈莉會馬上強迫她走進客廳，二話不說就近距離開槍射她腦袋。然後她會將槍塞進潔絲敏的手裡，讓現場看起來像潔絲敏和丹尼絲攤牌後被射殺的模樣。現場看起來會像潔絲敏手上的老舊魯格手槍沒幫上忙。稍後，警方會發現，這就是殺害伯娜的凶器。

在這之後，她只需去威伯街載丹尼絲的屍體，讓她在副駕駛座裡坐直，開到伯恩斯托夫公園。她會將裝有消音器的手槍放在丹尼絲的手旁，如此一來，就很像自殺。你瞧！一石多鳥。警方終究會發現潔絲敏的屍體，發現射殺她的凶器和丹尼絲用來自殺的是同一把槍。

所有線索都會導向這個方向。她簡直是天才。

安奈莉無法按捺住瘋狂大笑，她的計畫天衣無縫。倘若她處理得當，她甚至可以將肇事逃逸謀殺案嫁禍到丹尼絲身上。警察當然會發現蜜雪兒也住在這間公寓，他們的結論會往有利於安奈莉的方向邁進。如果她能成功，她便能逃脫法律制裁。然後她就可以稍稍從瘋狂殺戮中休息一下，專心在她的治療和復原上。靜靜蟄伏一、兩年，之後她就能慢慢、穩定地開始重拾任務。在這之間，她可以想出新的殺戮方法來娛樂自己。她會閱讀如何使用毒藥、火、電和水的書籍，並讓謀殺近似意外，無法彼此連結，或牽扯到肇事逃逸謀殺案。

她調高收音機的音量，因爲處在欣狂中的她需要來點音樂。

現在，她僅需幾根蠟燭和一杯紅酒就能讓一切完美，但她得有耐心。等她今晚完成這項任務後，她會直接返回公寓，舒適地度過一晚，將腳丫擱在茶几上觀賞電視影集。聽說《無間警探》相當精彩。

她轉進檀香園停車場，收音機正播放著酷玩樂團的〈玩酷人生〉最後一個小節，還眞是諷刺。她將車停在上次的位置。從幾週前，她就在主導這場生死歡愉大戲，如今，她已經完全準備好要展開倒數第二幕了。

就在她要走出車外的當口，一輛看似公務車的車子在她眼前駛過。儘管車頂上沒頂著藍燈，但車子停得離她如此之近，她很輕易便可看出，那對奇怪的搭檔不是爲了社交而前來此地。

他們絕對是警察。

她看著他們走上公寓左邊的那間，是潔絲敏和丹尼絲住的地方。

只要他們還在這，我就得留神不要洩漏形跡，她暗忖，往後靠坐，找個舒服的位置。

「但不要介意。好東西會留給耐心等待的人。」她對自己說著，這時，收音機新聞播報丹尼絲．法蘭克．齊默曼因是一樁謀殺案的目擊證人，而遭到警方通緝，任何知道她下落的人請和警方聯絡。

「那我建議你明天早上到伯恩斯托夫公園瞧一瞧。」安奈莉喃喃說道，咯咯輕笑起來。

第四十五章

二〇一六年五月三十日星期一

「哪位妹妹會在公寓裡放我們進門？」

阿薩德將腳從儀表板上放下來。在卡爾停車時，舉高鑰匙。「沒有哪位，我有維琪給高登的鑰匙。如果蘿思不讓我們進去，它就派得上用場。」

卡爾覺得這個點子令他不太自在。

「想到我們不請自來，蘿思會說什麼，我就有點緊張。」卡爾說。蘿思和目前的情況一樣棘手。她也是他們的同僚，而且是位女性。女人爲何總是那麼複雜呢？他不是常被迫承認，大體而言，他根本不了解女人嗎？也許是凡徐塞的活潑女孩把他搞糊塗了，讓他以爲所有女人都像她們一樣直率。哈迪建議過他好幾次，勸他去找個社交教練或男人團體，幫助他深化對女性的了解。這點子也許值得考慮，他只是一直沒有時間好好去處理這個難題。

「我知道，卡爾，我也很緊張。」阿薩德說：「自從她在電話上凶我後，我的心情就一直很沮喪。」

他們按了門鈴幾次，從裡面聽不到任何活動跡象。

「你想她在睡覺嗎？」阿薩德問：「她的藥物可能還令她昏昏欲睡。」

「吁，現在怎麼辦？」卡爾呻吟。他寧願面對兩位吸了毒的皮條客瘋狂揮砍刀子，也不想處理眼前這個難題。若是前者，他至少明瞭自己的處境。如果他們自己拿鑰匙闖進去，誰知道會有什麼風險？

「我希望知道她是否在裡面。如果她……」

「如果她怎樣？」

「沒事，阿薩德。再敲幾次門，大聲敲。也許她在公寓裡有些地方聽不到門鈴。」

「等等，我們也許可以問問那個女人有沒有看到她？」阿薩德在敲門後問。

「誰？」卡爾四下張望。

「隔壁麗格莫的公寓裡剛有人掀開窗簾探看。」

「麗格莫的公寓？我沒看見任何人。你確定嗎？」

「呃，確定。我想應該沒錯。你瞧，現在窗簾有點沒拉平。」

「那就去問問看吧。」卡爾說。

他按了鄰居的門鈴，但沒任何反應。

「你確定嗎，阿薩德？誰會在那呢？麗格莫可沒有死而復生。」

阿薩德聳聳肩用力敲門，當沒有任何反應時，他跪在門墊上，從郵件孔大聲叫喊：「嗨，在裡面的人。我們看見你了，我們只是想問你幾個問題。」

卡爾不禁微笑。門墊上有複雜的花樣，阿薩德幾乎像是跪在跪毯上，對著郵件孔祈禱。

「你看得到裡面有沒有動靜嗎？」卡爾問道。

「不行。走廊是空的。」

卡爾傾身從廚房窗簾間的縫隙往裡看。他的視野很狹窄，只看得到幾只髒盤子和沒放回櫥櫃的乾淨餐具。但話說回來，麗格莫不可能知道，她再也不能回來清洗那些盤子了。

他用指甲輕敲窗戶，阿薩德又大喊幾次，說他們想和他瞥見躲在窗邊的人說話。

「也許你什麼也沒看到，阿薩德。」卡爾在徒勞地敲門和按門鈴一會兒之後說：「倘若我們夠聰明，我們就會記得帶上布莉姬給我們的鑰匙。」

「我在車上有開鎖器，卡爾。」

卡爾搖搖頭。「最好把那留給凶殺組的同事。反正他們總得回來這裡再次檢查公寓。我們自己開鎖進去蘿思的公寓，看她在不在吧。」

阿薩德掏出鑰匙，按下門把，但他正要把鑰匙插進鎖孔中時，門倏地打開。

這可不妙，卡爾心想。

阿薩德走進門時一臉迷惑。他叫了蘿思的名字幾次，免得她突然看見他們站在那裡時會嚇一大跳。但那地方安靜如墳墓。

「該死，她確實來過這裡，卡爾。」阿薩德說。他比表面上看起來還要震驚，他可是有很好的理由如此。應該擺在架子、家具或窗台上的東西都被掃到地上。盆栽裡的土壤灑滿沙發。到處是摔破的咖啡杯和盤子。幾張椅子摔爛在地板上。一片狼藉。

「**蘿思**！」阿薩德大吼，衝到其他房間到處察看。

「她不在這。」幾秒鐘後他說：「但你來浴室看看，卡爾。」

卡爾強迫自己離開餐桌前的筆電，走進浴室。

「你看！」阿薩德以悲慘絕望的表情站著，往下指著垃圾桶，裡面滿是繃帶、包裝、衛生棉條的盒子、棉球和各種藥物。

「看起來不妙，阿薩德。」

「你以前說的就是這個意思嗎？」阿薩德嘆氣。「她可能會自殺？」

卡爾無法回答。他抿著嘴唇回到客廳。他就是不知道。

他聞聞桌上的花瓶，瓶裡無疑有好幾種酒混合的味道，然後他再度看向筆電螢幕。

「進來這裡，阿薩德。蘿思曾經上網到警察官網。」

他指指破裂的螢幕。「可以想見，她對麗格莫案很有興趣，所以她**的確**知道。那恐怕把她逼至崩潰邊緣。」

他逐一檢查她的搜尋紀錄。

「這些搜尋都很表面。看起來她只是想掌握謀殺案的主要細節。」他說道。

「我想那是好現象，卡爾。我們可以肯定她沒殺害麗格莫。」阿薩德輕聲說。

卡爾不可置信地瞪著他。*阿薩德在說什麼啊？*

「不是說我有理由這樣想，但她們是鄰居這件事實在是奇怪的巧合，不是嗎？」

「他媽的，阿薩德，你不該那樣想。」

捲髮滿臉悶悶不樂。他知道。

「我還在浴室裡找到這個，卡爾。」他將一把吉列刮鬍刀放在桌上的外套上。

「刀片被取走了。」

卡爾覺得心臟被猛刺一刀。*這不可能是真的。*他檢查刮鬍刀，將它丟回外套上。它發出沉悶的喀嚓聲。卡爾的臉上滿是困惑，抓起外套一角，整個拉起。

蘿思的手機和許多個人物品映入眼簾，他們不由得一僵——一籃可輕易調配出致命成分的藥物、刮鬍刀刀片和蘿思的親筆信。最後這項最讓人不安。

「喔，不。」阿薩德低語，隨後用阿拉伯語輕聲說了個簡短的禱告。

卡爾逼自己對著阿薩德大聲念那封信。

親愛的妹妹們：

我的詛咒沒有盡頭，所以請別爲我的死難過。第一行如此寫道。

在念剩下的內容時，他幾乎無法呼吸。他們面面相覷了一分鐘左右，無法言語。還能說什麼呢？

「日期是五月二十六日，卡爾。」阿薩德終於打破沉默說道。卡爾從未聽過他的聲音如此疲憊。「那是上星期四，她自行出院那天，我不認爲自那之後她還在這裡。」他嘆口氣。「她可能躺在任何地方等死，卡爾。或許她……」他沒辦法說完那句話。

卡爾環顧客廳。她彷彿是想藉由破壞行爲，來表達她破碎的心靈。彷彿她想清楚向周遭人表示，無須憂傷，無須訝異。

「她太過聰明了，卡爾，所以我不認爲我們會找得到她。」除了顫抖的眉毛和嘴唇外，阿薩德現在面無表情。

卡爾按住他的肩膀。「很令人悲傷，阿薩德。眞的，我的朋友。」

阿薩德將臉轉向他，眼神溫柔，幾乎充滿感激。他點點頭，拿起自殺遺書，再次閱讀。

「下面還有一張紙，阿薩德。」卡爾說，連忙拿起來大聲讀道：

二〇一六年五月二十六日星期四　史坦洛瑟

茲在此聲明我將捐獻器官和遺體作爲研究之用。

致上最高的問候　蘿思．克努森

「我不懂，阿薩德。如果她想捐贈器官和遺體作爲移植和研究之用，她爲什麼會躲到別人找不到的地方去自殺？」

阿薩德搖搖頭。他們彼此對望，試圖想找個合乎邏輯的解釋。

「如果你想捐贈器官，你不會用藥物毒害它們，而且絕對不會躲起來。所以這一切是怎麼回事？」卡爾揮舞著那張紙。

阿薩德搔搔頭，彷彿這樣可以幫助他思考。「我也不懂。也許她改變心意，決定到別的地方自殺。」

「那對你來說合乎邏輯嗎？如果有人想自殺又想捐贈器官幫助他人，他會怎麼做？你會確定讓別人很快找到你，我假設她是這麼希望的。但話說回來，她到底在哪？她爲何沒拿走手機，這樣她才能告訴別人她在哪啊。這都說不通。」

卡爾拾起手機試圖開機，但電池告罄，就像他向羅森・柏恩告知的那般。

「我不介意查查看上面有什麼。你想她有充電器嗎？」

他們在混亂中尋找，簡直像大海撈針般令人絕望。

「她在辦公室裡有充電器，卡爾。」

他點點頭，他們無計可施。

「我注意到你們剛去過蘿思的公寓。她沒事吧？」他們鎖上門時，走廊上的一位女人問道。

「請問妳是？」卡爾問。

她對他伸出手。「我叫桑妮，住在隔兩間的公寓裡。」她指一指。

「妳們認識彼此嗎？」

「我不會這麼說，但我們會打招呼。我前幾天看到她，告訴她麗格莫過世的消息。蘿思生病了嗎？我注意到她離開幾天了，我看到她時，她有點恍神。」

「那是什麼時候的事？」

「上星期四。凱文．馬格努森開著雷諾撞上牆壁那天。我很喜歡一級方程式賽車，尤其是凱文這位賽車手。我碰見蘿思時正好聽到那則新聞，所以記得很清楚。」

「蘿思現在不在家。妳曉得我們該去哪找她嗎？」

她搖搖頭。「不，就我所知，除了麗格莫外，她和公寓其他人都不太熟。我上週末都不在家。」她指指身旁的行李箱。「我去拜訪我的家人。」

她綻放微笑，看起來好像期盼他們問她是什麼事，但他們沒問。

「我們該不該通報她失蹤？」阿薩德在走向車子時問道。

「是的，我們是應該。但……」卡爾猶豫半晌。就像阿薩德，蘿思的自殺和器官捐贈遺書讓他震驚萬分。儘管有跡象顯示她改變了心意，但有精神疾病的人完全說不準。不管他們願不願意承認，蘿思的確患有精神疾病。卡爾以嚴肅的神情看著阿薩德。「但如果我們通報了，蘿思的一切就會被攤在陽光下。萬一她只是坐在飯店裡試圖讓腦袋清醒呢？這樣我們會毀了她的前途。」

「你這麼想嗎？」阿薩德聽起來很吃驚。

「是的，倘若她的祕密鬧得人盡皆知，她會很難回到現在的工作崗位上。羅森永遠不會接受，他一切都照規矩來。」

「我不完全是那個意思，卡爾。你眞的認爲她正坐在某個地方想辦法讓腦袋清醒嗎？因爲如果眞是如此，卡爾，那她可能還在考慮自殺。我認爲我們得通報她失蹤。」

阿薩德說得對，即使那會使他們處境艱難。卡爾在走過停著的車時嘆口氣。有個女人在離他們幾輛車遠的福特卡裡呼呼大睡。

他眞希望那是他。

第四十六章

二〇一六年五月三十日星期一

潔絲敏無計可施了。丹尼絲已經失去聯絡好幾個小時。幹，她到底在幹嘛？她以爲潔絲敏應該怎麼辦？丹尼絲禁止她打電話，因爲如果丹尼絲打算躲起來，那會暴露她的行蹤。但她該怎麼辦呢？浴室裡那個女人在呻吟。她的臉色看起來眞的不好，大腿上有噁心的紅色斑點，手指幾乎是藍色的。老實講，由於那女人非常虛弱，潔絲敏眞的很擔心。倘若她給那女人喝水，她說不定會噎死。

潔絲敏不喜歡去思考這件事，因爲如果那女人死了，她們就等於犯下兩樁謀殺案。她們會被判無期徒刑，那意味著人生就此結束。等她四十五歲出獄時，缺乏教育又有永遠無法擺脫的前科，她能做什麼？她在監獄裡能存任何錢嗎？那裡有到世界另一頭的車票之類的東西嗎？除了當妓女外，她還能有什麼下場？她絕對不想變成**那樣**，但她還能怎樣？倘若丹尼絲在一、兩個小時內還不回來，她就要自己溜之大吉了。她會拿走所有錢，離這裡遠遠的。那可是丹尼絲自己的錯。

她收拾鈔票，放入老女士在三十年前會覺得很酷的帆布袋裡。沒人會對這種袋子起疑。然後她會搭電車到中央車站，從英格斯雷街搭長途巴士。那裡有班巴士會在十點左右離開，她還趕得上。

一旦她抵達于特蘭，她就有更多機會繼續南下而不怕被抓——對，她要去南方，遠離丹麥，就這麼消失無蹤，永遠不回來。一張打過折、直達柏林的綠色阿比庫巴士車票只要一百五十克朗，而從柏林她可以轉到世界任何角落。現在她對義大利非常心動。那裡有數不清的帥勁男人，他們喜歡她這種女孩，而薩丁尼亞和西西里島聽起來更是迷人萬分。

浴室裡的那個女人現在又在嗚咽個不停了，她聽起來越來越虛弱。潔絲敏試圖聚精會神地看著房間裡的某樣東西，免得被浴室裡在發生的事分神。

「我到底該不該去？」她輕聲對自己說了幾次，後來還是走到廚房拿了一杯水。她發誓這是最後一次，然後她會將一切交給命運。

她才剛靠在不鏽鋼洗手台上、想把杯子裝滿時，突然聽到有人敲隔壁公寓的門。

潔絲敏稍微掀起廚房窗簾往外偷窺，發現走廊上有位肌膚黝黑的男人往她這方向看過來，她立即抽回身子。潔絲敏屏住呼吸躲在冰箱旁的角落。*他看見我了嗎？*她納悶。有道影子閃過窗簾。她可以清楚聽到他們在外面說的話。她害怕得不得了，心臟差點停止。那兩個聲音是男人的聲音，一位說他什麼也沒看見，接著門鈴響起。

現在那女人又在浴室裡呻吟了。聲音很低沉，但潔絲敏聽得見。外面的人也聽得見嗎？

走廊上的男人正在討論。

他們突然用力捶門，其中一位男子對著郵件孔大叫說他看到裡面有人，她嚇得連連往後退縮。他大吼說他想問些問題，但潔絲敏並不想和任何人說話，所以她默不作聲。*滾開！她的內心*尖叫著，另一個男人問，從郵件孔是否可以看到屋內動靜。好在她沒有走到玄關，否則一切就完了。

窗簾後的影子似乎又在移動，彷彿有人想看進廚房裡面，然後她聽到有人敲窗。潔絲敏看著窗戶下方的流理台。除了髒盤子和裝了刀具的馬克杯外，沒別的東西可看。他會從這番景象推斷出什麼嗎？

「也許你什麼也沒看到，阿薩德。」另一個男人停止敲門時，她聽到他這麼說。他的丹麥文說得非常清楚，他也說他們該記得帶公寓鑰匙來的。另一個男人回答，車上有開鎖器。

潔絲敏差點嚇昏。如果他們去拿開鎖器，她的人生就要宣告結束了。是的，浴室裡那個女人還活著，但仍舊很不樂觀。潔絲敏才剛想像自己被繽紛色彩和熱情的黑髮男子包圍，但結果那些都只是白日夢。她的前景將苦澀地難以吞嚥。

但之後，第一個男人說，他會留給凶殺組的同僚來檢查公寓，接著，他們的聲音變得越來越微弱。潔絲敏覺得自己聽到他們進入隔壁公寓。是的，現在她能透過牆壁，聽到他們隱約的談話聲。那表示她暫時脫離險境，但也許不會持續太久。一個男人說過凶殺組會派人過來這裡。但既然他們會那樣做，他們究竟知道了什麼？和丹尼絲有關嗎？她爲什麼沒打電話？潔絲敏想得快發瘋了。一切原本聽起來是那麼簡單，丹尼絲只是想勒索安妮—琳，如果有必要，她會對安妮—琳施展對付浴室裡那女人一樣的手段。把她綁起來，直到她肯投降、交出彩券的錢爲止。但她還是能打電話啊，所以她爲什麼沒打？

愚蠢的賤女人！那是她的錯，因爲潔絲敏可不能留在這。她會拿走所有搶劫來的錢，丹尼絲可以擁有安妮—琳的那一份。潔絲敏不在乎，反正等丹尼絲回來時，她們原本也打算對分的。

她蹙緊眉頭，將所有的細節再想一次。他們說凶殺組會再來一次是什麼意思？安妮—琳的公寓裡出了什麼不對勁的事嗎？是這個關係嗎？

她倆先前同意，如果丹尼絲遲遲不現身，潔絲敏就得打匿名電話給警察，舉報安妮—琳。但她敢嗎？警方可以追蹤她的電話，如果她打的是手機，更是輕而易舉。丹尼絲顯然沒考慮到**這點**。

事情錯得一塌糊塗，潔絲敏該死的根本不在乎，只要她能保住小命就好。她不是已經做了她該做的事？今晚在她們去巴士站的路上，她不是已經安排好會把護照名字改掉？所以丹尼絲拿不到護照是她自己運氣不好。

浴室裡的女人又在呻吟了。

「閉嘴。」她走過浴室門，恨恨地說。倘若警方要過來，**他們**會給那個女人一些水。她全身上下都是屎尿味，潔絲敏無法忍受。

她只花了五分鐘打包衣服。

她往窗外迅速一瞥，外頭沒人。她仍舊可以聽到男人的沉悶聲音透過牆壁傳來，所以她必須動作快。

她將裝了錢的帆布袋甩過肩膀背著，一手抓住行李箱，再次掀開廚房窗簾。

只是以防萬一，她瞥瞥下方的停車場。那裡似乎沒有其他警察，因爲車頂上有警示燈的車子只有一輛。其他車輛則是會在郊區看到的一般車子。等潔絲敏終於安全逃到義大利後，她才不會開那種車。她對自己綻放一抹微笑，想著掀背車和白色皮製座椅。她一直以來都想要那種車。

突然間，她聽到那兩個男人離開並鎖上隔壁公寓，然後他們和走廊上的一個女人展開短暫交談。

等他們離開後就安全了，她邊想，邊試圖搞清楚外面發生了什麼事。

她聽到浴室那傳來幾聲壓抑的嘆氣，那女人好像開始哭了。潔絲敏真的覺得對她很抱歉，但她能怎麼辦？等丹尼絲回來後，也許會殺了她，並察覺潔絲敏逃跑了。當她了悟不會有假護照在前方等她，而浴室裡的女人因知道太多而變成威脅時，潔絲敏可以想像丹尼絲會有何反應。但那得由丹尼絲自己決定，不關她的事。

她看著警車離開，將窗簾再掀開一點，這樣她才能確定他們真的離開了。然後她倏地注意到右邊幾個車格外，有輛小車裡人影唰地閃過。那女人摘下墨鏡，抬頭向她這邊看過來。她全身凝結。

那是她的個案社工，安妮—琳！但如果是這樣的話，丹尼絲在哪？潔絲敏覺得想吐，這下她該怎麼辦？

車裡的女人直直瞪著她，眼神說明一切。安妮—琳什麼都不怕。她看起來非常鎮定，所以那意味著丹尼絲沒成功完成任務。但她在哪？潔絲敏想到最糟糕的發展，一陣驚恐。

她得離開這裡。除了大門外，只剩一條出路：從陽台下去。

她跑去臥室，從櫥櫃裡抓走所有床單。她將床單綁在一起，希望它能長到觸及地面。接著她衝進客廳，把床單的一頭綁在門把上，將陽台門推到一旁，丟出臨時繩索和行李箱到路邊，背起帆布袋，往下爬。手和床單劇烈摩擦，讓她覺得手都快裂開來了，但畢竟潔絲敏從來沒有吹過牛說她很會表演特技。

她爬下樓時緊張地環顧四周，好在樓下的公寓裡好像沒人在家。然後她看到行李箱都彈開了，裡面的衣服散落一地。

我沒時間收拾了，她忖度。抵達地面後，她開始狂奔。她成功跑過公寓大樓，看見通往電車的人行道上杳無人跡時，她鬆口大氣。她安全了。

她注意到路邊一處的草兒被壓扁。這裡一定是蜜雪兒的喪生地點，她的腦袋裡閃過這個想法，剎時，她聽到一輛車高速往她身後駛來。

第四十七章

二〇一六年五月三十日星期一

「得了，蘿思，我是維琪！趁現在快出來。爸爸去工作了，他這週上大夜班。」

她顫抖的手指輕輕碰觸插在房門門鎖裡的鑰匙，但沒有轉動它。他在上大夜班嗎？今天眞的是星期四嗎？誰在外面大呼小叫？

那聲音說她是維琪，但那不是眞的，因爲**她**才是維琪。所以，那個在房外的人爲何覺得她是蘿思？誰會想當蘿思？沒人喜歡她，而維琪……就不一樣了。

當我能走出房門時，我會穿上一件襯衫，她心想。今天我要穿黃黑色格子襯衫，打開幾個釦子，好展露我的乳溝。她咯咯輕笑。那會讓男人瞠目結舌。

但他們瞪著我時我只會微笑，我會告訴他們，我計畫和某位演員結婚。我現在不記得他的名字，但無所謂。他知道我是他的眞命天女。喔，是的，他知道。

他們說維琪很美，所以我很美。蘿思不過是蘿思。她眞丟臉，她什麼辦法都沒有，她就是那副德行。爸爸老把這句話掛在嘴邊，他是對的，所以我很開心我不是她。

誰會想當她呢？我是不是已經說過這句話了？嗯，我絕對不想當她。現在爸爸在上大夜班，我會出門去跳舞。好在他們無法決定一切。誰都不能。

她喉嚨那股不舒服的灼燒感又回來了。她不太確定那是不是因爲她剛才心中的幻想。她希望不是如此，因爲那個影像讓她覺得很舒服。不過一分鐘前，她身上沒有任何地方會痛，但現在痛楚又回來了。

好痛，我又吐了。這什麼時候才會停止？好——痛！

蘿思睜開雙眼，四周一片模糊。她眼睛乾澀，全身發痛。真是如此嗎？不是只有喉嚨和舌頭痛？

在遠方某處，她可以聽到一個女生在咒罵。那是現實，還是又是一場夢？我又在昏昏沉沉中睡著了？這幾天來，她好像昏沉入睡了好幾次。事實上，她失去了時間感，只對她的所在地有個模糊印象。

揮之不去的事實是她被綁了起來，下體和喉嚨感覺像是著火，她無法感覺到其他部分的身體。就她所知，她能感覺到雙手雙腿至少是二十四小時前的事了。但事實上，究竟過了多久？

現在外面那個女人又在說話，聲音非常憤怒。她在咒罵和詛咒一位叫丹尼絲的女孩。但這一定就是現實，而如果這是真的，她只希望她能待在這裡。一旦她消失，她就會看到她父親躺在地上，肌肉和骨頭壓得不成人形，臉上掛著一抹大大的笑容朝她看過來。那樣駭人的目光一路灼燒進她體內深處，永遠不會消逝。隨著每次墜入夢鄉，目光就越來越強烈。她當然知道她妹妹每次都會伸出援手。剎那間，她們在她體內，她也在她們體內，她終於找到平靜。她尋求的只有平靜。就讓它來吧。

「她該死的在哪？」憤怒的聲音說道。

在講話的那個人，名字叫什麼？是蜜雪兒嗎？不，她們說她死了。還是這也是一場夢？

她在膠帶後面囁嚅著「嗯嗯嗯」，表示她渴了，但那女人的聲音淹沒她的呻吟。那女人說個不停。不過，將吸管插入她嘴裡的通常不是這個女人。她至少還記得這麼多。也許她做過一次，僅此而已。她感覺到胃在痙攣，喉嚨的灼燒感回返，這次很強烈。至少她的身體還能反應——神經依舊發揮作用。

蘿思用力睜大眼睛。胃灼熱將她自恍惚中拉回現實。

她四下張望。走廊光線轉爲黯淡。那意味著現在是清晨或深夜？在幾乎永晝的這個時節很難判斷。夏季即將來臨，人們彼此一見鍾情，大家滿懷期待和歡樂。在她人生中，她曾一度有這感受，而那個記憶讓她很快樂。人們一直以來將墜入愛河描述成自行發生的奇蹟，但那並不是蘿思的經驗，儘管後來她父親粗暴地結束那段戀情，她還是曾感覺過體內的那股歡愉。

外面那個女人又在自言自語了——事實上，她幾乎在狂吼。

蘿思皺起眉頭。不，不對。那根本不是女人的大吼聲。她向走廊望去，外面沒人，但整個地方還是充滿同一個聲音。那聲音比女人的聲音遠爲低沉，她認出那個聲音了。那是阿薩德的聲音，不是嗎？她爲何會突然聽到**那個**聲音？他爲何會突然大叫說他知道公寓裡有人，他只想問幾個問題？她只是在作夢，還是阿薩德眞的試圖告訴她，他知道她在裡面？或是他想問她問題？那他爲何不直接走進來問？她會很快樂地回答他。他畢竟是她的朋友。

她嘟囔著：「嗯嗯嗯。」這次她覺得他應該就這樣走進來。他應該進來，撕掉她嘴巴上的膠帶，這樣她才能吐掉口中那股惡臭，進而回答他的問題。她樂意之至。來啊，來問我一些事情啊，阿薩德，她思索著，感覺乾澀的眼眶泛淚，胸部劇烈起伏。這感覺眞好。然後她聽到另一個遙遠的聲音，非常像卡爾的聲音。她聽到時深受感動，激動到眼淚流下臉頰。這是眞的嗎？他們在外面某處嗎？他們知道我在這裡嗎？

如果是那樣，也許他們會硬闖進公寓，發現她在浴室裡的屈辱模樣。那時，他們仍會緊擁住她嗎？

她希望他們會。

她傾聽良久，試圖發出更大的聲音，說出比口齒不清的呻吟更有意義的話。她清醒得很，體內高漲的腎上腺素流竄，使她待在真實世界裡。接著，痛楚忽地擊向肩膀和背部。關節和肌肉發出的抗議正狂暴地襲擊她。所有的神經恢復功能，蘿思在膠帶後痛苦地哀嚎。

她看見走過浴室門的女人的剪影。她的舉止似乎有所不同，狂亂而激切。「閉嘴。」她經過時對著蘿思恨恨地說。幾分鐘後，蘿思聽到客廳裡傳來奇怪的聲音。一個「喀答」聲和幾聲碰撞後，又回歸安靜。

之後，一片死寂。

第四十八章

二〇一六年五月三十日星期一

過去幾個小時內，安奈莉輪番經歷的震驚和醒悟，比她這一生遭遇過的都還要激烈。如果她早幾分鐘抵達檀香園，一切就會結束。她會在丹尼絲的公寓裡被當場逮捕。

那兩位警探開著警車在她前方停下來，僅僅差個幾秒鐘，她就會走出車門，自投羅網。安奈莉連忙在座位上低下身子，緊盯他們的一舉一動。起初他們在隔壁公寓前停下腳步，好像打算進去，接著又改變心意，敲起女孩們的公寓門，透過郵件孔叫了幾句話，又猛叩窗戶。那看起來有點蹊蹺，也很讓人不安。他們在懷疑什麼？女孩們涉嫌搶劫和謀殺嗎？但他們怎麼會知道？或者，他們跑到這裡來是想問誰問題？他們可能發現蜜雪兒曾住在這裡，這永遠說不準。蜜雪兒身上也許有收據或電話號碼，間接將他們引導到這間公寓來。那他們後來爲什麼放棄，進去另一間公寓呢？那該怎麼解釋才說得通？

警察終於離開建築。當他們走過去、只離她的車幾尺之遠時，她不禁屏住呼吸。那個高個兒白種男人轉頭直接透過車窗望向她，她以爲他會停下腳步，問她爲何還在此地。她連忙假裝睡著，他似乎相信了。

她從墨鏡後默默觀察一切。警察終於離開時，她看見女孩們公寓的窗簾稍微掀開，一張臉在窺探。安奈莉拿下墨鏡，因爲距離很遠，她無法確定那是不是潔絲敏。無論如何，窗口的臉急忙往後跳開，彷彿受到驚嚇，因此她不再懷疑。潔絲敏可能不確定她看到誰或看到什麼，但她知道安奈莉開福特卡，因爲安奈莉自己親口告訴過她。

安奈莉斟酌整體情況。潔絲敏不想在警察前露面，但警察是辦案遭到阻撓，還是他們只是去呼叫支援，那個警察術語是怎麼說的？感覺到時間所剩不多，安奈莉立即走出車外。命運在以前幫助她很多次，所以她現在當然不會懷疑命運的安排。她本來要從樓梯直接跑上走廊，但有個女人在察看信箱，誰知道她要往上或往下。如果她往上走到走廊，安奈莉最好等到沒人時再出擊。

因此安奈莉直接穿過入口大廳，從後門出來，直抵兩棟公寓間的公共大草坪。

她走到戶外時，看到一個行李箱躺在地上，裡面的東西散落一地。安奈莉衝到草坪上，抬頭看著女孩們的公寓。床單被綁成了臨時繩索，從陽台垂掛下來。看到此景，她並不驚訝。

安奈莉環顧四周，最後瞥見一位纖瘦的女人在公寓左後方飛快地奔跑著。毫無疑問，那是潔絲敏。她的穿著打扮和奔跑方式都證明這點，完全是她無誤。安奈莉詛咒自己的疏忽，盡快逼著生病的身體跑回車子旁。*她要去車站*，她心想。她對這一帶的巷弄瞭若指掌，因爲她在這裡撞死了蜜雪兒。

她看見潔絲敏在她前方幾百公尺處，幾乎在蜜雪兒被撞死的同個地點。這次，人行道和上次一樣杳無人煙。一群吵鬧的年輕男人正離開車站。他們已經洋溢著夏日氣氛，將外套披在肩膀上懶散地走著，手裡拿著啤酒。不可能在這裡撞死潔絲敏。

但那不是她的意圖。

安奈莉在手提包裡翻找丹尼絲的手槍，找到後將車加速。在她前方，年輕男孩開始推撞嬉鬧，接著突然穿越草坪，邊走邊踢著啤酒罐。傾刻之間，安奈莉開車經過潔絲敏，在她前方十公尺處猛然踩下煞車。她身子靠過去，「砰」地打開副駕駛座的車門。

潔絲敏看見丹尼絲的手槍直指著她，嚇得花容失色。

「我們得談談，潔絲敏。」安奈莉一腳踏到人行道上。「丹尼絲在我住處，妳看得出來，她的槍在我手上。現在，我眞的想把妳們的計畫查個水落石出。」

她比個手勢要潔絲敏上車。

「上車！」她命令。

潔絲敏完全變了個樣，她原本是個被寵壞的傲慢女孩，坐在等候室裡在安奈莉背後指指點點，說她是母牛和可笑、醜陋的賤女人，但現在的她，和那個習慣在辦公室裡挑釁她的女孩截然不同。

「我沒對妳做過任何事。」那女孩以細蚊般的聲音在她旁邊求情著，但安奈莉將車調個頭，開往檀香園的停車場。

「我不認爲妳有，潔絲敏，但現在我們要開回公寓，拿妳的行李，然後我們會燒一壺水，在我們去接丹尼絲前，把這整件事弄清楚，好嗎？」

潔絲敏猛搖頭。「我不想回去那個地方。」

「嗯，現在凡事由我決定，妳抗議也沒用。」

「我什麼都沒做，全是丹尼絲的主意。」她低語，有點讓人摸不著她的動機。安奈莉不是很確定她在暗示什麼，但無所謂。

「這些當然是丹尼絲的點子，潔絲敏。」她狡猾地回答。「我畢竟是妳的個案社工，很清楚妳倆的個性，所以妳應該不會吃驚。」

女孩原本想說什麼，但按捺住說話的衝動，反正安奈莉並不在乎。十分鐘後，這個世界就會擺脫她。

潔絲敏在門前幾公尺處的走廊停下。

「我不知道我們要怎麼進去。」她的口氣很有說服力。「我從陽台爬下去的，門鎖住了。鑰匙在公寓裡面。」

安奈莉狐疑地望著她。她在騙她嗎？

「我們得去別的地方。我們不能開車去妳的住處嗎？」

她在試圖爭取時間，還是在說眞話？她們將衣服和行李一起拾起時，安奈莉的確沒看到鑰匙。

「把口袋裡的東西全掏出來。」她說。潔絲敏聞言照辦，只有幾張千元克朗鈔票和一個保險套。接著她要看潔絲敏背在肩膀上的帆布袋裡裝了什麼，但她緊抓著袋子，突然間變得堅決、不肯讓步，竟然還開始怒罵，說她該死的沒有鑰匙，安奈莉不能就相信她嗎？

安奈莉的確相信她，因爲一切聽起來合情合理。她親眼看到床單從陽台垂掛而下。然而，她現在第一次不曉得下一步該怎麼做。她原本打算布置成女孩間發生謀殺和自殺，這個原訂計畫現在受到嚴厲考驗。她得在那扇門後殺害潔絲敏，其他方式都會被警方識破。

安奈莉往走廊盡頭凝視，突然想著這裡眞是蕭條，門外或欄杆旁都沒有盆栽。事實上，除了女孩們的公寓外有個門墊外，什麼裝飾品也沒有。

「後退，潔絲敏。」她憑直覺想到一點，掀起門墊——鑰匙在那。潔絲敏一臉茫然，好像比安奈莉還要驚訝。

安奈莉打開門鎖，將女孩先推進玄關。她立即聞到絕對不會弄錯的屎尿味，但過去幾週的殺戮人生，已經使她更爲強悍。癌症、手術、放療、計畫所有謀殺，更別提去執行，都將她的老舊自我消除殆盡。現在再也沒東西能嚇著她或讓她驚慌失措。

她看見浴室門半掩著，臭味是從綁在馬桶上的那位女人傳來。看到這番景象，她還是震驚異常。那女人坐在自己的屎尿上。

「她是誰？」她倒抽口氣。

潔絲敏滿懷歉意地聳聳肩。「我也不知道，是丹尼絲做的。我不知道她爲什麼要這麼做。」

安奈莉用手肘頂頂那個女人，沒有反應。

「她死了嗎？」

「我不知道。」潔絲敏說，緊抓著帆布袋。在這種情況下，她那模樣很可疑。

「把那給我，潔絲敏。」她憤怒地說，伸手要去抓袋子，但女孩不肯放手。然後她用力將手槍揮向女孩的臉，效果立見。潔絲敏大聲尖叫，放開袋子，雙手掩住臉。她知道她的漂亮臉蛋是她最後的本錢。

「妳乖乖聽我的話，潔絲敏，不然我會打妳，懂嗎？」

安奈莉撿起地板上的袋子往裡瞧。

「什麼？」她驚呼。今天眞是驚喜連連。

「這裡面有多少？」她問：「如果是從夜店搶來的錢，我知道那可是很多。」

潔絲敏點點頭，雙手仍掩著臉。她在哭嗎？

安奈莉不禁搖頭。運氣眞好，每個環節都緊密嵌合在一起。她想辦法把女孩弄回公寓內了，現在她又得手這筆錢。

安奈莉瞥瞥浴室裡癱軟的身軀。這女人在此，會影響她的計畫嗎？倘若她死了，她的存在會留下謎團；但如果她沒死，她就會變成一個問題。她一位前男友——最無趣的那位——總是說：

「如果我們不盡力守護，幸運女神就會從我們這邊被奪走。」也許他沒她以爲的那麼笨。時間緊迫，她得加快腳步處理潔絲敏，否則幸運女神就會溜走。

「進去客廳，潔絲敏。」她命令，並在腦海裡重演一次場景。一用槍射殺潔絲敏，安奈莉就會將丹尼絲的槍放進她手中。這計畫會影響警方，使其推論兩個女孩最後攤牌。在丹尼絲用裝了消音器的槍射殺潔絲敏前，她來不及對丹尼絲開槍。警方稍後就會在丹尼絲的身邊發現那把槍。

「去坐在那架子旁邊，潔絲敏。」她邊說邊小心地在包包裡換槍。

潔絲敏的臉黯淡下來，抬起畫得很彎的眉毛。

「妳拿槍做什麼？」她緊張地問：「我們不是要談談嗎？妳是這麼說的。」

「噢，我們會的，潔絲敏。妳得告訴我所有事，懂嗎？妳爲什麼覺得是我撞傷蜜雪兒？」

安奈莉將槍藏在桌子下方，從手提袋裡拿出機油濾芯。

「她告訴我們，在妳撞上她前看見了妳的臉。」

安奈莉點頭。「但她弄錯了，潔絲敏。不是我。」

即使皺紋會損害她那張平滑的臉蛋，女孩還是不禁皺眉。「嗯，她還告訴我們……」

「什麼，潔絲敏？我向妳保證，她弄錯了。一定只是個像我的人罷了。」

潔絲敏的目光不自在地從桌邊游移到她身側。她能清楚感覺到有很可怕的事情將要發生。結果在這個節骨眼，該死的機油濾芯竟然無法好好套在槍管上。

「妳在桌子底下幹什麼，安妮—琳？」她問，同時跳起身，抓走梳妝台上方柚木架裡的棍狀物品。

她馬上會撲向我，安奈莉忖度。她從桌下拔出槍，放棄裝消音器。

「**住手**，潔絲敏！」她大喊，但潔絲敏已經從棒子上轉下一個蓋子，安奈莉還來不及反應，潔絲敏就拉動掛在繩子一頭上的小球，把棒柄往安奈莉這邊的餐桌猛然丟過來，迅速趴在地上尋求掩護。

千均一髮之際，安奈莉驚駭地盯著那個物品，立刻憑直覺倒在地上，只見潔絲敏趁亂爬向玄關。

那是個手榴彈，但不是鳳梨狀的那種。

什麼事也沒發生。那個垃圾失效了。

安奈莉站起身，一隻手按著自己的肩膀，那裡因撞擊地面而痠痛不已。她聽見潔絲敏在轉動前門把手。

「妳想都別想，潔絲敏。」她從玄關叫道。「我鎖上門了。」

她從地板上拾起槍和消音器，走進玄關，插好消音器。

潔絲敏清楚了解會發生什麼事，滿懷恐懼地衝進浴室裡鎖上門，彷彿這樣就能逃過死劫。

安奈莉將槍對準門，扣下扳機。門上的洞大小剛好，但門裡的尖叫聲震耳欲聾。她弄出太多聲音了，安奈莉心想。她又開槍，尖叫聲剎時停止。

現在怎麼辦？她得檢查女孩的傷有多重，但門鎖著。她當然可以把門踢開——門像木板一樣薄——但之後她就得擦掉指紋。這時，她陡然想到，反正她得抹掉所有東西上的指紋。她怎麼會忘記戴上手套呢？

她踢向門鎖，門「砰」地打開。

安奈莉從半掩的門擠進去，低頭看著在地板上躺著喘氣的潔絲敏。她的眼睛又大又黑，磨石子地板上血跡斑斑。

地板歪斜的方向剛剛好，真方便，她忖度，看著鮮血流向洗手台下的排水孔，然後她轉身面向鏡子，忽然看見她的全身倒影。

那就是她的模樣，安奈莉．史文生，有眼袋、嘴巴大張的中年女子。這是她第二次看見自己如此冷酷、憤世嫉俗和無動於衷。那姿態讓她全身打起冷戰。這位冷靜地站在這裡、看著小女孩流血致死的女人是誰？真如以前想的，她發瘋了嗎？感覺起來的確很像。

她低頭看著潔絲敏的腿在生命逐漸流失時不斷抽搐。之後，她一動也不動地躺著，眼睛空洞地凝望天花板，接著，安奈莉轉向綁在馬桶上的女人。她伸出手，按下把手。從臭味判斷，馬桶很久沒沖水了。

「好了。」她說：「現在我幫妳復仇了，不管妳是誰，或妳在這裡做什麼。」接著，她輕撫那可憐女人的頭髮，右手捲起好幾圈衛生紙，走進公寓裡將所有碰過的東西上的指紋擦掉。

最後，她小心地將手包著衛生紙，撿起丹尼絲的手槍，走進浴室，把槍放進潔絲敏手中。但該選哪隻手？被血浸溼的左手還是看起來很乾淨的右手？潔絲敏慣用哪隻手？她剛是用右手丟手榴彈嗎？安奈莉閉上眼睛試圖回想，但她就是想不起來。

她將槍塞進潔絲敏乾淨的右手抓緊，讓她的手掉回地板上，把燈關掉，關上門。

她把東西收拾進手提包時，手上捲了幾張紙巾，再將潔絲敏的行李箱放在臥室的床上打開。如果有人看見她們一起和行李箱站在草坪裡——她不認爲有目擊者——他們可能會形容潔絲敏是個怪女孩，一位年長女士適時幫她一把。警方自然會問那位女士是誰，而他們會回答以前從來沒看過她。警方會認爲，她在打包行李時，丹尼絲跑過來攤牌，因而打斷她。警方不是會相信這種故事嗎？因爲這個故事既複雜又簡單得不得了。

安奈莉笑了一下。她可能看了太多犯罪影集，但在這種情況下那不是個優勢嗎？她認爲如此。

正要離開公寓時，她看見那顆手榴彈。好在它沒爆炸。

她小心翼翼地撿起它，仔細端詳。

「Vor Gebrauch Sprengkapsel Einsetzen。」金屬上寫著幾個大字。

在使用前插入雷管，她翻譯。但誰又會那麼做呢？

沒那樣做的結果就是賠上妳的小命，潔絲敏，眞遺憾啊，安奈莉忖度，笑了起來。那懶女孩可能根本沒花心思去學德文。

安奈莉將手榴彈顚倒過來，把小球和繩子塞回空木柄中。它不會爆炸，但如果它能嚇著**她**，也能嚇著別人。

這也許有點長，但總能派上用場，她想著，把蓋子轉回去，將它放進帆布袋裡的錢上面。

如果我需要知道怎麼插雷管，有空我會在網路上搜尋，她想。誰知道呢？也許某天，她能想出個用這類凶器達成的最佳謀殺計畫。

她走出走廊，用衛生紙將鑰匙擦乾淨，放回門墊下。她思索了一會兒，過去這幾週，她的任務執行得非常成功。現在，她只需要載著丹尼絲的屍體開上一小段路，然後她應該就眞的可以好好放個長假。

她心滿意足地拍了帆布袋好幾次，走回車子。

等放療結束後，在地中海巡航幾週是個很誘人的點子。

第四十九章

二〇一六年五月三十日星期一

卡爾花了一些時間，向高登解釋他們在蘿思公寓裡的發現。可憐的高登在另一頭沉默如墳墓。卡爾以陰鬱沮喪的表情盯著阿薩德。阿薩德甚至沒有力氣把腳擱到儀表板上。對他們而言，這絕對是漫長的一夜。

「你還在嗎，高登？」卡爾問。

沉默不語。那是「是」的意思嗎？

「恐怕我們不知道蘿思會在哪，但別意志消沉，好嗎？」

依然沒有回應。

「我們在考慮通報蘿思失蹤，但我想我們也許該先去可能的地方找找。」

「好。」他的聲音輕得幾乎聽不見。

卡爾告知他，有關他們拜訪詹姆斯．法蘭克的最新消息，還有他在麗格莫案上的自白。他們有所突破，但那似乎一點也沒讓他振奮起來。蘿思的消息想必給他很大的打擊。

「不巧阿薩德和我還有一件事得去調查，即使我們現在都很擔心蘿思的安危，而這是招險棋。我們要再次去拜訪布莉姬，因爲我們還得查清幾件事。你怎樣？你也準備好繼續查下去嗎？」

「當然，你只消告訴我，你要我做什麼就好。」

他聽起來似乎已從震驚中恢復。

卡爾想像高登的表情。他很清楚蘿思對他意義重大。她可能是他願意留在地下室懸案組工作的唯一原因。他夢想著跟她約會，但從來沒有成功。

「我要你打電話給她妹妹們，告訴她們最新發展，如果可能的話，不要加油添醋。」卡爾懷疑這樣叮囑是否有效。「問她們是否知道她可能在哪。比如，她在馬爾默或史坎納是否有朋友？她有可能住在夏日別墅或前情人那嗎？對，我很抱歉讓你置身這種情況，高登，但最後一件事也很重要。」

高登當然沒有發出評論。

「回報我最新發展，高登。告訴我們你發現的，然後我們會決定是否要通報蘿思失蹤。」

儘管戶外仍舊亮晃晃，但布莉姬的夾層公寓裡，每盞天花板燈都點亮了。那可能意味著她在家。

他們按下門鈴，幾秒鐘後，門就「嗡嗡」響起敞開。還眞令人驚訝。

「我其實在等像你這樣的人。」她說道。她看起來暈沉沉，儘管這次不必然是酒精的緣故。事實上，他們今天稍早來問史蒂芬妮的事時，她似乎還較爲鎭定。在他們來得及說話前，她便請他們坐下。

「你們找到丹尼絲了嗎？那是你們來此的原因嗎？」

「所以妳知道自我們稍早來過這裡後，警方已經開始在找她了？」

「對，他們打了幾次電話給我。你們找到她了嗎？」

「可惜沒有。我們還希望妳能幫助我們。」

「我好怕。」她說：「她是被寵壞了，個性執拗，但我不希望她出任何事。你認爲她眞像媒體所暗示的，殺害了那個冰島女孩，還參與搶劫案嗎？」

「我向妳保證，我們還不知道那點，布莉姫。但她是個嫌疑犯，我們需要聯絡到她，釐清一切。斯雷格瑟的警方在城裡到處問有沒人見到她，但不幸的是，他們苦無進展。我們也跟妳一樣，認爲她不在那裡。這點正確嗎？」

「在辛哈芬的夜店的人是她，所以她不可能同時在斯雷格瑟，對吧？」

卡爾同意。看來她的頭腦比平常還要清醒。

「我們有些特定問題想問妳，布莉姫。今天稍早，妳暗示丹尼絲可能知道妳母親被害的某些內情。我想問妳爲何有那想法。」

「你爲何認爲我想和你談那件事？我喝醉了，不是嗎？你一定知道人在喝醉時會說些蠢話。」

「沒錯。我們先放下這個話題。這期間，我們找到妳的前夫。」

她的反應驚人。脖子的肌腱瞬間緊繃，下巴張開。她深深吸幾口氣，然後屏住呼吸，握緊拳頭。很明顯，她震驚不已，需要力持鎭定。

「他還在丹麥，布莉姫。妳可能以爲他在史蒂芬妮被害後就回美國了，對吧？」

她沒有回答，但她起伏不定的胸部清楚顯示她的震驚程度。

「我猜想妳母親在案發後告訴妳他消失了。如果有任何人是嫌犯，非他莫屬。如果警方開始將妳當作嫌犯，妳母親會很樂意告訴警方有關他的事，對不對？她把整套說詞都準備好了。」

奇怪的是，布莉姫猛搖著頭。

「詹姆斯現在住在妳父親老鞋店的樓上，但妳可能不知道，是吧？」

她再次搖頭。

「布莉姬，我不想拿詹姆斯的故事煩妳，但他告訴我們，他和妳母親達成的協議。他在阿富汗時做了美國的逃兵，在二〇〇三年回到丹麥，保證會遠離妳和丹尼絲。妳的母親付封口費給他，但妳知道嗎？」

她完全沒有反應，所以他們無法確定。

「詹姆斯相信妳母親瞧見他和史蒂芬妮在一起。他說那是個巧合，但我不相信。巧合常在犯罪中扮演一個角色，所以我比較傾向相信，是妳看見詹姆斯和史蒂芬妮在丹尼絲的學校外面，然後告訴妳母親這件事的。我認爲妳母親決定跟蹤他們，結果被詹姆斯發現。妳知道我做這些推測的基礎是什麼嗎？就是妳在懇親會上與史蒂芬妮發生爭吵，針對她和男人的關係。我認爲這案子背後，有位受傷頗深、極度挫折，和以某種奇怪方式嫉妒異常的女人，這女人在無意間看見她女兒的美麗老師和前夫在一起。丹尼絲崇拜史蒂芬妮此事已經讓妳痛恨她。我猜測，那讓妳極度沮喪。妳了解我的這些推論嗎，布莉姬？妳不只得壓抑妳過去的憤怒和嫉妒，妳還看見前夫和備受妳女兒尊崇的那位老師廝混，而那位老師可以輕而易舉地偷走妳女兒的心。所以妳絕對不會對**那**坐視不管。」

她摸索著桌上的香菸，但阿薩德動作比她快，遞一支給她，爲她點菸。這招聰明。

「我們很抱歉讓妳這麼難過，布莉姬。」阿薩德說道：「妳前夫突然再度出現在妳人生中，一定讓妳震驚異常。他昨天其實有過來找妳。他看見妳走在街上，但妳爛醉如泥，他不想和妳說話。」

阿薩德安靜下來，他倆觀察布莉姬的反應。她最後一定會開口，但目前她用手撐住手肘，嘴裡叼著一根菸，冷靜地吞雲吐霧。

「妳想聽聽我的版本嗎？」卡爾問。

不置可否。

「詹姆斯在學校外頭等史蒂芬妮，他躲藏在湖畔的樹林後面，這樣就可以選擇要讓誰看到他。但他不知道妳有時母性大發、想去接丹尼絲時會走那條路。妳從伯格街走過去，有時沿著達格．哈馬舍爾德大道前進，然後繞過湖，就在詹姆斯躲藏的地點等丹尼絲。有天，妳看見史蒂芬妮離開學校，熱烈親吻詹姆斯，妳從樹林後方無法置信地看著這一幕。妳的前夫突然回到丹麥，變得近在咫尺，這讓人不自在。我們都同意這個推論嗎？」

始料未及的事終於發生了。布莉姬默默點頭。

「布莉姬，我可以告訴妳，詹姆斯相信是妳母親殺害了史蒂芬妮。我認爲是作案的手法使他這樣懷疑。畢竟，妳父親總是吹噓用木棍敲後腦杓一記的傷害有多致命。妳不認爲妳母親也會知道嗎？」

她轉開目光。她的雙唇在顫抖嗎？果眞如此的話，卡爾和阿薩德就走在正確的軌道上。然後她轉頭，直視他倆。眼睛盈滿淚水，嘴唇微微顫抖。突破心防！

「詹姆斯稍早告訴我們他殺了妳母親，只是爲了報復她殺害史蒂芬妮。但妳知道我怎麼想嗎，布莉姬？」

她扭曲著臉。他說對了。

「他殺錯人了，我說得對嗎？」

那問題似乎觸及傷心處。布莉姬的反應可能是無力感、如釋重負，也可能是憤怒或某種形式的滿足。卡爾和阿薩德對望，等到她抹掉下巴的鼻涕、能再次直視他們爲止。

「妳眞的認爲是丹尼絲殺了妳母親，對不對，布莉姬？但妳爲何會那樣想？」

她猶豫了半晌才回答：「因爲我母親和丹尼絲那天大吵一頓。儘管她們努力按捺住脾氣，但她們痛恨彼此。那天，我母親不肯像平常一樣給我們房租，丹尼絲暴跳如雷。當他們發現我母親的屍體，她身上又沒錢時，我想一定是丹尼絲拿走的，因爲我看見丹尼絲在我母親離開幾分鐘後，拿著酒瓶離開公寓。那是非常重的蘭布魯斯科紅酒瓶。相信我，我父親老是叨叨絮絮訴說他如何用酒瓶敲死人，而聽故事的人可不止有我母親。我們長得夠大後，全都受過他那些故事的洗禮。我父親是個瘋子，眞的。」

卡爾蹙緊眉頭。如果詹姆斯早幾分鐘回返伯格街的公寓，他就會看到他女兒離開公寓，整體事件的發展可能就會迥然不同。他會走到她跟前，麗格莫可能不會被殺，而史蒂芬妮的舊案就永遠石沉大海。

「謝謝妳，布莉姬。」卡爾說道。

就某方面而言，她似乎鬆口大氣，但她似乎也認爲她無話可說，彷彿沒有理由再持續這個話題似的。她似乎有點太篤定。

「妳父親在史蒂芬妮死後隔天逝世，布莉姬。他淹死在淺灘，而根據我們對他的所知，判斷他不可能是自殺。他是一位靠狡詐躲開最糟糕指控的男人，一位求生意志強烈到足以幫助他逃避死刑的男人，我們可以說他是個好死不如賴活的專家吧？」

她拿另一根菸。這次阿薩德沒幫她點燃。

「我知道那種人。」阿薩德說：「在任何時候，你在任何戰爭中，都能找到那種混球。」

卡爾點頭同意。「是的，沒錯。但妳父親這種人在感覺安全時會放下戒心，這樣說也對吧。他將過去拋諸腦後，那是個錯誤。尤其他不該在多年後還在吹噓他的邪惡和狡猾行徑，而且他還教導自己的家庭，如何在緊要關頭時不擇手段，這幾乎不可原諒。」

她點點頭表示同意。

「妳母親照顧妳父親，我想他們同意保持審慎低調。妳母親知道一旦他對外界洩漏太多，他們會毀於一旦。**沒有人**能知道他的眞實身分，因爲那會毀掉一切，生意、你們舒適的生活、所有的一切。」

卡爾朝她的王子牌香菸點點頭，她也點頭示意。當他要結案時，總是有相同的感覺——極度渴望尼古丁。

「我相信妳母親爲了妳，犧牲了妳父親。他年邁、難以照顧，又難相處。他已經完成他的用處了，提供家庭富裕生活，現在輪到妳母親爲自己著想了。也許他在公眾前吹噓誰殺了史蒂芬妮，所以妳母親迅速下決定將他推進湖裡。我說得對不對？」

布莉姬深沉地嘆口大氣，顯然沒什麼可以再補充的。

「殺史蒂芬妮的人不是妳母親，對吧，布莉姬？妳父親吹噓的人不是妳母親，是妳，對不對？妳父親像孔雀般驕傲不已，爲他女兒如此果決地除掉人生中的毒瘤而深深自豪。」

她撇開臉，沒有確認或否定，然後她慢慢轉過頭面向他們，抬頭挺胸，彷彿她對能爲此案做出最後評論而自傲。

「詹姆斯的情況如何？」她令人驚異地問道。

卡爾傾身向菸灰缸，敲掉他香菸上的菸灰。「他快死了，布莉姬。一個快死的男人，無法忍受像妳母親那樣的女人繼續在這個世上活下去。」

她點點頭。

「等你們找到丹尼絲後，我才會簽自白書。」她說。

第五十章

二〇一六年五月三十日星期一

安奈莉轉進威伯街時吃了一驚，她惱怒地發現住家附近沒有任何免費停車空位。電視上到底在播什麼，讓每個人都在同一晚選擇待在家裡？那不僅會是計畫中的大阻礙，還可能會致命。

我不能併排停車，然後把丹尼絲拖過人行道、腳踏車道和兩輛車之間，那太冒險了。她讓車子在街尾怠速時心裡忖度。所以她冒險將車開上腳踏車道，到停車場前方，並評估那裡有沒有足夠空間，讓她直接開到她的住處前。

好在車沒有很寬，她思索，將一側的輪子繼續駛在腳踏車道上，另一側則開過人行道。那是很冒險的舉動，但如果她能開過去，就能停在她家門口一公尺前。

拜託，鄰居們，不要抱怨，她慢慢前進時想著。如果鄰居留在屋內，她唯一要擔心的事是巡邏車經過。她對這想法微微一笑。哥本哈根的巡邏車？在永久裁員後，剩下的巡邏車可不多。

她如其所願地停在大門旁邊，進入公寓。奇怪的是，她得鼓起勇氣才能踏入那位機械工程師的客廳，丹尼絲的屍體靠在門右邊的架子旁。

殺害她後，已經過了幾個小時，單看屍體一眼就足以讓安奈莉憂心忡忡。

她的屍體已經開始僵硬了。

帶著些許噁心感，她將屍體拖離架子旁。她的懷疑成真了，丹尼絲的頭往一邊歪斜，脖子向後靠，無法轉動，姿勢看起來絕對不自然。安奈莉用指尖抓住丹尼絲的頭部，試圖拉直，但僵硬的肌肉和背脊發出了幾聲噁心的「嘎吱」聲，她沒有成功。她深吸口氣，伸手去頂住屍體腋下，但卻驚訝地發現連肩膀都開始僵硬了。她將消音器和槍硬塞入丹尼絲手中，輕輕將食指按在扳機上。指紋的問題解決了。

我得在她硬得像木板前，趕快把她拖出這裡，不然沒辦法將她搬進或搬出車子，她暗忖。她驚異地發現，當她低頭看著這女孩的怪異屍體，竟有那麼一絲哀傷。她曾如此生氣蓬勃，充滿幹勁。她不會喜歡這光景的，在這荒謬的一刻，安奈莉不禁想道，幾乎覺得可笑。

儘管已經快晚上十點了，戶外看起來仍舊像白天。北歐的夏季就是如此運作的。那是否意味著她該等到天色黝暗？可那得等到凌晨，到時屍體已經完全僵硬了。

不，她不能等。

安奈莉將屍體拖出工程師凌亂的客廳，讓她靠坐在大門前的牆壁上，這樣她才能迅速將她運進車內。

這個時段威伯街的交通依舊很繁忙，但只要沒警察在場，就不會有事。她得當心腳踏車騎士和行人。等交通稍微止歇的空檔，她會將屍體拖到福特卡上，塞進去。

安奈莉讓門半掩，從門縫後面，她可以看見還是有腳踏車騎士在街道上來來往往。該死，爲什麼這種時候還有人在騎腳踏車？他們就不能乖乖待在家裡嗎？

她聽到歡樂的笑聲從奧斯特法利瑪街傳過來，看到兩位女孩朝她的房子直走過來。一位牽著腳踏車走，另一位走在她身旁，兩人高興地談天說地。她們似乎不趕時間。

蠢笨的賤女人，她忖度。她們就不能趕快到街道對面嗎？

她連忙將門拉上，沒牽車的女孩膝蓋「砰」地撞上福特卡的後車廂。

「好痛，該死！誰他媽的把車停在人行道上？」她大吼，繞過車子時，往車頂上捶了好幾拳。

安奈莉站著，整個人僵住，抿緊嘴唇，看著車子屋頂上出現一個個凹痕。該死的混帳！好在她不知道安奈莉能如何對付像她這樣的女孩。同時，女孩們像一對喝醉的水手大聲咒罵著，用詞不堪入耳，還伸直中指、轉頭張望好幾次。直到她們抵達弗雷登斯橋，安奈莉才敢用手臂抱住丹尼絲的胸部，將她拖出前門，往車子前進。

她試圖將屍體推入車內，但上半身已經完全僵硬，所以她得把副駕駛座的座位整個往後躺平，用盡全力將屍體往下壓，這樣她才能將門在僵硬的手臂旁關上。那表示屍體幾乎傾身靠向變速排檔，安奈莉關上車門，坐進駕駛座。

屍體躺臥的古怪方式顯而易見，任何行人看到時都會疑心大起。如果被人看見，她就得加速開走。她與僵硬的手臂掙扎了半晌，將屍體盡力推到坐正的姿勢。她檢視結果，除了幾乎交纏的腿、丹尼絲大張的眼睛和頭頸不自然的角度外，屍體看起來相當正常。

安奈莉跳出車外，打開副駕駛座的門，這樣她才能為屍體繫上安全帶，結果那也很困難。

她終於成功時，發現一位年輕男子正從對面人行道看著她。他們站著安靜瞪視彼此半晌。我該怎麼辦？她腦筋快轉。他看到我在和屍體掙扎！

她對自己點點頭，在瞬間下了決定，繞過車子，笑容燦爛地走向前幾步，靠近他。

「她沒事吧？」他大喊。

她點點頭。「是的，但我想她喝得醉得不省人事，得洗胃了。」安奈莉大笑著說，脈搏加速。

他對她報以微笑。「好在大學醫院就在附近。」他喊道，繼續走下人行道。

安奈莉舉起手，抹掉臉頰上的汗水，然後上車，往成排的房舍那邊看過去。如果她要下人行道和腳踏車道、開上馬路的話，她得足足開一百公尺，經過眾人的前門。如果有人突然從大門走出來，他們會直接走過車子前面，她想道，也清楚知道這會導致何種災難。

她開第一檔讓車子駛過房舍前面，首次發覺腳踏車道和人行道之間、在停車場前方有個不准停車標誌。倘若她能將車開過那道狹窄空間，就能回到馬路上。在她駛抵停車收費器二十五公尺前、能開回上馬路的地方時，一輛警車開過，對她按按喇叭。

安奈莉停在一棟淡藍色的房舍前，搖下車窗。她盡力維持鎮靜，巡邏警車的藍燈不祥地閃爍著。

「我知道——對不起！」她大叫。「但我要讓我岳母在隔壁房子下車。她走不穩。」

坐在副駕駛座的警察正要走出車外，卻被另一位警察阻止。他們交談一會兒，然後第一位警察對安奈莉點點頭。「下次妳一定會被開罰單，女士。在其他警察看到妳前，動作快點，離開這裡。」

安奈莉看著警車離開視線，用手肘推推屍體確認安全帶有繫好，然後放鬆排檔。

終於抵達林比路時，她鬆了口氣。現在她只要開到伯恩斯托夫路，一路到伯恩斯托夫公園，就可以抵達目的地。這種時候，絕對不會有人出來溜狗，公園外面一定有免費停車格。當然，要拖行丹尼絲不是件輕而易舉的事，但如果她繞過芬姆路尾端圓環的紀念碑，車子就會面對正確方向，副駕駛座門一開就是公園。然後她只需將屍體拖過腳踏車道和人行道，再拖上步行路徑即可。

她想以兩個階段完成計畫。首先，她會將屍體拖進最近的灌木叢內，休息一下，喘口氣。如果安全，她會再將屍體拖到下一個灌木叢內，等她離馬路夠遠，她會將屍體和槍留在她所能找到的最濃密的矮樹叢內。明天早上，狗很有可能就會嗅到屍體，但無所謂。只要在安奈莉回到城內前，屍體沒被情侶或熱中慢跑的跑者發現就好。到那時，她已經清理好車子、將鞋子丟到垃圾桶內、用被子舒適地包住了自己。

再過幾個紅綠燈，她就到目的地了。事情如此順利，她不禁大笑。

「安奈莉阿姨現在要帶妳去公園玩，丹尼絲。妳很興奮吧？」她說，用力拍拍屍體的肩膀，但她實在不該那麼做的。屍體違抗地心引力，倒向她，結果頭靠在她胸前，眼睛空洞地向前瞪視。

安奈莉用空出的那隻手，使盡全力將屍體推回原位，但屍體似乎卡住了。她再度嘗試用手肘用力頂住屍體的肩膀，才發覺是安全帶阻止她將屍體推回原位。安奈莉略轉過身，鬆開安全帶，推回屍體。最後她終於成功了，與此同時，她正在基德格路的十字路口中央，以時速七十公里闖紅燈。

當她聽到另一輛車尖銳刺耳的煞車聲時，已經來不及了，只能眼睜睜看著黑色窗戶撞進她的車頭旁，發出巨大和怪異的金屬撞擊聲。玻璃碎片四散紛飛，兩輛車像舞伴般纏在一起拚命打轉。這一刻，她可以聞到終極災難的氣味。安奈莉在安全氣囊頂住她身體時，暫時失去意識。安全帶擠壓她的肋骨，幾乎將她肺部的空氣全部擠出來。她可以聽到撞上她的那輛車發出嘶嘶聲響，突然了悟她這下身陷巨大麻煩。

安奈莉本能地看向旁邊，恐懼萬分地察覺副駕駛座的安全氣囊裂開，而丹尼絲的屍體已從她旁邊的座位上消失。她陷入恐慌，掙扎著鬆開安全帶，強行打開門。空氣中瀰漫著濃烈的汽油味、燃燒的塑膠和機油臭味。

她直接走到人行道上，因爲兩輛車瘋狂打轉後，現在幾乎抵在一棟房屋的圍牆上。

安奈莉困惑地環顧四望。

我在伯恩斯托夫路上，她想起。現在路上杳無一人，但他們上方的公寓裡有活動跡象，窗戶正被打開。

她聽到憂心忡忡的聲音從上方傳來，但安奈莉本能地緊靠著圍牆向前走，經過被撞得亂七八糟的黑色Golf。駕駛是一位非常年輕的男人，仍卡在白色氣囊後方，雙眼緊閉，但他略略在移動。感謝老天。

安奈莉無力挽救局勢，她得趕快離開這裡。她背著帆布袋急急轉過街角，走進赫勒魯普路。往回一看，恰好看見丹尼絲的屍體趴臥在黑色車輛的引擎蓋上，宛如被碾過的狗兒。

第五十一章

二〇一六年五月三十日星期一和五月三十一日星期二

卡爾精疲力竭，但他也覺得志得意滿。這漫長、辛苦的一天終於有了代價。他破了三個案子。儘管他替蘿思感到憂慮和擔心，他仍罕常地因辦案上有進展而心滿意足。阿薩德可能也有同感，但表現方式略有不同。他現在正在辦公室放掃把的架子上呼呼大睡，鼾聲如海象般轟然作響。

「你怎麼說，高登？一天內三個案子！那是良好的團隊合作。」他將阿薩德的筆記本放在高登面前，但坐在卡爾桌子對面的高登臉色如猛鬼般慘白。

「是的，很棒，卡爾。」

他看起來並沒有對這結果特別興奮，但現在，他們可能也該回家睡點覺了，如此明早才能再重整旗鼓。只要他們尚未找到蘿思，就不能太過自滿。

「告訴我今晚你查到什麼，有任何新線索嗎？」

高登看來有點尷尬。「是的，可能有。我請IT部門的人駭進蘿思的私人電郵帳號。」

「嗯，好的。」卡爾不確定他想知道細節。這事萬一曝光，申訴委員會絕對不會讓他們好過。

「別擔心，卡爾。他會守口如瓶。我塞給他一千克朗。」那更糟。

「不需要再告訴我更多細節，高登，拜託。你在她的電郵裡找到什麼？」

「我真希望你沒叫我這麼做，卡爾。你得知道，我無法忍受。」

那聽起來不妙。「現在你讓我緊張了，高登。你發現了什麼？」

「我不知道寫那些電郵的蘿思是誰……」

「什麼誰，高登？」

「你知道她為不同的男人，設了多少電郵地址嗎？你知道她寫了多少電郵給他們嗎？她安排和多少人會面然後上床嗎？她一點也不拐彎抹角，卡爾。」他搖搖頭。「在我認識她的這段時間，她……」他幾乎說不下去。「就我的估算，她至少曾和一百五十名男子上床。」

卡爾不知道該作何感想。他不否認對蘿思的性生活活躍程度有點刮目相看，但他想不通她哪來那麼多時間。他盯著高登，後者正咬著雙頰，免得因情緒激動而痛哭出聲。

「我很抱歉要求你那麼做，但你有沒有查到她最後有和其中一些人發展出親密關係？」

他畏縮一下。「如果你的意思是『她有無幹他們超過一次？』那答案是肯定的，只有幾位。」

「我不確定我的意思是這樣。我是指她為了某些理由而再續前緣的某些對象。」

「是的，是有幾位，精確來說是四位。我給他們全打了電話。」

「繼續說吧，高登。」

「我可以告訴你，我打電話過去時他們震驚萬分。我想對其中幾位來說，我打斷了他們全家在夜晚的電視機前和樂融融的氣氛。我詢問時，他們連忙衝進廚房或什麼地方，但在我表明警察身分後，他們不敢掛掉電話。」他為自己的大膽閃過一抹微笑，但表情隨即被憂鬱取代。「她沒和任何一位在一起。三個男人都說：『感謝上帝她沒再找來！』他們說，牽涉到性時，她是個瘋子。她將他們當成奴隸，控制欲很強，非常粗暴，留下的心靈創傷要幾天才能修復。」

「那第四位怎麼說？」

「他不記得她。『老天，不記得。』他這樣說。他和那麼多該死的賤女人搞過，得有個非常大的電腦才能追蹤她們。」

卡爾不禁嘆氣。高登的幻想破滅很令人心碎。這個男人深愛蘿思，卻陡然覺得自己被推落斷崖。他說每句話前都得停頓，抿緊嘴唇力持鎮定。他顯然不是做這份工作的理想人選，但一切為時已晚。

「我很抱歉，高登。我們知道你對蘿思的感情，這一定很難熬。但現在你知道她腦袋的混亂已經持續多年了，我確定她只是為了忘懷痛苦才過這種人生。」

高登的臉色看起來很苦澀。「我覺得那是很奇怪的方式。**天殺的該死！她可以和我們談談的，不是嗎？**」他大吼。

卡爾用力吞嚥口水。「也許吧，高登。也許她可以和你談談，但不是阿薩德和我。」

高個子整個人垂頭喪氣，無法再阻止眼淚簌簌落下。「你為什麼那樣說，卡爾？」

「因為像阿薩德和我這樣的人太危險，高登。我們懷疑事有蹊蹺時，會拚命挖掘，蘿思比誰都了解這點。但你的話就不同，因為你和蘿思不只是同事，你們有特別的關係。她可以和你說心裡話，**如果**她肯說的話，你會聽，還會安慰她。也許那真的會對她有所幫助。我想你是對的。」

高登擦拭眼睛，看起來更為警戒。「我感覺得出來，你隱瞞了蘿思的一些事沒告訴我，卡爾。是什麼事？」

「你內心深處知道，不是嗎，高登？越來越多跡象顯示，蘿思可能殺害她父親。不管是不是蓄意，不管是直接或間接，我還不知道。但她不可能完全無辜。」

「你想怎麼處理那件事呢？」

「處理？發現真相，協助她往前看。那不就是我們需要做的嗎？給她機會過更好的人生。」

「你是說真的？」

「是的。」

「阿薩德呢？」

「他也同意。」

淡淡的微笑閃過高登憂鬱的臉龐。「我們得找到她，卡爾。」

「所以你也不認為她已經死了？」

「對。」他的雙唇顫抖。「想到那點我就受不了。」

卡爾點點頭。「其他的一百四十六位男性有人記得她嗎？」

高登嘆口氣。「我和最突出的那四位交談時心裡也在納悶這點，但我不曉得該從哪裡著手，所以我就從最上面的開始，幾乎找到每一個人。我想一次一分鐘就好，我只說：『我是警察犯罪組人員。我們查到一位失蹤人口，蘿思．克努森，可能和你在一起。這項消息正確嗎？』

「他們可能對你撒謊。」

「老天，不會。沒有一個人聰明到可以對我隱瞞任何事情。那可能是最讓我心痛的地方。除了頭三個人外，他們聽起來都是用下半身思考，全部是白癡，卡爾。他們不可能對我撒謊。」

「那就好。」卡爾無言以對。自從他在鏡子中看見自己十六歲的倒影，並發現當年的少年已經長了鬢角後，就再也沒有這般自信過。

「她接觸的人中有瑞典人嗎？」

「沒有，而且也沒人有明顯的瑞典姓氏。」

「那更正常一點的電郵呢？比如飯店預約，和她妹妹們、母親或麗格莫接觸等等？」

「全都毫無頭緒。少數幾封她寫給麗格莫的電郵毫無意義。蘿思或麗格莫想要拿回來的收據、蘿思是否知道這件或那件事、她可否替麗格莫保管鑰匙之類的。事實上，說了不少鑰匙的事。麗格莫顯然很容易忘記帶鑰匙。還有就是有關電影院最新上映的電影、檀香園的居民協會、她是否要去年度會議還有她們該不該一起去，都不是很重要。麗格莫甚至沒有埋怨她女兒和外孫女帶給她的麻煩。」

卡爾拍拍他的肩膀。這男人爲嫉妒和憂傷所啃噬，但以某種方式而言，這也是短期內他二度必須向心愛的人告別。

卡爾正走進羅稜霍特公園旁的家門，此時，莫頓衝上前來。

「我整晚都試圖打給你，卡爾。你的手機到底有沒有充電？」

卡爾從口袋裡拿出手機。又沒電了。

「請你記得充電好嗎？我們找不到你真的很火大耶。你該知道，哈迪今晚生病了。」

喔，不。現在又是什麼情況？卡爾呼吸沉重，他無法再面對更多壞消息。

「他抱怨左臂和左胸很痛，他說感覺像電擊。我得打電話給米卡，因爲我找不到你。我很怕他會心臟病發，所以我能怎麼辦？」他伸手攫走卡爾手中的手機，將它插在走廊的充電器上。

「你們倆這麼晚了還在幹嘛？」卡爾走進客廳時開著玩笑。米卡顯然用盡心思創造一個平靜的環境。除了牆壁上貼的不是毛面壁紙外，這客廳活像倫敦貝斯沃特街的巴基斯坦餐廳。線香、蠟燭、西塔琴與橫笛演奏的世界音樂，一樣不缺。

「哪裡不對勁，米卡？」他問著穿白袍的運動員，緊張地看著哈迪露在被子上方的睡臉。

「哈迪今晚差點恐慌症發作，但可以理解。」他說：「我很確定他這次真的感覺到痛，而不是幻肢痛。我看見他移動肩膀，彷彿要舒緩床墊帶來的壓力。看看這個。」

卡爾安靜地看著米卡稍微掀開被子。哈迪的左邊肩膀的確出現微小如眨眼般的顫抖。

「你想這是怎麼回事，米卡？」他憂慮地問。

「明天我會和兩位我在修課時認識的優秀神經學家聯絡。哈迪的某些次要肌肉群可能重新有感覺了。但就像你一樣，我不了解這是怎麼回事，因爲根據他的診斷，理論上這是不可能的。我得給他大量的止痛劑讓他平靜下來。他已經熟睡了一個小時。」

卡爾幾乎欣喜若狂。

「你認爲……？」

「我什麼也不認爲，卡爾。我只知道對哈迪來說，突然能使用已經麻痺九年的某些身體部分，這刺激太過強烈，也讓他精疲力竭。」

「我打開你手機的電源，現在它響了，卡爾。」莫頓從廚房叫道。

這時誰會打來，他該死的會在乎嗎？

「螢幕顯示羅森．柏恩。」莫頓繼續叫說。

卡爾看看躺在床上的朋友，瞄見他熟睡時仍因痛苦而扭曲的臉龐。

「喂。」他將手機貼在耳朵旁後說。

「你在哪，卡爾？」羅森劈頭就問。

「在家。這時候我會在哪？」

「我在總局逮到阿薩德，他現在和我在一起。」

「好。他可能已經告訴你我們今天的突破了吧？眞可惜，我很想親自——」

「什麼突破？我們現在在伯恩斯托夫路和赫勒魯普路的交叉口，正看著一位大家都在找的丹尼絲．齊默曼。她俯臥在一輛黑色Golf的引擎蓋上，完全死透。你想我能說服你馬上趕過來嗎？」

十字路口上，大量藍色警示燈瘋狂閃爍。根據幫他把封鎖線抬起來的警察，他們已經在那裡幾個小時了。

「這裡發生了什麼事？」卡爾問，看見一群人聚集在車子殘骸旁，到處是鑑識人員。那群人中有泰耶．蒲羅、羅森．柏恩、碧特．韓森，阿薩德則站在附近。很難找到比這群人更幹練的同僚。

羅森向他點點頭。「非常特殊的意外。」他咕噥著說。

卡爾看著交纏在一起的車子。Golf從左邊撞上福特卡，在兩輛車一起旋轉前，汽缸便暴露在外。福特卡的擋風玻璃破成碎片，氣囊啓動，躺在Golf引擎蓋上的女人顯然是從福特卡的擋風玻璃後被拋飛出去的。

「看起來她當場死亡。」卡爾說。

羅森笑了一下。「是的，你可以這麼說，但不是當場死亡。我向你保證是子彈先來。」

「我不懂你的意思。」

「她是被射殺的，卡爾，而那發生在這個意外之前一些時候，因爲屍體已經僵硬了。意外發生在大約兩個小時前，法醫認爲她至少死了七個小時。」

射殺？卡爾繞過屍體以及正採集她指紋的犯罪鑑識人員。從她手臂朝上僵直的方式判斷，不可能是交通意外取她性命。他彎腰仔細看女孩大睜的雙眼。她眞的是死透了。

「嗨，卡爾。」阿薩德說。他的眼睛要是更瞇起來，看起來就像掛了。他指指身後表示警告，卡爾順著他指的方向望過去，歐拉夫．伯格—彼得森和《三號電視台》的班底正向他揮手。

「是的，卡爾。」羅森說：「所以我叫你過來。你需要娛樂那一小群人。這次我想你該努力點，聽懂了嗎？」

羅森咧嘴微笑。對一個積習難改、墨守成規的傢伙而言，那笑容未免太過燦爛。「你可以告訴他們，這案子最令人興奮之處在於，這輛車是登記在名叫安妮—琳．史文生的名下，那應該會讓他們大感興趣。如果你不記得她是誰，站在那邊傻笑的帕斯高能告訴你，她是蜜雪兒、丹尼絲、還有另兩位肇事逃逸被害者的個案社工。好好跟他們談談，告訴歐拉夫如果他們能保守祕密，在案件更明朗時，我們願意給他們更多訊息。」他出乎意料地拍拍卡爾的背。「等我們回警察總局時，我們會下樓去你那所謂的簡報室。你將這些案子連接起來的方式真的值得深思，但先搞定電視人員，卡爾。」

卡爾皺緊眉頭。他真的該是那個和電視台的白癡說話的人嗎？為什麼不直接將他們介紹給帕斯高，既然他是紅人的話？卡爾其實什麼都不知道。

「還有一件事，羅森。關於死者的身分，你跟媒體說了什麼？」

「她是我們在找的女人：丹尼絲．齊默曼。」

卡爾想像丹尼絲的母親布莉姬在聽到女兒已死的消息時，會有什麼反應。到時她仍肯簽自白書嗎？

卡爾簡短和同僚打過招呼後，把阿薩德拉到一旁。

「關於這案子，你還能告訴我什麼？」

阿薩德指指福特卡。「副駕駛座的地板上有把裝了自製消音器的槍。他們對消音器不太確定，但它似乎是種機油濾芯。他們認爲死者的指紋在上面，但我們還得等一下才能確認。」

「駕駛在哪？」

他聳聳肩。「那棟建築裡，有人看到一個女人從駕駛座跑出來，消失在那個方向。」他指向街角。

「是那個個案社工嗎？」

「我們不確定，但現在我們是如此假設。半小時前，我們派人去她家，但她不在。我們目前仍在內部搜查階段。」

「Golf的駕駛呢？」

「他被送進根托特醫院。他受到極大驚嚇。」

「好。你告訴其他人有關布莉姬和詹姆斯．法蘭克的事了嗎？」

他似乎被這問題嚇了一跳。「沒有，卡爾，絕對沒有。這很急嗎？」

他們設法在總局的辦公椅上睡了幾個小時，之後，羅森在樓上的辦公室召見他們。他顯然也深受睡眠不足之苦，但當一個案子眼見就快破案，而其他案子仍舊懸而未決時，誰還在乎臉上的眼袋，和現在是淩晨十二點四十五分？

「喝杯咖啡吧。」令人意外的，他以友善的語調說著，指指一個咖啡壺，潑灑到外面的咖啡比裡面有的還多的。

他倆禮貌地婉拒。

「就說出來吧。我可以看到你的表情寫得一清二楚。」羅森滿懷期待地說。

卡爾挖苦一笑。「那我可不要爲介入案件而挨罵。」

「那要看你介入程度的深淺。」

卡爾和阿薩德面面相覷。所以這次他們不會挨罵。

他們花時間解釋，羅森一逕兒保持沉默，只有他的肢體語言洩漏他的興奮。誰曾見過他眼神銳利、嘴巴大張，快要流口水的模樣？他完全忘了他的咖啡。

「瘋狂透頂。」他們說完時，他興奮地說。

他靠坐在皮製座椅上。「你們兩個幹了不錯的調查工作。有告訴馬庫斯嗎？」他問。

「沒有，我們想先向你報告，羅森。」卡爾諂媚地說。羅森看起來有點感動。

「但你們還沒逮捕布莉姬．齊默曼和這個詹姆斯．法蘭克？」

「沒有。我們認爲你想親自逮捕他們。」

他興奮得像個期待聖誕節的小孩。

「好。你們可以去逮捕安妮—琳．史文生。這叫投桃報李，或在這個例子裡叫作一石二鳥，哈哈。」

「我們知道她住在哪嗎？」

「不，所以那樣很棒。剛好給你們機會發揮調查專才。」他眞的在不知羞恥地大笑嗎？

門上傳來叩門聲，帕斯高沒等回應就走進來。

「噢，你們在這？」他看見阿薩德和卡爾時口氣有點惱火。「好吧，但那也許是好事。現在你們可以觀摩看看優秀警探如何結案。」

卡爾幾乎按捺不住他的興奮。

「就在此，紳士們！這是史蒂芬妮．古德森和麗格莫．齊默曼謀殺案的完整自白書，簽署妥當。今晚由我親自謄寫。」

他「啪」一聲將非常薄的報告放在桌上，頂多只有三頁。

羅森看著薄得可憐的報告，表示認同地向手下點點頭。「幹得好，帕斯高，讓我刮目相看。所以誰是兇手，你又是怎麼找到他的？」

帕斯高假裝謙虛地揮揮手。「嗯，你可以說是他找上我，而我很快就推論出結果了。」

「幹得好。男人的名字是？」

「摩根．艾伯森。目前住在奈斯維德市，但和哥本哈根很有地緣關係。」

這男人完全是個白癡。卡爾不禁微笑，回憶起摩根保證不再拿假自白來煩他們時的表情。然後他對著羅森和阿薩德賊笑，兩人都屏住呼吸，臉慢慢從淩晨時分的慘白變成緋紅，再轉成紫色。他們三個再也憋不住氣，這間辦公室從未聽過那樣的爆笑聲。帕斯高的表情不是一頭霧水可以形容。

第五十二章

二〇一六年五月三十日星期一和五月三十一日星期二

安奈莉在震驚和萬分挫折中痛哭不已。

她從汽車座椅上掙脫逃跑的那幾秒，已從她的記憶中抹消，現在殘留的，只有失去意識的年輕男人和丹尼絲沒有生命的屍體趴在引擎蓋上的影像。

她快速逃離現場。她稱不上是身手矯捷的運動健將，但她的身體突然變得如此沉重、癱軟無力，那實在很嚇人。

都要怪放療，她試圖說服自己。她全身大汗淋漓，喉嚨好像在燃燒。

怎麼會發生這種事？不過是短暫鬆懈，怎麼會完全粉碎她的未來？她完全無法理解。現在她的預防措施、故布疑陣和遠景全都化爲泡影。她的自傲害她自食惡果。現在，她站在一條荒涼的郊區街道上，驚慌不已。

我這次爲什麼要用自己的車？她責罵自己。我爲何沒停下車來把屍體扶正？我爲何發火？

她在一個灰色的網路箱上坐下，瘋狂地構想可以解救她的方式、可以支持事件發生的解釋、導向解決方向的預防措施。

離意外發生已經過了十五分鐘，警車和救護車的笛聲在房舍屋頂上陰魂不散。她不能再浪費時間了。

她在往林比路那頭，找到一台米黃色的廂型車，破車而入，將指甲挫插入點火裝置，不到三分鐘內就發動了引擎。至少她某些鉅細靡遺的準備工作沒有白費。

裝有手榴彈和錢的帆布袋放在副駕駛座上，那在她開車回威伯街時帶給她一些安慰。

一旦我去完醫院，就會在稍後逃走。我會申請病歷，在世界上某個地方繼續我的治療。那是她第一個緊急計畫：逃離這裡，在遙遠的某處開創新人生。

沐浴在燦爛陽光下度過餘生，她心想，打包時將毛料毛衣丟回衣櫃。只帶走最好的衣服。到某處安頓下來後，妳能買任何東西。她邊打包邊這樣想，直到從抽屜裡拿出護照的那一刻，她才察覺護照已經過期了。多年來缺乏旅行和冒險的日子終於帶來懲罰。她沒辦法離開丹麥。

安奈莉崩潰在沙發上，臉埋在雙手裡。現在怎麼辦？就她所知，沒有護照，她連瑞典都去不了。丹麥那些一無是處的無能政客毀掉了那個選項。

那麼，就得坐牢了，她忖度，試圖喚回她先前對此前景的漠不關心，但卻徹底失敗。當大難臨頭時，現實有時看起來非常不同。但她有其他選擇嗎？她甚至沒有可以自戕的槍。安奈莉猛搖著頭，不情不願地縱聲大笑。這一切眞是可笑，然後她坐直身子。

她可以把錢留到以後再用。如果她暫時先把錢和手榴彈藏在廂型車裡，擦掉過去幾週以來她籌畫謀殺案時留在這公寓裡的痕跡，也許依然可以逍遙法外。她會通報她的車遭竊，有何不可？倘若她等到明早再報案，可信度就會較高。她可以說她請病假，從昨天就睡死了，因爲她不舒服。早上望向窗外時，才注意到車子遭竊。

他們絕對會問她有無不在場證明。她會告訴他們，那晚她看了不知看過幾次的最愛的電影，以免身體上的痛楚盤據心頭，接著她就睡著了。她有電影DVD，而DVD仍舊放在機器裡。

她起身，小心地選了《愛是你，愛是我》，將它放進光碟機。

那就是她的不在場證明。

然後她環顧四周，將衣服放回衣櫃，行李箱收回原處。她收拾好所有關於肇事逃逸意外和竊車的剪報、影印紙，將它們和帆布袋以及手榴彈放在廂型車的後車廂。她更換衣服和鞋子，將穿過的衣物放在袋子裡，接著出門，也將它放在廂型車裡。

如果她盡快離開，她會有足夠時間到處開，將所有足以定罪的證據分別丟棄在城市和郊區各處，然後她再來計畫如何脫身。

最後是她的電腦。她也得犧牲電腦，即使她打算將它丟進湖裡，她還是得先抹消所有證據。所以她得上最後一次網，搜尋該怎麼辦到這點。

一切在一小時後料理妥當，安奈莉確信公寓裡沒剩下任何足以定罪的證據後，開車離開。

如果他們問我，我是否懷疑任何人，我會告訴他們上次警察問我話時，我告訴他們的事。雖然那只是我的假設，但一定是女孩們，她們的男友可能也有份，試圖栽贓給我，她思索。她會告訴他們，她知道她們恨她，但卻不知道他們**那麼想**置她於死地。

安奈莉在兩點二十五分時回到家裡，之後躺在床上，想著從現在開始，只要振作起來、睡個幾小時的好覺，這樣她就能忍受明天帶給她的巨大挑戰。她將iPad放在旁邊的被子上，對著自己重複：不，可惜我的電腦死當了。那就是爲什麼有時我得去辦公室更新個案檔案的緣故，不然我就湊合著用這個。

安奈莉將鬧鐘設定在五點三十分。那時她會打電話通報車子遭竊，然後將廂型車開到遠遠的地方，再坐電車回城裡。

她會租輛有籃子的腳踏車，如此她便能把裝有手榴彈和錢的帆布袋載著到處跑。加司維克路上有間腳踏車出租店在九點開門。從那，她會騎著腳踏車在哥本哈根裡到處轉，看到泊車小弟便問他們有無看到她的車。她會給一些人五十克朗的小費和手機號碼，如果他們在哪看到她的福特卡，請打電話通知她。她絕對會寫下他們的名字，趁騎腳踏車時背下來。我也得記得要打電話到辦公室去，告訴他們我的車遭竊，得等到我做完放療、下午一點後才會進去辦公室，她心想。警察會在辦公室裡等她嗎？非常有可能。

這想法讓她微微一笑。辦這個案子、曾問過她話的那位警察絕對不值得擔心。只要她以正確方式回答，他就會接受她的講法。何況，罹癌的女人騎著腳踏車在哥本哈根裡到處繞，只爲了找尋小愛車這故事，相當感人肺腑。

第五十三章

二〇一六年五月三十一日星期二

卡爾和阿薩德在六點二十分，站在安妮—琳．史文生位於威伯街的家門外，按著門鈴，希望有人能下樓來放他們進去。

警察總局通知他們安妮—琳．史文生通報車子遭竊後，已過了十分鐘。總局還說，她無法提供車子何時遭竊的確實資訊，但可能是發生在昨晚八或九點左右，她最精確也只能做到這樣了。因此，問題便在於，車子是否眞的遭竊。

羅森、阿薩德和卡爾終於停止嘲笑帕斯高處理假自白的錯誤。帕斯高爲了挽救顏面，氣憤地告訴他們，他已經監視安妮—琳一段時日，而且他還親自偵訊過她。儘管有跡象顯示，她和四名女孩之死確實有些關聯，但他實在嗅不出任何殺意。這些話完全出自帕斯高之口，跟一般警方用語相去甚遠。

帕斯高建議他們，仔細調查那位據報和丹尼絲、蜜雪兒相關的女孩，她的名字是潔絲敏．約根森。根據他們偵訊時得到的線索，派崔克曾看到她和蜜雪兒以及丹尼絲一起出現在醫院，還有蜜雪兒的自拍照裡。

如帕斯高所言，他們也不能排除潔絲敏是犯下維多利亞夜店搶案的兩個女孩之一。他據理力爭，強調十四萬五千克朗至今仍舊不見蹤跡。毫無疑問，有人會為此大開殺戒。但錢在哪？總而言之，潔絲敏應該是他們的主要嫌疑犯，此點不是比較合乎邏輯？然而，問題在於沒人知道她落腳何處。他們曾拜訪過她登記的住處，也和潔絲敏的母親談過。她告訴他們，人們老是問她潔絲敏在哪，令她相當疲憊，因為她對她的下落一無所知。他們以為她是查詢台嗎？但帕斯高也承認，他們沒有全面去尋找她。明早他們會增加尋找她的警力，今晚還是讓大家好好睡一覺。現在，不用再找丹尼絲了，他們應該把偵辦方向重新放在潔絲敏上面。

「那女人不在家，卡爾。」他們瞪著安妮—琳的門鈴良久後，阿薩德總結：「她一定很早起。你想她去辦公室了嗎？」

卡爾搖搖頭，再次看看手錶。她為何會這麼早去上班？不，她比較可能是在家，但不肯放他們進門。但如果要申請搜索令，他們得等上幾個小時，因為法院登記處的雇員那時才會上班。他推敲各種可能性。她不想讓他們進門的理由會是什麼？她以前很合作，現在又通報福特卡遭竊，就理論上而言，她不太可能是嫌疑犯。畢竟在昨晚的意外後，沒有人看到是誰離開福特卡。目擊者只能確定駕駛是位女性。

「也許她昨晚根本沒回家，卡爾。她畢竟是位成年女性。」阿薩德說：「警察昨天是什麼時候想找她的？」

「我想他們說是午夜前。」

「他們之後沒到她家監視？」

「沒。」

「嗯，我還是會說，我不認爲她昨天有回家。」

卡爾倒著下階梯，走回人行道上。只睡了幾個小時，很難保持頭腦清醒。

「在我們等登記處開門前，不妨把注意力轉到潔絲敏身上。你覺得這點子如何？」

阿薩德聳聳肩。他可能在想過兩分鐘後，他就可以坐在副駕駛座上睡覺，但他別癡心妄想，即使那意味著卡爾得聽P3電台那些主持人嘰嘰喳喳大聲說話、不知所云。

「我們有收集到潔絲敏的哪些線索？」卡爾正要轉開電台時，阿薩德問，口氣出乎意料地清醒。

「我們有什麼線索？呃，沒多少，但安妮—琳的經理在帕斯高去辦公室偵訊那天給了他個案名單。然而，羅森吩咐帕斯高掃瞄那份名單，並和蜜雪兒的自拍照一起發給所有在辦那個案子的人。IT部門還原了那張自拍照。帕斯高很火，因爲羅森強調一定要轉寄給我們。你檢查一下你的手機。」

幾秒鐘後，阿薩德對自己點頭，滑著文件。

「名單上其實有兩位潔絲敏，但我看到她了。」他說：「唯一的線索是她的身分證字號、手機號碼和地址。旁邊有個附注說，手機號碼是和她一起住的母親的。」

「那我們還等什麼？地址是哪？」

「南港的伯洛邁斯特．克利斯汀森街。但我們不能就打電話給她嗎？」

卡爾以斥責的眼神看了他一下。阿薩德顯然想速戰速決，然後在搜索令下來前，回警察總局打個小盹。

「不，阿薩德！因爲，**如果**潔絲敏在那，而**如果**她有好理由不想和警察面對面，你可以確定她母親還是不曉得潔絲敏在哪。如果潔絲敏懷疑我們說什麼也會出現，她可能會悄悄離開。所以你不認爲直接去她家按門鈴是個更好的主意嗎？」

「嗯，眞那樣的話，她不就會從後面樓梯溜走？」

卡爾嘆口氣。「所以我們要把車停得離前門越近越好，打電話時順便監視動靜。倘若她以爲我們是從別的地方打去的，她就不太可能會從後面樓梯逃走，不是嗎？」

阿薩德打了一個大呵欠。「拜託，卡爾，我累得無法追捕犯人，就照你的話去辦吧。」

這倒新鮮，卡爾從未聽他說過這種話。

他們停在離公寓大樓前門二十五公尺處。如果潔絲敏突然出現，他們應該可以卯足精力去追她。

她到底長什麼樣子？卡爾心想。他一定比自己感覺的還要疲累。

「讓我看看那張自拍，阿薩德。」阿薩德將手機遞給他。

「感覺好奇怪。」他邊說邊看著照片。「只不過是幾個禮拜前的事，現在其中兩人已經遇害。雖然身爲警察，我卻永遠無法習慣年輕人的死。」卡爾搖搖頭。「陽光這麼絢爛的天氣，她們就這樣突然不在人世了，好在我們無法預測未來。我只是有感而發。」

「潔絲敏是最右邊長頭髮的那個。你想那是眞髮嗎？」

卡爾很懷疑，阿薩德說得對。他們得提高警覺，因爲她們那樣的女孩好比變色龍。前一分鐘是金髮，下一分鐘變成黑髮；穿高跟鞋時變高，換平底鞋就變矮。時至今日，連眼睛的顏色都不能信。

「我確定不管她怎麼變，我都認得出來。」阿薩德揉揉眼睛好幾次。他對女子很有眼光——

卡爾由衷希望阿薩德至少張得開一隻眼睛。

卡爾打名單上的手機號碼，等了良久。

「你知道現在還不到七點嗎？」一個極度惱怒的女性聲音斥責道。

「抱歉，約根森太太。我是卡爾．莫爾克警官。我希望妳能提供妳女兒住處的資訊。」

「喔，煩死人了！」她說完後掛掉電話。

他們等了十五分鐘，緊盯著前門，但大門緊閉。

「出動。」卡爾下令，阿薩德的雙腿抽動一下。他剛一定還是睡著了。

他們找到對講機旁凱倫—路易絲．約根森的名字，按下去持續好幾分鐘沒放手，但沒有回音。他們心中的警鈴大作。

「繞過去監視通往中庭的門，直到我說可以才離開，阿薩德。」

接著，卡爾按了其他好幾個門鈴，最後終於有個人不在乎他是警察而放他進門。當卡爾站在寫有「約根森」姓氏的門前時，已經有兩名女人穿著睡袍站在樓梯上。

「我可以請妳按門鈴嗎？」他問一位灰髮女士，她正站在一旁，一手握緊脖子前的睡袍頂端。

「我們很擔心約根森太太的女兒，得有她的幫助才能找到她。但她和警方之間的關係似乎有點緊繃，所以我們很需要妳的協助。」他盡力露出迷人的笑容，並將警徽亮給那個女人看。

她友善又體諒地點個頭，試探性地按下約根森的門鈴。「凱倫—路易絲。」她以卡爾所聽過最溫柔的聲音輕聲說，臉頰靠在門上。「是我，五樓的葛達。」

無論出於什麼理由，這招奏效了。裡面的女人一定有蝙蝠般的聽力，因為片刻後響起「嘎嘎」和「咔答」聲，門打開了。

「他來幫助妳和潔絲敏。」那位輕聲說話的女人微笑著說，卡爾往前一站，亮出警徽。對方沒有一絲笑容。

「你們這些白癡簡直無藥可救。」她憤怒地說，並以斥責的眼神忿忿瞪著老婦人。「剛是你打電話來嗎？」

卡爾點點頭。

「還假裝我的門鈴是個號角？」

「抱歉，但我們得知道該上哪去找潔絲敏，約根森太太。」

「喔，別再約根森太太叫個不停了。你沒在聽嗎？我不知道潔絲敏在哪。」

「如果她在公寓內，最好現在就告訴我。」

「你是犯蠢還是怎麼回事？如果她在這公寓裡，我就會知道我女兒在哪，不是嗎？」

老婦人拉拉卡爾的袖子。「是真的，潔絲敏已經很久不在——」

「眞謝謝妳啊，葛達。妳現在可以回自己的公寓了。」約根森太太看看其他靠在欄杆上的好奇圍觀者。「你們其他人也一樣。**再見！**」

她搖搖頭。「嗯，你非要進來就進來吧，那些愛管閒事的臭婆娘滾得越遠越好。」她說。南港顯然還沒完全喪失工人階級的語言習慣。

「潔絲敏究竟做了什麼，讓你們一直來煩我？」她透過煙霧問。那可能是她今天的第一根菸。

卡爾以尊敬的眼神看著她。這女人可能一手將這家庭養大。她雙手粗糙，臉龐上有大夜班、打掃、收銀員或類似工作留下的痕跡。臉上的紋路不是笑紋，而是來自不斷的後悔和挫折的皺紋。

「我們擔心潔絲敏可能涉入幾樁重大案件，但我得強調我們還不確定。我們可能搞錯了——那種事時常發生——但爲了愼重起見，也爲了潔絲敏好，我們——」

「我不知道她在哪。」她說：「本來還有兩個女人打電話來找她。一位說她欠潔絲敏錢，所以我告訴她，潔絲敏已經搬去史坦洛瑟某處。一個叫檀香……什麼的地方。我只知道這些，我沒和其他人提過這件事。」

卡爾按捺不住。這線索讓他不禁大聲吸口氣。那女人大吃一驚，強悍的表情瞬間瓦解。

「我剛說了什麼嗎？」她的聲音很困惑。

「這正好就是我們需要的線索，凱倫—路易絲。就是這個。」

「該死，卡爾。我知道廚房窗簾後的人就是她，我就是知道。我們那時該進去察看的。」

「是的，我想我們是該那麼做。」卡爾點點頭，忖度是否該打開警笛。「但恐怕我的直覺告訴我爲時已晚。鳥兒早已高飛。」

「卡爾，我有很可怕的預感。」

「我也是。」

「蘿思的門大開，該死。那不正常，尤其對蘿思而言。現在她消失無蹤，而那位潔絲敏一直在隔壁。我敢賭麗格莫的外孫女丹尼絲也是。」

那句話讓卡爾啓動警笛，猛踩油門。

他們抵達時，卡爾直接開上人行道。阿薩德的行動比平常迅速，在卡爾上氣不接下氣地走到走廊時，已經把鑰匙插進鎖孔裡。

阿薩德用力推開門，卡爾拔槍高舉。

「警察！潔絲敏．約根森，雙手舉高，走出來玄關這裡。妳有二十秒的時間！」卡爾大喊。

十秒鐘後，他們衝進公寓，準備開槍。

公寓裡似乎沒有人，瀰漫著強烈尿騷味。整條走廊散落著衣服。望向底端的客廳，可以看到地毯上有張上下顛倒的椅子。情況有異。

他們安靜地站在一間浴室前半晌，裡面毫無聲響。然後卡爾走到客廳門前，一個箭步衝進去，揮舞著槍。這裡也什麼都沒。

「你去察看陽台，阿薩德。我去察看餐廳和臥室。」

卡爾站在臥室，盯著亂七八糟的床和散落在地板上各處的髒衣物。他正要打開衣櫃時，阿薩德從陽台大喊：「鳥兒真的早已高飛，有根用床單綁成的繩子從陽台這邊掛下去，卡爾。」

該死，該死，該死，該該該死！

他們在客廳呆站一會兒，彼此對望。阿薩德難掩挫折，卡爾深知他的感覺。他的眼睛和直覺是對的，但卡爾卻阻止他。

「我很抱歉，阿薩德。下次我會對你察覺到的動靜更有信心。」

卡爾環顧客廳和旁邊的餐廳。

女性襯衫、鞋子和髒碗盤到處都是。有明顯掙扎的痕跡。兩張椅子被推倒，桌布掉在地上。

「我去察看最後一間臥室。」他立刻注意到床上的小行李箱，打包好的行李箱隨時可以離開。

「進來，阿薩德！」他高吼。

他指指行李箱。「你對這有什麼看法？」

阿薩德嘆口氣。「有人打斷了她們的計畫。我只希望不是我們。」

卡爾點點頭。「是的，那樣的話會很令人惱怒。」

「『惱怒』是什麼意……嘿，看那個，卡爾。」他指指床下的一樣東西。卡爾看不出是什麼東西，直到阿薩德用指尖撿起。那是一張捲起來的鈔票。

「我們都同意這張五百克朗的鈔票是來自維多利亞夜店吧，卡爾？」阿薩德邊說邊揮揮鈔票。

「當然。」

「好，所以現在我們該怎麼做？」他問。

「打電話給警察總局，讓他們知道，他們得更加把勁尋找潔絲敏。每個物證都指向凶手在逃。」

卡爾從口袋掏出手機，走向前門。

阿薩德是很沮喪，但卡爾的喪氣更是強過他十倍。他們不旦曾差點抓到他們在追緝的人，原本也可以阻止丹尼絲的慘劇發生。從陽台逃離後發生了什麼事？丹尼絲和潔絲敏之間出了什麼差錯？這兩件事對卡爾而言都是謎團。他誠心希望他們能抓到潔絲敏，查個水落石出。

「等等，卡爾。走前我得去小解一下。」阿薩德說。他在浴室門前停下腳步，浴室門半掩。然後他整個人僵住。

「看那裡。」他指著門上的幾個洞說道。

卡爾將手機放回口袋，然後阿薩德點亮浴室燈，將門推開。

迎面而來的景象可怕至極。

第五十四章

二〇一六年五月三十一日星期二

現在，停車場裡至少有十輛車閃爍著警燈。氣氛緊綳，越來越多同僚陸續到場。有些人負責擋開好奇的群眾，其他人則在鑑識人員抵達前，保存犯罪現場的完整。

阿薩德和卡爾無助地看著蘿思被用擔架抬進救護車。醫生搖搖頭，滿臉關切。即使蘿思有微弱呼吸，許多跡象仍顯示情況不太樂觀。

阿薩德傷心欲絕，自責不已。「如果我們昨天有進去公寓裡面就好了。」他不斷重複著。

是啊，如果我們有的話。

「和我們保持聯絡！」在醫護人員載蘿思去醫院時，卡爾對醫生叫著。

他們對著從公寓回返的法醫點頭。「死因是射殺，女人可能已死去至少十二小時。法醫病理學家能給你更精確的死亡時間。」

「所以理論上，可能是潔絲敏射殺丹尼絲。但這麼一來，又是誰射殺潔絲敏？」阿薩德輕聲問。

「嗯，屍體上沒火藥殘留。所以她絕對不是自殺。」法醫說，臉上有抹傻笑。「如果你問我，你會在浴室門外那面發現火藥殘留。」

卡爾同意，然後他用雙手握住阿薩德的手，凝視著他。「聽我說，阿薩德，至少我們現在知道，載著丹尼絲的屍體到處跑的人不是潔絲敏。另一方面，我們確定駕駛是女人。那是我們唯一需要知道的線索。我們該走了嗎？」

阿薩德看起來從未如此挫敗。「你說得對。但你得保證，我們辦完事後會盡快去醫院，好嗎？」

「當然，阿薩德。我打給高登了，他非常難過，但他已經直接過去大學醫院那邊等救護車。他說我們可以隨時打手機給他。」

「我要分派給你四項工作，阿薩德。」卡爾在往哥本哈根的路上說著：「你能確實要求警察總局派人在安妮—琳．史文生的房子外盯梢嗎？然後聯絡羅森，告訴他這裡發生的事的所有細節，並請他取消搜尋潔絲敏。告訴他我們正在去威伯街的路上，如果搜索令已經準備妥當、等著我們的話，會大有幫助。然後再打電話給安妮—琳在維斯特布洛的辦公室，看她在不在那。」

阿薩德點點頭。「接著再打電話給蘿思的妹妹們，對吧？」

卡爾努力想擠出一抹笑容。不管怎樣，你永遠能信賴阿薩德。

一位警察已經在安妮—琳的住家前站崗，那是卡爾在一號派出所服務時的老同僚，現在他被轉調到警察總局做制服員警。他拘謹地對卡爾點個頭，確認搜索令已經準備妥當，之後，他緊盯著阿薩德用開鎖器打開門進入屋內。

大門上的名牌告訴他們，安妮—琳住在樓上，而一間叫作「終極機械」的小公司位於一樓。她公寓的前門沒裝鎖，直通二樓的客廳。沒人在家。他們進屋時，立即注意到她那部分的二樓和整個三樓井然有序、乾淨無比。卡爾用力聞了聞，有股奇怪的氣味讓他聯想到幾個女性房間的味道，那時他還熱中跟女性交往。但他從未搞清楚，那是否就是薰衣草混合著香皀的香氣。

他們注意到碗盤洗得很乾淨，床精心鋪過，每樣東西似乎都經過仔細思考。最重要的是，公寓已經清理掉警探通常會尋找的所有線索。

「她眞的花了心思把所有東西都清理過了，卡爾。」阿薩德說：「洗衣籃裡沒有衣服，垃圾桶也倒過了。」

「看這裡。後面房間被鎖起來了。要不要看一下？」

阿薩德拿出開鎖器打開門。

「眞奇怪。」他倆站在小房間裡時，卡爾不禁說道。四面牆壁全是金屬架子，滿是螺絲、釘子、器材和其他金屬用具。

「我想這房間可能不包含在安妮—琳的租約內。你看下面那個牌子，其他住戶不能使用。」阿薩德回答。

「恐怕我們在這裡將一無所獲。」卡爾說道，然後請阿薩德在身後鎖上門鎖。

「你還顧公寓時，是否有覺得哪裡不對勁，或覺得打掃得太乾淨了？」在回到安妮—琳的客廳時，他問。

「事實上，有很多小地方。首先，我可以告訴你，電腦不見了，因爲那邊地板上有個螢幕。然後，奇怪的是，整個公寓裡唯一不整齊的地方是一片散落的ＤＶＤ，她彷彿要別人第一個注意到那點。在正常情況下，你會將ＤＶＤ放在電視機旁或茶几上，不是嗎？所以她爲何將它丟在整整齊齊的桌子上？」

「我認爲她在試圖製造不在場證明。我也注意到布告欄掛的車鑰匙上有她的福特卡的車牌號碼。那可能是備用鑰匙，但我仍納悶昨晚她的車是否是用鑰匙啓動的。」

「是的。我們的確討論過這點，但蒲羅並不認爲那就證明是車主開車。他說有些人愚蠢又粗心至極，睡覺時鑰匙會被從手提包或玄關桌子上偷走。」

卡爾知道那點不無可能，但他們還是得查問。

他們搜查她的抽屜和櫥櫃，除了一些醫生處方外，他們沒找到多少有個人特質的物品。眞的不尋常。

「我知道搜索令不包含她沒使用的一樓區域，但我們是不是還是該看一下？你怎麼說？」他邊說邊轉身找阿薩德。

阿薩德已經走到樓梯一半處。

他們進入機械工程師的客廳，觸目所及皆是機械零件。卡爾無法了解一位成人男子如何能住在這種狗窩裡。

「我認爲他不常在家。」阿薩德合理推斷說。

他們翻尋零件堆，正要放棄時，發現一盒整齊分類的機油濾芯，很像裝在福特卡裡那把槍上的那種。

「嗯，該死。」卡爾說。

他們心照不宣地彼此對望，阿薩德拿出手機。

「我再打電話去她辦公室。現在大家應該在上班了吧？」他問道。

卡爾點頭，環顧房間。跡象在在顯示，安妮－琳曾在此試驗和尋找最適合拿來做消音器的機油濾芯。這麼一想，他仍對人類的狡猾和憤世嫉俗大爲吃驚。這位無名小卒個案社工，會是他所遇過最冷血的殺手嗎？

阿薩德仍拿著手機貼在耳朵上，卡爾可以感覺到阿薩德試圖要他注意門那邊的某樣東西。卡爾轉身。他沒看到阿薩德要他看的東西。

「謝謝你。」阿薩德對電話那頭的人說，然後他掛斷電話，轉身面對卡爾。「安妮—琳剛打電話去辦公室，說她今天下午才會進去。她要在大學醫院接受放療，一點時和醫生有約。」

「很好！我們會抓到她。你有跟醫院說這是祕密調查，在我們許可前，他們不能洩漏給任何人，對吧？」

「是的，當然。但奇怪的是，安妮—琳也告訴接待人員，她目前正騎著腳踏車在哥本哈根裡到處找她遭竊的車。」

卡爾抬起眉毛。

「對，有那麼剎那，我也想過我們追蹤錯線索了，但後來我發現了那個。」阿薩德指著門左邊下面的一個架子，卡爾彎腰察看。現在他也看出端倪了。

兩個裝滿馬達零件的後牆間，有塊如銅幣般大小的暗色汙漬。專家絕對能告訴他們這汙漬是怎麼來的、它噴濺牆壁的角度，還有它是否是新鮮的血。

「我想安妮—琳漏清了一個地方。」阿薩德微笑著說。

卡爾揉揉頸背。「老天！」他驚呼。這證據眞的終結了所有可能的疑慮。所以，她騎著腳踏車在哥本哈根裡到處轉，說要找她失竊的車那番話全是演戲，就像她桌上的DVD。她確實很狡猾。

卡爾非常開心，他們確實追蹤到正確的犯人。

「發現得好，阿薩德。」卡爾再次看錶。「我們離安妮—琳約定放療前還有整整三個小時。」他說，然後打手機上的高登號碼，轉爲擴音模式。

如他們所料，那傢伙的口氣仍舊悲傷，但現在帶有一絲希望。

「他們設法讓蘿思甦醒，但不幸的是，有很多併發症。現在他們正努力讓她的情況穩定下來。他們很擔心血栓的數字，還有她的腿和手臂是否會有永久傷害。」

高登的呼吸沉重，顯然在哭。如果蘿思知道這竹竿對她的感情有多深就好了。

「你能傳她的照片給我們嗎，高登？」

「我不知道。為什麼？」

「是為了她好，所以試著傳一張過來。有可能和她說話嗎？」

「以你對所謂正常溝通方式的理解，不行。院方曾和她說話，但他們說她的神智似乎不在這裡。他們叫醫院的精神科醫師過來會診，那醫生和她在格洛斯楚普的心理治療師談過。心理治療師們告訴精神科醫師，最重要的是要讓蘿思化解過去經歷的創傷事件，不然她會墜入永恆的黑暗中。」

「你說『化解過去經歷的創傷事件』，他們有說她該怎麼做嗎？」

「不，至少就我所知沒有。」高登回答後停頓下來。也許是因為他需要保持鎮定，或是因為他在思考。「但我假設那表示任何能解除她內心壓力的事。」

阿薩德看著卡爾。「我們得試著對軋鋼廠事件保密。同意吧？」

他點點頭。「英雄所見略同」，阿薩德大概會這麼說。

列奧．安得森開門時，手上還拿著麵包卷。這裡儼然是退休早晨的幸福縮影，他們可以聽到電視晨間秀在屋內大聲播放，就是那種以瑣碎、多餘的烹飪片段作為主要內容的節目。他們進屋時，也可以聽到咖啡機劈啪作響和他老婆穿著拖鞋「唰唰」走動的聲響。超市折價券鋪滿整個桌面，也許是本週的最佳娛樂。

「我們得查個清楚，列奧。我現在就告訴你，我們不在乎你想袒護誰，因爲我們來訪的唯一目的是要幫助蘿思。所以，說出你所知道的一切吧。就趁現在。你懂嗎？」

他瞥瞥妻子，儘管她盡力掩飾，卡爾仍舊注意到她小心翼翼地輕輕搖頭。

卡爾轉向她伸出手。「門上的名牌寫著貢希爾．安得森。是妳嗎？」

她嘴角牽動一下，那應該是微笑和確認吧。

「早安，貢希爾。妳知道妳剛洩漏了妳丈夫的祕密嗎？」

現在她可笑不出來了。

「妳剛剛警告他不要亂說話，而在我的世界裡，那意味著他知道很多事，卻沒告訴我們。現在他是一九九九年五月十八日阿納．克努森謀殺案的主要嫌疑犯之一了。」

他轉身面對一臉驚嚇的列奧。「列奧．安得森，現在時間是十點四十七分，你被逮捕了。」

阿薩德已經把掛在皮帶上的手銬搖得嘎嘎作響，那對兩人產生立即可見的效果。他們驚恐、無助，瀕臨昏厥邊緣。

「但是……」阿薩德用手銬銬住他時，列奧說著。卡爾轉身面對震驚無比的妻子，伸手要去拿自己的手銬。「貢希爾．安得森，現在時間是十點四十八分，我作證妳拒絕提供一樁謀殺案的重要證據。」

光是這樣，就足以讓她眞的昏厥。

五分鐘後，兩人坐在廚房習以爲常的座位上，渾身顫抖，沮喪不已，雙手被手銬銬在身後。

「這對我們全體而言，都將是漫長而艱辛的一天，你們懂嗎？」

那問題沒讓他們立即吐出實情。

「嗯，首先，我們會開車回哥本哈根警察總局，在那對你們宣讀你們的罪名，然後你們會被審訊，隨後羈押。明天你們會在法官面前遭到審問，法官會決定是否接受我們羈押你們的要求。等他批准要耗費幾週時間，我們則會在這期間內，取得調查上的進展，之後我們再來討論在你們審判前會發生的事。你們的律師可能會想……你們有律師，對吧？」

兩人都搖頭，他們只有力氣搖頭。

「好，這樣的話，法院會指派一位公設辯護律師爲你們辯護。你們現在了解流程了嗎？」妻子無法控制地痛哭出聲。「這不可能是眞的，我們一直過著誠實正直的人生，潔身自愛。爲什麼是我們？」

「你聽到沒，列奧？貢希爾剛說：『爲什麼是我們？』嗯，那意味著有更多人涉案嗎？」卡爾問道：「因爲如果大家分擔刑責，你們的刑期可能會短一點。」

那使得列奧馬上吐實。「我們會做任何你要求的事。」他哀求。「只要你……」他打住，小心翼翼地斟酌字眼。「只要你倆……我們有三個孫子，他們無法理解的。」他看著妻子，她神情悲痛，表情空洞地兀自點著頭。

「倘若我們告訴你所有內情，那會幫助我們嗎？」他問：「你能保證你剛說的事都不會發生嗎？」

「是的，我保證。」卡爾對阿薩德點點頭。

「是的，如果你們把所有的事都告訴我們，我也保證。」阿薩德承諾。

「不會影響到其他任何人？」

「不會，我們保證。告訴我們所有眞相，一切都會安然無事。」

「你們能不能好心點，先把手銬解開？」他問：「然後我們可以開車去找班尼・安得森。他住得離此地不遠。」

卡爾的手機傳來「嗶」聲。高登剛把蘿思的臉部照片傳來。

那景象使得卡爾忘記呼吸，那實在使人心痛。之後他將手機遞給列奧。

那男人打開門，看見眾人之中，列奧那張慘白的臉時，表情絕對不是很開心。

「他們知道了，班尼。」列奧說：「有關事發經過。」

如果他還以爲他能全身而退的話，應該會「砰」地甩上門。

「從錳中毒開始說，班尼。」他們圍著黏膩、滿是雪茄灰的茶几坐下時，列奧說著。

「你可以暢所欲言。莫爾克警官向我們保證過，你說的任何話都不會用來控訴你或我們之中的任何人。」

「那個人呢？也包括他在內嗎？」班尼指著阿薩德問。

「我不知道我是否該說保證，但你大可直接問我。」阿薩德不無諷刺地說。

「我一點也不信任他們。」班尼說：「他們可以把我拖到派出所去爲所欲爲。我一個字都不會說，而且我沒什麼好隱瞞的。」

列奧曾是軋鋼廠的領班，現在他展現出他的威嚴。「你是犯傻還是怎麼了？你在強迫我告發你，班尼。」他憤怒地說。

班尼在口袋裡翻尋，最後終於找到火柴，點燃抽了一半的雪茄。他眨了幾次眼睛。「我們會各執一詞，列奧。你沒辦法證明任何事，因爲沒有證據可以證明。」

「嘿！」卡爾打斷他們。「這不是有關你，或你有沒有做什麼事，班尼。」卡爾說：「這只攸關蘿思，現在，她的情況很糟。」

班尼猶豫片刻，之後聳聳肩，彷彿是在說，如果他捲入風暴中，蘿思也無法置身事外。

「錳中毒是怎麼回事，列奧？」卡爾追問。

他深吸口氣。「那是在千禧年前，當時一位職業醫學醫生和神經學家發現，由於乾燥的錳分子飄浮在空氣中，軋鋼廠工人會有健康風險。錳被加在鋼鐵中以固定硫磺、去除氧氣，讓鋼鐵變成堅硬的不鏽鋼。但醫生說，儘管實際上會影響到不同部分的大腦，工人仍可能會罹患類帕金森氏症。

「那兩位醫生和某些認爲那是無稽之談的同僚之間，爆發激烈爭論。這發現最後導致某些工人收到工業傷害賠償金，包括在此的班尼。工廠當時經濟情況已經不佳，終於被拖垮。」列奧以毫不掩飾的懷疑眼神瞪著班尼。對他是否曾暴露於有毒物質的討論，顯然從未止息。「當然，阿納．克努森那時已經死了，但在那之前，他曾一再聲稱他也受到影響。他設法說服了每個人。現在再回頭看，可以發現就是像阿納以及——恕我這樣說——像你，班尼，這樣的員工害工廠破產的。」

班尼將雪茄放在菸灰缸上。「那不是眞的，列奧。你扭曲了所有事實。」

「嗯，如果眞是如此，那還眞是抱歉。但阿納和錳中毒案件眞的讓工廠每況愈下，那時蘿思還在那工作。每次我們討論錳中毒、對阿納大發雷霆後——我們可是很清楚，他從未靠近過錳粉塵——他就會回頭找蘿思出氣。他的確嘗試要和班尼聯盟，但班尼受不了他。」

他轉向班尼。「你同意**那點**吧？」

「他媽的，我同意。我痛恨那個討厭鬼。他是個混蛋，他才**沒有**中毒，他只是個惡毒的混球，想毀掉我們這些真正中毒的人大好的求償機會。」

「在她父親的精神虐待下，蘿思真的過得很糟。我們全都看得出來，所以我們有很多理由想除掉阿納。將這王八趕出我們的人生。」

「你也想除掉他嗎，班尼？」

「你在錄音嗎？」班尼問。

卡爾搖搖頭。「沒有，但在我們談下去前，我們有兩樣東西想給你們看看。我已經給列奧看過了。」他將一張阿納・克努森躺在不鏽鋼解剖台上的屍體照片「啪」地丟在桌上。

「老天。」在看到那男人的下半身幾乎壓扁時，班尼輕呼。如果不先告知，沒人會猜到他們看到的是什麼。

「然後是這張照片，我在半小時前收到的。」卡爾讓他看手機上的蘿思照片。

班尼的眼神游移在那張飽受折磨的臉上。他伸手去碰他的雪茄盒。那張照片真的讓他震撼不已。「那是蘿思嗎？」他問，顯然很震驚。

「是的。兩張照片之間的時間對她而言是個漫長的夢魘，這你應該看得出來。十七年來，她每天都得活著和腦海中父親壓扁的景象掙扎，一個人把罪責全部扛下來。但現在她的情況極度糟糕。如果你們倆今天不肯幫助我們，她的心靈就會死去。你們看見這張臉時應該會相信我的話吧？」

班尼和列奧離開了五分鐘之久，他們終於回來時，表情都不太自在。

列奧先開口。「我們同意。在接下來要告訴你們的事情裡，我們對所曾扮演的角色並不後悔，我相信其他人也有同感。我先澄清，阿納眞的是個人渣，這世界沒有他會變得更美好。」

卡爾點頭。他們是兩個出於義氣、犯下謀殺案的凶手，並且連帶毀了蘿思的人生。他們完全不能對自己的滔天大罪做出辯解，但現在就算將事實公諸於世，對蘿思也毫無幫助。

「別期待我會寬恕你們犯下的罪，但我會謹守諾言。」

「你那樣說很嚴厲，但蘿思是個很好用的白癡。即使這句話聽起來很冷血，我們眞正的意思絕非如此。」

「那是我剛開始爲何反對的原因之一，因爲比起別人，我和蘿思私交很好。」班尼說：「但當阿納開始讓每個人的日子像地獄般難受，我屈服了。你無法想像他有多讓人難以忍受。」

卡爾可不這麼確定。

「就說出來吧，別再拐彎抹角。我們沒有一整天的時間。阿薩德和我還得趕赴在哥本哈根的一個約，不能遲到。」卡爾不耐煩地說。

「好。嗯，蘿思是唯一一個能搞得她父親勃然大怒、顧不得周遭在發生什麼事的人，但他愛死那種情況了。處在那種狀態下，他簡直能達到性高潮。」

「我們總共有五個人想出那個計畫。」班尼插嘴。「列奧那天沒來上工，但卻在意外發生後不久『碰巧』出現。」他在說到「碰巧」時雙手舉高做出引號。

「我確保警衛那邊沒人看到我，之後就像我抵達時一般迅速離開。」列奧說：「我的任務是刪除所有斷電的資料，我們的一位同事在呼叫器收到訊號的那一刻聽從指示斷電。我們的問題不在斷電，而是算準確切時機。」

「我們同意在意外發生前，我們的一位工頭——不幸的是，他已經過世了——要騙蘿思的老爸說，蘿思在他背後猛烈批評他。蘿思當然沒膽子這樣做。」班尼說：「所以，當那男人在老舊大廳控制頭頂上的起重機，並發出準備妥當的訊號時，蘿思的老爸已經暴跳如雷。接著，班尼走去蘿思那邊，跟她說，他們想給她老爸一個永生難忘的教訓。在她爸開始狂罵她時，她得去站在W15區的某一特定地點，就是加熱爐旁的輸送帶那裡。有人告訴她，她的呼叫器一旦開始震動，她就該去站在那個地點。她只知道這些，完全不知道我們在打什麼主意。我們其餘人都說那是個意外，並不樂意見到這種慘劇，但那個事件完全擊垮蘿思。」列奧講完一切。

「所以這背後有五個人參與計畫？」

「是的，五個人外加蘿思。」

阿薩德看起來對這番解釋並不滿意。「我不懂，列奧。上次我們盤問你時，你說你認為那不是個意外，而是經過仔細推敲和計算。你為何不就保持沉默？你一定知道我們不會就這樣善罷干休。」

他垂下頭。「如果你們沒計畫要逮捕我們，公開這一切對我來說是最好的事。你也許以為事後只有蘿思飽受折磨，但完全不是這麼回事。長年以來，我都無法好好睡覺，其他人也有自己的問題。當真相未明前，沉默會啃噬著你。我告訴了我太太，就像幾個人也受不了良心煎熬，向他們的妻子吐實。班尼最後弄得離婚，你也看到他是什麼下場了。」他指指四周的垃圾和混亂，班尼似乎對這一切視若無睹。「而那位眞的很勇敢、很好的工頭後來自殺。我們做的事……無法逃過良心的譴責。所以，當你們出現時，我被兩種力量拉扯著，我既想供出罪行，求得心安，又想規避法律的懲罰。」他以哀求的眼神看著阿薩德。「你懂嗎？」

「懂。」阿薩德說。他轉開視線片刻，彷彿他在對兩個男人做出反應前，需要保持點距離。

「你們認為我們該如何說服蘿思她沒罪？給我們一個解決方法。」

他好像就在等這句話似的，班尼站起身，從幾個如成年男子大小的報紙和垃圾堆旁擠過去，停在一個餐櫃前面，拉出一個裝滿紙板和保鮮膜的抽屜。他在抽屜裡翻尋，終於拿出一樣小東西。

「這個。」他邊說邊把一個呼叫器放在卡爾手中。「這是那天用的呼叫器。看見她爸被壓扁時，她把這弄掉在地上。如果你把這給她，並說班尼向她問好的話，你就可以自己把其餘的故事一五一十地告訴她。好嗎？」

第五十五章

二〇一六年五月三十一日星期二

「哈囉，我是歐拉夫．伯格─彼得森。」電話上的男人說道。他沒有必要再更進一步介紹自己。

阿薩德翻個白眼，那動作讓他的眼睛看起來更大了。

「抱歉，歐拉夫。」卡爾說：「我們現在不方便說話。」

「羅森告訴我你們有很大的進展，所以我們想爲你和阿薩德拍些鏡頭，提供觀眾最新動態。」

那個羅森眞不知道放棄爲何物。

「好，但你得等到明天。」

「我們預計明天播放，在那之前需要一點剪輯時間，所以……」

「我們再看看。」卡爾邊說邊準備掛電話。

「我們聽說昨晚撞車的車主已經通報遭竊，所以我們試圖聯絡上安妮─琳．史文生，問她內情，但她不在她登記的住址。她的同事告訴我們她請病假。你不會剛巧知道她在哪吧？」

「你說誰？」

「昨天那輛福特卡的女車主。」

「不，我們對她毫無所知。我們應該知道什麼嗎？就像你說的，那輛車子已經通報失竊。」

「是啊。但你得知道，卡爾．莫爾克，這裡是電視台，所以我們需要鏡頭和訪談，而當犯罪事件影響像安妮—琳．史文生這種市井小民時——她在這個慘烈意外中失去愛車——觀眾一定會對此有很大的興趣。就某個意義上來說，安妮—琳也是受害者，對吧？」

阿薩德猛搖著頭，手在脖子上比著劃開的手勢，暗示卡爾該掛電話了。

「如果我們有任何重要發現，會第一個通知你，歐拉夫。」

阿薩德和卡爾對這個謊言捧腹大笑長達半分鐘之久。那男人究竟他媽的以爲自己是誰啊？卡爾將手機塞回口袋，在他們開車經過布雷達路的大學醫院那一大片工地時，不禁看得目瞪口呆。離他上次開車經過這裡，已經過了那麼久了嗎？

「該死，他們把放療部搬到哪去了？入口應該就在那邊。」他指指眼前亂七八糟的活動房屋和臨時柵欄。

「我想它在那片迷宮裡某處。我想我會看到標誌。」阿薩德說。

卡爾將車開上人行道，停在一半。

「我們來早了。安妮—琳再十五分鐘後才會到。」他邊說邊看看手錶。「這簡直是易如反掌。」

他們進入迷宮般的活動房屋，跟著標誌朝三十九號入口邁進，放療部在那裡。

「你來過這裡嗎，卡爾？」阿薩德問道。他們走下幾樓的螺旋梯到X光部，眼前一切似乎讓阿薩德很不自在。卡爾可以理解，「癌症」這個詞好像就隱隱約約地懸掛在半空中，令人不安。

「只有在你眞的需要時你才會來這。」他回答，希望自己永遠不會需要來此。

他們拉動把手打開自動門，進入偌大的接待區。如果你能忽視人們爲何來此的原因，那裡幾乎可說是十分舒適。牆壁上有個龐大的水族箱，放眼望去是薄荷綠混凝柱和漂亮的盆栽。大量天然光線流瀉而入，柔和地照耀著。卡爾和阿薩德走到櫃檯前。

「哈囉。」卡爾對護士說，亮出警徽。「我們是警察總局特殊懸案組，來此逮捕一位病患，她在幾分鐘後有約。我們希望低調處理此事，以確保不會引起不必要的壓力。妳明白嗎？」

那位護士看著他，眼神彷彿在說他不該跑來這，干擾他們的病人。

「我們得請你在放療部外進行逮捕。」她說：「我們的病患有的病得很重，希望你體諒。」

「呃，恐怕我得在此進行。我們不能讓那位病人在大老遠就看見我們。」

她叫來一位同事，彼此竊竊私語一陣子。另一位護士轉過身來面對他們。「你們說的是哪位病人？」

「安妮—琳．史文生，」卡爾回答：「她在一點有約。」

「安妮—琳已經在做治療了。我們剛好有人取消，所以在她一抵達時就先讓她做治療。她在二號房，請你稍等一下。我建議你在入口旁等，審慎地做你需要做的事。」

她指指他們剛才進來的門。

在接下來的十分鐘內，裡面的護士不時瞥瞥他們，表情嚴峻。也許他該告訴她們，他們爲何要逮捕安妮—琳，那可能會讓她們改變口氣。

她走出房間時，背著一個大帆布袋，直接走向入口。不過是一位非常平庸、衣著過時的女人，頭髮雜亂，毫無魅力。那種你在街上經過、不會在乎她是男是女的女人，那種你也不會在乎是否有見過的女人。他們不確定她奪走幾條人命，只知道至少是五條。

女人直直望著他們，不曉得他們的身分，要不是櫃檯後起了一陣騷動，護士們又緊張兮兮地看著她，逮捕行動應該原本會很平順。她突然在離他們十公尺遠處停下腳步，眉頭緊蹙，在櫃檯和他們之間來來回回看了幾次。

阿薩德正要走過去逮捕她，但卡爾連忙阻止。她曾用武器取人性命，從現在她的表情判斷，她可能會故技重施。

卡爾慢慢從口袋取出警徽舉高，這樣她從一段距離外就可看到。

然後奇怪的事情發生了，她對他們展露笑顏。

「老天，你們找到我的車了嗎？」她的表情試圖傳達快樂與期待。

她走近一點。「你們在哪找到它？它還好吧？」她問道。她眞的很會演戲。她眞的以爲他們會吃這套嗎？她對勞動兩個警察來此地找她，就是來通知他們找到她的車這種小事毫不驚訝，警察不會覺得事有蹊蹺嗎？

「是的，妳一定是安妮─琳．史文生？那是輛藍黑色福特卡。」卡爾說道，想把她引誘得更靠近些，並密切觀察她的一舉一動。她的手正按在帆布袋上嗎？她是否正在手裡轉動某樣物品？她是不是在隨意胡扯，只是想讓他們分心？

卡爾往前走幾步想抓她，但這次換阿薩德把手按在他手臂上制止他。

「我想我們最好放她走，卡爾。」阿薩德說，朝她誇大手勢、特意丟入帆布袋內的一個金屬蓋點點頭。

卡爾整個人僵住。現在他可以看到她慢慢從袋子裡拉出一個木柄。起初他不曉得那是什麼，但旋即了悟。那是德軍在二次大戰期間用的手榴彈。

「我手裡有顆手榴彈。」她警告，手裡握著一顆小小的白色瓷球。「如果我拉它，幾秒鐘內，這裡就會看起來像屠宰場。你懂嗎？」

他們當然懂。

「從門旁邊移開。」她命令，走到從天花板垂掛而下的開門器那邊，拉動黑色球狀把手，門瞬間打開。

「如果你們膽敢靠近我，我會引爆手榴彈，丟在你們身上。別想走上樓梯，想都別想。留在原地，直到確定我走到很遠很遠為止。我可能就會在入口等你們。」

她看起來真的會那麼做。從前那位毫不起眼的女人，已經變成無惡不做的惡魔了。她的眼神閃爍著決心和毫不留情的瘋狂光芒，沒有同情和同理心。最重要的是，她面無懼色。卡爾無法了解這點。

「安妮—琳，好好想想，妳還能逃去哪？」卡爾好言相勸。「每個人都會找妳，妳到哪都會被認出來。我不認為有哪種偽裝能隱藏妳的真實身分。妳不能使用大眾運輸或穿越邊境。即使妳躲在避暑別墅或露天場所，妳也不會覺得安全。所以，為何不在事情出錯前放下手榴彈？我們會——」

「**住嘴！**」她吼得如此大聲，每個人都抬頭看。她又拉拉自動門把手，走上樓梯。

「如果你們跟過來，就會送死。我不在乎會有多少人過來支援你們，懂嗎？」

接著她消失無蹤。卡爾立即掏出手機，點頭示意阿薩德開門，他們要去追她。

幾秒鐘內，卡爾已經通報警察總局目前的情況，並掛掉電話。

他們聽到她在樓梯上奔跑的「咚咚」足音。當聲音遠去，兩人對彼此點個頭，一步併兩步地衝上樓梯。

他們抵達頂端，向主要入口的玻璃門那往外望去。入口旁就是綠色木頭柵欄和一個藍色貨櫃，但安妮—琳不見蹤跡。

卡爾拔出手槍。「留在我身後，阿薩德。如果她進入我的射程內，我會嘗試射她的腿。」

阿薩德搖搖頭。「不能只是**嘗試**射她，卡爾，你**必須**射中她。把槍給我。」

他握住槍管，小心翼翼地從卡爾手中把槍拿過來。「我不會嘗試，卡爾。」他冷靜地說：

「我會射中她。」

他媽的現在是怎麼回事？阿薩德突然變成神射手了？

他們隨即衝出門，跑下柵欄和矮石牆間的窄小路徑。那女人當然已經遠遠跑在他們前面，但他們打死也沒料到，那位歐拉夫就在柵欄尾端等著他們，旁邊站著已經在拍攝的攝影師和錄音師。

歐拉夫對他們展露燦爛的微笑。「一點甜言蜜語和小小的獎勵便說服了祕書，她偷偷告訴我們，可能可以在這找到你們——」

「滾開！」阿薩德狂吼，當他們看見手槍指著他們時，馬上閃開。

卡爾和阿薩德轉過角落，在柵欄遠處瞥見安妮—琳的身影。她正撲向一位要將腳踏車固定好的老婦人。

「她在搶腳踏車！」卡爾大喊。「這下她會逃出我們的手掌心。」卡爾氣喘吁吁，發出「呼哧、呼哧」的急促聲響。他們突然停在柵欄尾端，瞪著等著載客的計程車、布雷達路的繁忙交通，以及一群表情驚嚇的人。人們剛從醫院主要入口方向走出來，結果突然看到眼前站著一位眼神瘋狂、揮著手槍的黝黑男人。有些人不自覺地驚叫出聲，急忙跑開尋找掩護，其他人則僵立在原地，不知所措。

「警察！」卡爾連忙大喊，跳到馬路上，阿薩德緊追在後。

歐拉夫在他們身後跑上來，攝影小組緊緊尾隨。歐拉夫不斷鼓勵，告訴攝影小組絕對不能漏拍這一段，這可是最有臨場感的現場錄影。

「她在下面那邊。」阿薩德指著百來公尺遠、萊斯街附近的一條巷子說道。然後那女人倏地在街角停下腳步，朝他們的方向狂笑不已，臉上毫無羞恥之色。她顯然覺得自己現在安全了。

「你從這距離射得到她嗎？」卡爾上氣不接下氣地問。

阿薩德搖搖頭。

「她在做什麼？」卡爾問：「她在揮舞手榴彈嗎？」

阿薩德點點頭。「我想她想告訴我們那是個啞巴彈。你瞧，她正在拉那個瓷球，讓手榴彈掉下來。狗屎，卡爾。那**只是**個啞巴彈，它——」

突如其來的爆炸，將街角的窗戶全炸成碎片，雖然沒有震耳欲聾，但聲音大到足以讓那些站著在排隊區聊天的計程車司機，馬上本能地趴跪下來，驚恐、困惑地四處張望。

他們聽到歐拉夫在他們身後，嘆出心滿意足的大氣。《三號電視台》這下拍到無人能及的精彩畫面，接著鏡頭對準帆布袋。帆布袋裡的鈔票像蕈狀雲般，在布雷達路上飛起，混合著曾叫作安妮—琳·史文生這個女人的碎肉，一起在半空中飄舞飛旋。

尾聲

二〇一六年五月三十一日星期二

歐拉夫．伯格—彼得森憤怒不已，口沫橫飛，噴得紅鬍子全沾滿口水。但羅森．柏恩冷漠地告知他，就算《三號電視台》提告，害得警察總局得歷經由監察員經手的申訴、法庭命令、內部調查、政治壓力和所有想得到的障礙，並歷經冗長、繁瑣的法律程序，歐拉夫還是永遠無法取得最後半小時的鏡頭使用許可。他們得立刻將記憶卡交出來。

卡爾不禁莞爾。所以羅森的合作意願是有極限的。他是否已經開始在擔憂，如果他們得被迫在國家電視台上解釋，爲何一位未經授權的警方人員會拿著武器威脅電視拍攝小組滾遠點，遑論隨後又灑下人肉和鈔票大雨，指揮官和媒體發言人會如何反應？

「你逮捕了詹姆斯．法蘭克和布莉姬．齊默曼了沒？」卡爾低聲說。

羅森點點頭。

「他們認罪了嗎？」

他再次點頭。

「那拿這些案子和歐拉夫談個交易。兩樁偵破的謀殺案，總比什麼都沒有來得強。」

羅森皺起眉頭，比比手勢要那個男人過去他那邊。

「我有個建議，歐拉夫。」他說。

阿薩德和卡爾轉身，盯著大學醫院的巨大建築群。

「我們該不該過去找她？」阿薩德問道。

卡爾不確定。試圖憑幾塊碎肉指認他們追捕的女人的身分是一回事，但上樓去面對某個深受他們喜愛、目前狀況卻很不妙的同事，則又是另外一回事。他們默默站在電梯前，試圖鼓起勇氣面對等待他們的絕望光景。

高登來電梯前與他們會合時，臉色比以往更慘白，但他看起來也散發著成熟男子漢的氣質。說來很奇怪，這還是頭一遭。

「情況如何？」卡爾幾乎是不情願地問道。他並不眞的想聽到答案，所以何必問呢？

「我不認爲他們會讓你們見她。」他指指加護病房。「她病房外的螢幕旁有兩位護士和一位醫生。你得問他們才行。蘿思在第一檢查室。」

卡爾輕敲護理站的玻璃窗戶，舉高警徽，抵在玻璃上。

一位護士立即出來。「你不能審訊蘿思。她非常衰弱，而且有幻覺。」

「我們不是來審訊她的。她是位受我們喜愛和尊崇的同僚，我們是來告訴妳們，某件事情可能可以幫助她。」

她眉頭緊蹙，表情威嚴，人們只有在得爲其他人的命運負責時，才會有那種表情。「在這個緊急階段，我不認爲我們能允許你這麼做。你得在病房外等，直到我來叫你。我得先和我的同事討論，但別抱太大希望。」

卡爾點頭。他可以遠遠瞥見蘿思躺在病床枕頭上的臉。

「來吧，卡爾。」阿薩德拉著他的臂膀說道：「你現在什麼事都不能做。」

他們三人並肩坐下，沒人開口說話。電梯上上下下，病房裡穿著白袍的護理人員正爲病患而戰。

「卡爾。」他跟前的一個聲音說。他原本已經要起身，接受護士的判決，結果抬頭一望，眼前是夢娜美麗的臉龐和閃閃發光的眼睛。那是眼淚嗎？

「我剛好來此，聽說蘿思也在這裡。」她輕聲說：「所以你找到她了。」

他點點頭。「是的，但那是靠我們三人一起努力的。」他邊說邊向兩位忠心耿耿的助理點頭。「恐怕他們不會讓我們和她談話。但問題是，夢娜，我們帶來了眞的能對她有所幫助的東西。」他嘗試露出少年般的笑容，但並未成功。「我知道我不該問，但也許他們會聽妳的，因爲妳是心理醫生，又對這案子很熟。妳想，妳能告訴他們，我們只求蘿思平安，而我們身上有東西能幫助她嗎？妳能爲我們那樣做嗎，夢娜？」

她動也不動地站著，直視他的眼睛，然後她安靜地點點頭，非常溫柔地撫摸他的臉頰，輕得他幾乎沒有感覺。卡爾閉上眼睛，癱跌入座位。那個撫觸喚起許多感情，奇怪的是，大半是憂傷和一股無法解釋的哀愁。

有人把手覆蓋在他手上，他才察覺自己正大口喘著氣。在過去幾天一連串無法想像的成就後，他飽受刺激的身體現在正以非理性的方式做出反應。他渾身顫抖，感覺皮膚著火。

「別哭。」他聽到阿薩德安慰他。「夢娜會幫助我們。」

卡爾張開眼睛，從淚眼婆娑中望向世界，那讓世界看起來如此不眞實。他在口袋裡摸索，拿出呼叫器，遞給阿薩德。「我辦不到。」他說：「如果他們讓我們進去，你能進去告訴她所有的事嗎？」

阿薩德瞪著呼叫器，好像那是個聖杯，一碰就會永遠蒸發、消失。他眨眨眼，睫毛突然變得如此不可思議地長，扇啊扇的。卡爾以前從未注意到這點。阿薩德放開卡爾的手，站起來。他把襯衫拉直，將手梳過一頭捲髮好幾次，之後走到病房入口。他在門外呆站半晌，好像在嘗試讓自己鎮定下來，接著走進去。

他可以聽到裡面傳出不滿的聲音，然後他聽到夢娜的聲音飄過，隨即放心下來。之後安靜無聲。

高登和卡爾在一分鐘後站起身。他們在進入病房前，彼此對望，尋求支持。透過玻璃隔間，他們看見夢娜站在螢幕前背對著他們，但四下卻不見阿薩德。

「來吧，卡爾。」高登說：「我想我們現在能進去了。」

他們在門口猶豫片刻，但他們溜進去時，沒人做出反應。

他們心知肚明接下來會發生什麼事。那位早些時候試圖趕走他們的護士正站在蘿思的病房內，緊盯著阿薩德的一舉一動。卡爾清楚看到他低頭俯視蘿思的表情，他嘴唇不斷蠕動著。臉上有各種情緒掠過，眼神和手勢激切。他正在告訴她一個故事。那是在很久以前的某天，蘿思的父親被害的故事。在一段距離外，阿薩德的字眼和情緒變成一齣啞劇，但卡爾輕易就能破解和辨識。阿薩德慢慢訴說那個故事，出奇地耐心十足。護士看著他點頭，彷彿他對她下了魔咒，然後他伸手將呼叫器拿給蘿思。卡爾看得出來，阿薩德對她的病患十分溫柔和關懷，讓護士深為感動。

之後，發生了一件始料未及的事。夢娜倒抽口氣，高登靠在他肩膀上尋求支持。螢幕突然顯示蘿思的脈搏迅速加速，他們可以看到蘿思在病房裡輕輕將手臂抬離床上。她顯然只能抬那麼高了，所以阿薩德握住她的手，將呼叫器放進她敞開的手中。他做完解釋前，呼叫器一直在那。

蘿思的手指慢慢握住呼叫器，手臂落下，掉回床上。醫生和護士密切注意螢幕，數字顯示她的脈搏穩定地慢了下來。

在病房裡的人彼此對望，如釋重負。

阿薩德走出病房、進入等待室後，整個人差點癱軟下來。夢娜給他一個長長的擁抱。接著，他「咚」地坐在椅子上，看起來似乎能當場墜入深沉的夢鄉。

「她了解一切了嗎，阿薩德？」卡爾急著問。

阿薩德抹抹眼睛。「我從沒想過她會那般虛弱，卡爾。我在病房裡的時候，一直很害怕會失去她，很怕她會閉上眼睛，然後從此不再張開。我好害怕，眞的。」

「我們看到她收下呼叫器。你想她知道那是什麼意思嗎？其他人濫用了她的信任，而那個呼叫器是她無辜的象徵？」

阿薩德點點頭。「她了解一切，卡爾。她一直在哭，我差點不敢講下去，但護士不斷安慰我，讓我有勇氣講完。」

卡爾凝望夢娜。「妳想蘿思有機會嗎？」

她綻放微笑，眼淚流下雙頰。「你們這幾個男孩確實給了我們希望，卡爾，時間會證明一切。我從心理醫學的觀點判斷，她可能會康復。」

卡爾聞言後點點頭。他很清楚，她沒辦法像變魔術般，創造出和眼前相反的現實。夢娜的臉驀然因痛楚而扭曲，他從未見過她那種表情，然後他突然想起來了。他怎麼沒早點想到呢？

「妳爲何來醫院，夢娜？是因爲妳的女兒嗎？」

她轉開視線，眨著眼睛，用力抿緊嘴唇。她突然點點頭，眼神轉回來直視著他。

「抱我，卡爾。」她只說了這句話。

卡爾知道，如果他眞的伸手去抱她，他會抱得很緊很緊，很久很久，再也不會放開。

致謝

感謝我的妻子和靈魂伴侶，漢娜。她給我充滿愛意的巨大支持，更別提還有那些無可比擬的回饋。

謝謝琳達．利克．朗格對此書主題的專業見解和啓發。

謝謝航寧．庫爾老練的整體概觀，和手腳迅速的初步編輯。

謝謝伊莉莎白．阿勒斐德—勞維格的研究、鼎力相助和取之不竭的豐富資源。

也感謝艾莎貝絲．維和倫、愛迪．基朗、漢娜．彼得森、米卡．舒瑪提和卡洛．安得森不可多得的初步校對。

特別感謝我在Politikens出版社的編輯安娜．C．安得森，她是我不可或缺的神奇好友，也是此書的狂熱愛好者。感謝她的忠誠、時時警惕的眼神和如此不肯妥協的堅持。

謝謝Politikens出版社的勒尼．朱爾和夏洛特．維斯對我十足的信心、希望和耐心。感謝海勒．瓦卻爲此書所做的公關宣傳。

我還要感謝吉特和彼得．Q．朗尼以及丹麥作家與翻譯人員中心在我書寫此書時大力款待我。

感謝監察長雷夫．克利斯騰森在警務上的建議。謝謝克傑．S．史傑貝克爲每天帶來一絲陽光。

謝謝妮雅．古伯格長年來的合作，成果豐碩。謝謝魯迪．拉斯木森肯接管我的書。謝謝勞拉．魯索和她在馬德里以及巴塞隆納兩地的Bilbao出版社，那群萬能的同事幫我度過了艱難的時刻。

感謝約翰．丹尼爾．「丹」．史密特和丹尼爾．史魯爾的ＩＴ工作。謝謝班尼．索格森和莉娜．皮蘿拉在羅維格的新寫作空間。

謝謝歐勒．安得森、阿貝隆．林德．安得森和佩勒．德雷斯勒的優秀軋鋼廠導覽，和對其運作方式的精湛介紹。感謝提娜．萊特、賽納普．洪姆和艾利克．彼得森的額外資訊。

感謝愛娃．馬庫森的檀香園公寓之旅。最後謝謝丹麥移民局的瑪勒妮．索魯普和瑟西莉．彼得森。

名詞對照表

A

Alanya　土耳其阿拉尼亞

Alberte　亞伯特

Allerød　阿勒勒市

Amager Boulevard　亞瑪格大道

Amagerbrogade　亞瑪格橋街

Amin　阿敏

Anneli　安奈莉

Anne-Line Svendsen
安妮—琳・史文生

Arne Knudsen　阿納・克努森

B

Ballerup　巴勒魯普

Bellahøj Police Station
貝拉霍伊派出所

Bellahøj Swimming Stadium
貝拉霍伊公共游泳池

Benny Andersson　班尼・安得森

Bente Hansen　碧特・韓森

Berendsen　寶藍德森公司

Bernstorff's Park
伯恩斯托夫公園

Bernstorffsvej　伯恩斯托夫路

Bertha Lind　貝莎・林德

Birgit F. Zimmermann
布莉姬・齊默曼

Birna Sigurdardottir
伯娜・西格達多提

Birthe Frank　碧兒特

Bispeengbuen　畢斯坪布恩路

Blegdamsvej　布雷達路

Blekinge　布萊金厄省

Blocksberg　布羅肯峰

Bolman's Independent School
波曼私立學校

Børge Bak　柏格・巴克

Borgergade　伯格街

Borgmester Christiansens Gade
伯洛邁斯特・克利斯汀森街

Bornholm　柏恩霍姆

Borups Allé　波魯斯大道

Bromölla Sweden　瑞士布魯默拉

Brovst　布羅斯特

C

Café Nordpolen　北極咖啡館

Catarina Underberg Sørensen
卡塔琳娜・索倫森

Christian Habersaat
克里斯欽・哈伯薩特

Christiansborg　克莉絲汀堡

D

Dag Hammarskjolds Allé
達格・哈馬舍爾德大道

Damhus Lake　丹胡斯湖

Denise Frank Zimmermann
丹尼絲・法蘭克・齊默曼

Dorrit　杜麗

Dronninglund　德龍寧隆

Duluth　杜魯斯

E

Egedal shopping center　艾格達

Elsebeth Harms　伊莉莎白・韓斯

F

Femvejen　芬姆路

Flensburg　弗倫斯堡

Føtex　佛鐵克斯商場

Fredensbro　弗雷登斯橋

Fredericiagade　菲特利街

Frederiksborggade　腓特烈斯博街

Frederiksstaden　腓特烈堡區

Fritzl Zimmermann
費里澤・齊默曼

G

Gammel Køge Landevej
加默科格蘭路

Gammel Strand　加默大道

Gasværksvej　加司維克路

Gentofte Hospital　根托特醫院

Gert　葛特

Glostrup　格洛斯楚普

Glostrup Hospital
格洛斯楚普醫院

Gordon　高登

Gothersgade　哥瑟街

Griffenfeldsgade　格利芬菲街

Gunhild Andresen
貢希爾・安得森

H

Habersaat　哈伯薩特

Hafez el Assad　哈菲茲・阿薩德

Hardy　哈迪

Hellerupvej　赫勒魯普路

Helsingør　赫爾辛格

Herlev　海萊烏

Herlev Hospital　海萊烏醫院

Holte　霍爾特

Hørsholm　霍斯霍姆市

I

Ingerslevsgade　英格斯雷街

J

Jægersborg Deer Park　鹿園

James Lester Frank
詹姆斯・列斯特・法蘭克

Janus Staal　亞努斯・史塔爾

Jazmine Jørgensen
潔絲敏・約根森

Jeanette　珍妮特

June Habersaat　茱恩・哈伯薩特

Jutland　于特蘭

K

Karen-Louise Jørgensen
凱倫—路易絲・約根森

Karla　卡拉

Karoline Stavnsager
卡洛琳・史塔薩格

Kassandra Lassen
卡桑德拉・拉森

Kiel　基爾

Kildegårdsvej　基德格路

Kimmie　琦蜜

King's Garden　國王花園

Kinua von Kunstwerk
奇娜・馮・昆斯威克

Kirsten-Marie Lassen
琦絲坦—瑪麗・拉森

Klara　克拉拉

Klerkegade　克勒克街

Køge　科格

Kronprinsessegade　皇太子妃街

L

Lars Bjørn　羅森・柏恩

Lars Pasgård　羅斯・帕斯高

Leo Anderesen　列奧・安得森

Lis　麗絲

Lise-Marie Knudsen
莉瑟—瑪麗・克努森

Lyngby　林比

Lyngbyvej　林比路

M

Malmö　馬爾默

Marcus Jacobsen
馬庫斯・亞各布森

Matthæusgade　馬薩斯街

Micha　蜜卡

Michelle Hansen　蜜雪兒・漢森

Mika　米卡

Mogens Iversen　摩根・艾伯森

Mona　夢娜・易卜生

N

Næstved　奈斯維德市

Natalya Averina
娜塔雅・阿伯琳娜

Netto supermarket　耐特超市

Nordvang psychiatric center
諾凡精神病院

Nørrenport Station　諾倫車站

Nyboder　尼柏格

O

Odense　歐登瑟

Olaf Borg-Pedersen
歐拉夫・伯格—彼得森

Ølstykke　奧斯提克

Ørsteds Park　奧斯特公園

P

R

S

T

Tasja Albrechtsen　塔斯嘉・阿伯瑞森

Tåstrup　措斯楚普

Terje Ploug　泰耶・蒲羅

the Black Ladies　黑女士

Tomas　湯瑪斯・勞森

U

Umbria　義大利翁布里亞

Urals　烏拉山脈

V

Valby　法爾比

Vanløse　凡洛塞

Vendsyssel　凡徐塞

Vesterbro　維斯特布洛路

Vesterbro Torv　維斯特布洛廣場

Vicky Knudsen　維琪・克努森

Vigerslevvej　威格史列路

Vigga　維嘉

W

Webersgade　威伯街

Y

Yrsa Knudsen　伊兒莎・克努森

國家圖書館出版品預行編目資料

懸案密碼. 7, 自拍殺機 / 猶希．阿德勒．歐爾森（Jussi Adler-Olsen）著；廖素珊譯. -- 初版. -- 臺北市：奇幻基地, 城邦文化出版：家庭傳媒城邦分公司發行, 民107.05
面；　公分. --（Best嚴選；94）
譯自：Selfies
ISBN 978-986-96318-1-5（平裝）
881.557　　　107006101

ISBN　978-986-96318-1-5

Printed in Taiwan.

城邦讀書花園
www.cite.com.tw

BEST 嚴選 094

懸案密碼7：自拍殺機

原著書名 / Selfies
作　　者 / 猶希・阿德勒・歐爾森（Jussi Adler-Olsen）
譯　　者 / 廖素珊
企劃選書人 / 王雪莉
責任編輯 / 何寧

版權行政暨數位業務專員 / 陳玉鈴
資深版權專員 / 許儀盈
資深行銷企劃 / 周丹蘋
業務主任 / 范光杰
行銷業務經理 / 李振東
副總編輯 / 王雪莉
發　行　人 / 何飛鵬
法律顧問 / 元禾法律事務所　王子文律師
出版 / 奇幻基地出版
城邦文化事業股份有限公司
台北市 104 民生東路二段 141 號 8 樓
電話：(02)25007008　　傳眞：(02)25027676
網址：www.ffoundation.com.tw
e-mail：ffoundation@cite.com.tw
發行 / 英屬蓋曼群島商家庭傳媒股份有限公司城邦分公司
台北市 104 民生東路二段 141 號 11 樓
書虫客服服務專線：(02)25007718・(02)25007719
24 小時傳眞服務：(02)25170999・(02)25001991
服務時間：週一至週五09:30-12:00・13:30-17:00
郵撥帳號：19863813　　戶名：書虫股份有限公司
讀者服務信箱 e-mail：service@readingclub.com.tw
歡迎光臨城邦讀書花園　網址：www.cite.com.tw
香港發行所 / 城邦（香港）出版集團有限公司
香港灣仔駱克道 193 號東超商業中心 1 樓
電話：(852) 2508-6231　傳眞：(852) 2578-9337
e-mail：hkcite@biznetvigator.com
馬新發行所 / 城邦（馬新）出版集團
【Cite(M)Sdn. Bhd】
41, Jalan Radin Anum, Bandar Baru Sri Petaling,
57000 Kuala Lumpur, Malaysia.
Tel: (603) 90578822　Fax:(603) 90576622
email:cite@cite.com.my

封面設計 / 捌子
排　　版 / 極翔企業有限公司
印　　刷 / 高典印刷有限公司
■2018 年（民 107）5 月 31 日初版
■2020 年（民 109）4 月 16 日初版3刷
售價 / 499元

廣　告　回　函
北區郵政管理登記證
台北廣字第000791號
郵資已付，免貼郵票

104台北市民生東路二段141號11樓

英屬蓋曼群島商家庭傳媒股份有限公司城邦分公司 收

請沿虛線對摺，謝謝

奇幻基地

每個人都有一本奇幻文學的啓蒙書

奇幻基地官網：http://www.ffoundation.com.tw

奇幻基地粉絲團：http://www.facebook.com/ffoundation

書號：1HB094　　書名：懸案密碼7：自拍殺機

請於此處用膠水黏貼

奇幻基地

讀者回函卡

謝謝您購買我們出版的書籍！請費心填寫此回函卡，我們將不定期寄上城邦集團最新的出版訊息。

姓名：＿＿＿＿＿＿＿＿＿＿＿＿＿＿＿＿　性別：□男　□女

生日：西元＿＿＿＿＿年＿＿＿＿＿月＿＿＿＿＿日

地址：＿＿＿＿＿＿＿＿＿＿＿＿＿＿＿＿＿＿＿＿

聯絡電話：＿＿＿＿＿＿＿＿＿＿傳真：＿＿＿＿＿＿＿＿＿＿

E-mail：＿＿＿＿＿＿＿＿＿＿＿＿＿＿＿＿＿＿＿＿

學歷：□1.小學　□2.國中　□3.高中　□4.大專　□5.研究所以上

職業：□1.學生　□2.軍公教　□3.服務　□4.金融　□5.製造　□6.資訊

□7.傳播　□8.自由業　□9.農漁牧　□10.家管　□11.退休

□12.其他＿＿＿＿＿＿＿＿＿＿＿＿＿＿＿＿

您從何種方式得知本書消息？

□1.書店　□2.網路　□3.報紙　□4.雜誌　□5.廣播　□6.電視

□7.親友推薦　□8.其他＿＿＿＿＿＿＿＿＿＿＿＿

您通常以何種方式購書？

□1.書店　□2.網路　□3.傳真訂購　□4.郵局劃撥　□5.其他

您購買本書的原因是（單選）

□1.封面吸引人　□2.內容豐富　□3.價格合理

您喜歡以下哪一種類型的書籍？（可複選）

□1.科幻　□2.魔法奇幻　□3.恐怖　□4.偵探推理

□5.實用類型工具書籍

您是否為奇幻基地網站會員？

□1.是□2.否（若您非奇幻基地會員，歡迎您上網免費加入，可享有奇幻基地網站線上購書75折，以及不定時優惠活動：http://www.ffoundation.com.tw/）

對我們的建議：＿＿＿＿＿＿＿＿＿＿＿＿＿＿＿＿＿＿＿＿

＿＿＿＿＿＿＿＿＿＿＿＿＿＿＿＿＿＿＿＿

＿＿＿＿＿＿＿＿＿＿＿＿＿＿＿＿＿＿＿＿

請於此處用膠水黏貼

Denmark Police's Mystery

懸案密碼

Denmark Police's Mystery

懸案密碼